D0558646

Christophe Ono-dit-Biot

Plonger

Gallimard

Christophe Ono-dit-Biot est né au Havre en 1975. Agrégé de lettres, il est l'auteur de cinq romans : *Désagrégé(e)* (2000), prix Edmée de La Rochefoucauld, *Interdit à toute femme et à toute femelle* (2002), *Génération spontanée* (2004), prix littéraire de la Vocation, *Birmane* (2007), prix Interallié, et *Plonger* (2013), Grand Prix du roman de l'Académie française 2013 et prix Renaudot des lycéens.

Il a aussi publié *Ciels d'orage*, un livre d'entretiens avec l'auteur-dessinateur et cinéaste Enki Bilal.

Pour A., qui m'a donné H.

Je ne mourrai pas : j'ai un fils.

Proverbe arabe

Ils l'ont retrouvée comme ça. Nue et morte. Sur la plage d'un pays arabe. Avec le sel qui faisait des cristaux sur sa peau.

Une provocation.

Une exhortation.

À écrire ce livre, pour toi, mon fils.

I

UNE HISTOIRE D'AMOUR

Du mieux que je peux

Tout a commencé avec ta naissance. Pour toi.

Tout a fini avec ta naissance. Pour nous.

Moi, ton père. Elle, ta mère. Ta vie fut *notre* mort. La mort de ce *nous*, cette entité de chair et d'âme qui avait présidé à ta naissance : un homme et une femme qui s'aimaient.

La vérité, ça n'existe pas, comme tous les absolus qu'on n'atteint jamais.

Je ne peux te donner que *ma* vérité. Imparfaite, partiale, mais comment faire autrement ?

Il manquera toujours sa vérité à elle, sa version des faits, son ressenti, son timbre de voix si elle pouvait encore te parler, ses gestes, son style si elle avait choisi de t'écrire. Mais que je sache, concernant l'ultime période de sa vie, elle n'a laissé aucune bande, aucun enregistrement, ni lettre ni cahier. Rien, mais c'est peut-être déjà beaucoup, que ces tableaux cousus de fil bleu. Dans la profondeur desquels il faudra un jour que tu lises.

Je l'ai aimée et je l'ai détestée, ta mère, autant être franc avec toi. Même si ça ne te regarde pas, le couple qu'on a été. Un couple c'est la guerre. Tu verras quand tu seras amoureux.

Ça me fait drôle d'écrire ça, parce que quand je lève la tête du bureau, que je vais dans ta chambre et que je me penche vers le lit où je te respire, tout tiède dans ton pyjama à imprimé zèbre, c'est assez comique de t'imaginer amoureux. Pour l'instant tu ne l'es vraiment que de ton doudou à deux têtes et de la lanterne magique qu'elle a achetée avant ta naissance et qui projette sur les murs des poissons dorés ondulant dans le corail. Depuis les premiers jours de ta vie et jusqu'à aujourd'hui, ils dessinent sur ton visage des sourires à rendre heureux n'importe qui.

N'importe qui sauf elle, ta mère.

Suis-je cruel de jeter de tels pavés dans la mare du bonheur qu'on associe à une naissance ? Peut-être. Ne pas pleurer. Surtout ne pas pleurer. Ou je ne finirai jamais. Et je te dois bien ça, de finir.

Mais commençons, mon minuscule fils. Par l'événement le plus important de l'histoire, celui dont tout découle : ta naissance.

Souffrance fœtale

« On va le perdre ! »

C'est avec ce cri qu'elles m'ont réveillé. Révélant leur vraie nature dans une métamorphose terrifiante. Jusque-là, elles avaient été de bonnes fées autour du lit, prodiguant conseils, apaisement, et voilà qu'elles se changeaient en sinistres Parques, décidant que très vite, dans trois minutes peut-être, serait tranché le fil de ta vie, même pas dévidé.

« On va le perdre ! »

Des gamines en blouse blanche, une petite blonde et deux petites brunes, allure sage… Jusqu'au moment où elles ont muni leurs blanches mains d'ustensiles coupants. Oui, des Parques, lançant à qui voulait l'entendre, peut-être même toi, à un mètre de leur bouche, souffrant le martyre dans ton enveloppe utérine, au cœur des entrailles de ta mère :

« On va le perdre ! »

Elles ont plongé entre ses cuisses des tuyaux de plastique transparent. J'ai vu s'écouler du sang noir, pendant qu'une autre des filles lui plaquait sur le visage un masque à oxygène. J'ai vu ses yeux s'étourdir, incapable qu'elle était, comme moi, de comprendre pourquoi tout, maintenant, virait au drame.

Elles avaient dit, juste avant : « Tout va bien se passer, ne vous inquiétez pas, les pulsations sont normales. » Menteuses : les pulsations, celles de ton petit cœur qui, à cet âge-là, a la taille d'une tomate, n'étaient pas normales. Elles disaient l'épuisement de ton organisme, comprimé par les pressions trop fortes de l'utérus maternel.

« Les pulsations sont trop violentes », ont-elles fini par dire, ajoutant aussitôt : « Il ne supporte pas, on va le perdre. »

Je me suis levé d'un bond pour aller vers vous deux, mais le brouillard m'a arrêté. Celui qui tombait sur mes yeux comme le rideau d'un théâtre morbide. Une chaleur subite m'incendiait les tempes.

Avant de vaciller, j'ai vu l'une d'elles empoigner des ciseaux.

On s'était assoupis après la péridurale, ce mot que je n'aime pas, encore moins aujourd'hui. Tout s'était bien passé avec l'aiguille, qui avait fait son trou normalement, injectant l'anesthésiant entre les vertèbres. On m'avait demandé de sortir comme à tous les autres pères imminents. La taille de l'aiguille, plusieurs dizaines de centimètres, un bras de bébé, faisait des ravages sur leurs nerfs déjà mis à rude épreuve. La femme, elle, ne voit rien car les femmes n'ont pas les yeux dans le dos contrairement à une légende urbaine colportée par les maris infidèles. On avait donc fait comme il fallait. Elle se reposait. Belle comme tout avec ses cheveux attachés, dans sa blouse verte, et moi aussi avec une blouse verte, et mon livre à la main, l'*Iliade*, à cause de ton prénom, ou plutôt ton prénom à cause de l'*Iliade*. Hector, « le plus cher aux dieux parmi les hommes », le plus beau héros de l'*Iliade*. Parfaitement. Qu'on ne me parle pas d'Achille, l'assassin colérique, enivré de sa propre gloire de dieu à cinquante pour cent. Qu'on ne me parle pas non plus d'Ulysse « aux mille ruses », ce faux derche de première qui a payé ses mauvais tours par un voyage de vingt ans. Il y a une justice. Alors qu'Hector, Hector « au casque étincelant », « dompteur de chevaux »… Vaillant, solide, il aimait ses vieux parents, sa femme et son fils, était incapable d'une seule action indigne. Une dignité qui n'étouffait pas ses ennemis : après l'avoir tué, Achille lui avait percé les pieds, y avait passé une corde qu'il avait attachée à son char et, fouettant ses chevaux, avait traîné son cadavre tout autour de sa ville sous les yeux de ses vieux parents, de sa femme et de son fils, trop petit pour comprendre. Hector n'avait pas démérité : Achille avait été aidé par les dieux, Athéna lui rendant même discrètement le javelot qu'il avait lancé sur Hector sans le toucher. Salope d'Athéna. Hector est le plus beau héros de l'*Iliade*. Tu t'appellerais Hector, et j'attendais ta naissance avec l'*Iliade* à la main.

« Vous en avez pour six heures, avait dit l'une des fées. Reposez-vous. »

Après un sourire et un baiser sur le front, on s'était endormis. Elle sur son grand lit, avec son gros ventre. Moi la tête contre la table, mon manteau plié en quatre placé sous ma joue.

« On va le perdre ! »

Le sang qui gicle, mon œil qui tourne, mes jambes envahies de fourmis rouges crachant leur acide dans les fibres de mes muscles. L'appareil à mesurer les contractions prenait des airs de sismographe. L'aiguille devenait folle. « Les contractions sont trop fortes. Son cœur va lâcher, on va le perdre ! »

Au-dessus du masque qui lui bouffait la moitié du visage, ta mère me cherchait du regard. Le mien se voilait. Un mauvais génie médical s'invitait dans la poésie de la mise au monde et voulait nous priver de ta naissance. Je me suis rebellé. On l'emmenait sur des roulettes, elle et son regard qui m'implorait. J'ai avancé vers elle avant de m'écrouler. « Le papa se sent mal », a dit l'une des Parques en se tournant vers moi. Les roulettes couinaient sur le lino du couloir. « Vous ne pouvez pas l'accompagner », a lancé la voix d'une autre comme on cloue un cercueil.

Elle n'était plus là. Elle était seule, avec peut-être la mort dans le ventre. La tienne. J'étais assis par terre, héros grec défait par une force invisible. Une déesse perfide, Athéna à coup sûr, trahissait un nouvel Hector.

Ta mère avait besoin de moi et j'étais consigné, sans force, dans une salle d'accouchement qui ne servirait pas.

Mise au monde

Certaines minutes durent des vies.

La dame qui balayait m'a conseillé d'aller prendre un café. *Prendre un café*, pendant que mon fils luttait contre la mort ? La double porte qui menait au bloc a libéré une infirmière qui, avant de disparaître à travers le seuil d'une autre pièce, a lâché cette phrase, sans me voir : « On n'arrive pas à le ramener. »

On était venus donner la vie et j'allais récupérer une petite boîte. J'ai ouvert mon livre.

> Et quand l'Aurore aux doigts de rose reparut encore, tout le peuple se rassembla autour du bûcher de l'illustre Hektôr. Et, après s'être rassemblés, ils éteignirent d'abord le bûcher où la force du feu avait brûlé, avec du vin noir. Puis, ses frères et ses compagnons recueillirent en gémissant ses os blancs ; et les larmes coulaient sur leurs joues. Et ils déposèrent dans une urne d'or ses os fumants, et ils l'enveloppèrent de péplos pourprés.

Qu'est-ce qu'on avait fait de mal ? J'étais prostré, assis sur le lino. Toi au bloc, avec elle, dans son ventre. Toi dont je ne savais toujours pas si tu appartenais encore au royaume des vivants.

« Monsieur, vous pouvez venir. »

Elle avait retrouvé sa voix douce, et débarrassé ses mains de ses ciseaux. La Parque était redevenue fée. Au bout du couloir, elle m'invitait à la suivre. Souriait-elle ? Je crois.

Certains couloirs sont des tunnels. J'ai avalé au pas de course les dalles plastifiées, vertes et bleues, les oreilles bourdonnant comme des guêpes, concentré vers le seuil de la pièce d'où giclait une lumière au néon.

L'accoucheur avait encore le masque sur le visage et se penchait sur toi. Il écoutait ta respiration, toi petite chose rose aux cheveux noirs, au visage merveilleusement dessiné. Mon fils.

« Est-ce que tout va bien ? ai-je dit, la voix cassée.

— Tout va bien.

— Je veux dire… Il ne souffre pas ? »

Il m'a tendu des ciseaux. J'ai eu un mouvement de recul.

« Vous voulez trancher le cordon ? »

J'ai dit non, d'abord, et puis j'ai saisi l'outil de métal. Je reprenais la main. Je faisais barrage aux Parques qui avaient failli t'enlever la vie. Le cordon était pincé par une barrette de plastique jaune. J'ai tranché, au ras de la barrette. Un liquide noir a coulé. « Il est noir parce qu'il est très riche en oxygène », m'a dit le médecin. Tu m'as regardé, de tes yeux bleus du bleu des nouveau-nés. Il t'a soulevé pour te mettre sur tes jambes. J'ai protesté en disant que tu avais bien le temps, que tu devais être épuisé, mais tu as marché, une jambe après l'autre, comme un cosmonaute sur un sol lunaire. « Il oubliera, et réapprendra », a dit le médecin. Il t'a mesuré, pesé, m'a demandé d'inscrire tes mensurations sur un tableau blanc avec un feutre qui sentait l'alcool.

« Tout va bien », a-t-il dit encore, et c'est seulement à ce moment-là que je me suis dit que je pouvais le croire.

« Et sa mère ?

— L'opération se termine. Vous la verrez dans une demi-heure. »

Je n'ai pas pleuré, parce que la vie avait gagné.

« Vous l'appelez comment ? » a demandé une infirmière, le stylo en l'air, prête à le noter sur ton petit bracelet de naissance.

HECTOR, avec toutes ses lettres, brillait devant mes yeux mais ce nom, précieux, définitif, je ne me sentais pas le droit de le prononcer seul, sans elle, à la va-vite, dans l'arrière-salle d'un bloc opératoire. « Je vais attendre la maman », ai-je dit en utilisant ce mot d'enfant qu'on utilise dans ces temples de la mise au monde.

L'infirmière s'est étonnée.

« Vous n'avez pas encore de prénom ? »

Je t'ai regardé. Je me suis dit que cela ne servait à rien d'attendre. Qu'il fallait te prendre à bras-le-corps et t'emmener de mon côté, celui de la vie, de la famille qu'on allait former. Je me suis dit que je t'acceptais comme on accepte un couronnement, et j'ai prononcé le mot rituel, le talisman sonore de ton beau prénom. Je t'ai dit, à toi parce que cela ne la regardait pas, elle.

« Tu t'appelles Hector. »

Elle m'a demandé d'ôter ma chemise. Je l'ai regardée avec étonnement. Elle a souri et m'a dit : « On va faire du peau à peau. »

Mes sourcils se sont changés en point d'interrogation.

« Pour le réchauffer, et lui apprendre à vous connaître », a-t-elle poursuivi.

J'ai ôté ma chemise. Et c'est torse nu dans cette salle d'hôpital que j'ai accueilli ton petit corps nu et tiède entre mes bras. De ta bouche minuscule, tu as cherché mon sein, mais je n'en avais pas. Tout le reste, je l'avais. Et je t'avais, toi.

Embarquement

*Le passage qui suit n'est pas pour Hector. Il y en aura
d'autres. Quelques-uns. Je ne peux pas tout lui dire. On
ne peut pas tout dire à un fils sur sa mère. Beaucoup.
Presque tout. Mais pas tout. Je l'écris, car il faut bien
épancher tout cet amour contrarié. Mais je couperai,
ensuite. La vérité, c'est que je la déteste, sa mère, de me
faire ce coup-là. L'ambassade m'a appelé : « Il faut identifier. » Ils ne sont donc pas sûrs. Il y a bien un passeport,
mais ils ne sont pas sûrs. Je suis effondré, et je lui en veux
à mort. Je me l'étais juré pourtant. Ne plus sortir de ma
géographie actuelle, intime. Ne plus retourner là-bas, de
l'autre côté, hors de l'Europe, ne plus aller là où on ne
sait pas pourquoi l'on meurt.*

Je lui en veux. Quel gâchis.

Ils me demandent de quitter ma ceinture. J'ai
mal au ventre. Je m'exécute avec la résignation
d'un condamné. Je ne le fais que pour lui, mon fils,
ce dynamitage en règle de tout ce qui était ma vie
ces dernières années.

Je suis à l'aéroport, face au portique. Encadré

comme une divinité froide par deux employés de la compagnie, badge autour du cou, uniforme très flic. Je déchiffre leur prénom. Nicolas et Karima. Karima est jolie et me regarde avec une insistance qu'il n'est pas permis de confondre avec la manifestation d'un intérêt érotique, ou simplement de curiosité piquante envers ma personne. D'abord parce qu'il est sept heures du matin. Ensuite à cause de la tête que j'ai, creusée par le manque de sommeil, l'épuisement nerveux, les larmes. Karima a remarqué que quelque chose clochait. Pas Nicolas, trop occupé à regarder Karima.

« Ça ne va pas, monsieur ? » dit-elle d'une voix à l'accent rocailleux de Seine-Saint-Denis. Elle a de beaux yeux marron clair, mais elle les a trop maquillés. Comme sa bouche, dont les lèvres pleines doivent offrir un beau sourire quand elle le décide. Pas là. Elle ne me regarde pas, elle me scrute. Je perçois son inquiétude. Je sais ce qu'elle pense, et ça tient en un mot. J'avale ma salive, son regard s'aiguise. Presque un coup de griffe.

« Vous voulez bien enlever vos chaussures. »

Ce devrait être une question mais la phrase n'en a pas l'intonation. Karima n'interroge pas, elle affirme, c'est ce qu'on lui a appris à faire. Karima affirme que moi, je veux bien enlever mes chaussures. La colère m'envahit. Je la sens dans ma gorge. Je pourrais dire un flot, mais ce n'est pas l'image qui me vient à l'esprit. Un électrochoc de colère serait plus juste. Réaction disproportionnée, parce que ce qui m'arrive n'est pas à proprement parler violent ou humiliant, mais parce que c'est le commencement de ça.

Je lui en veux à mort.

Je dois prendre l'avion pour aller identifier son corps. Ils ont trouvé un passeport, mais ils ne sont pas sûrs. À cinquante centimètres à ma gauche, mon petit sac kaki d'arpenteur du monde, tiré du sommeil où je l'ai laissé pendant cinq ans, glisse comme un poulet de batterie sur le caoutchouc du tapis roulant. Dans un instant, une pluie de rayons gamma va lui faire cracher ses misérables secrets : une photo d'elle, les deux seuls livres que j'emporte, l'*Iliade* et l'*Odyssée*, et le téléphone qui me relie à toi, ma seule réelle raison de vivre.

Je me penche, dénoue mes lacets, dépose sur le tapis graisseux mes souliers à la suite de mon sac. J'enfile deux sacs plastique, bleus, fermés par un élastique, dont la forme n'est qu'approximativement celle de pieds humains. J'hésite entre deux visions : celle de pieds difformes, comme frappés d'une atroce maladie qui les aurait gonflés d'eau, de sang, d'une sanie quelconque, et qu'il faudrait cacher. Ou bien des pieds de Schtroumpf, les lutins bleus à bonnet phrygien d'un célèbre dessin animé de l'époque. Mais leurs pieds étaient blancs, non ? Cette amnésie de l'âge adulte. Je jure, Hector, de faire des efforts. De toujours essayer de comprendre tes références culturelles. De ne jamais fermer ma porte sur ton monde, même quand tu te moqueras de moi.

Karima me fait signe d'avancer vers le portique constellé de diodes. Le moment fatidique. Elle mord ses jolies lèvres. Je sens que je vais sonner, ce qui confortera les doutes de Karima. La menace que je représente pour elle tient en un mot. La sueur glisse entre mes omoplates. Sa main se crispe sur son téléphone de service.

Je ferme les yeux et je traverse. Une fraction de dixième de seconde où je prends comme on boit la tasse la mesure de ce que je quitte, la beauté de cette Europe, le visage de mon enfant, et celui de cette Madone de Lippi qui ressemble tant à ta mère, vue quinze jours auparavant dans un palais près du jardin du Luxembourg. Ma dernière exposition. Ma dernière exposition aux rayons artistiques bienfaisants de cette civilisation que je quitte. Je ne peux réprimer un tremblement. Ni la vision d'une tasse de café métamorphosée en boule liquide rebondissant contre les parois de mon estomac.

J'ouvre les yeux, je suis de l'autre côté, ça n'a pas sonné, mais ça nimbe d'une plus grande inquiétude encore le beau regard de Karima.

Qu'est-ce qui déclenche une intuition? À quel signe se trahit-on?

« Un instant, monsieur. » Karima déploie sa paume entre elle et moi à la façon d'un bouclier. Elle cherche quelqu'un du regard et ne le trouve pas. Alors elle fait signe à l'homme assis derrière l'écran de contrôle où les valises, sacs et colis se mettent à nu dans un strip-tease mécanisé. « Jérôme, tu peux venir s'te plaît », dit-elle en replaçant nerveusement une mèche de ses cheveux teints en auburn derrière son oreille. Ledit Jérôme presse un bouton et le tapis s'arrête. Il nous rejoint. Elle lui murmure quelque chose. Il se tourne vers moi, me scanne comme les valises, fait signe à un collègue qui se dirige vers moi.

« Écartez les bras, monsieur. »

Sous le regard soucieux de Karima, il me palpe les côtes, l'intérieur des cuisses, les mollets. S'arrête un instant au niveau de mon cœur qui bat de plus en plus vite, recommence, puis se redresse et secoue négativement la tête à l'intention de sa collègue. Il rejoint son poste. Le tapis reprend sa routine.

Karima hésite. Elle regarde son téléphone. Sous l'action de ses nerfs qui doivent à cet instant vibrer comme les cordes d'une harpe, la chaleur s'est répandue dans son corps, les orifices qui criblent son épiderme ont dû se dilater et je peux sentir pour la première fois son parfum, très ambré. Elle connaît la procédure en cas de passager suspect, mais ne parvient pas à se décider à l'enclencher. J'aimerais lui dire : « Vas-y, vas-y Karima. Tu ne te trompes pas. C'est dangereux de me laisser filer. Suis ton instinct ! »

J'aimerais qu'elle m'arrête sur-le-champ, qu'elle me lie les mains avec de l'acier ou me serre dans ses bras pour m'immobiliser contre son corps brûlant. J'aimerais qu'elle me balance aux chiens de la police, me crève les yeux à coups de talon dans un bureau secret des sous-sols de Roissy. Tout plutôt que de me laisser prendre cet avion.

Alors je pourrais dire à mon fils : je voulais, mais je n'ai pas pu. Ils m'en ont empêché.

J'ai pris place sur l'une de ces banquettes métalliques couvertes de skaï qui sont l'ordinaire des aéroports. En face de moi, un type avec ce look efficace et indémodable, calotte et barbe, battle-dress sans manches porté sur un shalwar kameez couleur crème qui s'arrête au-dessus des chevilles, comme le portait le Prophète au VIIe siècle. Il faut tout faire comme le Prophète. Qui ne prenait pas l'avion, mais ne chipotons pas.

Je pense à Beyrouth et le souvenir, qui serpente très vite le long de mes vertèbres, m'est désagréable.

« Excusez-moi pour tout à l'heure… »

C'est Karima. Elle m'a souri, et c'était un baume lumineux dans ma grisaille. Sourire porte mal son nom. On devrait dire sur-rire, tant il transporte l'âme.

« Vous excuser pour quoi ?

— Vous sembliez tellement nerveux… J'ai cru que… »

Son accent a le charme des choses cassées. Il y a dans l'accent de banlieue le ton canaille que n'ont plus les Parisiennes depuis que Paris n'est plus populaire, et que son bitume ne grouille plus que de filles interchangeables à frange et à ballerines, à la diction lassée-lassante.

Elle hésitait. « On a des consignes, mais j'ai un peu fait ma *relou* avec vous. »

Je reprends : « Vous n'avez pas fait la *relou*. Vous avez fait votre métier. »

Elle s'est détendue. C'est fou ce que l'argument professionnel rassure les gens quand leur conscience leur dit que ce qu'ils ont fait n'est pas bien. C'est fou ce que ça les empêche de se rebeller, aussi… Mais là, la voici qui s'assied à côté de moi, geste totalement incongru pour une préposée à la sécurité.

Ça non plus, je ne peux pas te le dire. Elle prend une grande inspiration et soupire. Sa poitrine se soulève entre les boutons de la chemise blanche. Elle porte un soutien-gorge à carreaux Vichy rouges et blancs. Une touche années 60 qui m'éloigne un instant de Roissy. Une douche mentale de douceur qui me soulage de ces pensées coupantes comme du silex. Elles cisaillent mon cerveau depuis le coup de fil de l'ambassade. Je détourne le regard pour ne pas continuer à imaginer le corps de Karima. Trop de douceur serait susceptible de me faire rebrousser chemin. Heureusement que tu ne lis pas ça, Hector. Tu t'insurgerais : « Quoi, tu serais capable de renoncer à aller reconnaître ma mère ? » Non, justement. Et c'est pour ça que je détourne le regard.

Elle soupire à nouveau.

« Ça ne va pas ?

— J'aimerais tellement en arrêter un, lance-t-elle.

— Un quoi ?

— Un terroriste. Mon père a été tué par eux, en Algérie. »

Elle pose ses deux mains sur son visage.

« Je suis désolé », je dis. Et comme je cherche à prolonger par quelque chose de plus personnel, et que vraisemblablement nous ne nous reverrons plus jamais, j'ajoute : « Mon fils a failli perdre le sien à cause d'eux. »

Elle enlève ses mains, me dévisage.

« Mais le père de votre fils c'est… vous ?

— Oui, c'est moi. »

Elle m'a lancé un regard d'incompréhension totale. Pour ne pas chercher à décoder, pour ne pas davantage « faire sa *relou* », peut-être aussi pour ne plus penser à la mort, elle s'est levée, et m'a laissé sur ma banquette de skaï, sans se retourner. Karima s'était reprise. Le barbu l'a mal regardée. Je l'ai haï.

Aussi fort que j'ai haï ta mère de me forcer à faire le contraire de ce que je m'étais promis.

Bombe dépoussiérante

J'ai rencontré ta mère à minuit, par une belle nuit de juin. Dans une épicerie du XIVe arrondissement. Aux antipodes de mon quartier. Ce devait être un ingrédient magique pour que l'épicier accepte ainsi de retourner son magasin. Et elle-même devait être un peu magicienne pour qu'il accepte de le faire.

Elle portait, ouvert sur sa peau nue, un sweat-shirt à capuche marqué I LOVE ASTURIAS en caractères celtiques. À l'époque, je croyais que c'était le nom d'un groupe de rock. Elle avait quinze ans de moins que moi, au jugé. L'employé était juché sur un escabeau. Elle l'appelait par son prénom, je trouvais cette connivence magnifique. Les yeux de l'épicier exprimaient une fascination mêlée de sympathie pour l'étrange créature qui le contraignait ainsi à se plier en deux, à son âge, au-dessus des rayonnages remplis de cartons de pizzas congelées L'Italie à la maison, de camemberts frappés de léopards d'or sur fond de gueules, de veloutés Légumes du soleil proposés en briques et de laitues recroquevillées sous leur plastique où de la buée perlait.

« Je t'assure, Malik, tu en as, j'en ai vu l'autre jour… »

Elle disait « tou » au lieu de « tu ». Et « jé » au lieu de « je ».

« Mais ils n'en font plus, je te jure, Paz. »

Paz. Ça me faisait penser aux petits Pez, les bonbons de mon enfance. J'ai tout de suite adoré.

« Si, si, regarde bien, Ali a commandé le dernier stock pour moi. »

Elle disait aussi « estock » au lieu de « stock ». C'était charmant.

Le petit homme rond a poussé un cri de satisfaction. Il a brandi du haut de l'escabeau un cylindre de métal. Elle a considéré l'objet de ses yeux noirs brillants.

« Il y en a quatre, tu les veux ?

— Je les veux tous ! »

Il a déposé les quatre cylindres sur le comptoir. Elle a tiré son porte-monnaie, une bourse multicolore avec des perles. L'épicier a secoué la tête.

« Tssss, je mets ça sur ta note », a-t-il dit avant de plonger la main dans un bocal en verre et de lui tendre un ourson en chocolat.

« Cadeau de la maison.

— Tu es un amour », a-t-elle dit en croquant dans la guimauve. Elle l'a embrassé sur la joue et a disparu dans la nuit, sans même un regard pour moi.

J'avais eu le temps de lire l'inscription rouge qui enrobait les précieux cylindres : BOMBE DÉPOUSSIÉRANTE.

Ça lui allait à ravir… Mais pourquoi cette excitation ? Qu'est-ce qu'elles avaient d'essentiel, ces bombes ? En trouver la raison me passionnait déjà. Un ado est entré, il portait une casquette posée en équilibre sur son crâne rasé et un tee-shirt trop large où on lisait cette maxime : « Si la vie est une pute je suis son maquereau. »

« Ça dépoussière quoi, ces trucs ? ai-je demandé à l'épicier en lui tendant une bouteille de bordeaux.

— Je ne sais pas, monsieur », m'a répondu le type en baissant les yeux sur sa caisse.

« Monsieur » : le chemin serait long avant qu'on s'appelle par nos petits noms… Derrière moi, le maquereau avait une boîte de petits pois à payer, et s'impatientait. Ça jurait avec son accoutrement scarfacien, les petits pois. L'escabeau était toujours en place. J'ai eu une intuition.

« Je vous en prie, monsieur le maquereau… »

Il m'a dévisagé. Un mauvais pli a barré sa bouche :

« D'où tu me parles, toi ? »

J'ai décoché un grand sourire. La belle énergie de la visiteuse du soir m'avait contaminé.

J'ai désigné son tee-shirt. Il a haussé les épaules. J'ai grimpé sur l'escabeau et observé attentivement. Derrière un carton, il restait une « bombe dépoussiérante ». Je m'en suis emparé.

Derrière sa caisse, le type m'a décoché un regard assassin.

« Vous allez prendre ça, monsieur ?

— Oui. »

Il a hésité… Je savais ce qu'il allait dire et l'ai encouragé.

« La jeune femme que vous avez vue… Elle en a besoin, de ça…

— Elle vient d'en acheter quatre, non ?

— Oui, mais cette marque-là est épuisée… Et c'est celle-là qu'elle veut…

— Pourquoi ne lui avez-vous pas vendue celle-ci, alors ?

— Je ne l'ai pas vue.

— Dommage. »

Il a baissé les yeux. Il semblait avoir de la peine.

« Je vous la rends si vous me dites son nom, ai-je proposé.

— C'est ridicule, a-t-il dit, agacé.

— Combien je vous dois ? »

Il a hésité.

« Elle s'appelle Paz.

— Et elle fait quoi, Paz, dans la vie ?

— Elle est photographe. »

Je comprenais mieux. C'était pour nettoyer ses objectifs.

« Elle s'appelle Paz comment ? »

Il m'a fixé avec dureté. Ce n'était plus de l'agacement, mais l'avertissement d'un père brandissant un panneau « chasse gardée ». Ça m'a fait sourire. En une apparition, cette fille m'avait redonné la joie que je croyais avoir consumée depuis des années.

« Alors, Paz comment ? J'aimerais bien voir ses photos…

— Dix euros cinquante », a-t-il lancé, sans me regarder.

« Toi, Malik, tu es un gros jaloux », me suis-je dit. J'ai payé et je suis sorti. Les lumières de la ville m'envoyaient des sourires.

J'ai pensé à ce que m'avait dit Thuzar, ma masseuse. Qui non seulement me prodiguait un grand bonheur tactile mais qui, des montagnes du pays

Shan où elle avait grandi, avait emporté avec elle un certain nombre de vérités auxquelles, parfois, je décidais de croire. «Notre corps ne s'arrête pas à notre corps», disait-elle en posant les mains sur mon dos transformé en corde à nœuds par les aléas de la vie contemporaine. Pour elle et ses ancêtres, au-delà de notre enveloppe charnelle se déployaient jusqu'à sept enveloppes supplémentaires, invisibles à l'œil nu, qui irradiaient comme un halo. Amplifiant notre corps dans l'espace, elles définissaient la façon dont nous étions perçus par nos congénères, avant même qu'ils nous voient. Sa théorie, qu'elle me prodiguait tout en promenant ses mains de Champollion asiatique sur les hiéroglyphes douloureux de mon stress, expliquait le charisme, les coups de foudre, ou ce phénomène que tu as toi-même expérimenté, Hector, lorsque tu m'as dit, le jour de ta rentrée en classe des petits, que ce blondinet était «méchant», alors que tu n'avais même pas engagé la conversation avec lui...

Une expression rendait bien la nature instinctive de cette incompatibilité magnétique : on disait de certaines personnes qu'on ne les «sentait pas». Mauvaises ondes ? «Bien sûr, disait Thuzar. Pourquoi, sinon, y aurait-il des gens qui ne se font jamais agresser, et d'autres tout le temps ?» Allongé sur le ventre, nu à l'exception d'un slip de soie sauvage tissé par des femmes-girafes à la frontière sino-birmane, savourant la langue de chaleur qui traversait les fibres de mes rhomboïdes, je lui objectai qu'un colosse sculpté à la fonte courait moins qu'un autre le risque d'être transformé en cible. «C'est vrai, mais tu as de tout petits hommes qui n'ont jamais de problèmes. Parce qu'ils rayonnent. Et d'autres qui attirent les méchants parce qu'ils suent la peur : on sait qu'on aura le dessus. »

Thuzar soignait des gens « en vrac », disait-elle, qui n'émettaient plus aucune lumière, éteints comme des étoiles mortes. Ils la vidaient par leur vide, la laissaient épuisée après la séance. Ses massages tentaient de mettre de l'ordre dans leurs énergies. Elle cajolait les miennes. Je fermais les yeux de bonheur. Pourquoi, en ce XXIe siècle surconnecté, décrit par tous comme un aboutissement de la civilisation, chacun n'avait-il pas la possibilité de remettre régulièrement son dos entre des mains aussi bienfaisantes ? Je rêvais d'une nouvelle déclaration universelle : « Les hommes naissent libres et égaux en massages. » Je m'endormais, je rêvais. « Notre corps ne s'arrête pas à notre corps. » Je voulais croire en cette lecture poétique du monde. Et puis comment, sinon, expliquer l'attraction spectaculaire que ta mère exerça sur moi ? En trois secondes à peine ?

Nos ondes étaient entrées en collision.

Elle était photographe, et au journal, ça n'allait pas être difficile à trouver. Je me suis mis en chasse. En chasse de Paz.

Trouver Paz

Il faut que tu saches, Hector, que j'étais ton père mais que j'avais un autre métier : j'étais journaliste.

J'écrivais aussi des romans. Mais à l'époque, j'avais arrêté, parce que écrire un roman est un marathon, et que j'avais préféré me mettre au sprint.

L'époque exigeait cette urgence. Rien n'allait plus. On disait même que la culture ne rapportait plus rien, nous muséifiait, nous déconnectait. On disait que l'époque était morte aux livres. Pourquoi ? Mes contemporains travaillaient beaucoup, alors le temps les fuyait. Ils ne lisaient plus que sur la plage, et comme ils n'avaient plus assez d'argent pour aller à la plage parce que c'était la crise, ils ne lisaient plus.

Ou plus beaucoup. Pourtant, à les entendre, rien ne remplaçait un livre quand ils s'offraient le plaisir d'en ouvrir un. Ils le disaient un peu comme les vieux camés parlent de leurs montées de jadis. Et j'étais là pour leur rappeler que ce plaisir, ils devaient se l'offrir encore : les plaisirs qu'on a eus sont tout ce qui reste d'une vie qui s'achève. Les grands chagrins se dissipent. Pas l'éclat de rire de ton meilleur ami qui, au plus fort d'une fête, te dit qu'il t'aime à mort ou la première fois que tu vois un chef-d'œuvre de marbre et que tu comprends que tu ne l'es pas toi, de marbre, et que tes synapses s'illuminent devant cet objet fait de main d'homme. Comme ne meurt jamais, non plus, le souvenir de la fraîcheur de l'eau quand tu décides d'aller te baigner par une chaleur étourdissante, ou encore le filet d'alcool que tu t'autorises quand tu es épuisé et qui met le feu à tes veines et refait de toi un conquérant.

J'en profite pour te livrer ce conseil, mon petit suricate de quatre ans : ne néglige jamais ton corps. C'est ton instrument. Fais-le vibrer, jouer, tires-en les plus belles sensations. Travaille-le pour qu'il soit beau, lumineux, svelte, pour qu'il se faufile partout, frôle toutes les peaux possibles, se baigne dans toutes les eaux. Fais-en ton meilleur allié. Fais-le rayonner. Exige tout de lui.

Je me sentais investi d'une mission : moine-soldat au service de la culture, mémoire de mon monde, mais tourné vers l'avenir.

Mon quartier général était mon bureau. Un sanctuaire de culture composé de centaines de livres empilés comme les tours qu'on ne construisait plus, récession oblige, à Dubaï. Éclairé par une grande verrière qui donnait sur une barre d'immeuble jadis transformée en œuvre d'art par un photographe. Une barre percée de fenêtres par où je voyais, quand la nuit tombait, les gens vivre. Je veillais aussi sur eux. Dans les pages du journal ils trouveraient le meilleur, les visions qui réenchanteraient leur cerveau épuisé par les assauts des machines, et qui leur redonneraient leur fierté d'humains. Tableaux, films, livres, spectacles… Je voyais palpiter la création à venir, je savais les formes de beauté qui allaient éclore, exploser à la face du monde, et la redessiner.

J'avais sous la main des trésors. Des livres dont l'éclat, lorsque je les ouvrais, me sautait au visage. Les titres seuls suffisaient à me mettre en joie : *L'Inutile Beauté, Les Possédés, La mécanique des femmes, Le bruit et la fureur, Les Filles du feu,* les *Pythiques, Alcools, Un héros de notre temps, Le livre du sable, Moravagine, Lettre sur les aveugles à l'usage de ceux qui voient, Les amours jaunes, La Femme de trente ans, Traité curieux des charmes de l'amour conjugal dans ce monde et dans l'autre…* Ah, la magie des titres !

J'aimais aussi les images. Les monographies d'artistes, morts ou très contemporains, me réchauffaient l'âme. Il en surgissait des dieux nus et casqués, des paysans hirsutes à la braguette gonflée, des monstres à tête de veau, des batailles sanglantes, des femmes aux hanches de sablier dont la beauté me faisait mal aux yeux, des féeries bleutées, des ciels de tempête traversés par des allégories, des bronzes ciselés au Bénin. J'avais des recueils de poésie qui disaient :

> *Nous avons salué des idoles à trompe ;*
> *Des trônes constellés de joyaux lumineux ;*
> *Des palais ouvragés dont la féerique pompe*
> *Serait pour vos banquiers un rêve ruineux ;*

Morte, la littérature ? Non, elle dormait. Je veillais sur elle, je te dis. Elle était « aux catacombes », disait un essayiste qui avait passé sa jeunesse dans la pampa avec un fumeur de havanes, et que j'admirais secrètement parce qu'il avait la particularité de tirer au-dessus de l'époque un certain nombre de fusées très éclairantes. « La nostalgie, c'est un coup de pied au cul », m'avait-il dit lors de notre dernière rencontre, au milieu de son salon barré verticalement de poutrelles de métal censées retenir le plafond qui allait s'écrouler.

Oui, la nostalgie était un coup de pied au cul parce qu'elle nous forçait à nous remuer pour ne pas déchoir face aux Anciens, qui depuis l'empyrée devaient, je l'espère, se réjouir en nous voyant croire encore que tout n'était pas perdu. Et si la littérature était aux catacombes, c'est qu'elle allait bientôt en sortir. Comme les premiers chrétiens qui après s'y être cadenassés, se donnant rendez-vous en traçant à la craie des petits poissons sur les murs de Rome, avaient fini par déferler sur le monde, mine de rien.

Le feu couvait. Les volcans allaient bientôt vomir leur lave.

J'aimais aussi les vertiges de la modernité. Je m'étais mis au sprint, je t'ai dit. Ce sprint était aussi télévisuel. Je me levais à l'aube pour me faire maquiller. Je m'engouffrais dans un taxi qui ressemblait à un gros squale noir. J'aimais filer sur le bitume avec une musique dans les oreilles. Une musique qui disait « So young », qui disait « I wanna be adored », une musique que j'écoutais quand j'avais vingt ans, dont on avait retrouvé des enregistrements anciens et qu'on avait commercialisés car l'époque était à ce qu'on appelait la « remasterisation ». J'aimais que cette musique de moi-jeune me porte, moi-vieux, vers les studios qui brillaient étrangement comme une citrouille rose. Oui, j'aimais qu'on me maquille à l'aube, qu'on me repasse mes chemises, qu'on me demande si j'avais besoin d'un bon café, qu'on m'allume mes micros, j'aimais me faire manipuler, j'aimais être bon dans l'instant, j'aimais sprinter, j'aimais brûler devant des millions de personnes une vocation d'ascète, de coureur de fond solitaire, pourtant apparue bien tôt. Je n'écrivais plus mais c'était pour la cause. Sur les plateaux, dans le flux des ondes, je parlais des livres des autres, des films des autres, des œuvres des autres.

J'avais dans mon sanctuaire des centaines de films, dont l'histoire de ce musicien que tu n'as pas connu et qui chantait « viole-moi ». Il avait le premier annoncé ce qui a suivi, le formatage de tout, le divertissement roi, l'impossibilité que toute contestation ne fût pas récupérée et transformée en un objet à vendre, dématérialisé. J'ai ici les albums, je te le ferai connaître. Si tu veux. Si on me prête vie.

Je veillais avec enthousiasme sur mes boîtes magiques. Des munitions pour l'âme. Les ingrédients de ma sorcellerie.

Le monde tournait mal, les temps étaient difficiles pour la presse. L'information sourdait de partout gratuite, or nous étions censés la vendre. Mais j'étais moine-soldat, je te l'ai dit. Sans effort, d'ailleurs. Ces Babel de textes dont je parcourais tous les jours les escaliers en colimaçon, ces mines d'images dont je creusais les filons étaient une stimulation permanente, quelque chose qui m'excitait les nerfs, et qui suffisait à ma vie.

J'étais devenu sage, donc immobile. Le combat à mener était ici. Je veillais sur les marches de l'ancien monde, puisais aux vieilles sources et les mêlais aux eaux pétillantes de la modernité pour concevoir mon propre cru. À déguster sur papier ou en doses digitales. Depuis ma tour de verre, je m'efforçais de reprendre le slogan de Chateaubriand : « La presse […] c'est la parole à l'état de foudre ; c'est l'électricité sociale. »

Je sprintais. Mais les sept enveloppes énergétiques de ta mère avaient perturbé les miennes.

Le lendemain, je suis sorti de sous ma verrière et je suis descendu sur la « plate-forme images » : une grande salle moquettée pleine d'ordinateurs avec des gens cachés derrière. Les employés ne devaient pas être séparés les uns des autres. En ce début du XXIe siècle, et depuis la fin du siècle précédent, sur le modèle des conglomérats anglo-saxons, les entreprises avaient jugé bon d'embrasser une forme de communisme spatial. La géographie intime de l'entreprise appartenait à tous, c'est-à-dire à personne. On appelait ça open space, espace ouvert, et c'était le contraire de la sphère privée. Alvéoles sans cloison d'une grande ruche nommée entreprise. La nôtre aussi avait embrassé cette religion.

J'y avais reçu un jour un célèbre photographe des années 60. L'homme qui, en France, avait été l'enlumineur de la légende dorée de ces années-là. Clichés sonores et lumineux, vibrants d'une vie folle et sans nuages. Mythologie d'un temps où les dieux populairement révérés s'appelaient Johnny et Sylvie : corps glorieux, blondeurs léonines, Ray-Ban king size, piscines en plein soleil, marguerite aux lèvres, étreintes chics et chocs sur la banquette de cuir d'une Ford Mustang filant vers l'horizon.

Il m'avait dit, impeccablement cravaté, son chien en laisse : « Attends, c'est devenu ça, un journal ? — Qu'est-ce que tu veux dire ? avais-je interrogé. — Il n'y a pas de canapés ! — Et alors ? — Alors comment vous faites pour vous parler ? Pour réfléchir ? Pour penser ? Pour rêver ? Pour créer ! Pour donner du plaisir à vos lecteurs, il faut en avoir, non ? »

C'était vrai, et peut-être désolant, mais ce cher magazine créé par des rebelles tocquevilliens (je gardais dans mon bureau une relique de cette époque de création du journal, que je n'avais pas connue, un magnifique fauteuil Knoll, blanc à coussin rouge) ressemblait de plus en plus à une entreprise lambda. Assis derrière nos écrans scintillants à envoyer des mails ou à répondre au téléphone (parfois à la même personne, qui comme le voulait désormais l'usage, vous adressait un message via Internet, un autre sur votre répondeur de bureau, un troisième sur votre répondeur de portable, et enfin un quatrième, sous forme de SMS. Comment oser ne pas rappeler ?), nous aurions pu tout aussi bien, finalement, vendre des prêts immobiliers, des pizzas quatre fromages ou des séjours touristiques. Sans gloire et immobiles, nous étions devenus les gestionnaires d'une information proliférante, impossible à devancer, mutant en continu. Nous étions des diffuseurs de news, comme on le dit des diffuseurs de parfums.

J'avais l'espoir que cela change et que nous prendrions à nouveau notre destin en main, sensuels et électriques à notre tour, comme le train du monde. Le sursaut viendrait avec le réveil de mes volcans.

J'aimais l'Entreprise. L'ambiance y était bonne, malgré les coups de poignard et les coups de langue serviles. J'y avais des amis, et mon métier me passionnait. Il impliquait beaucoup de travail, de savoir à peu près tout sur tout, de ne jamais fermer les yeux, d'essayer malgré la tension permanente de laisser une place à l'enthousiasme. Il avait du sens.

Mais revenons à ta mère. Dont j'essayais pour le moment de retrouver la trace…

Derrière leur écran scintillant, les imagiers regardaient passer des dizaines de clichés venus du monde entier, envoyés par les agences, que ces spécialistes du visuel choisissaient, et réservaient, en fonction des besoins de l'Entreprise. De ce qu'elle voulait montrer du monde, heure par heure.

Je suis descendu voir l'imagier en chef. Il s'appelait Anton, et je l'aimais beaucoup. Mieux, je l'estimais fort. Si ce n'était une coquetterie de langage, j'aurais dit qu'Anton avait le nez pour la photo. Car l'œil, c'est la base, et Anton ne serait pas chef imagier s'il n'avait que l'œil. Anton avait le nez en plus, un nez truffier capable de traquer un visuel dans la production photographique globale en quelques mouvements prestes de souris.

Il était penché sur une galerie de portraits d'un leader politique amateur de chili con carne.

« Salut, Anton, comment vas-tu ? »

Il ne s'est pas retourné. Mangé par sa recherche. Mais il m'a entendu :

« Je me perds dans l'écologie politique…

— Je dois retrouver un photographe.

— Nom ?

— Prénom seulement, Anton. C'est *une* photographe. Paz. »

Là, il s'est retourné. Anton est un amateur de

48

filles totalement cérébral. Retrouver sur un écran une inconnue de la corporation activait doublement les zones de plaisir de son cortex.

« Comment tu dis ?

— Paz. Pé-A-Zed.

— Quelle agence ?

— Aucune idée… »

Il a pianoté sur sa machine.

« Elle travaille sur quoi ?

— Aucune idée, Anton, je sais juste qu'elle achète des bombes dépoussiérantes.

— Décris-la-moi.

— La bombe ?

— Non, la photographe.

— Dépoussiérante. »

Il a souri.

« Ça me fait plaisir de te revoir stimulé. On dirait que tu repars en reportage…

— Quand les poules auront des dents…

— César, il ne faut plus que tu y penses… C'est du passé.

— Bronzée, des yeux comme des billes de charbon qui prennent feu, un feu noir, comme sa chevelure, ai-je dit, revenant à l'essentiel. Avec un sweat-shirt marqué I LOVE ASTURIAS dont la fermeture est ouverte sur une évidente absence de soutien-gorge.

— Ça va m'aider, ça… a-t-il dit avec une mauvaise grâce évidemment feinte.

— Trouve-la-moi. »

Je suis remonté sous ma verrière. Envoyer de la copie, et puis me plonger dans un ou deux catalogues de grands photographes que j'avais mis de côté. Ils exposaient bientôt, et je me demandais si ça ferait un bon sujet pour le magazine. L'un s'appelait Pieter Hugo, je l'avais rencontré à Bamako il y a des années, avant mon pépin. J'y reviendrai aussi, mon garçon. Tranquillement, car il faudra que tu comprennes bien. Mes raisons. Les causes du drame. Pieter travaillait sur Nollywood, le Hollywood nigérian. Produit à Lagos, capitale ultra-violente de ce pays gorgé de pétrole et saigné par la corruption et le meurtre, tourné à l'arrache pour quelques poignées de billets, ce cinéma reflétait la terre dont il émanait : magie noire, sexe, sang et pétrodollars. Je feuilletais les pages où des tueurs couverts de peintures rituelles succédaient à des filles aux poitrines bulbeuses et aux yeux révulsés. Sur quoi travaillait Paz ? Pitié, pas sur la mort.

On a frappé à la porte. J'avais une porte, privi-lège qui ne durerait pas, et échappais donc pour l'instant aux prédations de l'open space.

C'était Anton. Il s'est arrêté devant moi et m'a tendu une chemise cartonnée.

« Déjà ? »

Je ressentais une vague inquiétude.

« Je crois bien. »

J'ai attrapé la chemise.

« Je crois que tu vas aimer », a-t-il ajouté.

J'ai dégrafé la chemise de carton. Des paysages de plages, du sable, des rochers, des transats, des gens en maillot de bain, saisis de loin, comme d'en haut. Une allure de fourmis. Vulnérables et tou-chants à la fois.

J'étais perplexe. Ce genre de scènes triviales ne faisait généralement pas partie de la gamme de mes goûts. Et pourtant les photos, comme baignées d'une lumière blanche, avaient un charme. Anton avait dû lire sur mon visage.

« Elle travaille sur les plages, c'est plutôt original, non ?

— Oui… Pourquoi tu as dit que j'allais aimer ?

— Tu aurais préféré une photographe de guerre ? »

Il a vu mon air chiffonné et ajouté :

« Tu vois…

— Comment tu sais que c'est elle ?

— C'est crédité "Paz", simplement.

— Y en a peut-être plusieurs…

— Il y en a une autre.

— Une autre Paz ? Alors, montre-moi ce que fait l'autre… »

Il a secoué la tête.

« Pas la peine… C'est elle. »

Il s'est arrêté. A esquissé un sourire gêné. Je me méfiais de ce qu'il allait dire.

« Regarde bien… Je te l'ai laissée pour la fin… »

À l'intérieur de la pochette, il y en avait une autre, plus fine, bleu ciel.

J'ai ouvert, retenu ma respiration. Et bondi quand même : devant mes yeux, en majesté, s'offrait… un fessier. Un fessier de femme, assise sur le bord d'un lit, avec au-dessus la ligne d'amphore des hanches, merveilleuses, et un dos cambré d'où partaient deux admirables bras levés, qui retenaient au-dessus de la nuque une masse de cheveux noirs et dessinaient un losange.

« Où es-tu allé dénicher ça ?

— Travail d'étudiant. Catalogue de l'École des beaux-arts, promotion 2010.

— Le rapport ?

— As-tu de bons yeux ?

— Seize dixièmes. Je peux être pilote de chasse.

— Alors regarde, fesse gauche, tout en bas…

— Un grain de beauté ?

— Un tatouage.

— Je déteste les filles à tatouages.

— Alors laisse tomber : sauf si c'est juste pour faire un article sur son travail. Parce que celui-là, et je suis connaisseur, il est vraiment intéressant…

— On ne voit rien…

— J'ai zoomé. Photo suivante…

— Tu as zoomé ? Sur ses fesses ?

— Tu m'as dit : "Trouve-la-moi"…

— Et ?

— Et ce tatouage prouve que c'est elle. Tu m'as bien parlé des Asturies ?

— Je ne sais même pas ce que c'est…

— I LOVE ASTURIAS. Le sweat qu'elle portait…

— C'est vrai…

— Les Asturies, c'est une région d'Espagne.

— Je ne connais pas.

— C'est une région d'Espagne où l'on boit du cidre…

— Normal que je ne connaisse pas : ça ne devrait pas exister. »

J'ai examiné le résultat du zoom : quelques centimètres carrés de peau, légèrement mate, au gracieux volume renflé. Et sur cette peau, dessinée en noir bleuté, une croix. Quatre branches, qui s'évasaient à mesure qu'elles s'éloignaient du centre, ce dernier arrondi en une petite sphère. Sur chaque branche horizontale, deux lettres suspendues par une minuscule chaîne admirablement tatouée : l'alpha et l'oméga.

« L'emblème des Asturies, a repris Anton : la croix des Anges, ou croix de la Victoire. Cruz de la Victoria...

— Ton accent est épouvantable.

— Cette croix, c'est celle du roi hispano-wisigothique Pélage, l'initiateur de la Reconquista, la reconquête chrétienne de l'Espagne sur les Maures. »

J'ai hoché la tête.

« Tu en sais des choses...

— Je viens de faire des recherches. Je pourrais te dire aussi que Pélage était le porte-lance du dernier roi wisigoth d'Hispanie, Rodéric, décimé par les armées de Tariq Ibn Ziyad, le stratège militaire de l'armée des Omeyyades à la bataille de Guadalete qui a permis aux Arabes de conquérir la péninsule Ibérique...

— Quelle culture...

— Internet. Sinon, Paz expose dans quatre jours.

— Où ? »

Il m'a donné l'adresse et puis il s'est sauvé. Je l'ai rappelé, pas fou :

« Anton, tu me laisses les photos, s'il te plaît. »

Voilà, mon garçon, tu ne sauras jamais que j'ai vu les fesses de ta mère avant de voir ses yeux. J'aurais dû me dire, à l'époque, que ça commençait dans le désordre.

L'art de Paz

Comment te décrire en quelques lignes une galerie d'art au XXIe siècle ? Un grand espace blanc, « *white cube* », disait-on. L'odeur du champagne, des gens qui se voulaient chics et qui n'étaient que chauves, des filles qui riaient fort pour cacher le vide des conversations farcies de noms connus d'elles seules, fantasmant sur des artistes dont elles n'avaient jamais été, et ne seraient jamais, les muses.

Sauf que ce n'était pas du tout ça.

J'ai poussé la porte d'un ancien lavoir du XVIIIe arrondissement. Tiens, un lavoir. L'eau contre l'impureté, déjà.

À l'intérieur, pas de calvitie déguisée en raffinement, pas de vieilles femmes qui riaient comme des gamines, mais une pleine moisson de jeunesse. De l'allure, du nerf, du sang. De très jolies filles qui souriaient sous leur frange de lionne, des diadèmes dans les cheveux, des robes de mariée portées pieds nus, ou avec des bottes de moto ; et des garçons en tee-shirt lâche, ou en chemise de couleur fermée jusqu'au dernier bouton, le pantalon serré remonté en bouchon sur les chevilles lestées par d'énormes godillots. Les cheveux épais, mais rasés sur le côté et sur la nuque, des lunettes à monture d'écaille. Très école d'art. Ta mère au centre, reine de cette ruche bourdonnante d'énergie. Robe colorée, cheveux remontés en un chignon savant, une fleur, une orchidée sanglante, dans les cheveux.

Dans n'importe quelle galerie du VIe arrondissement, dans ces écrins contemporains des rues de Seine ou Mazarine, on serait immédiatement venu vers moi. On serait venu me demander comment allait l'Entreprise. Ici, rien. J'étais trentenaire et journaliste, autant dire un vieux et un intrus.

On y servait non pas du champagne, mais des cocktails savants aux noms d'appareils photo. Ces gens s'amusaient. C'était si rare à cette époque. Cela voulait-il dire que la nouvelle génération nous sauverait de celle qui avait précédé la mienne et nous avait légué une France dont la moitié des habitants, selon un sondage récent, craignaient de devenir mendiants ?

Je regardais ta mère si belle au milieu de ces gens si beaux. Cette jeunesse me réchauffait. J'ai pris un Leica : il y avait de la vodka dedans.

Elle exposait ses plages dans d'assez grands tirages qui permettaient à l'œil de se promener longtemps. Des plages méditerranéennes, des criques adriatiques, où une foule de détails apparaissait : une vieille qui tricotait des chaussettes, portant des lunettes de movie star des années 50. Un enfant sur sa bouée, couvé du regard par une nounou africaine aux formes amples. Un papa qui faisait mine de lire son journal, et ne regardait que la nounou. Un sauveteur endormi sur sa chaise à vision panoramique. Le reflet du soleil sur les rochers, les armes des clubs de foot qui frappaient les serviettes éponge. Des Vénus des sables plaquant leur ventre contre un matelas douillet, ayant pris soin de dénouer leur soutien-gorge pour que le soleil brunisse les marques blanches dessinées par les bretelles. D'autres, retournées, leurs gros seins offerts au soleil et au regard fondant des préados liquéfiés de désir. La bosse de leurs petits shorts ne trompait pas. Il y avait de la vie dans ces photos. Elle avait l'œil, l'Asturienne. J'ai pris une longue inspiration. Je me sentais bien. Je me sentais vivant quand la beauté de la vie me vrillait la rétine.

J'ai porté mon choix sur une masse de rochers qui filait vers la mer comme un plongeoir minéral. Avec au fond le geyser d'écume des vagues qui s'y écrasaient. Des rochers plats où s'étalaient des corps. Au premier plan, de dos, un petit garçon aux jambes maigres, vêtu d'un slip de bain vert pomme, la peau très mate et couverte d'un fin duvet (car on voyait tous ces détails-là), levait sa main en visière pour se protéger du soleil. J'ai pensé à mon enfance. Mais maintenant, quand je la regarde, c'est à toi que je pense.

Je me suis dirigé vers le couple de galeristes. J'ai dit que je voulais cette photo.

Ils ont collé une pastille rouge sur le cartel, juste sous le titre, *Le plaisir d'être au monde*. J'ai souri : ça changeait des *Expérience I*, *Expérience II*, de tous ces titres conceptuels. Paz s'est retournée sur les galeristes. J'ai cru voir sur son visage de la fierté et de la crainte. Crainte de laisser partir son regard, car toute photo était un regard, et désormais un étranger le posséderait. Elle n'a semblé faire aucun rapprochement avec l'épicerie où elle m'avait croisé. J'ai essayé de capter son attention, j'y suis parvenu, mais elle a détourné la tête.

J'aurais pu me présenter, et nous l'aurions été, *présentés*, c'est-à-dire enfin dans le présent, enracinés dans le temps, dans le réel, dans l'action. Fin prêts pour ouvrir un sentier dans notre carte de Tendre, ce pays de l'amour inventé au XVIIe siècle par Madeleine de Scudéry et les célébrités de cette époque bénie des salons où la séduction était élevée au rang des beaux-arts. Sur cette carte, on suivait, le long du fleuve Inclination, des villages baptisés Sensibilité, Assiduité, Petits-Soins, Billet-Doux et Billet-Galant, mais aussi le lac d'Indifférence. Nous aurions été présentés et j'aurais pu voir de plus près, sur les traits de son visage, si elle se souvenait de notre brève rencontre nocturne. Si elle se souvenait de mes ondes qui crépitaient ce soir-là à cause des siennes entre les cartons de pizzas et les salades en sachet. J'aurais pu mesurer si nous pouvions envisager une promenade prochaine sur les rives de l'excitante mer Dangereuse, qui se déployait à l'extrême Nord. « Mer Dangereuse parce qu'il est assez dangereux à une femme d'aller un peu au-delà des dernières bornes de l'amitié, et au-delà de cette mer, c'est ce que nous appelons Terres Inconnues », écrivait l'espiègle Madeleine de Scudéry, qui savait combien les réputations étaient fragiles, mais combien il était bon de s'en affranchir.

J'ai demandé le montant et tiré une liasse de billets que j'ai tendue à l'un des galeristes. Pas de chèque : il aurait donné mon nom. Trop facile ?

« J'enverrai quelqu'un la prendre demain », ai-je dit. Je suis sorti dans la nuit, rêvant qu'une voix crève le silence et me dise : « Monsieur l'acheteur, qui êtes-vous donc ? Mes plages vous ont plu ? Alors vous aimerez sans doute mon tatouage wisigothique… »

Évidemment, rien ne s'est passé. Personne n'est sorti.

La tristesse m'a possédé pendant une semaine.

Hector, il faut que je te dise : un jour, tu seras amoureux. J'y ai pensé depuis le jour de ta naissance, en voyant deux jeunes gens entrer dans le bus qui m'éloignait de la clinique où tu venais d'ouvrir les yeux. Il passait juste devant la maternité, les cloches avaient sonné pour toi, je n'avais pas envie de rentrer vite. Il était cinq heures du matin, l'aube allait se lever sur la ville, et je me suis assis tout au fond du lourd véhicule vide, avec l'idée de me laisser porter jusqu'à la maison, au rythme des rues, des feux, des portes qui s'ouvrent et se ferment.

À l'arrêt suivant, donc, deux jeunes amoureux sont entrés. Un garçon et une fille, jolie comme les filles que j'aimais quand je suis arrivé à Paris, les cheveux courts, des taches de rousseur autour d'un regard intrépide. Le garçon avait, lui, les cheveux longs, une belle nonchalance, des souliers en daim usés. Il entourait la fille de son bras, elle avait la tête posée contre son torse, ils regardaient dans la même direction. Les lumières qui changeaient, la ville qui s'éveillait. Ils se tenaient chaud. J'imaginais, quand ils seraient arrivés à bon port, leurs deux corps nus en chien de fusil, sur le lit d'une chambre mansardée, scène vue d'en haut, depuis le vasistas.

J'ai pensé à toi. Je me suis dit que l'un des bonheurs de cette vie, c'était quand même de connaître cet état. La vie te l'offrirait. Au moins, je t'avais donné ça.

J'avais son regard, son orchidée, sa stupide croix dans la tête. Cette croix en croupe, cette croix de la Victoire qui était mon calvaire. Salopard d'Anton. Pourquoi m'avait-il montré ça ? Le roi hispanowisigothique m'avait marabouté. Je voulais aller vivre dans les Asturies, ce coin d'Espagne où l'on buvait le cidre de ma Normandie. Où l'on toréait des poules, peut-être ?

J'ai écrit une quinzaine de lignes sur son travail, destinées à être publiées dans le prochain numéro du journal. Je sais ce que tu vas te dire, que je me sers de mon statut public pour des motivations privées. Je te rappelle seulement que dans le domaine de l'art, on aime toujours pour des motivations privées. Parce que les œuvres, qu'elles soient filmiques ou graphiques, remuent des choses en vous. J'ai intitulé mon article « Une femme, des rives ».

Des hommes, des femmes, des enfants, saisis dans leur plaisir. Plaisir d'être à l'eau, plaisir d'être au monde. Plaisir d'être caressé par le vent, par les cris de joie de leurs semblables. Plaisir d'être ensemble, ensablés. Paz Aguilera y Lastres shoote les plages, mais ce n'est pas une photographe de plage : c'est "la nymphe des rivages" de Frederic Leighton transposée à l'époque du loisir pour tous, une Actée postmoderne couvant d'un regard panoramique les rituels qui s'ébauchent et se parfont autour des transats, des vendeurs ambulants de friandises, sur l'espace accueillant des serviettes dorées par les rayons. Ici, un esquimau au chocolat tombe de la main d'un enfant, bousculé par un autre. La main d'un père se lève pour punir, celle d'une mère pour consoler. Là, un baiser s'échange entre adolescents curieux de découvrir enfin le goût de l'autre. Un vieil homme vend des ballons en forme de poisson. Leurs écailles brillent dans la lumière de l'été. Sous son bob aux couleurs passées, on voit à son sourire las qu'il pense à autre chose. Paz Aguilera y Lastres est la Depardon du bronzing, la Weegee du fait divers ensoleillé. Ses plages sont des plages de vie, autant que des plages de temps. Un temps fixé pour l'éternité où cette humanité en slip de bain lorgne vers la possibilité d'un horizon adamique.

J'aurais voulu ajouter quelque chose sur la lumière trop blanche de ses compositions, la sourde inquiétude qui en émanait et que je ne m'expliquais pas.

Anton a choisi pour l'illustration l'un de ses clichés où la plage bondée jouxtait une usine. Deux cheminées rayées de rouge et blanc dressées comme deux fusées vers le ciel ébloui. Un paysage de congé payé, mais toujours nimbé de cette lumière irradiée. Le papier est paru.

Depuis le jour du vernissage, ma tête n'avait cessé de bourdonner, mon estomac de refuser la nourriture qu'on lui présentait. J'aurais voulu entrer dans cette photo et la rejoindre dans ce paysage. Qu'elle m'explique ce qu'il y avait dans sa tête, qu'elle m'enveloppe du regard avec la même empathie que celle dont elle faisait preuve dans ses clichés. Je m'en voulais de ne l'avoir pas abordée durant le vernissage, d'être resté sur mes positions ridicules. D'être resté dans la raison de mon âge sans en utiliser la raison sociale. Il aurait été si facile de me faire présenter. Merde. La vie était trop courte pour avoir ce genre d'hésitation, et j'avais bientôt quarante ans.

Accablé d'une pénible mélancolie, avec l'impression que ma vie voletait, défaite, en particules de moins en moins luminescentes autour de moi, et que ce serait pire encore si je ne la revoyais pas, j'avais annulé tous mes rendez-vous. Je passais mon temps sur Internet à regarder ses photos, à tenter de trouver des textes qui parlaient d'elle, à fouiller dans son passé sur lequel je ne trouvais rien. Elle n'avait pas de site, pas de page Facebook. Seul celui de la galerie donnait quelques infos. Celles que je connaissais. Espagnole, vingt-trois ans, originaire des Asturies, Beaux-Arts à Paris, travaille sur les plages. Je n'ai jamais retrouvé cette photo d'elle nue. J'aurais pu interroger Anton mais j'avais peur qu'il trouve des trucs sordides. Elle était pour moi la fille aux orchidées qui collectionnait les bombes dépoussiérantes. L'avantage de mes recherches sans fond, c'est que j'étais devenu incollable sur les Asturies, les *hórreos*, sur la *gaita*, le prix Prince des Asturies et le Real Sporting de Gijón. Je me perdais dans des paysages qu'elle avait sans doute contemplés. Je me perdais, je perdais mon temps.

Trois jours après la parution de l'article, j'ai reçu une lettre.

Premier verre avec Paz

L'enveloppe était petite et ne sentait rien. L'époque perdait son romanesque.

L'écriture était pressée, peu féminine. Le texte tenait en quelques lignes :

> Vous n'avez rien compris à mon travail mais votre texte était beau. Si vous êtes l'homme élégant qui a acheté ma photo, il me semble indispensable de corriger votre jugement qui me porte un grave préjudice artistique. Paz

Son numéro suivait.

Quelle violence et quelle classe ! Je lui ai donné rendez-vous dans l'hôtel que je préférais, le Lutetia, de sinistre mémoire pour certains puisqu'il avait abrité le service de renseignement nazi pendant la guerre, puis les rescapés des camps. Mais pour moi, c'était surtout l'endroit où l'on concoctait le meilleur mojito de Paris. Et où l'on trouvait encore des écrivains, cette espèce qui, je le souhaite, n'aura pas disparu quand tu liras ces lignes, Hector. Ou le monde s'ennuiera davantage…

Au Lutetia, j'avais mes amis et mes habitudes. Celui que je surnommais le Loup, par exemple, l'un des meilleurs écrivains français, un auteur orphique, qui faisait revenir les femmes de la mort en habillant leur souvenir d'une chair phosphorescente de mots. J'aimerais avoir son talent.

Et celui que j'appelais le Renard, fou de piscines et de textes soufis. Il publiait des essais, des romans et de la poésie, et réussissait aussi ses dîners. Ils étaient mes amis, ils avaient l'allure et le parfum des belles choses mortes. Celles qu'on regrette à vie. Celles qui ne réapparaissent jamais. Une manière de corail tropical, que ces gens-là. La civilisation avait mis des siècles à les produire, ils en étaient la synthèse, j'allais dire la photosynthèse, mais ils étaient fragiles. Un changement dans l'atmosphère économique du temps, un peu plus d'acidité, de rudesse dans le climat financier, et ils mourraient. Le bonheur qu'ils donnaient par les couleurs, les formes de leurs mots, n'était pas rentable.

Pour l'instant, le Lutetia les accueillait et le Lutetia tenait bon. Il portait beau en hôtel littéraire. Tentures rouges, canapés itou, un rouge carmin, très bordel, qui me plaisait infiniment. Lustres Art déco, sculptures en métal, serveurs humains.

J'étais en terrain conquis.

Indispensable pour accueillir une telle furie.

Bien sûr, elle est arrivée en retard. Ta mère est toujours en retard, c'est un principe. Nous étions en juillet. Elle est arrivée — j'aurais dû dire « elle fit son apparition », car cela relevait de l'apparition — dans une robe très marine, et sage, à rayures bleues et blanches. Les cheveux libérés, humides, une chaîne de cercles dorés autour du cou. Très fine, plus déliée et plus mate que jamais. Elle a déposé sur le sol un panier en osier dont dépassait une serviette. Une forte odeur de chlore en émanait.

Je me suis levé. Elle m'a fait signe de me rasseoir, et elle s'est assise. Elle avait le visage chiffonné. Je pressentais le pire.

« C'est bien toi, a-t-elle commencé, de son tutoiement d'Espagne aussi offensif qu'un taureau de Miura qui bondit hors du toril (je sais, la comparaison est téléphonée. Mais bon, c'était ma première Espagnole).

— Moi… ?

— Toi qui as acheté ma photo…

— Oui, c'est moi.

— Je n'étais pas sûre. J'avais mal vu. Il faisait noir… »

Elle a regardé autour de nous. S'est mordu la lèvre. Je sentais qu'elle allait dire quelque chose qui allait me mettre à mort. Je me suis redressé. Pour un peu, j'aurais écarté les pans de ma chemise pour lui montrer où viser. Mon cœur battait fort. Le rhum empourprait mes joues. Le ventilateur du plafond m'apportait un soutien bienvenu.

« Bon. Je voulais te voir pour te remercier de l'intention de ton article. Mais tu n'as dit que des *tonterías*. »

Elle continuait à dire « tou » au lieu de « tu ». Avec ce débit qui tranchait au hachoir les syllabes et te faisait penser que ton tour viendrait bientôt. Ce dernier mot, *tonterías*, elle l'avait prononcé avec la bouche pincée, comme s'il recouvrait quelque chose de parfaitement dégoûtant. Un mélange de « banderilles » et de « tortilla ».

« Ça veut dire quoi ? » j'ai demandé.

Et, du tac au tac :

« Ça veut dire : des conneries. »

Ça m'a assommé. Jamais on ne m'avait fait ce coup-là. Une débutante, quinze lignes dans l'un des trois plus gros news français, et ce culot. Je me foutais de sa reconnaissance, mais quand même… J'ai failli la planter là. Je lui ai renvoyé son tutoiement.

« Tu vas te calmer tout de suite.

— Je ne me calme pas ! »

Elle avait haussé la voix et les pensionnaires de ce lieu ouaté nous ont dévisagés. J'ai souri pour rassurer tout le monde. Paz a repris.

« Et ce n'est pas parce que tu écris dans un journal, que tu as ce pouvoir-là, que tu peux écrire n'importe quoi sur le travail des autres !

— On ne t'a jamais dit qu'en France, on utilise le vouvoiement quand on s'adresse à quelqu'un qu'on ne connaît pas ?

— *Vale.* »

Elle s'est levée avec un geste de la main et a ramassé son sac qu'elle a jeté sur son épaule. Une paire de lunettes de piscine est tombée sur les dalles. Verres bleus. Je les ai ramassées et j'ai dit en lui tendant :

« Reste là. C'est toi qui as demandé à me voir, alors reste là. Je n'ai pas tout mon temps, tu vois. »

Elle s'est rassise. Le sac sur les genoux. Le visage fermé, tendu. D'une agressivité folle.

« Et pose ce putain de sac », j'ai dit.

Elle s'est exécutée. J'ai appelé le serveur.

« Deux mojitos, Julien. » Je me suis tourné vers elle : « Tu portes très mal ton nom, Paz.

— Passe. »

J'ai sursauté. Elle me congédiait ?

« Pardon ?

— Vous prononcez mal. On dit "passe". »

Son retour au vouvoiement m'a peiné. Elle disait le « sse » de « passe » avec la langue entre les dents. Un serpenteau de chair qui pointait sa tête rose entre ses dents.

« Vous permettez que je continue à vous tutoyer », ai-je demandé pour reprendre la main.

Elle a souri, et ça m'a ravi. J'ai repris, et simultanément les mojitos sont arrivés. Je lui ai proposé de trinquer. Elle a hoché la tête.

« Alors, explique-moi : en quoi ai-je écrit n'importe quoi ? »

Elle a soupiré :

« Tout, ou presque, est faux… Tu as ressenti du plaisir chez moi là où il n'y a que du déplaisir. Du semblable là où il n'y a que du dissemblable. Tu dis "plage de vie", quand moi je vois "plage d'absence de vie". »

Je l'ai dévisagée. Des orages passaient dans le regard de Paz. Qui continua encore sur une phrase :

« Il n'y a que le mot "shoote" qui sonne juste, dans ton texte. » Elle a bu une gorgée de mojito.

« Il est bon », elle a dit, et ses yeux exprimaient la gourmandise.

« Je suis désolé », ai-je répondu, sous l'emprise d'une soudaine mélancolie. Au fait, la mélancolie est-elle un sentiment ? Peut-on dire : « Je ressens de la mélancolie pour toi ? » Elle a repris, brutalement :

« Tu les trouves heureux, toi, les gens que tu vois sur ces photos ?

— Ils me le paraissent, oui…

— Alors n'en parlons plus. »

Elle avait dit « plou ». Le silence s'est installé, vite rompu, encore par elle.

« Tu ne te sens pas étouffé quand tu regardes ces photos ? Cette masse de gens colonisant l'espace…

— Non… Je te fais remarquer que j'en ai acheté une…

— Celle que tu as achetée, c'est la seule où on n'étouffe pas. C'est la seule où la mer est vivante. Où elle bouge. Où elle s'exprime. »

Je n'étais pas sûr de comprendre tout ce qu'elle disait. Aujourd'hui, bien sûr, cela prend une coloration tout autre. Une fille aux yeux braqués sur la rive était forcément amenée un jour à la quitter. À dé-river.

« "Plaisir d'être au monde"… c'est donc ironique ?

— Tu commences à comprendre. C'est dommage, tu as déjà écrit l'article.

— Je suis désolé, je t'ai dit.

— Si j'étais connue, tu te serais couvert de honte.

— Si tu étais connue, je n'aurais pas fait l'erreur. »

J'ai ri. Il y a eu de la lumière dans ses yeux noirs.

« C'est le premier article sur mon travail. Ce que tu as écrit va servir de référence…, a-t-elle ajouté en jouant, de la paille, avec les fragments de glace qui lestaient son verre.

— Tu me fais trop d'honneur, ai-je dit. Et puis,

il n'y a pas de mal à aimer le genre humain. Ou au moins à en donner l'illusion. »

Elle a soupiré.

« En plus, ils ont vendu toutes les photos, depuis… »

J'ai souri.

« Tu dois être contente ?

— Ils vont tous se dire qu'ils ont acheté un morceau de bonheur humain. "Une plage de vie." » Elle a souri tristement et a ajouté, en me fixant : « Ton article était beau. »

J'ai senti mon cœur fondre. Elle a regardé sa montre. J'ai pris peur. Je ne voulais pas qu'elle parte.

« Merci, mais c'est ton talent qui m'a fait écrire ça. Il y a beaucoup de choses dans tes photos. Elles parlent. Elles m'ont parlé… »

Ce que je disais était d'une banalité effondrante. J'ai songé à Anton, le premier à avoir senti qu'il y avait quelque chose dans ces plages. Il avait dit « intéressant », ce qui est pour lui une marque d'enthousiasme dingue.

L'extrémité de la paille a disparu entre ses lèvres. Je voyais le liquide monter dans le minuscule tube en plastique. Une sève de rhum et de menthe.

« Je vais pouvoir retourner en Espagne, a-t-elle dit. Voir ma famille.

— Tu pars quand ?

— Lundi. »

J'ai lancé, enfin pragmatique :

« C'est amusant, moi aussi. »

J'étais ridicule. En quoi était-ce « amusant » que deux personnes aillent dans le même pays ? Une « coïncidence », à la rigueur. Quelque chose

d'« étrange », si on dramatisait. Mais « amusant ».
Quel con…

« Tu vas à Gijón ? »

Elle a éclaté de rire, ce qui m'a dépité. Malgré la
beauté du spectacle. Et la suavité de ce rire, éma-
nant d'une voix grave.

« Oui, je vais à *Rhirhon* », ai-je répété en tentant
d'imiter sa prononciation.

Elle a secoué la tête.

« C'est impossible, ça n'intéresse personne.

— J'y vais en reportage.

— Ah *sí* ? Et reportage sur quoi ? »

Pris de court, j'ai inventé :

« Sur le cidre.

— ¿ *La sidra* ? ¡ *Tonterías !* » Elle a ri encore.
Avant de regarder sa montre, geste qui m'exaspé-
rait au plus haut point.

« C'est quoi ton adresse, là-bas ? Ce serait bien
qu'on arrive à…

— Qu'on arrive à quoi ? » m'a-t-elle dit en
repoussant derrière son oreille une mèche de cheveux noirs. Une créole y tremblait. J'ai rougi.

Et c'est comme ça que je me suis retrouvé dans
les Asturies, le pays de ta mère. Et donc, à moitié,
le tien, Hector.

Paz asturiana

Toute ta mère est dans Gijón. C'est donc ta ville, mon Hector, et il faut que je t'en parle. Une chose d'abord. Dans la vie, n'attends pas que le destin te prenne en charge. Le destin te regarde, il sera séduit s'il te voit entreprendre, il sera bon compagnon et te filera un coup de main, mais c'est à toi de faire le premier pas. Même si c'est absurde.

Remarque, ça ne l'est jamais. C'était absurde de franchir les Alpes à dos d'éléphants, et pourtant Hannibal l'a fait. C'était absurde d'aller chercher les Indes en traversant l'Atlantique, et pourtant Colomb l'a fait. Il n'a pas trouvé les Indes, tu me diras. C'est vrai, mais il a trouvé les Indiens, et c'est déjà pas mal.

Ce que je veux te dire, mon enfant, c'est que ce sera toujours à toi de te lancer. On le sent, généralement. Les Grecs avaient un mot, pour ça. *Kairos* : l'« occasion », le moment propice. La fenêtre qui s'ouvre et par où tu dois t'engouffrer. J'attendais que quelqu'un me réinvente. Ta mère était mon *kairos*.

Notre rendez-vous s'était terminé sans l'échange de numéros rituel. Sans doute était-ce trop banal pour moi que de le lui demander.

Gijón, donc, la vraie capitale des Asturies, cette région coincée entre le Pays basque et la Cantabrie. Je dis la vraie, parce qu'il y en a une officielle : Oviedo, ville de naissance de la femme du caudillo Franco, cité médiévale à cathédrale abritant le trésor des rois chrétiens. Une comtesse riche et catholique, Oviedo. Ça peut exciter. Ça peut. Gijón, elle, EST excitante : une fille du peuple, une anarchiste, qui se fiche des codes, les piétine, vit sa vie. Gijón, pour moi, c'est ta mère, vibrante, tempétueuse, aquatique, ouverte sur la plus tonique des mers, la mer Cantabrique, venteuse, salée, rebelle à la carte postale. Protégeant la vieille ville dont les rues exhalent une profonde odeur de cidre, trois kilomètres de façades à l'architecture disparate, en sale état, pour la plupart construites dans les années 60 et 70, lui donnent des airs de Copacabana atlantique. Avec des surfeurs qui caracolent sur les vagues, des belles filles brunes et blondes qui les regardent dominer l'écume, et des gamins qui courent sur le front de mer. Oviedo avait du charme. Gijón, elle, donnait envie de faire l'amour.

J'avais posé mes valises à l'hôtel Príncipe de Asturias. Prince des Asturies est le titre que porte le fils du roi d'Espagne. C'est le nom, aussi, du plus grand prix littéraire du pays. J'avais choisi le dernier étage de cette barre quatre étoiles déjà vintage. Par les grandes baies vitrées, je voyais la plage San Lorenzo, pointillée de petites tentes de toiles multicolores où les mamies faisaient de la couture en parlant le *bable*, le dialecte local, lançant de temps à autre un regard protecteur sur leurs petits-

71

fils qui dévalaient *cojones adelante* les vagues prodigieuses.

Pas le genre à surfer gentiment, la chevelure peroxydée dans le vent, les tatouages à l'air, le surfeur de Gijón. C'est du surfeur rude, en combinaison tant la mer est glacée. Les Asturiens sont celtes. Leurs ancêtres sont les Asturs, pas commodes, premiers à se lever pour bouter les Maures hors d'Espagne au VIIIᵉ siècle, premiers aussi à se lever contre Franco. Les fameux *dinamiteros* des Asturies, ces combattants à l'explosif photographiés par Robert Capa, Chim et Gerda Taro en 1937, sont les ancêtres de ces surfeurs, les ancêtres de ta mère. Sur la plage, sous les yeux d'un professeur, une douzaine de bambins, pas plus de dix ans, s'allongent puis se redressent d'un coup sur leur planche posée dans le sable. Quand j'y pense aujourd'hui, Hector, je me dis que ça te plaira d'apprendre le surf lorsque tu découvriras le pays de ta mère. Depuis la plage, je te couverai des yeux. Tu auras une minuscule combinaison et les cheveux noirs et brillants de ta maman. Et tu seras bien, dans ce pays, cette contrée, cette ville qui me passionnent depuis que je sais qu'elle y a vu le jour.

L'hôtel avait l'élégance d'offrir une bouteille de vin au nouvel arrivant. Un rioja joliment emmailloté dans une résille dorée, avec une étiquette où on lisait un mot de bon présage : « Victoria ».

« Enfin, je suis en Espagne », me suis-je dit en savourant la première gorgée du breuvage. Une aventure commençait. J'étais heureux. Je voulais la revoir. J'allais la revoir.

Par quoi commencer ? C'était la fin du jour. Le soleil s'abîmait dans l'océan et l'air salé me piquait les narines. Il faisait bon. Je marchais sur la promenade dallée qui borde la mer. Tu en feras l'expérience, mon Hector, quand tu chercheras une fille dans une ville inconnue, où tu n'as aucun repère, mais où tu la sens parce qu'elle correspond totalement à cette ville. Tu la sens, mais tu sens aussi que tu peux seulement la frôler. Tu te changeras alors comme moi en chien qui lèche ses plaies pour les apaiser, tu feras comme moi des prières mentales aux esprits pour qu'ils t'éclairent. *Kairos. Kairos*, voilà ce que je répétais.

Des mamans faisaient rouler leurs poussettes peuplées de petits Asturiens, des grands-pères plongeaient dans les flots des cannes à pêche au bout desquelles gesticulait un ver de sable, des enfants couraient avec à la main une glace dégoulinante, des préadolescents envoyaient des SMS sur leurs smartphones customisés. Envoyer des SMS : c'était devenu le geste universel. Le signe de reconnaissance de l'être humain. Les soixante-huitards qui nous avaient endettés avaient gagné : les gens n'avaient plus rien à se dire mais ils communiquaient. Sur Facebook, on trouvait des groupes de discussion «J'aime les frites» et «J'aime pas les Juifs» et c'était presque égal.

J'ai soupiré. Je voulais de l'air. Je priais pour la voir surgir de la brume d'été qui montait devant mes yeux, au loin. Mais elle ne venait pas. J'ai marché jusqu'au plus fameux spot de surf de la côte, baptisé «El Mongol» parce que les terribles vagues qui y enflent vont s'écraser contre l'enceinte d'un asile psychiatrique. Je me demande si le bruit de l'eau qui explose contre les murs toutes les trente secondes est véritablement apaisant pour un cerveau malade…

Je me suis arrêté pour regarder la mer. La promenade était bordée par une jolie barrière d'un blanc impeccable, soutenue par des piliers frappés, à chaque mètre, du blason de la ville de Gijón qui figurait le roi Pélage.

Sur son bouclier, cette croix flanquée d'un alpha et d'un oméga. La fameuse croix des Anges qu'Anton m'avait montrée sur la photo qui représentait Paz de dos. À vérifier, était-ce bien elle ? Pourquoi en effet cette croix associée à des luttes religieuses du passé ? Le roi Pélage, avais-je lu, avait chassé les infidèles après avoir vu la Vierge dans une grotte des montagnes asturiennes. Était-elle une farouche régionaliste, qui ne voudrait être touchée que par un Asturien ? L'air iodé — ou le rioja — *me montait à la tête.*

J'avais faim et j'avais soif, et après le rioja, pas assez asturien, il fallait que je passe au cidre, dont, quittant la mer et marchant vers le cœur de la ville, je sentais le parfum puissant prendre le dessus sur celui de l'iode.

Faire l'amour avec Paz

J'avais faim, j'avais soif, et je croyais en mon étoile. Je m'étais attablé dans un restaurant de pierre et de bois, La Galana. Une fille avec un diamant dans la narine n'en finissait pas d'apporter à ma table un aréopage de tapas maritimes tous plus succulents les uns que les autres. *Anchoas del Cantábrico, chopa a la sidra con almejas, arroz con pixin, calamares fritos.* Pas seulement maritimes. Du *jamón ibérico cortado a cuchillo* et de la *cecina de León*, aussi. On méprise le mot « spécialité ». Mais tant que ce mot existera, cela suffira à nous faire comprendre que le monde est encore divers.

Je regardais la fille, sans pourtant trahir le souvenir de Paz, je regardais la fille, sans convoitise, les yeux grands ouverts pour que la beauté aille directement à l'âme, et je commençais à trouver ce peuple vraiment beau. J'avais laissé la mer à droite et j'étais monté vers Cimadevilla : la cime de la ville. J'aimais l'expression, qui rappelait qu'une ville n'est jamais une jungle, mais un seul arbre, avec son tronc, et son double réseau de branches et de racines. En l'occurrence, pour Gijón, il n'y avait pas d'ambiguïté sur le type d'arbre : c'était un pom-

75

mier. Et le parfum de ses fruits montait aux narines avec une puissance qui vous faisait illico tourner la tête.

Je n'étais pas en Espagne, j'étais en Asturie. Ou plutôt dans les Asturies, même si je n'ai jamais compris le sens de ce pluriel. J'avais poussé la porte d'une *sidrería*. À l'intérieur, une foule parlait haut, les pieds dans la sciure de bois. Car tout le sol était couvert de sciure, pour absorber les flots d'alcool de pomme. Celui qui servait tenait la bouteille à bout de bras, bien au-dessus de la tête, avec le goulot dirigé vers le bas : le liquide dégringolait, rectiligne, d'un bon mètre cinquante de haut, dans un large verre incliné. La moitié du cidre se perdait dans la sciure, l'autre, qui moussait dans le verre, était aussitôt portée aux lèvres du buveur. L'opération recommençait alors pour un autre convive. On utilisait le même verre. J'ai questionné un serveur à la manœuvre. Il m'a dit qu'ici le cidre n'avait pas de bulles, et que c'était la seule façon de l'oxygéner. Cette tauromachie cidrière ne manquait pas de grâce, il était très impressionnant de voir toutes ces bouteilles s'incliner depuis le ciel pour laisser pleuvoir leur jus doré. J'appris que ce verre large s'appelait *culin*, « petit cul ».

Je suis sorti du restaurant, grisé. Je me suis retrouvé sur une petite place animée, qui s'enfonçait dans le sol par des gradins successifs, formant une sorte d'arène où la jeunesse se massait. Le *culin* passait de bouche en bouche. Les filles, les garçons riaient, fumaient, s'embrassaient. Je me suis adossé contre un mur de vieilles pierres. J'étais heureux. Je pensais à l'Entreprise, à cette base médiatique, au flux d'infos, aux messages toujours plus alarmants qui venaient de Bruxelles et nous annonçaient que la fin du monde était proche. Je me disais que l'Europe était peut-être à bout de souffle, mais qu'elle en avait encore sous le pied, de la vie et des richesses. Une civilisation.

J'étais heureux. Je suis allé chercher une bouteille de cidre et un *culin*. J'ai fendu la foule joyeuse, ces filles aux yeux sombres, bleus ou verts, ces mecs qui braillaient, des anneaux dans les oreilles, j'ai saisi mon butin et suis retourné dans l'arène. J'ai essayé de me servir et tout ce que j'ai su faire, c'est d'en renverser la moitié. Et alors ? J'étais bien. J'ai souri aux étoiles qui perçaient le tissu noir de la nuit asturienne. J'ai entendu mon prénom, j'ai tourné la tête vers la droite, et je l'ai vue.

Elle me tendait un *culin*.

Elle.

Paz.

Je te vois venir, Hector. Dire que c'est un peu facile, que le hasard est trop grand. Mais qui te parle de hasard ? Je suis venu ici. Dans une ville où je savais qu'elle était. Et il serait anormal que je la trouve ?

« Je croyais que tu me faisais une blague, l'autre jour », a-t-elle dit en plongeant ses yeux dans les miens.

J'ai avalé son *culin*. Elle était avec des amis. De jolies filles comme elle, mais moins jolies qu'elle. Et des garçons qui me dévisagèrent, certains avec curiosité, d'autres avec hostilité.

« Ton reportage avance bien ? »

Je n'ai pas vraiment encore parlé de la dureté de son regard, qui m'avait pourtant saisi lors de notre première rencontre. Ce regard où semblaient luire les éclats d'une lame de poignard, cachée derrière de longs cils soyeux.

Tu as les mêmes, mon Hector, et je ne peux pas les regarder sans frémir.

Je n'ai pas parlé de sa bouche pleine, charnue, de ses pommettes piquetées d'éphélides qui saillaient sur son visage mat, de son petit nez rond contrastant avec son menton pointu. J'ai déjà parlé, en revanche, de cette crinière de cheveux tellement noirs qu'ils flamboyaient de lumière. Le noir absorbe la lumière, dit la science. Je me fiche de la science, dit la femme. Pour l'instant, la crinière n'en était pas une. La masse de flammes noires était disciplinée en un chignon de danseuse. Une mèche, qui s'en était échappée, caressait sa nuque, qui devait être imprégnée de sel, comme ses cheveux. Elle sortait de l'eau. À chaque fois que je la voyais, elle sortait de l'eau. C'était un signe.

Dans l'échancrure de sa robe bleu nuit, on apercevait les lanières de son maillot de bain.

J'ai essuyé ma bouche cidreuse avec le dos de ma main.

« Oui, je crois que mon reportage avance bien. »

Elle a souri, pas dupe, et m'a présenté comme un « ami français ». J'ai aimé : ici, ça me rendait unique. Elle m'a dit qu'elle était heureuse de me voir ; rien ne m'avait fait plus plaisir depuis cinq ans. Ils allaient à un concert. Elle m'a demandé si je voulais l'accompagner. J'ai dit « *Con mucho gusto* », et ça l'a fait rire.

J'ai pris son sac de plage. Au Lutetia, il sentait le chlore. Ici, il sentait l'iode.

Dans la voiture, conduite trop vite par l'un de ses amis, je sentais la chaleur de ses cuisses contre mon jean serré.

Je ne vais pas te parler de ses amis, car je leur ai à peine parlé. Je ne vais pas non plus te parler du concert. C'est un groupe que j'adore, et que je citerai peut-être, à la fin de ce roman qui n'est pas destiné à être publié. Je ne crois pas, en effet, que notre époque puisse se raconter sous la forme d'un roman. Il faut un minimum de narration, et ce monde-ci, toujours entrecoupé par la réception d'un SMS, d'un mail, ne raconte plus grand-chose dans la longueur. La seule chose qui y soit continue, c'est l'interruption.

Je vais juste te dire que ta mère, Hector, aimait danser et dansait bien. Fluide et puissante.

Je tenais son sac de plage. Je la regardais. J'étais encore plus fou d'elle.

Elle était en nage quand elle m'a demandé, à l'extérieur de la salle : « On te dépose où ? »

Terrible. Normalement on se raccompagne. Parfois on fait l'amour. « On te dépose où ? » J'ai donné le nom de l'hôtel. Un grand froid s'installait en moi.

Que faire de plus dans une ville où l'on a trouvé la personne qu'on cherchait ? À deux heures du matin ?

J'ai vidé le minibar. Tenté de lire Cioran en Pléiade, zappé d'un programme animalier à une chaîne porno avant de m'écrouler de fatigue et d'alcool.

J'étais en pleine brume lorsque le téléphone a sonné dans la chambre. Il était neuf heures du matin. Quelqu'un m'attendait.

Elle était dans le hall, portait une robe jaune et des sandales. Si j'en étais d'accord, si je n'avais pas de rendez-vous, on partirait pour la journée. Mon article sur elle l'avait vaccinée : elle aimait mieux que je ne raconte pas de conneries sur sa terre natale. Dans l'habitacle de sa petite voiture résonnaient les accords du *Requiem* de Mozart. Singulier pour une conduite estivale en bord de mer.

Elle avait pris le volant. Les paysages affichaient leur superbe, larges collines vertes ondulant devant l'étendue bleue.

Elle roulait vite et sport, traitait de *cabrón* les poids lourds qui refusaient de se soumettre. Alors que nous longions une route bordée de pins, elle a rétrogradé et pris à droite à travers la forêt. Au bout de la route, une usine élevait devant nos yeux deux cheminées phalliques. Elle était abandonnée. Une inscription à la peinture au fronton d'un bâtiment aux carreaux brisés disait : Fábrica metalúrgica de Luarca. Une barrière mobile rouge et blanc, restée en position haute, ne barrait plus l'entrée. La voiture s'est engagée entre les bâtiments défaits et nous avons traversé le complexe. De l'autre côté, entre deux rangées de palettes, la forêt de pins reprenait, sciée en deux par une piste de terre sur laquelle elle s'est engagée. La minuscule voiture tanguait vaillamment. Le chemin est devenu du sable. Paz a continué sur quelques mètres avant de couper le contact. Elle a saisi son sac de plage, a quitté le véhicule et claqué la portière. Je l'ai rejointe en haut de la dune qu'elle venait de grimper.

Le spectacle était à couper le souffle.

Une plage déserte et large, léchée avec gourmandise par de longs rouleaux d'écume.

« *Vamos* », elle a dit. Je l'ai suivie. Les cristaux de mica luisaient sous les pieds. Elle s'est arrêtée et a tiré de son sac deux serviettes de bain. Elle a dégrafé sa robe. J'allais enfin voir le tatouage. Raté, elle était en maillot de bain. « Tu viens ? » m'a-t-elle dit en se retournant. La mer lui ouvrait les bras. À moi aussi mais je n'avais pas pris de maillot. La plage était vide, mais je ne voulais pas me présenter d'emblée comme un satyre.

Tant pis, je renoncerais à ma baignade. Elle avait disparu dans la mer, avait franchi la première barre d'écume. Nageait foutrement bien. J'ai ôté mon tee-shirt et mes baskets de toile. La chaleur tapait contre ma chair, l'air était chargé de parfums de la forêt. Sève et fougère, humus et pollen. Galvanisant. Superbe. Ta mère nageait. On ne se connaissait pas. J'avais une de ses photos, c'est tout. Sublime Asturienne. Une énergie à revendre. Je la regardais crawler, comme un con, moi immobile. Et puis merde. J'ai pensé au mot d'Oscar Wilde : « Pour être vraiment médiéval, il ne faut pas avoir de corps. Pour être vraiment moderne, il ne faut pas avoir d'âme. Pour être vraiment grec, il faut être nu. » Je me suis débarrassé du reste et j'ai marché jusqu'à l'écume, le sexe à l'air. Me suis plongé dans les flots toniques. En quelques brasses, j'étais au large. L'eau glissait sur mon corps comme du mercure. Je me lavais de la fatigue et de l'alcool. Cette fille me possédait et cette pensée modifiait la forme de mon corps. Je me suis efforcé de penser à autre chose, à quelque chose de très laid, de très antiérotique, pour reprendre mon aspect normal. Je suis sorti le premier, me suis séché, me suis rhabillé.

Elle est sortie de l'eau, telle que maintenant tu peux l'imaginer : les cheveux qui ruissellent, le corps sculpté par la nage. Assise sur la serviette, elle s'est penchée pour récolter un peu de ce sable presque blanc et l'a laissé s'écouler, paume ouverte, entre ses doigts.

« Tu aimes, ici ?

— C'est superbe.

— C'est là que j'ai commencé ma série sur les plages. On appelle cette plage la *Xana*, "la sorcière" en *bable*.

— Et pourquoi la sorcière ?

— Il y en a une qui vivait ici, paraît-il. La plage est bordée par une forêt. Elle l'habitait. Une sorcière ou une fée, va savoir… En tout cas, elle les fait encore fuir, les hommes. Regarde, il n'y a personne, et c'est ce que j'aime. C'est pour ça que tu t'es trompé quand tu as parlé de "plages de vie" dans ton article. La vie, pour moi, c'est sans les hommes, sans les cornets de glace, les parasols, la bière et les sandwichs. La nature libérée de l'humanité.

— Mais il faut bien quelqu'un pour la regarder, la nature. »

Elle n'a pas relevé. Encore une remarque absurde.

« Pardon encore, pour l'article. C'était une interprétation. Mon métier, c'est de l'interprétation. Ce n'est que ça. Avec un peu de style pour faire passer notre manque d'instinct… »

Elle a ramené ses genoux sous son menton. Je regardais ses cuisses fermes de fille de l'eau.

« À cause de toi ma vie va changer », a-t-elle lancé.

J'aurais préféré qu'elle dise « grâce »…

« Pourquoi tu dis ça ?

— Il y a eu d'autres articles. Je dirais même que c'est le succès… »

Je savais ça. Mon ordiphone me l'avait dit. J'adorais, quand je rencontrais une fille, me frotter à ce qu'on disait d'elle sur la grande Toile numérique. Prendre connaissance de ce que le monde percevait d'elle, et le comparer à ce que j'en percevais, moi. Depuis mon article, la machine s'était mise en marche. La Depardon du bronzing, la Weegee du fait divers ensoleillé était installée.

Elle s'est allongée dans un soupir. Soulagement, peine, simple expression du corps savourant ses endorphines ?

« Et ça ne te rend pas heureuse ?

— De réussir sur un quiproquo ? D'être portée aux nues mais pas comprise ? Je n'aime pas les discours sur l'art. Savoir si un lavabo est un lavabo ou une œuvre. Aux Beaux-Arts, je ne supportais plus. Je veux faire mes photos. Je veux capter ce que mon regard me dit de capter. Le reste, où va finir ma photo, chez des gens qui l'aimeront vraiment ou ne l'auront achetée que parce qu'on leur aura conseillé de le faire, ça ne me regarde pas. Quant à la presse, à la critique, pardonne-moi, mais c'est une affaire de perception et on ne maîtrise pas la perception des autres. » Elle a laissé la phrase en suspens. « Tu sais, ça m'est égal, ce qu'on en dit. Et qu'on en dise quelque chose, ou rien. Mes photos sont des bulles de savon. Des moments. Et les moments ne durent pas... »

J'ai cru voir une larme couler sur sa joue mais peut-être n'était-ce qu'une goutte d'eau de mer. Je repensais à mon métier. À sa vanité aussi. Écrire ce qu'on pense d'une œuvre, ce qu'elle remue en vous, n'avait aucune portée universelle. Des bulles. Des bulles de savon.

Elle s'est allongée. Je regardais ses seins monter et descendre, poussés par le volume croissant et décroissant de sa cage thoracique. Elle s'est endormie. Rien ne comptait plus que le moment. J'aurais voulu dialoguer avec moi-même. Pour patienter, d'ailleurs, je l'ai fait.

« Comment vas-tu, César ?

— Je vais très bien, César.

— Est-ce que tu sais pourquoi tu vas bien ?

— Parce que je suis sur une plage magnifique, à côté d'une femme magnifique. Je pourrais ajouter d'ailleurs que je ne suis pas sûr d'aller bien parce qu'elle me fait un peu peur. Tu ne la trouves pas aussi belle qu'effrayante ?

— Parce qu'elle a le regard coupant ?

— Oui, entre autres. Parce que je ne sais pas, non plus, ce qui vraiment compte pour elle.

— Et pour toi, tu le sais ?

— Oui, je crois.

— Et c'est quoi, alors ?

— D'expérimenter le plus de beauté possible.

— Dirais-tu que tu es un esthète ?

— Je déteste le mot, qui sonne artificiel, fat, pas

viril, alors que faire l'expérience de la beauté est très physique. C'est une forme d'action.

— Tu es un homme d'action, alors?

— Cesse d'être ironique. Tu connais mon histoire. Tu sais ce que j'ai laissé là-bas. Tu sais que je ne veux plus quitter l'Europe.

— Tu es lâche?

— Je suis le contraire de cela. Il y a que certaines choses ont cessé de m'amuser. J'adore Stendhal, tu vois, mais quand il dit : "L'art de la civilisation consiste à allier les plaisirs les plus délicats à la présence constante du danger", je le trouve stupidement adolescent. Pourquoi le danger serait-il indispensable?

— Parce que pour apprécier une chose, il faut aussi sentir qu'on peut la perdre…

— Arrête ce genre de raisonnement, cesse ces phrases… de phraseur!

— Mais tu sais, César, parfois l'action me manque. La vie qu'on menait avant. En Asie… Les rubis, les filles toxiques, les prisonniers des bagnes que ton guide prenait en photo. L'Orient…

— On parlera de ça plus tard. Là, je suis sur cette plage, comme un veuf qui a mille ans et qui sent qu'il va revivre.

— Tu as l'impression de ne pas vivre?

— J'ai l'impression de laisser filer le temps. De remplir l'agenda comme on met du charbon dans la machine un peu folle d'une locomotive qui ne sait pas où elle va.

— Tu parles de l'Entreprise?

— Oui, et de la vie que nous menons, hommes et femmes, dans ce début de siècle XXI. Tu vois, ce que j'aime, c'est que depuis que je suis dans les

Asturies, je n'ai pas une seule fois regardé mon télé-phone portable. Sauf pour googliser Paz.

— Googliser. Je déteste ce mot… Tu n'aimes pas "esthète", mais celui-ci est pire…

— C'est vrai, mais Google a gagné. Les empires meurent, Google mourra, mais c'est encore trop tôt.

— Et qu'est-ce que tu as trouvé ?

— Que ça marche pour elle. Elle est lancée. Ses photos décollent avec une puissance inimaginable. Elle a été forcée de changer de galeriste. L'argent va rentrer, elle sera tirée d'affaire, j'y suis un peu pour quelque chose, et ça me rend heureux.

— C'est narcissique…

— Le narcissisme devrait être obligatoire : il vous empêche de vous laisser aller et d'être une charge pour les autres.

— C'est toi qui fais des phrases… En plus, celle-ci n'est pas de toi.

— De qui ?

— Peu importe. Tu me fatigues. Tu es stupide, parfois…

— Oui, je suis stupide, et ça me repose. Ça m'allège. Mais à moi de t'interroger. Qu'est-ce que tu préfères, dans la vie ?

— Aimer.

— Et elle, tu vas l'aimer.

— Je l'aime déjà.

— On est deux, alors… »

Elle a ouvert les yeux. M'a regardé quelques secondes, sans parler. Elle n'a pas souri. A étiré ses jambes brunes et musclées. Et m'a dit : « Tu n'as pas faim ? » J'ai hoché la tête. « Je me change et on y va. » On était seuls, vraiment seuls sur la plage. Je m'attendais à ce qu'elle ôte son maillot, sans façon. Mais non. Ta mère était pudique. Elle a enfilé sa robe avant. Elle a rangé les deux pièces dans son sac.

« Viens. » On a traversé la forêt.

Nous sommes l'un en face de l'autre. Entre nous une longue table de bois, sous les arbres. Et sur cette table de bois, une tortilla jaune comme un soleil, des poivrons marinés dans une huile d'olive suave, du *jamón bellota* charnel à souhait, du bon pain, et le cidre, évidemment, qu'elle me sert *culin* après *culin*. La bouteille est verte comme les pins qui nous environnent et qui sont traversés par le bruit des vagues.

« Ça me fait drôle de te voir ici, dit-elle.

— Pourquoi ?

— J'ai l'impression de te faire vivre mon enfance… De t'initier à moi…

— Et l'initiation se passe bien, tu penses ? »

Elle sourit. Paz a les dents très blanches. Elle pourrait être l'égérie d'une marque de pommes. Sur ses joues piquetées de petits grains de beauté, le sel de l'océan a laissé des traces blanches.

« Ça ne fait que commencer. Je t'emmène maintenant dans les profondeurs. »

Paz en profondeur

« Je t'emmène dans les profondeurs. » Aujourd'hui, évidemment, cette phrase revêt une signification dérangeante, qui me brûle. Mais à cette époque, je l'ai prise pour ce qu'elle était. Une incursion dans le cœur du sujet. L'étape clé de l'initiation.

Elle conduisait sans un mot. Avec, toujours, montant dans l'habitacle, le *Requiem* de Mozart. *Requiem*, dont dériverait le mot « requin ». « Requiem est un gros poisson de mer qui dévore les hommes, écrivait Furetière, qui est ainsi nommé parce que, quand on en est mordu, il n'y a rien d'autre à faire qu'à chanter le requiem… »

La ville où l'on est entrés s'appelait Mieres. Elle était noire et désolée. Tapie, couverte de suie, au pied des montagnes qui la cernaient. « *Los Picos de*

Europa», m'a dit Paz. Les pics d'Europe. Une église baroque, des maisons aux larges murs où s'accrochaient des balcons de bois. On a laissé le bourg derrière nous. Et des usines qui ne fumaient plus. Paz était grave, le regard concentré. On s'est arrêtés devant une énorme bâtisse entourée de collines noires que la végétation recouvrait peu à peu. L'odeur de charbon était prégnante. Une tour de métal noirci couronnait le bâtiment de brique rouge, en rotonde, flanqué de deux constructions industrielles. C'était une ancienne mine, reconvertie en musée. À l'intérieur, des tenues de mineurs pendaient du plafond, dominant un réseau de roues d'acier armées de crans, entre lesquelles s'ouvrait la bouche noire d'anciens fours à carboniser. Étalée sur le mur, une femme m'arrêta. Et depuis, pour moi, c'est l'image de ta mère. Les yeux, ce sont les siens. La bouche et le nez sont différents, mais ces yeux, ces yeux pleins de défi, ces yeux explosifs… Il s'agissait d'une ancienne affiche pour l'Unión Española de Explosivos, datée de 1924, présentant une fille en robe verte, allumant en souriant, de la pointe de son cigarillo, la mèche d'un bâton de dynamite, avec, en arrière-plan, l'éclair d'une explosion au fond d'un tunnel.

Paz a toujours été pour moi la femme dégoupillée, la grenade vivante. Je me suis renseigné depuis. Le peintre était de Cordoue, il s'appelait Julio Romero de Torres, le modèle était une danseuse nommée Elisa Muñiz, dite La Amarinta.

Elle a acheté deux billets. Je me contentais de suivre. Un groupe partait pour une visite. Elle a pris deux casques dans une armoire de métal et m'en a tendu un. Nous nous sommes engouffrés dans les tunnels. La température avait plongé d'au moins dix degrés. Chacun était sommé d'allumer la loupiote qui surmontait son casque. Paz traduisait quand je le lui demandais. Le guide parlait du soulèvement des mineurs des Asturies, en octobre 1934, réprimé avec difficulté par Franco. Pour venir à bout des rebelles, il avait fait venir la Légion étrangère et les troupes arabes du Maroc. Les Asturiens croyaient voir les Maures revenus. Ça avait été d'une férocité épouvantable. «Comme ils étaient mineurs, ils maîtrisaient à merveille les explosifs. Les *dinamiteros* furent très difficiles à réduire. Il y eut des milliers de morts. Des milliers de torturés.» Il avançait, suivi par le groupe. Nous étions les derniers. Nous marchions sur de vieux rails, dont je sentais la dureté lisse sous mes pas. Je regardais avec respect, et angoisse, les madriers qui maintenaient la terre à bonne distance de nos têtes.

«Les Asturies se sont relevées et deux ans plus tard ils ont remis ça. Les Allemands ont été appelés à la rescousse, la Luftwaffe a bombardé Gijón avec les bombes incendiaires testées à Guernica.»

Pourquoi les adultes ne peuvent-ils se retenir de transmettre aux enfants ce qui ne passe pas, comme s'il fallait entretenir le feu de la vengeance? Paz me raconterait plus tard que quand elle était petite, on lui avait raconté Blanche-Neige, Cendrillon, et puis une autre histoire. Pendant la guerre civile, le frère aîné de son grand-père, un mineur, combattant du POUM, se cachait dans une maison des montagnes. Tous les deux jours, ses deux petites sœurs, les grand-tantes de

Paz, partaient dans la nuit avec des provisions, pour lui et ses compagnons. Il n'y avait pas que le craquement des brindilles qui les effrayait, il y avait les loups, dont elles croyaient voir briller les yeux dans l'obscurité et entendre le halètement brûlant par-dessus le bruit de la rivière. Elles avaient dix ans, les provisions étaient lourdes. Un soir les franquistes découvrirent la planque. Mais ils savaient que leurs pertes seraient terribles s'ils essayaient de prendre les rebelles vivants. Ils mirent le feu à la maison. Le grand-oncle mourut carbonisé avec ses compagnons. Sous les yeux des gamines, qui assistèrent à tout, cachées dans les bois. Dans les lueurs d'incendie, l'effroi devait se peindre en jaune sur les petits visages.

Nous nous enfoncions dans les galeries. À vingt mètres devant, la lumière des lampes frontales marquait encore par un halo la présence du groupe. Il faisait maintenant moins froid. Depuis les profondeurs de la terre montait un souffle chaud qui semblait raréfier l'oxygène. Le groupe était loin, désormais, même si j'apercevais encore la lumière. Une galerie partait vers la droite. « Viens », m'a-t-elle dit en me prenant par la main, vers l'obscurité. Nous avons marché pendant quelques minutes, je ne sais pas comment elle se repérait. L'air se raréfiait encore. Il faisait chaud. Elle a ouvert son sac, répandant un parfum d'eau salée dans l'atmosphère qui devenait irrespirable. J'avais peur. Je suffoquais. Elle a porté sa main à son casque et a éteint la lampe. Puis a fait de même avec la mienne. « Qu'est-ce que tu fais ? j'ai demandé. — Tais-toi », a-t-elle dit doucement. L'air était de plus en plus chaud, moite et enveloppant. La poussière de charbon semblait prendre possession de mes poumons. Elle m'a pris par la main et m'a fait m'asseoir, puis elle s'est agenouillée sur moi. Sur ma bouche j'ai senti la tiédeur de ses lèvres puis la pointe de sa langue.

Et sous mes paumes, la rondeur de ses seins désemprisonnés du maillot de bain. Et sur mes cuisses, celle de ses fesses. Ma première fois avec Paz. Jamais peut-être l'impression aussi évidente de me sentir à bon port.

Avions-nous dormi ?

La lumière nous a épinglés. Deux papillons pris dans les phares. Elle était dans mes bras, moi dans les siens. Elle s'est retournée. Entre ses cheveux dénoués j'ai vu la masse de lumière sans pouvoir rien distinguer. Elle s'est redressée, face au type, qui devant l'apparition a écarté sa lumière.

« *¿ Que hacéis aquí ?*, a dit la voix masculine, courroucée.

— *Hacemos el amor* », a-t-elle répondu avec gravité.

Je suis sorti des profondeurs avec le rouge aux joues.

« As-tu quelque chose de prévu ? m'a-t-elle alors demandé. Des rendez-vous ? »

J'ai secoué la tête.

« Tu veux rester avec moi ? »

Je l'ai serrée dans mes bras.

Elle m'a dit que ça prendrait un peu de temps.

Dans la montagne

Cangas de Onís. Le nom sonnait magnifique-
ment. Elle avait une course à faire. Elle m'avait
demandé de l'attendre. Le village était traversé
par une rivière tumultueuse, qu'enjambait un
spectaculaire pont de pierre sombre. Spectaculaire aussi, la monumentale croix asturienne, de
trois mètres d'envergure, qui y était suspendue et
touchait presque l'eau. J'étais hypnotisé par le
symbole, par les chaînes qui maintenaient l'alpha
et l'oméga. *Le commencement et la fin.* Je pensais à
notre étreinte minière, à son corps pas vu, mais
touché, senti, exploré. Un coup de klaxon m'arra-
cha à ma contemplation. Il fallait déjà repartir.

La brume montait autour du véhicule. Nous
étions en pleine montagne, d'épaisses nuées semblaient vouloir remplir le précipice qui s'ouvrait à
ma droite. Le jour n'en avait plus pour longtemps.
Je ne distinguais plus dans l'habitacle, en ombre
chinoise, que le profil au menton volontaire de Paz.
Elle avait coupé le son de l'autoradio.
« Impressionnante, cette brume… » On était
quand même en plein été.

« J'avais un livre quand j'étais petite, un livre de mythologie du coin. On y parlait de Nuberu. Le maître des nuages. Il déclenche les orages, aussi.

— Pas de *Xana*, ici ? »

Elle a ri. « Tu retiens bien la leçon…

— C'est toi qui as parlé d'initiation…

— Des *Xanas*, il y en a partout, pas seulement sur les rivages. Mais ici, dans les montagnes, tu as en plus le Cuélebre, un serpent ailé qui veille sur des trésors que personne n'a jamais vus. On dit qu'il vit avec des femmes qu'il a ensorcelées.

— Les femmes ont toujours écouté les serpents, ai-je dit…

— C'est purement sexuel », a-t-elle répondu. Avant de reprendre : « Très important aussi, le *trasgu*, le lutin des Asturies. Assez laid, mais capable de tout. Il adore se cacher dans les maisons. Quand j'égarais un jouet et que ça m'ennuyait de le chercher, ma mère, à qui j'allais m'en plaindre, me disait pour m'embêter : "Tu ne le retrouveras jamais, ça doit être un *trasgu* qui te l'a pris." Énervée, je faisais alors tout pour remettre la main dessus. »

Je l'ai questionnée sur ses parents. Elle est restée vague. Elle a juste dit : « C'est compliqué. »

La nuit était tombée. Nous n'en finissions pas de grimper par des routes en lacets. Le moteur peinait. Voyant que je m'inquiétais, elle lança : « J'ai confiance en elle. » Une grille apparut dans le pinceau des phares. Avec, au bout, une maison. « Attends-moi. » Elle est sortie du véhicule, s'est faufilée par la grille. Elle a disparu du faisceau. Puis réapparu lorsqu'une lumière s'est allumée sur le mur de la maison. Un chien a aboyé. Paz était à la porte. Qui s'est ouverte sur une silhouette de vieille femme. Paz est entrée. Tout autour c'était la nuit, je ne savais pas où j'étais, ni vraiment avec qui, sauf qu'elle était photographe et que sa spécialité était la plage. Elle est ressortie. Avec un sac qu'elle a déposé sur la banquette arrière. « Tout va bien ? m'a-t-elle dit. C'est juste à côté. » Elle a remis le contact, on a continué à monter, et puis, quand nous sommes arrivés tout en haut, elle a pris un petit chemin de terre au bout duquel elle nous a arrêtés. Les phares éclairaient la porte d'une maison. Une étrange porte, à deux battants, comme celle d'une étable.

Je suis entré derrière elle. Elle a trituré un disjoncteur et la lumière fut. Une longue table de bois constituait à peu près le seul mobilier de la pièce. Elle y a posé son précieux chargement. Au fond, un réduit servait de cuisine. À l'autre bout, une échelle de bois menait à ce qui semblait être un grenier et où devait se trouver son lit.

« Tu es ici chez moi. Vraiment chez moi. »

Il y avait une cheminée, un sol en ardoise noire.

« Tu n'as pas froid ? » m'a-t-elle demandé. Cette phrase, comment te dire, m'a touché comme rien ne m'avait touché depuis bien longtemps. J'ai pris sa main et l'ai portée à mes lèvres. Elle a tremblé.

J'avais fait un feu. Malgré l'été, la nuit dans les pics d'Europe était polaire. Je regardais les flammes dévorer les bûches et se tordre avec la douceur d'une Salomé agitant ses sept voiles. Des dizaines de Salomé crépitantes, racées, habillaient la pièce d'éclairs dansants et me mettaient en joie. Je considérais avec respect et crainte l'échelle de bois qui ce soir allait me mener au paradis des êtres vivants. À côté, Paz cuisinait. Des ondes d'amour me parvenaient de la cuisine. Car quelqu'un qui fait pour vous la cuisine vous veut forcément du bien. Une fille du XXIe siècle, qui après des décennies de féminisme ne se contente pas de mettre au micro-ondes des barquettes de plats cuisinés mais débarrasse de leur peau, à l'économe, de beaux légumes et met à nu leur chair orange, rouge vif ou jaune soleil, et ensuite les découpe avec un couteau bien aiguisé, et les fait dorer dans un fond d'huile d'olive ; une fille pareille, prête à pleurer sous l'effet irritant des oignons qui n'agonisent jamais sans se défendre ; une fille qui pose, comme elle le fait maintenant, un pain rond sur la table, une assiette de salade de tomates rouges comme ses joues lorsqu'elle aura fait l'amour, et quelques tranches de *pata negra* à la saveur de noisette, est une femme qui aime.

Tout comme un homme qui lui tend un verre de vin en lui souriant avec calme, en ne mettant dans ce sourire aucun calcul, mais toute son âme, est un homme amoureux.

J'ai aimé Paz. Et je l'aime encore. Que voudrais-tu que je te dise de ce qui se passa dans cette ancienne étable perchée sur les montagnes ? Ce qu'on s'est dit ? Pas grand-chose. On s'est beaucoup regardés, en silence ou presque. Puisqu'elle m'avait initié à son enfance, je lui ai parlé de la mienne. D'Étretat, des fossiles d'ammonites que j'allais chercher avec mon père, de ma boîte aux trésors, où dormaient une médaille de saint Christophe, un hippocampe séché et une dent de requin prise dans la craie de la falaise de Bruneval. De mon grand-père adoré aussi, celui qui me racontait des histoires de corsaires, et m'a appris les mots « gabier » et « boucanier ». Celui dont j'ai embrassé le front glacé avant la combustion de son corps. Son âme, elle, est immortelle, elle est avec moi.

Elle m'a demandé si j'avais voyagé. Je lui ai dit que oui. J'ai parlé de l'opium birman et de la femme-tigre, de ce vieil homme allongé, de sa longue pipe noire, de sa petite-fille qui lui préparait l'ustensile, des étoiles qui dans ce ciel du Triangle d'or avaient pour moi le visage d'une promesse, j'ai parlé de la drogue ascétique du mont Athos, des nuits passées au milieu des icônes à me gorger l'âme d'encens sous les yeux du Christ pantocrator, avec sous mes pieds cent mètres plus bas le bruit des vagues de la mer Égée. J'ai parlé des villages du Panshir et du Salto Ángel, la plus haute chute d'eau du monde, des toits du Caire où je dormais en dilapidant ma sueur, et de cette secte indienne près de Trivandrum, dans le Kerala, où m'avait emmené par erreur mon ami Jules, et d'où je m'étais échappé avec une gamine de dix-sept ans — j'en avais dix-huit.

Elle m'a dit qu'elle aussi aimerait voyager. Pour la première fois je lui ai dit qu'en ce qui me concernait c'était terminé. Que j'avais décidé que l'Europe serait ma volière et mon tombeau. On avait ici tout ce dont on pouvait rêver. Elle avait souri. De ce sourire jocondien dont on ne savait jamais, jamais, ce qu'il voulait dire.

J'ai vécu dans ce grenier les plus belles jouissances de ma vie d'homme. La peau de Paz semblait pouvoir tout capter, pouvoir tout ressentir. Des orteils à la pointe de ses cheveux, son corps s'offrait à moi et je ne savais, presque, quoi en faire. Alors je suis devenu l'instrument. La Xana c'était elle, le visage transfiguré par les lueurs du feu de cheminée. De face, de dos, de côté, de dos et de côté, je ne sais plus et je ne veux plus savoir. Je sais que j'ai plongé, replongé, dans le moindre des interstices de son corps aux ressources infinies. Je l'ai bue jusqu'à la lie, les lèvres dans les siennes, brûlantes, je me suis engouffré dans son obscurité, dans ses bouches, je m'y suis attardé, je l'ai avalée, je l'ai mordue, elle a, elle aussi, fait main basse et bouche haute sur chaque millimètre carré de mon épiderme. Crucifié en rose, j'étais. Griffé, saccagé, fourbu, tendu jusqu'à la rupture puis tressaillant comme un pantin, traversé par un plaisir sinusoïdal. Orgie d'alcools physiologiques, saveurs piquantes, parfums musqués, spasmes en rafales, cavalcades de battements de cœur, dilatations exceptionnelles, vagues électriques, longues succions méticuleuses puis brutales, cris. J'étais à son service, corvéable dans l'amour à merci. Après mon âme, mon corps avait parlé : je l'aimais.

J'ai ouvert les yeux. Mon premier geste aurait été de faire coulisser les draps sur sa peau pour voir enfin la croix tatouée dans sa chair… si je n'avais pas été seul. J'ai enfilé mon jean, dévalé l'échelle. Elle n'était pas en bas non plus. J'ai ouvert la porte. Le soleil m'a aveuglé. Et quand mes yeux se sont accommodés à son éclat, j'ai failli tomber à genoux tellement c'était beau. « Et tout à coup il me sembla qu'au jour un autre jour s'ajoutait, comme si Celui qui peut eût embelli le ciel d'un second soleil », disait Dante du *Paradis*. Étais-je mort de plaisir cette nuit, et en train de me réveiller dans le séjour des bienheureux ?

Une forteresse de pierre prenait le ciel d'assaut. C'était comme une mâchoire qui nous isolait du monde. Des incisives et des molaires de roc mordaient le bleu où flottait un soleil d'or. Devant moi, un tapis d'herbe et de mousse descendait jusqu'à un gigantesque miroir naturel. Un lac, où se dédoublaient les montagnes et dans lequel une Paz en bikini s'apprêtait à plonger. « Attends ! » J'ai hurlé, couru jusqu'à elle, pieds nus dans la rosée. Elle s'est retournée. « Que se passe-t-il ? — Excuse-moi », ai-je dit. Le suspense ne pouvait plus durer. J'ai tiré sur son maillot, libéré les fesses, et — oh, enfin ! — le tatouage. « Tu es fou ! » Elle riait. La croix des Anges, l'alpha et l'oméga. C'était elle ! J'ai embrassé le tatouage, serré ses hanches entre mes bras.

« Oui, je suis fou. »

Elle est allongée près de moi. J'embrasse ses paupières et ses poignets. Ce film d'amour peut enfin se rembobiner jusqu'à l'ordinateur d'Anton. Merci Anton ! Toi qui disais qu'il fallait que je vive les choses à nouveau !

« On va nous voir…

— Ils nous remercieront. »

Je m'émerveillais de voir le sang battre dans les petites veines bleues qui parcouraient ses pieds minuscules. « Je t'aime, Paz », ai-je dit. Elle a répondu : « Ce que tu viens de dire est très grave. » Elle s'est redressée, s'est élancée et a disparu dans l'eau du lac.

Dans le miroir bleu, les aiguilles de pierre tricotaient les nuages. J'ai plongé à mon tour pour rejoindre cette fille de l'eau.

J'ai pincé mon nez entre mon pouce et mon index, expiré l'air de mes poumons, et me suis laissé couler, les yeux ouverts. Les rayons du soleil avaient percé la surface et caressaient la végétation subaquatique de ce lac de montagne, qui s'appelait le lac Enol. Enol, qui est ton deuxième prénom.

Nous sommes restés des jours et des jours. À sillonner la région, ses côtes et ses montagnes, de Bulnes à Torimbia, de Gulpiyuri à Cangas del Narcea. À festoyer dans des granges, dans les blés tout juste fauchés, à nous baigner dans des rivières à l'eau verte, à faire couler le cidre dans des *merenderos*, ces banquets de plein air où, sur de longues tables de bois, des familles entières célébraient le dimanche.

Nous goûtions tout. Nous faisions tout. Même garder le silence dans de vieilles églises préromanes, bijoux d'architecture déserts, Santa María del Naranco ou San Salvador de Valdediós, où un roi asturien avait terminé sa vie, déposé par ses fils.

Nous partions à la recherche de plages inaccessibles, à la topographie si compliquée qu'elles semblaient avoir été creusées dans la roche par des géants. Certaines d'entre elles, que nous arpentions pieds nus, à marée basse, étaient hérissées de pics de granit qui semblaient des dents de dragon. Quand l'écume des vagues se mêlait à la brume, le soir, le spectacle devenait cosmique. Nous sentions les poissons frôler nos ventres nus. Des poissons qu'elle dévorait le soir, dans de petites gargotes installées au fond des criques.

Elle avait des gestes charmants : une façon de ramener une mèche derrière son oreille, une manie de s'étirer le matin en se cambrant à outrance, l'habitude d'allumer ses cigarettes d'un mouvement rapide — je repensais à l'affiche de la mine — comme s'il y avait urgence à dynamiter tous ceux qui menaçaient sa liberté.

Fatalement, je lui ai posé la question sur le tatouage. Elle était allongée sur le ventre, dans le sable sous un abri de roche, la tête reposant sur mes cuisses. Autour de nous la mer montait et l'eau commençait à lécher son corps nu. De l'index, je suivais les lignes du dessin.

« Dis-moi, Paz, ce tatouage… il signifie quoi ?

— Tu es stupide ou quoi ? Ça fait une semaine qu'on la voit tous les jours.

— Oui, je sais bien… La croix de la Reconquête. »

Elle a tourné sa jolie tête, me regardant de tout en bas. « Et donc ?

— Pourquoi tu te l'es faite ?

— Tu préférerais que j'aie un *trasgu* tout bossu, avec son grand nez ? Ou un dauphin comme toutes les adolescentes ? "Indignez-vous" en lettres gothiques ? Elle a de l'allure, cette croix, non ?

— Oui, mais tu n'as qu'un seul tatouage. Cette croix. Pourquoi ? Quelle valeur a-t-elle pour toi ?

— Je l'aime, *idiota*… Qu'est-ce qui se passe, tu es tout sérieux ?

— Ce n'est pas politique ? j'ai demandé.

— Politique ?

— Oui, ça pourrait faire indépendantiste, un truc comme ça… ou fondamentaliste ? »

Elle a éclaté de rire tellement fort que j'en ai eu honte pendant trois jours.

« Parce que tu m'as vue émue dans les églises, parce que j'ai une croix sur la fesse, je suis fondamentaliste ? Tu es d'une subtilité… Je suis peut-être marrane et je porte une croix pour donner le change. Tu sais ce que c'est, marrane ? »

J'ai baissé la tête, confus. A-t-elle eu pitié ?

« C'est un truc d'adolescente, si tu veux tout savoir. Tu veux que je l'efface ?

— Surtout pas.

— Et puis, vois-tu, j'aime les croix, les christs et les crucifixions, les Vierges qu'on promène dans les rues, parce que c'est obscène toute cette douleur, et que du coup ça en devient beau. C'est assez fascinant qu'un instrument de torture soit devenu le logo d'une religion, tu ne trouves pas ?

— Tu as sans doute raison.

— Es-tu rassuré, mon stupide petit *gabacho* ? Fais-moi l'amour avec ta bouche, j'ai envie de jouir. »

Le soir, elle aimait s'isoler dans son *hórreo*. Un ancien grenier à céréales, posé depuis mille ans sur quatre piliers de pierre pour empêcher les rongeurs de s'y faufiler. Il jouxtait la maison. Elle en avait fait son laboratoire. Parce que le plafond ne dépassait pas le mètre cinquante, elle y travaillait au milieu de ses bacs assise en bouddha, environnée d'une lumière rouge et de toute une chimie savante en petites bouteilles — sels d'argent, sélénium, or et cyanure — qui révélaient avec des parfums âcres les images que son œil, commandant son boîtier, avait capturées. Des clichés de nous, des fragments de paysages. Une cicatrice sur mon épaule, le froncement d'un sourcil, une pierre en forme d'idole païenne, un enfant qui courait sur le sable à marée basse, le plissement d'une aine, une vague qui explosait.

Je me glissai derrière elle, posai ma tête sur son épaule. «Je vivrais bien dans un *hórreo*…

— Il faudrait vivre allongé… Ce ne serait pas très pratique.

— Ça nous changerait à peine, ai-je répondu.

— Tu sais qu'il est construit sans un seul clou, donc entièrement démontable, et qu'il était donné comme dot quand la fille épousait en dehors du village pour être remonté dans celui de l'époux ?»

Décidément, j'adorais ce coin. Une envie me venait :

«Tu crois que ça irait bien dans le paysage, à Montmartre ?»

II

LES PLAGES

L'arche

J'habitais un appartement agréable et pertur-
bant. On entrait par un premier étage, au fond
d'une cour, et l'on se retrouvait au quatrième, surplombant un océan de verdure. Un bois en plein
Paris, qu'on appelait le Maquis. De ce bois, qui abri-
tait à la fin du XIXe siècle des cabanons d'artistes, il
ne restait plus aujourd'hui que quelques îlots inaccessibles, dont celui qui se trouvait sous mes
fenêtres. J'aimais l'idée d'être un maquisard en
plein Paris, et d'y accueillir une maquisarde. Avec
ses soixante-treize paires de souliers, bottes, sandales, ballerines, bottines et stilettos.

Deux ans se sont écoulés. Deux ans de félicité
sans tache. Nous parcourions l'Europe dont je
continuais à prendre le pouls culturel. Les artères
que j'auscultais se nommaient Londres, Florence,
Madrid, Berlin, Athènes. Le sang coulait encore,
noir et épais. Je me disais : « Jusqu'ici, tout va bien. »
Avant le grand saut dans l'abîme, il nous restait ça :
un certain rayonnement.

Économiquement, nous tombions. Politiquement, nous étions tout en bas, pris en étau entre la toute-puissance d'une Amérique qui nous avait donné un grand coup de ringardise en élisant un dandy pragmatique d'ascendance africaine, et les rêves impériaux d'une Russie dont le nouveau tsar chassait l'ours au lance-missile, montait à cheval et déclarait qu'il irait chercher ses ennemis « jusqu'au fond des chiottes ».

Quant aux pays qu'on qualifiait pudiquement d'« émergents », ils avaient non seulement émergé depuis belle lurette, mais nous avaient déjà envoyés par le fond. C'étaient eux, les patrons. Les dents grinçaient quand je le disais mais je le disais quand même : « Je vois bien l'avenir de mon fils, si j'en ai un un jour, en majordome stylé d'une riche famille chinoise ou indienne goûtant encore l'art de vivre à la française. » Dans ce monde futur, peut-être proche, ce sera peut-être d'ailleurs un sort enviable comparé à celui de ces malheureux qui fuiront par milliers les côtes européennes dans des embarcations de fortune. Anti-Ulysse brûlant leurs passeports bruns, rouges ou bordeaux, ils braveront les tempêtes méditerranéennes pour tenter d'atteindre les côtes nord-africaines avant de s'élancer dans la fournaise du désert en direction de l'eldorado qatari... Oui, très enviable... Et qui sait, Hector, la vie regorgeant d'histoires d'amour ancillaires, peut-être trouveras-tu le bonheur entre les bras d'une matrone de Shanghai pour laquelle tu ne seras pas seulement un joli fruit exotique, mais la promesse d'un certain romantisme ? Ou entre ceux d'une héritière de Bombay très bien élevée qui, voulant s'élever encore, te priera les soirs de mousson, quand la pluie tombe enfin et

qu'on ose respirer, de lui faire la lecture des *Misé-*
rables…

Car sur le plan culturel, nous n'étions pas encore
tout à fait morts. Nous avions le temps avec nous, du
moins nous l'avions eu, et les longs siècles qui
s'étaient écoulés avaient produit nombre de chefs-
d'œuvre que le monde semblait continuer à nous
envier, allant des *Nymphéas* de Monet à nos fameux
croissants. Les nouveaux seigneurs du monde, bré-
siliens, chinois ou kazakhs, se pressaient d'ailleurs
dans nos cafés pour les déguster en regardant passer les Parisiennes depuis la terrasse, persuadés
pour quelque temps encore — les légendes étaient
tenaces — qu'elles étaient les plus ensorcelantes,
les plus sexuellement raffinées des créatures…

Bien sûr, cela ne durerait pas, même si la plupart
des Européens raisonnaient comme les Byzantins du
XVe siècle, discutant du sexe des anges au moment
même où les armées de Mehmet II entamaient les
murailles de Constantinople. Rien ne pouvait leur
arriver puisqu'ils étaient supérieurs. Se disaient-ils…

L'Europe était devenue un grand musée, un
conservatoire de l'ancien temps, une exposition
temporaire qui durait. Avec pour nombril Paris, la
ville sans tours. Mais nous savions que le temps était
compté. À mon poste à l'Entreprise, derrière les ver-
rières de mon bureau, j'observais en capitaine, avec
beaucoup de sang-froid, la catastrophe approcher.

Le monde que j'aimais vivait ses derniers instants.

Une œuvre d'art, à l'époque, m'avait marqué.
Elle était si éloquente que j'en avais eu la chair de
poule. Figure-toi que tu l'as vue, je t'ai emmené la

voir. Tu avais un mois, peut-être deux. Elle était exposée dans la chapelle de l'École des beaux-arts, là où ta mère a étudié. C'était l'œuvre d'un artiste chinois, Huang Yong Ping. Tu étais trop petit pour t'en souvenir : un peu plus grand, tu aurais adoré, tu y aurais vu des peluches grandeur nature. Moi, elle me terrifiait. Elle était monumentale. C'était une arche. Une arche de Noé. Une quinzaine de mètres de longueur, avec à son bord des dizaines d'animaux taxidermisés : un serpent s'enroulait autour du mât de proue ; des singes, figés, taquinaient la vigie où voletaient des couples de perroquets, de grives, de rouges-gorges. Sur le pont, d'autres couples, tigres, éléphants, oryx, attendaient le départ. Mais l'arche était condamnée. Elle puait la mort. La foudre avait frappé le grand mât et, à regarder de près, on voyait que la plupart des animaux qui y avaient cherché refuge avaient été consumés par ce feu tombé du ciel. Les plumes étaient roussies, les pelages ravagés, laissant paraître les squelettes de métal qui faisaient tenir debout les créatures. La chaleur avait figé leur silhouette en d'affreuses postures. Des ours polaires carbonisés tendaient à l'aveugle des moignons. Les billes de verre qui leur servaient d'yeux avaient explosé sous l'attaque du feu. Ouvrant dans la nuit de la chapelle des Beaux-Arts des gueules démesurées aux maxillaires affaissés, offrant des faces de grands brûlés à poil et à cornes, ils semblaient sortir d'un bestiaire créé par un dieu psychopathe. Pour réaliser son œuvre, cauchemardesque et grandiose, l'artiste avait racheté le stock de la maison Deyrolle, fameux taxidermiste qui avait fasciné les surréalistes et des générations d'enfants parisiens, qu'un incendie

110

avait ravagée. Les bêtes qui n'avaient pas été complètement consumées avaient pris place à bord.

Un Chinois, un artiste du Nouveau Monde, avait choisi l'Europe et, au centre de cette Europe, Paris, pour délivrer ce message : La catastrophe approchait, on ne s'en remettrait pas. Choisissez bien, mesdames et messieurs, la façon dont vous vivrez vos derniers instants.

J'avais choisi. Je voulais rester là, ne plus bouger. Bien à l'abri dans les salles richement dotées de ce grand musée qu'était la vie européenne. Dans cet écrin de l'ancien temps, où partout, aux murs, au plafond des bâtisses officielles, ministères, universités, dans les jardins publics, on voyait des statues, des corps nus, mythologiques, éternels, qui semblaient pouvoir encore nous protéger. Des statues qui, partout ailleurs dans le monde, auraient été proscrites, pour atteinte permanente à la pudeur. Ce peuple de statues qui, dans toutes les villes où je me promenais, m'emplissait de joie, de fierté, illuminait mon âme et apaisait mes craintes. Mieux que des visages vivants, il me semblait que ceux-là, figés dans leur immobilité parfaite, connectés avec notre passé, comprenaient mon bonheur, mon plaisir d'être au monde, et mon désarroi de prendre conscience que ce monde où je m'épanouissais était en train de finir.

Ces derniers instants, je voulais les vivre avec Paz. Quand j'étais avec elle, ce monde semblait ne jamais pouvoir finir. Elle était vive, gaie, énergique, avait mille projets.

Elle était, à l'époque, en pleine explosion. Elle

avait changé de galeriste. Et de boîtier. Travaillait désormais à la chambre. Posé sur un pied, un gros accordéon, avec un œil au bout. Comme on s'imagine un photographe, en fait. Ce que c'était ? Je suis nul en technique. Il me semble que c'était un Deardorff 8 × 10 inch. L'objectif ? 360 mm Apo Symmar, je crois. Mais elle variait. Honnêtement, je m'en fiche. Ce n'est pas ma partie. Ce que j'ai retenu, en revanche, c'est que c'était lourd, et qu'elle avait besoin que quelqu'un l'aide à transporter le matériel et à l'installer. Un assistant. Voire deux. Son nouveau galeriste, Tariq, avait montré les super grands, Jan Saudek, Peter Beard, Martin Parr et le ligoteur japonais Araki. La mise sur orbite de Paz était imminente. Ses microtragédies estivales connaissaient un succès de plus en plus considérable. Mesurable même à l'échelle de notre quotidien. Combien de fois, au cours de ces bilans de santé professionnelle qu'on appelait les dîners en ville, me suis-je retrouvé dans le rôle du spectateur de cette réussite ? Chez nos hôtes, dans les salons où l'on nous recevait, on trouvait de plus en plus souvent une œuvre de Paz. On pouvait également tomber sur un de mes romans dans leur bibliothèque, mais ce n'était pas pareil. Je veux dire, ce n'était pas aussi manifeste. Aussi implacable. L'impression de son regard. À côté de Paz, je devenais un nain.

J'adorais ce rôle : elle agissait, je regardais, j'immortalisais, j'étais le témoin de son ascension. Je me coulais dans son rythme. Une sensation, un cadrage et un clic.

Pourquoi a-t-il fallu qu'elle perde la tête ? Qu'elle me

laisse sur les bras ce petit être, que j'adore, que je nourri-
rais de mon sang à la première demande, mais qui a
aussi besoin de sa mère, je le crains. Arriverai-je à termi-
ner ce récit ?

Elle m'accompagnait dans chacune de mes incur-
sions. Un récital à Oslo, une exposition à Lisbonne,
un défilé à Milan, la réouverture du Rijksmuseum à
Amsterdam. Elle suivait. Mais c'est moi qui finissais
par suivre car tout menait à la plage, à sa fringale de
plage.

À Sorrente, où les sirènes avaient toujours un lieu
de culte, elle trouvait dans l'alignement des transats
citron surplombant la mer émeraude les jeux chro-
matiques qu'elle voulait. Dans les Pouilles, captant
le contraste entre la roche blanche, coupante, et les
jambes brunes des myriades de bambins qui gamba-
daient et se lançaient dans la mer comme des grenades de chair, elle ressuscitait pour son boîtier
l'Italie de Pasolini, pauvre, gouailleuse, toxique et
généreuse. De la plage de Positano, flaque de sable
déposée sous l'église Santa Maria Assunta et sa coupole de faïence au pied de l'imprenable falaise
amalfitaine, elle faisait un camp de concentration
chic gardé par une batterie de parasols où les corps
se frôlaient dans la fournaise, à la recherche d'une
ombre hors de prix.
Elle partait en fin de matinée, à pied ou dans une
petite voiture de location. Elle plantait dans le sable
son dispositif, son escabeau ultraléger, sur lequel
elle avait installé la plate-forme où elle posait son
appareil. Un gamin du coin lui servait d'assistant, et

repartait, le soir, avec un billet, le sourire de Paz et la joie d'avoir pu regarder toute la journée une jolie femme.

Nous nous retrouvions pour déjeuner. C'est moi qui la rejoignais. J'avais enchaîné les rendez-vous en ville, travaillé dans notre chambre d'hôtel, et j'avais besoin d'un bain revigorant. Depuis la mer je l'observais, perchée à deux mètres de haut, la tête protégée du soleil par un large chapeau de paille. Parfois, elle quittait sa tour, se libérait de sa carapace de tissu et marchait vers les vagues. Seuls quelques centimètres carrés de microfibre la sépa-raient de l'indécence. Le gamin était payé pour surveiller le matériel mais c'est elle qu'il guettait. Elle lui souriait quand elle revenait, ruisselante, et s'allongeait sur sa serviette de bain, dédaignant ces transats avec pare-soleil amovibles sans lesquels l'Italie ne serait pas l'Italie.

La nuit, son corps brûlait encore de la chaleur emmagasinée.

Il y avait cet hôtel accroché à la falaise, aux murs glacés à la chaux, avec un balcon clôturé de métal bleu. Une cellule monastique où c'est Paz que je vénérais. Elle s'agitait dans ses rêves, je la prenais dans mes bras quand c'étaient des cauchemars. Elle y parlait sa langue. Ses tempes étaient en sueur, la pointe de ses cheveux encore salés malgré l'eau douce des douches d'après baignades. J'épongeais avec une serviette humide son front fiévreux, je la veillais. Les nuits de canicule, nous nous allongions nus sur le carrelage pour rafraîchir nos peaux glo-rieuses. Et pour trouver le sommeil, les yeux dans les étoiles, nous nous amusions à les relier entre elles du regard, faisant surgir dans le ciel noir des formes d'animaux, comme tu le fais, toi, au crayon, dans tes livres de jeux.

Au petit déjeuner, elle détestait parler. Avalait ses biscottes sans montrer ses yeux, cachés par les verres de ses lunettes Manhattan.

Elle disait son premier mot à 9 h 55, lorsque l'eau de la mer Tyrrhénienne, c'est-à-dire la « mer étrusque », saisissait son épiderme couleur cappuccino. Deux cent quatre-vingt-dix marches menaient aux rochers d'où elle s'élançait, contemplée par le fantôme d'un célèbre écrivain américain dont le nid d'aigle nous surplombait. Elle ne se nourrissait que d'espadon. À la rigueur de *spaghetti alle vongole*. Elle disait, elle, *almejas*.

Quand je rentrerai de ce voyage, Hector, je viendrai dans ta chambre les soirs où tu ne trouveras pas le sommeil. Je me pencherai vers toi et je psalmodierai : « *Pappardelle, rigatoni, tortellini, conchiglie, casarecce, penne, mezze penne, pennette…* » Cela te bercera aussi bien que lorsque je te murmure que tu es dans le Transsibérien et que tu as bien chaud dans ton wagon à couchettes qui traverse la toundra. Toundra, le mot t'amuse. Ceux-là t'amuseront aussi, avant de t'hypnotiser par leurs sonorités chantantes.

Il ne fallait rien de plus. Tout était beau, tout était bon. Le vin et ses caresses, ses silences et ses conversations. L'adorable miroir à main que nous avions acheté pour elle chez un très vieil antiquaire, rond, doré, avec le manche orné d'une femme drapée à l'antique.

L'heure du cocktail était l'heure sacrée. Nous élisions un endroit, une vue, pour déguster le contenu coloré d'un verre qui était plus qu'un verre. Si les noms de café sont en « o » (*espresso, cappuccino, latte macchiato*), les cocktails sont en « i » : *bellini, rossini, negroni*. Que des noms d'artistes, tu remarqueras. Oui, même Negroni est un artiste. Du Cinquecento ; il a peint des Madones. Nous étions attentifs à la montée de l'alcool se faufilant entre les bulles d'eau de Seltz et les pointes d'agrumes, nous étions passionnés par les équilibres instables entre amertume et sucre, par la forme subtile du verre qui roulait sous nos doigts, le blason du sous-verre, le marbre d'une table, le velours des fauteuils, le drapé des tentures.

Pourquoi n'ai-je pas vu l'orage ?

Je n'aime pas la phrase de Moravia : « Plus on est heureux et moins on prête attention à son bonheur. » Je ne l'aime pas car elle est fausse. En tout cas pour moi elle est fausse. J'y prêtais attention tous les jours, en remerciant les dieux d'avoir créé cet être. Si cela n'avait pas été réprimé par les lois européennes, j'aurais volontiers fait un sacrifice chaque jour à ce bonheur.

Le cadre me leurrait, sans doute.

Nous écumions les rivages d'Europe en nous tenant la main. Nous traversions le continent dans des carlingues protectrices, atterrissant dans ces contrées familières, mais à explorer encore, vers encore plus de vie et de beauté. Elle était mon point fixe. Sans elle, je savais que, désormais, je me déréglerais.

Nous avions un projet secret, né dans la tour d'une maison fortifiée du xve siècle cernée par les cyprès, en Toscane. La demeure, construite par un banquier sous Laurent de Médicis, était devenue un hôtel. Il y avait des fleurs, des candélabres, des fauteuils de cuir qui avaient gardé la forme de corps disparus. Nous buvions du vin, nous étions devenus graves. Nous nous étions posé une seule question : au fond, qu'aimions-nous vraiment ?

Ta mère avait répondu immédiatement : « Un bain moussant avec l'homme que j'aime dans une vieille demeure italienne avec des bougies parfumées à la grenade. » Un passage secret niché dans la bibliothèque conduisait à la suite dite Affresco. On y prenait son bain dans une baignoire de marbre antique, en admirant au plafond des angelots se disputer un ruban rouge et des nymphes quasi nues attendre l'amoureux du soir.

À la lumière des bougies, nous avions continué à réfléchir. À lancer, à tour de rôle, des noms de lieux, de saveurs, de choses que nous avions adoré faire et que nous ne referions peut-être jamais.

Ces souvenirs, nous allions les archiver. C'est devenu un projet de livre. Elle ferait les photos, et moi les textes. Sous forme de listes, la liste étant devenue la forme littéraire suprême d'une époque droguée au pragmatisme où les gens n'avaient plus le temps de lire, les auteurs plus le temps de décrire.

Une liste, surtout, parce que le temps était venu, pour ta mère et moi, d'énumérer ce que nous allions perdre.

Le livre de ce qui va disparaître, tel était le titre de notre projet secret, conçu comme un tour d'Europe.

À « LIQUIDES », il y avait :

— L'eau brûlante et bienveillante qui s'écoule de la bouche des statues de fauves des bains Gellért (Budapest).

— Le vin rouge étrangement nommé Carbone 14 servi à la Chassagnette, en Camargue. On y dîne dehors sous une grande tente-moustiquaire. Impression d'être un papillon. Idée d'activité après le dîner : épingler sa compagne (Arles).

— L'eau transparente qui laisse voir les galets blancs de la plage du Tilleul. Le tapis vert du sentier herbeux qui y mène, les mûres juteuses à portée de bouche, la paupière bleue de la mer qui s'ouvre et qui se ferme et dont les cils sont les vagues (Étretat).

— Variation hivernale : le chocolat chaud qu'on sert au manoir de la Salamandre, sous les poutres noircies par la fumée de l'âtre gigantesque où l'on pourrait rôtir un bœuf.

— Un Vesper au Würgeengel, l'Ange exterminateur (Berlin).

— Une giclée d'eau de la fontaine publique du square de Montmartre où saint Denis tient sa tête entre ses mains (Paris).

— Un spritz au soleil couchant assis sur le Dorsoduro, au niveau des Gesuati (Venise).

Je m'arrête là. Un grand chapitre était prévu sur Venise, mais nous ne l'avons jamais écrit puisque c'est à Venise que notre couple a commencé à prendre l'eau. On ne fait pas plus raccord.

Petit tour du monde de la terreur

En réalité, maintenant que j'y pense, la fin a commencé un peu avant.

Quand elle a imaginé qu'on pouvait ajouter des pages à ce livre. Pour « LIQUIDES », elle voyait, par exemple :

— Un thé à la menthe au café Hafa de Tanger en regardant les éoliennes de Tarifa.

— Une bouteille de koutoukou dans un « maquis » de Bamako, en écoutant un musicien albinos jouer du balafon avant d'aller danser le coupé-décalé importé de Côte d'Ivoire.

— Une infusion à l'hibiscus dans Khan el-Khalili, le bazar du Caire.

Elle était amusante. Mais insistante.

« Avec toi, j'aimerais tant faire ces grands voyages. »

Je lui répondais que je n'en avais plus envie.

« Mais tu en as fait, pourtant.

— C'est vrai, mais c'était avant.

— Arrête, tu parles comme un vieux.

— Je suis vieux, tu sais, et chaque jour qui passe aggrave la donne. »

Il suffisait que je parle de notre écart d'âge pour qu'elle ait envie de moi. Parce que cela lui faisait songer à la mort et imposait qu'elle soit conjurée ?

Et juste après, alors que nos corps reposaient, agréablement démantibulés, dans la tiédeur de la nuit amalfitaine, la brise venant ajouter son massage au bien-être procuré par la libération d'endorphines : « Je réitère ma proposition, *tesoro*. Tu imagines, ça, dans la chambre d'un palais moghol donnant sur le Taj Mahal, ou dans une vieille maison arabe, à Alexandrie, ou Alep si tu préfères, avec les odeurs de savon qui empliraient nos narines…

— À Alep, je te rappelle qu'il y a la guerre. À Alep, les amants pleurent, répondais-je.

— D'accord, retirons la Syrie, mais la Jordanie ? »

Quand elle insistait, comme ce soir-là où, de retour à Montmartre, nous dînions de sardines de la mer Cantabrique, je lui sortais des chiffres tirés de l'étude de Bruce Hoffman, vice-président de la RAND Corporation, ou d'un article de Robert A. Pape, publié dans l'*American Political Science Review* : « Dying to win. The strategic logic of suicide terrorism ».

Dans les années 80 avaient eu lieu 31 attentats-suicides. Dans les années 90, 104, et pour la seule année 2003, 188. De 2000 à 2004, enfin, 472 attentats-suicides avaient tué 7 000 personnes dans 22 pays. La donnée la plus intéressante était cette dernière : 80 % des attentats-suicides dans le monde depuis 1968 avaient eu lieu dans les dix dernières années, après le 11 septembre 2001. Évidemment, les Occidentaux étaient dans la ligne de mire. Et, bien sûr, les moyens de transport et les lieux touristiques étaient les plus régulièrement ciblés. Le monde devenait plus dangereux pour les globe-trotters, qu'est-ce que j'y pouvais ?

Elle revenait à la charge. Je déroulais les chiffres sinistres, la longue litanie géographique des explosions et des cadavres. Une autre liste. Une liste noire pleine de morts, de fusillades, de prises d'otages, de voitures piégées et de bombes en sac à dos…

« L'Inde, paradis de la soie et du *Kâma-sûtra* ? Écoute donc : 13 mai 2008, 80 morts et 200 blessés dans le temple hindou de Jaipur. 26 juillet 2008, 25 attentats frappent Bangalore et Ahmedabad, 51 morts, 171 blessés. 27 septembre 2008, marché aux fleurs de New Delhi, 2 morts, 22 blessés. Novembre 2008, du 26 au 29, attaques de Bombay, 173 morts, 312 blessés. 13 février 2010, l'explosion d'une bombe déposée dans un sac à dos fait 9 morts et 57 blessés sur la terrasse de la German Bakery, à Pune. 28 mai 2010, la rébellion naxalite fait dérailler un train au Bengale-Occidental : 148 morts. Tu me parlais de l'Égypte ? 17 novembre 1997, temple d'Hatchep-sout à Deir el-Bahari, 36 touristes périssent sous les balles d'un commando de six hommes. Sur le bandeau qui barre leur front, une inscription en arabe : "Jusqu'à la mort". 23 juillet 2005, attentats de Charm el-Cheikh, 88 morts.

— Il paraît que c'était le gouvernement.

— Ça change quoi ? Tiens, même la Turquie peut être dangereuse. 9 juillet 2008, fusillade près du consulat américain, 6 morts. 27 juillet 2008 : 17 morts et 154 blessés à Istanbul. 31 octobre 2010 : 32 blessés dans un attentat-suicide. Et ta Jordanie : 9 novembre 2005, triple attentat, 57 morts et 300 blessés.

— Il nous reste l'Amérique latine ?

— Le taux de meurtre y dépasse celui des zones de guerre. Selon l'ONU, 45,2 morts pour 1 000 habitants au Guatemala. Au Honduras, on arrive à 60,9…

— Oui, mais c'est à cause des gangs. Tu exagères un peu, là…

— Ah oui ? »

Je lui rappelai la mort récente de deux Françaises, Houria et Cassandre, dans une zone pourtant très touristique d'Argentine. Et que le Mexique détenait toujours le record de violence contre les étrangers.

Elle s'était tue. Mais je voulais qu'on fasse le tour. Qu'elle ne m'embête plus avec ça. Qu'elle me fasse confiance.

« L'Asie ? Je vais t'épargner les attentats d'avril 2012 en Thaïlande parce qu'ils ont touché l'extrême sud du pays, une région où les touristes ne vont pas énormément, mais je voudrais au moins te rappeler l'Indonésie. Les attentats du Paddy's Bar et du Sari Club à Bali, 202 morts et 209 blessés, quand même… »

Elle m'a interrompu :

« César, c'était il y a dix ans… »

Elle s'est levée pour m'entourer de ses bras. Alors je n'ai pas eu envie de continuer. Je lui faisais grâce d'Israël, destination fascinante à condition d'avoir un bon parapluie. De janvier à novembre 2012, 2 256 roquettes avaient été tirées depuis Gaza. 6,83 par jour. Les représailles israéliennes étaient à la hauteur, et je n'étais pas client des sujets tourisme sur le clubbing à Ramallah.

Ce que je voulais lui dire, c'est que la vie était trop courte pour qu'on veuille encore en abréger les moments de douceur, qui étaient rares.

Ce que je voulais lui dire, c'est que j'avais une expérience suffisante de la chose pour qu'elle me fasse confiance : il n'y avait rien de doux pour nous *ailleurs*.

Ce que je voulais lui dire, et que je n'ai pas eu le temps de lui dire, c'est que cette exploration des plages avec elle, ce voyage aux marches sablonneuses de l'Europe, de l'île de Mull en Écosse ou de Sankt Peter-Ording en Allemagne, jusqu'à Roquebrune en France ou Navagio en Grèce, suffisait à mon bonheur, et je pensais sincèrement qu'il suffisait au sien.

Très tôt le matin, ou le soir, quand la lumière n'était plus adéquate pour son travail, que les personnages avaient déserté le cadre et qu'elle rangeait son matériel, alors ces plages étaient à nous. Et les mouvements de l'eau, son parfum d'algue, sa transparence, la finesse des grains du sable, la ligne de l'horizon, cela faisait une vie. Je pensais que cela faisait une vie…

Toutes les plages que tu veux, lui avais-je dit.

Elle me parla des Maldives.

Lune de miel

On avait pris un bain. On était en peignoir. Les fenêtres étaient ouvertes sur les arbres du maquis et la journée déclinait en pente douce. On était bien. On se préparait à aller dîner chez Tariq.

« J'ai réfléchi. Aucun danger. Juste la nature, toi et moi, et quelques *honeymooners* désœuvrés et presque nus… »

Elle voulait fixer le dialogue chromatique entre le jaune presque blanc du sable et les différents bleus de la mer et du ciel ; les nuances de blanc, aussi, « entre le lait de coco et la chair de langouste… ».

« Aucun danger ? Ces îles sont en passe d'être submergées.

— À l'horizon 2025… On a un peu le temps.

— Et le dernier tsunami ? Il y a fait trois mille morts.

— Justement, il s'est déjà produit… Statistiquement, c'est bon…

— Statistiquement, tu as raison… mais tu oublies la débilité désormais notoire des avions de ligne… Et puis regarde ça. Cécile m'a envoyé le lien. »

Je lui avais mis sous les yeux l'écran de mon ordiphone. Où défilait une vidéo absolument confondante transmise par une collaboratrice.

Un fragment de lune de miel filmé au caméscope. Sur fond de lagon et de palmiers, le couple en vêtements blancs et à la peau rose, paré des colliers de fleurs offerts par le personnel de l'hôtel… Le fantasme absolu de l'Européen moyen qui croit que l'Europe ne suffit pas et qui va s'en mordre les doigts. Et encore, ce qui se passait là n'était qu'un avertissement.

En anglais, un Maldivien en paréo noir expliquait aux deux tourtereaux que la coutume, ici, voulait que la communauté entonne un chant portebonheur en l'honneur des mariés. L'homme et la femme avaient les yeux brillants de gratitude.

Un merveilleux chant s'éleva dans le ciel tropical. L'homme avait troqué l'anglais pour la langue locale, le divehi, qui ressemble à un gazouillement d'oiseau, et les employés de l'hôtel l'accompagnaient en chœur. C'était vraiment magnifique. Le problème, c'est que les sous-titres qui venaient d'apparaître à l'écran contredisaient férocement cette douceur. La traduction était terrifiante : « Vous êtes des porcs. Les enfants que vous aurez de ce mariage seront des porcs et des bâtards. Votre mariage n'est pas valable parce que vous êtes des infidèles et des athées. » Le tout en chanson… Le couple de touristes, qui ne comprenait rien, souriait, extrêmement ému. Les employés reprenaient en refrain : « Enculés ».

Paz pouffa.

« Je t'en prie, Paz, c'est atroce ce qu'ils leur font.

— Tais-toi, j'écoute… »

Elle était captivée. Le célébrant avança alors vers les amoureux, leur fit joindre les mains puis les saisit entre les siennes, les enfermant comme les valves d'un coquillage. Puis il déclara, sur le ton d'une invocation : « Avant de pénétrer le rectum d'un poulet, vérifie bien qu'il n'y ait pas de boutons sur le rectum du poulet. »

La femme, en robe de mariée, avait les larmes aux yeux. Cette fois-ci, Paz éclata de rire.

Le récitant ajouta : « Traite ton directeur avec respect. »

« Qu'est-ce que c'est que ça ? me demanda-t-elle.

— Il est en train de lire un contrat de travail pour les employés de l'hôtel et fait croire aux touristes que ce sont les vœux sacrés du mariage…

— C'est génial, ton truc… »

La cérémonie continuait. Les mariés furent invités à aller planter un jeune palmier sur la plage. « De ton pénis naîtra l'anarchie », dit l'officiant.

« J'adore, lança Paz.

— Comment, tu adores ?

— "De ton pénis naîtra l'anarchie", c'est totalement punk.

— Oui ? Eh bien, écoute ce qu'il dit après : "De ton pénis sortiront des vers…"

— Là, ça devient un peu trop punk… », commenta Paz.

La vidéo était terminée.

« C'était super drôle. Ne me dis pas que ça t'a impressionné ?

— Le côté "Maudissons les infidèles", je n'aime pas trop…

— Ils s'amusent. Ils ont l'air tellement cons, tes touristes…

— Ça pourrait être nous…

— Mais non. D'abord moi, je ne te demande pas de m'épouser. Et puis, attends, ils ne les ont pas égorgés, non plus…

— C'est l'étape 2… »

Son regard s'était chargé de nuages. Je commençais à découvrir l'un de ses traits de caractère : l'instabilité d'humeur. Elle passait d'un état émotionnel à un autre avec une rapidité confondante. Cela devait l'aider dans sa vie d'artiste, mais dans la vie conjugale, cela donnait au partenaire l'impression de s'initier au rodéo. Elle se leva brusquement et se dirigea vers la cuisine. J'entendis l'eau couler, les placards s'ouvrir, le couvercle de sa boîte de thé vert sauter. Et sa voix, devenue métallique :

« En fait, tu as peur. Tu as vraiment peur… »

Depuis la cuisine, le mot « peur » paraissait arriver vers moi sous la forme d'un crachat. Elle m'aspergeait de son mépris. J'ai répondu sans me dérober.

« Ce n'est pas de la peur.

— Mais pourtant tu es allé partout… même en Afghanistan…

— Justement… »

Elle arriva dans le salon avec le plateau, le posa sur la table de verre et revint s'asseoir. Elle ramena ses pieds nus sous elle et se lova contre moi.

« C'est dommage, tu sais, j'aimerais vraiment qu'on fasse un grand voyage…

— On n'arrête pas…

— On fait des sauts de puce. C'est dommage. Tu as tout vu et moi rien.

— Tu vois bien mieux que moi. Tes photos le prouvent. »

Je caressais ses cheveux. L'odeur de sève des arbres me montait à la tête et me donnait l'envie de plonger mes racines dans le terreau de ma femme… qui trancha net le fil de mon désir. À nouveau elle se cabrait.

«Et tu sais quoi? Je te trouve parfaitement malhonnête… Ton raisonnement ne tient pas. Tu ne cesses de parler de notre sécurité. Mais regarde ce qui s'est passé en Norvège, en juillet 2011, la tuerie perpétrée par ce fondamentaliste blond… C'est tout près, la Norvège. C'est dans l'espace économique européen, la Norvège…

— C'est vrai.

— Et la fusillade qui a eu lieu à Liège, en plein marché de Noël…

— D'accord, Paz, mais si on a suffisamment de fous ici, pourquoi aller en plus chercher ceux de l'extérieur ? »

Il y eut un long silence. Elle se pencha en avant pour servir le thé. Et tourna sa tête vers moi.

«Depuis quand as-tu peur ? »

Je ne voulais rien dire. Cela aurait pris trop de temps. Cela faisait ancien combattant, aussi. À toi je le dirais bien mais… on verra. Je regardais la petite statue birmane qui dansait sous une photo de Malick Sidibé. J'ai déplacé les frontières du débat.

«Tu sais ce que dit Virilio, le philosophe de la vitesse ?

— Non ?

— "À chaque fois que l'homme invente quelque chose, il invente la catastrophe qui va avec." Si tu fabriques un avion de trois cents places, tu as trois cents morts potentiels. Si tu construis une tour, tu construis la possibilité de son effondrement…

— Tu es si noir dans ta tête…

— Non, Paz. C'est juste que le monde me semble de plus en plus chaotique, instable, fissile. Les hommes deviennent fous, la nature s'emballe… »

Son œil était devenu fixe. Elle n'était plus là. Avait reflué en elle comme une vague.

Ce n'était pas de la peur. Je savais ce que je ne voulais pas, c'est tout. Et là, vraiment je lui en veux d'être obligé de monter dans cet avion. La destination s'affiche au-dessus du comptoir. Karima s'empare du micro et annonce que nous allons procéder à l'embarquement. J'ai peur parce que je pense à toi, Hector. Que feras-tu, plus tard ? Comment ce monde va-t-il évoluer ? Seras-tu assez armé ? Que vaudra la culture que j'essaie de te donner ? Que vaudra la beauté ? L'être humain ? Est-ce donc déjà fini ?

Nous sommes arrivés en retard au dîner et, oui, elle a osé dire que c'était parce que j'avais eu besoin d'amour. Elle avait simplement jeté sur ses seins nus une robe portefeuille dont l'imprimé faisait penser à de la malachite. Tariq donnait ce dîner avant la grande migration vénitienne du monde de l'art. La Biennale ouvrait une semaine plus tard. Deux photographies de Paz avaient été choisies pour figurer dans l'exposition internationale *Illuminazioni*.

Venise : la boîte à souvenirs des Beautés de l'Ancien Monde. Dans notre *Livre de ce qui va disparaître*, il n'y avait rien sur Venise. Et pour cause : notre couple y a disparu.

Venise portes ouvertes

Nous y allions deux fois l'an. À l'automne et au printemps, pour pouvoir admirer sous deux lumières, deux températures, ces noces de l'eau et de la pierre. Nous adorions cette ville enroulée sur elle-même comme une glace italienne à la pistache, dont la lagune a la couleur. Nous y avions nos points fixes : le ciel où le soleil explose et retombe en poussière sur le fronton des palais, et la boutique Missoni de la calle Vallaresso, où je lui avais acheté cette robe superbe au savant agencement de lignes brisées bleu outremer et émeraude.

Tous les deux ans, tout ce que la planète comptait d'artistes, de critiques, de collectionneurs et d'amateurs d'art se retrouvait dans les jardins de la ville et au cœur de cette forteresse qu'est l'Arsenal, dans les énormes entrepôts de brique rose-rouge où la République construisait jadis ses galères, pour admirer ou conspuer la production du moment. Une exposition internationale y était organisée par le commissaire de la Biennale, qui changeait à chaque édition. Cette année, deux grands tirages de ta mère y seraient donc montrés.

Mais voilà, Paz ne voulait plus venir. Même si elle était à l'honneur, même si elle n'avait pas à rougir face aux Jeff Koons et autres Takashi Murakami. Le prix de ses tirages, loin d'atteindre les cotes de ces deux *tycoons* de l'art, prenaient une altitude considérable dans la stratosphère du marché, les zéros s'ajoutant au fil des mois comme autant de ballons d'hydrogène. J'avais même vu ses plages en poster dans le métro, entre une femme piège d'Enki Bilal et un portrait de Psy, le chanteur de « Gangnam Style », recordman des connexions sur YouTube.

« Ça me fatigue d'avance, m'avait-elle dit. Ce jeu atroce où tout le monde se scrute, la compétition permanente dans les cocktails et les méchancetés qui sortent après deux bellini. Tu ne le sens pas, toi, parce que tu n'es pas exposé. Dans tous les sens du terme.

— Loris et Adel seront là, disais-je en évoquant deux de ses amis artistes pour la convaincre. Tu te plains que tu n'arrives jamais à les voir…

— Je préfère les voir ailleurs. À Venise, tout le monde devient con. Eux comme moi. Ce foutu Jeu. »

C'était une expression de Loris Gréaud, l'un des artistes français les plus talentueux. L'un de ses meilleurs amis. Qui parlait du milieu de l'art comme les rappeurs parlaient de l'industrie du rap : le « Game ». Le Jeu qu'on jouait pour faire partie du premier cercle. Les stratégies marketing, les contrats, les transferts et les grands shows.

« C'est juste quelques jours. Il faut que tu sois là pour parler de ton travail. Pour voir les gens. Deux de tes plages ont été sélectionnées, quand même.

— J'en ai assez, des plages. Je veux sortir du contresens où tu m'as mise. »

Elle revenait sur mon article. Contresens, certes, mais dont ses clichés avaient largement bénéficié. Ça faisait quand même deux ans. Elle avait la rancune tenace.

Elle ne voulait plus venir. À une semaine de l'événement, Tariq bataillait encore pour la convaincre, et le dîner qu'il avait organisé chez lui, à Paris, dans le superbe appartement qui surmontait sa galerie d'art, était celui de la dernière chance. Grand, des lunettes rondes sur son visage allongé, le très avenant Tariq portait ce soir-là une cravate blanche pleine de taches et de lignes de couleurs, faites au pinceau par son fils de cinq ans. Nous étions au dessert. Le vin puis le champagne énervaient les conversations. Un éditeur demanda : « Est-ce que vous diriez que c'est de l'art, ce qu'a fait votre fils ? » Tariq porta à ses lèvres une cuiller de glace au yuzu. « Vous savez ce que disait Picasso ? "J'ai mis toute ma vie à savoir dessiner comme un enfant." » J'aimais beaucoup Tariq, qui n'avait pas les travers de sa caste. Il avait commencé comme vendeur de lithographies au porte-à-porte, passé modeste qu'il rappelait volontiers car il savait qu'il contribuait à sa légende.

Une femme de banquier osa le cliché : « Est-ce que vous comprenez qu'on dise du travail d'Untel, de Buren ou de Twombly par exemple : "Mon fils de quatre ans pourrait le faire" ? Enfin, Buren, peut-être pas, parce qu'il faut être capable de tracer des lignes droites. »

Tout le monde avait ri. Ou fait semblant. Sauf

Paz, qui ne disait rien, et se contentait de boire. Coupe après coupe. Je l'observais, je redoutais le pire. « Si vous voulez dire qu'il y a une grande part d'enfance dans l'art contemporain, alors vous dites juste, avait répondu Tariq. Jeff Koons, par exemple, y fait toujours référence. Il dit qu'il poursuit ce moment de notre vie où l'on n'a pas de doutes, où l'on ne juge pas, où il y a juste à accepter le monde, à vivre simplement les choses comme elles sont. Il a même une définition de l'art que je trouve très belle : "L'art est cette quête permanente de l'effacement de l'anxiété." »

On entendit un applaudissement. Un très lent applaudissement. C'était Paz.

« Bravo, Tariq », dit-elle en ralentissant progressivement le rythme de ses battements de mains jusqu'à l'arrêt complet, comme le lapin d'une publicité de mon enfance, qui s'arrêtait de battre du tambour parce que sa pile était morte. Le silence se déploya autour de la table. On aurait pu en faire une nappe.

« Bravo, Tariq, reprit Paz, c'est très beau ce que tu viens de dire. Mais c'est un peu ennuyeux, ces bons mots d'artiste, ces discours sur l'art. Tout le monde en fait et tout le monde se trompe. Laissez les artistes tranquilles. Ça fait du mal, les discours. »

L'un des invités, grossiste en fruits exotiques, protesta : « Mais pourquoi ? Ça éclaire sur l'intention de l'artiste, cela permet de mieux comprendre… C'est tellement compliqué, maintenant que les artistes ne donnent plus de titre à leurs œuvres. Vous avez remarqué, tout est *Untitled*… Alors qu'au moins, les *Tournesols*, ou *La Mise au tombeau*, c'était clair… »

Tariq, qui sentait le vent de la tempête venir, comme il avait anticipé dans les années 90 le boom phénoménal de la photo, remit en place sa cravate et tira sur sa veste en disant :

« Les artistes ne recherchent pas forcément la clarté, vous savez… Enfin, Paz a peut-être raison. Un artiste n'a pas à parler. L'œuvre parle d'elle-même. Quelqu'un veut du café ? Une tisane ? Une vodka ? Un armagnac ? » J'ai cru qu'on allait s'en sortir. Mais l'éditeur reprit : « Je ne suis pas d'accord. On peut ressentir une œuvre d'art dans la pure immédiateté, comme le premier verre d'un bon vin, et ensuite se plonger dans l'histoire du cru, pour approfondir sa relation à lui et mieux le déguster… Votre travail, par exemple, madame… »

Paz le coupa.

« On n'est pas du vin, *joder* ! On ne se déguste pas ! On n'est pas du raisin ! »

J'ai pouffé. Mais Paz n'avait pas envie de rire. « Le discours sur un artiste, ça peut être terriblement dangereux pour lui ; ça peut le mettre en porte à faux avec ce qu'il ressent, ça peut faire de lui un imposteur… »

Tariq a sursauté. « C'est-à-dire, Paz ? » Au bout de la table, c'est moi qui n'avais plus envie de rire. Elle n'allait pas trahir notre secret ?

L'éditeur ne releva pas. Et reprit où elle l'avait interrompu.

« Mais votre travail, chère madame, moi je trouve que c'est très intéressant de savoir que ce n'est pas seulement des plages, mais que ça procède d'une sorte de nostalgie de votre part, nostalgie d'un âge d'or où le plaisir était d'être au monde ensemble ; je trouve ça passionnant, et ça m'aide à comprendre vos photographies quand je lis que cette humanité en slip de bain est une référence à la mythologie des congés payés, un rêve d'égalité et un pari sur la possibilité d'un avenir commun… »

Paz s'était figée, le verre de vin pétillant à la hauteur de ses lèvres. Et puis elle a dit :

« Sauf que c'est exactement le contraire.

— Le contraire ?

— Oui, le contraire. Je déteste ces plages où la chair s'étale, dégouline sur le sable, la roche, l'océan, sur toute la nature. Ça m'écœure, cette graisse qui s'exhibe, les sales bruits de la crème solaire qu'on étale, les cris des vendeurs de sucreries gonflées d'huile qui appellent les ventres à se remplir encore, c'est dégueulasse, une plage… »

Les convives étaient figés. Le radeau des médusés.

La femme du banquier, qui possédait plusieurs photographies de Paz, baissa la tête en avalant sa salive.

« Paz, on va peut-être s'arrêter là…, lança Tariq en souriant.

— Mais si ce monsieur, reprit Paz sans l'écouter, en saisissant son couteau et en me désignant de la pointe, n'avait pas écrit dans son journal que je célébrais la vie, on aurait peut-être compris que cette humanité-là, je la figeais sous forme de photographie parce que je voulais, précisément, la pétrifier à jamais, et même la vitrifier pour qu'elle ne soit plus qu'un mauvais souvenir qu'on peut ranger dans une boîte à chaussures et mettre au grenier… »

J'étais furieux et piétiné. Elle décocha une dernière phrase à l'éditeur : « Ça vous aidera à approfondir votre rapport à l'œuvre, ça ?

— Sans doute », répondit-il très calmement,

savourant la dramaturgie du moment, et sa petite victoire sur l'artiste qui montait et qu'il ne pouvait pas se payer. Une victoire qu'il amplifia en se tournant vers moi : « C'est vrai que vous aviez écrit exactement le contraire… »

J'ai répondu avec le même détachement, entièrement dissimulé : « J'ai été induit en erreur par le titre, *Le plaisir d'être au monde,* dont je n'avais pas saisi l'ironie.

— Moi et mes foutues cravates », lança Tariq pour conclure. Le dîner roula sur autre chose.

Le retour fut brutal. J'étais hors de moi. Rageusement triste.

« Pourquoi tu me jettes en pâture comme ça ? ai-je dit une fois dans le taxi. Tu as envie que je passe pour un con, pour un mec qui ne comprend rien ?

— Ça va, ta petite fierté de critique… »

Le ton était d'une désinvolture déplaisante. Elle n'avait même pas pris la peine de me regarder.

« Je ne suis pas critique, putain ! Je t'ai fait un papier une fois. C'était la manière dont je ressentais ton travail…

— Tu as mal ressenti… »

Toujours sans me regarder. Je sentais le sang pulser douloureusement contre mes tempes. Je bouillais mais je n'avais aucune marge de manœuvre. Quitter le véhicule ? Ridicule. Me taire ? C'était la meilleure des solutions. Je n'y arrivais pas.

« Mais tu te prends pour qui, Paz ? Tu te prends pour qui ? »

Elle restait calée contre la vitre droite, à regarder passer Paris. Les phares des voitures qui circulaient en sens inverse glissaient comme un pinceau sur son visage fermé.

« C'est ça, la grande artiste et le critique de merde… Tu n'en as pas profité, de mon erreur de lecture ? »

C'était bas. Trop tard. Elle s'est retournée. Avec sur les lèvres un sourire moqueur.

« Tu vas parler de fric ? Quelle élégance… »

J'étais engagé. Alors j'ai continué.

« Pourquoi, c'est sale maintenant, l'argent ? Ce que tu appelles les conditions de ton indépendance ? Et le loyer de ton nouveau "studio", comme tu dis, tu le paies comment ? »

Je descendais de plus en plus bas, au supplice, tandis que le véhicule gravissait courageusement la côte de Montmartre, *Mons martyrum*, le mont des Martyrs. J'étais agacé car ce nouvel atelier, elle ne m'avait pas encore invité à m'y rendre. Elle est sortie la première. Ironie du sort, ou comique de situation, je n'avais pas d'argent liquide et le taxi pas d'appareil à Carte Bleue. J'ai dû trouver une banque.

Quand je suis entré, la fenêtre du salon était ouverte sur les arbres. Elle avait mis Dalida et elle fumait. Je la voyais de dos. Elle s'est retournée en m'entendant. Une larme coulait sur sa joue.

Elle était tellement belle avec son petit nez rond, sa bouche charnue qui tremblait, que je n'ai même pas essayé de négocier. J'étais le policier qui se rendait au terroriste.

« Pardon », j'ai dit.

*

Tariq avait eu raison de batailler. Une semaine après, nous atterrissions à l'aéroport Marco-Polo. Je crois qu'elle voulait s'excuser auprès de Tariq, qui lui avait promis de ne jamais plus parler d'« imposture ». En art, ce mot-là était de la nitroglycérine.

J'attends que tu aies six ou peut-être cinq ans pour te faire connaître ça : descendre de l'avion, et prendre un de ces puissants hors-bord de bois qui t'emportent comme sur un tapis volant. Faire coulisser le panneau arrière du toit et redresser la tête dans le vent de la lagune. Découvrir, tout au bout, cette ligne de clochers et de palais qui semblent flotter sur l'eau comme un nénuphar, et entrer dans une autre dimension. Une ville posée sur l'eau, ça ne devrait pas exister. Ou seulement dans les histoires que je te raconte, mon petit mouflon, pour t'endormir. Car dans ce cas, pourquoi pas une ville dans les nuages, comme dans *Jack et le haricot magique*?

On était donc à Venise, la Biennale ouvrait, et le niveau d'excitation du petit monde de l'art était monté d'un cran. Une fondation d'art contemporain ouvrait à la pointe de la Douane.

L'un des plus beaux endroits de Venise. L'endroit où la ville fend les flots du Grand Canal comme une étrave. Mieux qu'une pointe, la tour de contrôle de la Sérénissime. Cinq mille mètres carrés en forme de triangle, stratégiquement dressé à la pointe du Dorsoduro.

Pendant des siècles, c'est là que les navires venus d'Orient et du reste de l'Europe déchargeaient leurs précieuses marchandises, soies et angora de

Syrie, corail d'Alexandrie, poivre, curry, et ce safran d'Iran tellement rouge qu'il ressemblait à du sang réduit en poudre qui serait destiné à des vampires partant pour un long voyage. C'est là, à la « Dogana », qu'ils étaient taxés, ces produits fabuleux, pour être ensuite acheminés par barques, de l'autre côté du bâtiment, vers le Grand Canal et le cœur de la ville, et féconder les yeux, les narines, et les estomacs vénitiens, de rêveries et de plaisirs toujours plus épicés.

La pointe de la Douane offrait, surtout, l'une des plus belles vues de Venise qui semblait, en courtisane qu'elle était, ouvrir les deux pans de son manteau pour se dénuder sur plus de trois cents degrés. À gauche, Saint-Marc et le palais des Doges. À droite, la Giudecca et l'île de San Giorgio.

Nous avions juste eu le temps de nous changer. Nous dormions en face, sur cette île de la Giudecca qui semble se coucher mollement sous les autres. Notre chambre, logée dans un ancien couvent, donnait sur un jardin tapissé de roses. Et sur la *skyline* bulbée de Venise qui s'allumait au crépuscule de reflets dorés. Dans mon costume noir, je pensais à la réponse faite par Casanova à la Pompadour qui l'interrogeait : « Venise ? Vous venez vraiment de là-bas ? — Venise n'est pas *là-bas*, madame, mais *là-haut*. » Une ville sur l'eau, mais aussi dans les nuages, finalement…

Les invités arrivaient dans des bateaux en acajou qui semblaient ordonner le silence lorsqu'ils ralentissaient pour accoster :
Chhhhhhhhhhhhhhhhhhuuuuuuuuuttttttttt…

Il y avait foule. Hommes d'affaires impeccables, anciens ministres à l'aguet se pressaient sur les vieilles dalles que des beautés kényanes ou russes griffaient de leurs talons. Paz ne déparait pas, sublime dans sa robe Missoni qui soulignait la nudité de ses épaules dorées. À l'intérieur, de longues nefs de brique rose, avec des toiles de Polke, ou le fantastique cube de chevreuils et de renards taxidermisés d'Adel Abdessemed, compression de vie et nature morte au pied de la lettre. « Une image doit frapper, mais sans haine, comme le boucher », disait l'artiste, citant Baudelaire, à la reine Sonja de Norvège. Nous avons traversé une pièce obscure où dormaient sous des cloches des réductions de villes futuristes à l'éclat phosphorescent. J'étais comme un enfant dans ce tourbillon d'insolence, de rêve, de créativité, de liberté affirmée face au marasme du monde.

À l'étage, les neuf gisants en marbre de Cattelan vous percutaient comme une balle en pleine tête. C'était superbe et terrifiant : ma main tremblait dans celle de ta mère… qui ne cillait même pas. Une absence de réaction qui ajoutait l'incompréhension à mon angoisse. Pas de réaction non plus au premier étage, lorsque nous sommes tombés, littéralement, devant *Fucking Hell*, l'œuvre insoutenable des frères Chapman.

L'installation se présentait sous la forme de neuf vitrines qui dessinaient, si on avait pu les voir de haut, une croix gammée. Neuf vitrines, ou plutôt neuf vivariums, abritant un paysage miniature qui faisait songer aux décors qu'on vendait dans les boutiques de trains électriques : collines, bosquets, maisons, murets, rivières, lacs. La différence, c'est que tout était en ruine, ou recouvert de cendres, comme après le passage d'un nuage atomique. Et dans ce décor de désolation, la mort en action : des centaines et des centaines de figurines de trois centimètres de haut, des squelettes et des zombies, coiffés d'un casque de SS et attifés de lambeaux d'uniforme se livraient à des abominations sur leurs victimes. Crucifixions, énucléations, démembrements, décapitations, défenestrations… il y avait de tout, partout, au fil des rivières charriant du sang, sur le carrelage des maisons pilonnées par les obus. Des porcs fouillaient de leur groin rose les thorax ouverts de corps sans tête. Des vautours picoraient des pendus tournant sur des roues. Les noces de Jérôme Bosch, du IIIe Reich et d'un coffre à jouets cauchemardesque… Et plus l'on progressait, moins les soldats étaient des hommes, leur tête remplacée par celle d'un cochon, par un crâne aux orbites vides, par plusieurs têtes, comme des hydres, s'entre-massacrant, retournant leur violence contre eux-mêmes dans un atroce ballet. Dans la dernière vitrine, devant une forêt de corps broyés, un peintre lilliputien avait dressé son chevalet. Il avait le visage d'Hitler.

Les deux frangins Chapman souriaient en regardant les invités nager dans une horreur fascinée. Visage rond, crâne rasé et œil perçant, ils semblaient deux hooligans prêts à saccager cette délicate ville aquatique. Ils s'étaient rendus célèbres en rachetant, pour une centaine de milliers d'euros, des dessins d'Hitler qu'ils avaient coloriés d'arcs-en-ciel, ouvrant un débat insoluble entre sacralité historique et liberté artistique. Hitler avait été un monstre. Fallait-il donc respecter ses « œuvres » ? À une célèbre collectionneuse qui leur demandait, comme s'il s'agissait de la confection d'une tarte aux pommes, combien de temps ils avaient mis pour réaliser cette œuvre, ils répondirent : « Trois ans. Mais il n'a fallu que trois heures aux soldats allemands pour massacrer quinze mille prisonniers russes sur le front de l'Est. »

Un ancien ministre de la Culture expliquait que l'installation dialoguait ironiquement avec *Les Dix Mille Crucifixions du mont Ararat* de Carpaccio, accroché à quelques ponts de là sur les cimaises de l'Accademia. Oui, Hector, Carpaccio : comme les fines tranches de bœuf arrosées d'huile d'olive et de vinaigre balsamique que tu adores, et qu'on appelle ainsi à cause de leur couleur qui rappelle le rouge saignant utilisé par le maître. J'ai parlé de ce « dialogue » à ta mère. Elle a soupiré.

« Ça ne va pas ?

— J'en ai assez, a-t-elle dit.

— Je comprends... C'est intense... »

Elle a éclaté de rire. D'une façon si tonitruante que les deux frères se sont retournés, déconcertés par cette réaction inhabituelle devant leur œuvre. Elle a fendu le flot des invités. Je me suis élancé pour la rattraper, mais c'était trop tard. J'ai été arrêté par quelques connaissances auxquelles je n'ai pu offrir qu'un sourire pressé, ou un « à tout à l'heure », mais que je ne pouvais pas hélas traverser comme s'ils étaient des spectres.

Je me suis retrouvé dehors. Devant moi la fameuse Pointe, éperonnant la lagune qui se confondait avec le ciel. À son extrémité se dressait un gigantesque petit garçon. Nu. De dos. Un petit garçon d'à peu près deux mètres cinquante de haut. Blanc et lisse, avec cette cambrure de reins particulière qu'ont les jeunes enfants. Aimanté par la matière de la statue sans socle — ses pieds étaient posés à même les dalles de pierre — et sa texture sans aucune aspérité qui étincelait dans le soleil, je me suis approché. L'enfant brandissait une grenouille, comme s'il venait de la saisir dans l'eau de la lagune. Une grenouille monstrueuse, à la peau grumeleuse, aux antipodes de la lisseur superbe de son corps à lui. Et cette grenouille, ou plutôt ce crapaud, il semblait le brandir à la face de la ville, avec dans ses yeux mi-clos la fierté cruelle des gosses qui se rendent compte de leur pouvoir. Il avait un petit ventre. Il était beau et désarmant. J'avais peine à décrocher mon regard des traits de son visage résolu, étincelant de toute la volonté conquérante d'un être qui commence à s'ouvrir au monde et à en mesurer toutes les possibilités.

Les invités se pressaient autour de lui. Il s'appelait *Boy With Frog*, l'« Enfant à la grenouille », et il était signé d'un certain Charles Ray. Derrière l'écran des costumes noirs et des robes chatoyantes qui faisaient ressembler les femmes à de beaux oiseaux exotiques à côté de leurs pingouins de maris (et je n'échappais pas à ça), j'ai reconnu la mienne. Elle s'était assise à l'extrême pointe de la Pointe, ses escarpins posés à côté d'elle, les pieds nus dans le clapotis du Canal. Je me suis approché doucement, me suis accroupi, j'ai posé ma main sur son épaule.

« Qu'est-ce qui se passe ? »

Elle ne m'a même pas regardé pour répondre :

« On s'en va ?

— On vient d'arriver…

— Reste si tu veux. »

Elle regardait l'horizon, derrière les yachts amarrés à quelques ricochets du bâtiment. L'oligarque Abramovitch débarquait d'un Riva couleur chocolat au lait. Très james-bondesque dans sa saharienne brune, entouré de cinq femmes, dont la sienne, en robe haute couture.

« Dis-moi ce qui se passe.

— C'est toujours la même chose, a-t-elle dit tristement.

— La même chose ?

— Ce qui s'est passé chez Tariq. Je ne supporte plus les discours sur l'art. Et cette violence sous cloche qu'on regarde avec des bouches arrondies comme des "o", en prononçant des "a"…

— Tu me mets dans le lot ?

— À ton avis ? »

Un buffet avait été installé devant l'église Santa Maria della Salute. Paz s'y est dirigée. Trois dames en tailleur Chanel se sont précipitées sur elle : « On a vu vos plages. Au moins, vous, vous célébrez la vie. » Paz m'a dégainé son regard le plus noir. J'allais mettre la main sur elle quand le patron du Centre Pompidou a surgi de la foule : « César, il faut que je te présente Gerhard Richter. »

Le peintre était passionnant, mais Paz avait disparu de mon radar. Autour de mes oreilles, les conversations se culbutaient. Les éternelles rumeurs sur Maurizio Cattelan. « Il va vraiment arrêter l'art ? » À l'homme d'affaires qui lui avait commandé un tombeau, cet artiste, certainement le plus brillant de l'époque, avait proposé une pierre avec cette épitaphe : « *Why me ?* » Un collectionneur brésilien s'enthousiasmait pour une jeune artiste française. « Tatiana Trouvé a vraiment compris l'essence de la Douane de Venise. » « Tant d'autres cherchent : elle a Trouvé », ajoutait un autre en s'esclaffant.

Les premiers bruits de la Biennale étaient lancés. On faisait grand cas du *Pavillon Gepetto* de Loris Gréaud, une sculpture de cachalot longue de dix-sept mètres moulée selon la description du *Moby Dick* de Melville, et échouée près du bassin de l'Arsenal. On critiquait, en revanche, l'installation de Christian Boltanski au Pavillon français. L'artiste qui avait vendu sa vie en viager à un milliardaire tasmanien y montrait des nouveau-nés qui faisaient le grand 8 sur une rotative géante tandis qu'une pendule décomptait en temps réel le nombre de décès dans le monde. J'aimais bien l'obsession de la mort de Boltanski. Il m'avait dit un jour que l'art était dérisoire parce qu'il ne pouvait rien faire contre notre disparition. Il avait le projet de réunir sur une île de la mer du Japon des milliers d'enregistrements de battements de cœur. Autant de portraits sonores. J'avais confié les miens au stéthoscope d'une étudiante en art déguisée en infirmière. Je m'étais dit que tu pourrais toujours, quand la vie m'aurait quitté, faire le voyage si tu voulais écouter à nouveau le bruit familier qui te berce lorsque pour t'endormir je pose ta tête contre mon torse et que je te caresse les cheveux.

Je cherchais Paz, je m'inquiétais pour elle. J'avais moi aussi insisté pour qu'elle vienne, mais en oubliant les ravages que ce genre de rassemblement pouvait infliger à l'amour-propre d'un artiste. Il y avait ici les créateurs les plus célèbres du monde.

N'importe qui, à côté de ces stars, pouvait se sentir ravalé au rang d'amateur. Même Paz, pourtant choisie parmi des milliers d'artistes par la commissaire de la Biennale pour une exposition qui s'ouvrait, excusez du peu, par *La Cène* de Tintoret! Et même si — je le voyais au regard des gens quand elle passait devant eux, aux mouvements de leurs lèvres — elle comptait, ma Paz. Ce stress, il fallait l'affronter, c'était le jeu. Je devais prendre soin d'elle. Blinder sa vulnérabilité. Mais son portable sonnait dans le vide.

J'ai tenté de tuer le temps mais c'est lui qui m'a tué. La vie n'avait aucune saveur si je ne la vivais pas avec elle. Je suis allé me perdre dans les jardins de la Biennale. L'exposition internationale était inaugurée. J'ai vu les plages de Paz accrochées à côté d'un autoportrait en clown de Cindy Sherman et un néon de Bruce Nauman. J'étais tellement fier d'elle.

J'agonisais sur un banc de campo Santa Margherita quand elle a enfin rappelé.

« Je ne voulais pas te déranger, a-t-elle dit. Tu semblais avoir beaucoup à faire avec tes amis des musées.

— Des musées qui t'exposent, mon amour… Et qui t'adorent. Arrête de faire comme si personne ne t'aimait. C'est ton droit, mais autorise-moi à ne pas être dupe. Je te propose une chose : on ne s'engueule pas. Tu sais que ce que j'aime dans ce genre d'événement, c'est seulement être avec toi. Regarder les gens te regarder. Mon plaisir est là.

— Pas le mien. J'avais besoin de m'oxygéner le cerveau.

— Et tu es où, maintenant ?

— Je quitte San Giorgio Maggiore.

— Je t'attends chez la Veuve. »

*

Elle a commandé un verre de vin rouge.

« Qu'est-ce que tu faisais à San Giorgio Maggiore ?

— J'ai vu saint Georges.

— En personne ? »

Elle a souri, et porté son verre à ses lèvres. Et m'a raconté, façon épopée, son périple dans l'îlot. La vue extraordinaire qu'on avait sur Venise depuis le campanile, le froid glacial de la basilique, l'incongruité de ces boîtes métalliques qui attendent de vous les pièces qui permettront à l'éclairage de se déclencher et d'illuminer les tableaux de la Renaissance, et enfin sa rencontre avec le vieux prêtre qui l'avait conduite, par une porte dérobée et un minuscule escalier, dans une salle où avait été élu un pape et où irradiait le *Saint Georges tuant le dragon* de Carpaccio. « Ce rouge sang sur la pique, la raideur du cavalier corseté dans son armure d'insecte, les ossements au sol... » La cruauté des femmes n'est plus à prouver depuis les grandes exécutions de la Terreur où elles se battaient pour avoir la première place. Ce tableau était une copie, mais je n'en ai rien dit, bien décidé à être conciliant. « Tiens, regarde. » Elle a sorti le Canon 5D dont elle se servait pour ses repérages et m'a montré les photos qu'elle avait prises. Celles du tableau, des vues de l'église, et puis, brusquement, un cliché de *L'Enfant à la grenouille* dressé comme une vigie à la pointe de la Dogana.

« Et ça, c'est quoi ? »

Elle a tout de suite éteint l'appareil.

« Je découvre que tu n'es pas rétive à tout l'art contemporain…, ai-je repris.

— Lui, ce n'est pas pareil.

— Qui lui ? Tu connais l'artiste ?

— Je te parle de l'enfant.

— Il s'appelle *Boy With Frog*, de Charles Ray. Un hommage à Donatello. Un dialogue à travers les siècles. Comme les frères Chapman et ton cher Carpaccio.

— Arrête, tu gâches tout avec tes commentaires. »

Piqué au vif, j'ai lutté pour garder mon calme, malgré l'alcool qui tambourinait déjà dans ma cervelle.

« Ah oui, ça gâche tout de savoir le nom des œuvres ? »

Le regard qu'elle m'a lancé était un missile.

« Je me fous complètement de savoir ; je veux ressentir ! »

Des clients se sont retournés. J'ai pris sa main pour la calmer.

« Lâche-moi, a-t-elle dit. Tu parles, tu parles, tu étales ta science du passé, tes références à des époques glorieuses. Tu ne t'aperçois même pas de ce que tu dis : tout ce qui est nouveau, tu me le présentes comme un dialogue avec le passé.

— Calme-toi.

— Et pourquoi ? Pourquoi je devrais me calmer ? Puisque tu me fournis l'occasion de te dire ce que je pense de tout ça. De tout cet ennui ! L'Europe crève, César. L'Europe crève parce qu'elle est enkystée dans le passé comme une *mosca*. Je ne veux pas vivre sous cloche, je ne veux pas vivre dans le culte du passé. J'ai quitté l'Espagne exactement à cause de ça, le patrimoine, la grandeur du passé, la Reconquista…

— Et ce tatouage, alors ?

— Tu n'as jamais rien compris. C'est sur mes fesses, et tu sais pourquoi ? Parce que je m'assois dessus, tu vois ! Je vais te dire : le passé m'étouffe. Cet enfant que tu as vu, et que j'ai pris en photo, eh bien oui, il me plaît. Il exprime une force, il exprime une violence. Et toi, tu me parles de Donatello… Tu m'empêches de ressentir, César. Tu m'entres déjà dans le crâne que cette statue n'est qu'une resucée du passé. Et tu me prouves une fois de plus que l'Europe ne produit plus rien de neuf… »

Elle a marqué une pause avant de prononcer une phrase d'une stupidité qui m'a mis hors de moi.

« Heureusement qu'il y a les terroristes…

— Qu'est-ce que tu racontes ?

— Tu as très bien entendu. Heureusement qu'il y a les terroristes.

— Je préfère ne pas entendre ça. »

Ses yeux noirs m'ont foudroyé.

« Non seulement tu vas m'entendre, mais tu vas comprendre ce que je dis. Ils mettent de la peur dans ce monde en coton et le réveillent un peu.

— Va dire ça aux parents des victimes du 11-Septembre, et de la gare d'Atocha. »

Elle s'est tue. Et puis a lancé :

« Tellement facile…

— Facile ? Et ce n'est pas facile de sortir des

énormités comme tu le fais, avec un aplomb indécent ? »

J'étais à deux doigts de sortir de mes gonds. Elle l'a senti. Sans comprendre vraiment pourquoi puisqu'elle ne savait pas.

« Je parlais d'énergie. L'énergie qui n'est plus là. Qui a déserté l'Europe.

— Tu n'as jamais quitté l'Europe. Tu ne sais pas de quoi tu parles.

— C'est ta faute, ça. »

J'étais devenu blême. Elle a repris, savourant sa victoire à venir.

« Ça fait des mois que je te demande de m'emmener en dehors et que tu refuses. Il va falloir qu'ils fassent exploser les musées pour que tu consentes à sortir de ta vieille Europe ? Cette ville, Venise, non seulement elle m'ennuie, César, mais elle me fait peur. C'est une vitrine, un tombeau. Une morte-vivante. Et je suis trop jeune pour vivre avec des morts-vivants. »

J'ai perdu mes moyens.

« Tais-toi », j'ai dit, en tapant du poing sur la table. Le serveur s'est dirigé vers nous.

« Un problème, monsieur ?

— Aucun. Merci.

— Alors calmez-vous, s'il vous plaît. Vous dérangez les clients.

— Occupez-vous de votre cuisine. »

Paz m'a regardé avec curiosité.

« Ah ! Enfin une réaction ! » a-t-elle lancé avec une satisfaction exagérée.

Je l'ai regardée avec colère.

« Tu ne connais rien du monde. Tu parles sans

savoir, avec une arrogance, putain, une arrogance...

— J'essaie juste de te réveiller. Tu vas faire quoi,
maintenant, avec ton Europe ? Une forteresse ? Tu
vas trier les gens qui peuvent rentrer et ceux qui
doivent rester dehors ? Tu vas faire de l'immigra-
tion choisie ?

— Arrête tes bêtises. Tu n'as rien compris. Il n'y
a pas de murs, je n'aime pas les murs... J'accueille
tout le monde.

— Eh bien, j'espère, parce que je ne suis peut-
être même pas européenne ! Même pas espagnole !
Il y a des Gurdjieff dans ma famille !

— Mais je m'en fiche, Paz, c'est bon ! Je ne
contrôle le pedigree de personne ! Que tout le
monde vienne, et tant mieux ! Mais moi, moi, je ne
veux pas sortir, est-ce que tu comprends la différence ? C'est moi qui ai choisi de ne pas quitter
l'Europe, tu comprends ça ? Parce que je trouve ça
beau, parce que je m'y sens bien, parce que je vois
ce qu'on a sous la main et que je sais ce qu'il y a
ailleurs, et que cet ailleurs, je n'en ai pas envie, tu
comprends ça ?

— Oui, je comprends : monsieur se recroque-
ville, monsieur fait l'escargot... »

Je ne voulais plus m'énerver. J'ai sorti mon ordiphone de ma poche. Je lui ai montré le mail que
m'avait envoyé une semaine plus tôt mon ami
Jules, devenu banquier dans le golfe Persique :
« Le monde s'écroule autour de moi ; notre équipe
est réduite d'un tiers à partir de mars ; les banques
virent à tire-larigot ; les salafistes font un carton en
Égypte ; les flics baloutches flinguent des enfants à
Manama, le Yémen s'embrase, l'économie chinoise

patine ; les monarques du Golfe serrent les vis, donc à travers tout ça, si tu es encore en vie, si t'as un job, une meuf, et un fils, tu es heureux et tu touches du bois. Ciao, gars. »

Elle m'a rendu l'appareil et a haussé les épaules en disant :

« J'hésite : la sagesse du couard, ou la peur du businessman…

— Tu es trop conne. Ou trop gâtée. »

Je me suis levé et j'ai quitté le restaurant.

J'ai marché. Marché. Ne m'arrêtant que pour boire dans cette ville qui résonnait de mille fêtes. Des basses sourdaient depuis les palais mangés par l'eau noire, mais encore debout sur leurs vieilles pierres qui avaient tout connu, pleins de miroirs qui avaient tout vu. Je repensais à ses paroles. Venise, un tombeau ? Un sas pour l'éternité, plutôt. Le coffre-fort flottant de la beauté. Assez de tableaux, de fresques, d'anges tourbillonnants et d'ascensions en couleurs chaudes pour faire mon bonheur pendant mille ans. La peur ? Mais comment la ressentir, ici ? C'était le contraire de la peur. La peur, elle était tout autour. Dans ces contrées plus si lointaines où les témoignages du passé étaient dynamités sans discussion.

Il m'appelait. Je le voyais briller sous la lune. Je l'ai rejoint, le petit garçon géant qui m'avait fait si forte impression. Et à Paz aussi, visiblement. Je n'étais plus qu'à quelques mètres quand j'ai découvert qu'il avait été mis en cage. Emprisonné, oui, le petit garçon, dans une cage de plexiglas maintenue au sol par quatre gros cadenas. Privés de la caresse du vent et des étoiles, l'enfant sauvage et

sa grenouille, que surveillaient, en prime, deux poli-
ciers en uniforme.

Comment te dire, Hector ? Tu vas me trouver
ridicule, mais cette incarcération de l'enfant m'a
rendu très triste. Elle a fait remonter des souvenirs
que je voulais enfouis. Ces fameux souvenirs dont je
n'avais jamais voulu faire part à ta mère. Des souvenirs d'au-delà de l'Europe. L'explication de mon
retrait. Pourquoi remontaient-ils ? Parce que jusqu'à ces deux événements, j'étais ce petit garçon,
tout à la joie de découvrir le monde et les possibilités qu'il offrait.

Tsunami sur ma vie

Car je n'ai pas, mon fils, toujours été comme ça. J'ai été nomade, j'ai connu le monde, pigeon voyageur au service de mon appétit d'exotisme, quand j'étais étudiant, puis au service plus prosaïque de l'Entreprise, qui m'employa comme reporter durant quelques années. Loin, très loin, des frontières de l'Europe. Et si, aujourd'hui, j'avais décidé de ne plus en bouger, c'est précisément parce que je savais ce qu'il y avait au-delà de ces frontières, et que la vie était trop précieuse, et trop courte, pour y retourner.

Deux événements m'ont ébranlé. Le premier est une catastrophe naturelle.

Tu n'as pas encore entendu parler du tsunami de 2004. C'était la première fois, depuis bien longtemps, que la nature se rappelait de manière fracassante aux Occidentaux. Certes, ils connaissaient les tempêtes, ou les inondations, mais elles tuaient rarement. Les véritables apocalypses, nées de la nature, ils en avaient perdu le souvenir. Elles étaient réservées aux populations lointaines, à ces gens pauvres, de couleur, allant pieds nus, auxquels ils ne voulaient pas s'identifier. Alors quand le tsunami frappa leurs semblables, saccageant sans pitié cette chose sacrée qu'on appelle les vacances, ce fut comme si toutes leurs certitudes volaient en éclats. Le tsunami, jusque-là, on ne le connaissait qu'en peinture, ou plutôt en estampe, chez Hokusai. Une langue d'eau aux bords dentelés d'écume se jetant sur une barque de pêcheurs qui restait poétique, graphique.

Le tsunami de 2004 fut différent dans la mesure où il fut réel : un véritable assaut aquatique lancé contre le tourisme de masse occidental. D'autant plus destructeur, cruel, et même pervers, qu'il frappait au cœur d'un endroit que les Occidentaux tenaient pour le paradis. Phuket, c'étaient les palmiers, l'eau cristalline, les massages et la vie nocturne trépidante et pas chère. Les délicieuses nouilles aux crevettes. Les délicieuses crevettes où tremper sa nouille. Pardonne cette vulgarité mais, désolé, elle est ici à sa place.

La vague tueuse frappa à 0 h 58 temps universel, faisant des dizaines de milliers de morts et d'autres dizaines de milliers de disparus. Une fois ces chiffres connus, l'Entreprise m'avait réservé une place dans le premier vol. J'avais atterri au milieu des escouades de sauveteurs en uniforme fluorescent, venus du monde entier prêter main-forte à la population locale, débordée par les amoncellements de corps, et les amoncellements de réclamations de corps. Les enfants fous de douleur de n'avoir plus de nouvelles de leurs parents, les parents détruits par l'anxiété d'être sans nouvelles de leurs enfants. Une ville en état de choc, une angoisse qui se répandait dans les rues à la vitesse d'une peste. L'hôtel de ville de Phuket avait été transformé en QG de l'horreur. Le magnifique sens de l'organisation thaï avait sectorisé chaque parcelle du bâtiment selon la nationalité des disparus. À chaque pays son petit bureau des réclamations, avec son personnel d'ambassade, de plus en plus impuissant à rassurer les familles, de plus en plus impuissant à maîtriser sa propre panique devant les visages tordus par l'attente et les larmes. Le plus terrible, c'étaient les tableaux. De grands écrans de bois blanc où s'affichaient les portraits des victimes dont on avait retrouvé le corps. Des centaines de visages cadavériques format Photomaton, qui attendaient qu'on leur redonne leur nom, celui qu'ils avaient quand ils étaient vivants.

Ce n'était pourtant que l'antichambre de la nausée. L'Entreprise voulait que j'aille à Khao Lak. Un toponyme qui sentait bon l'aventure et les manguiers, mais qui était désormais associé à l'atrocité. À Khao Lak s'élevait un hôtel de rêve. À Khao Lak la vague avait frappé avec une violence inattendue. Je partageais mon véhicule avec deux journalistes allemands et le photographe qui m'accompagnait. À mesure que nous progressions, le paysage changeait. J'avais l'impression d'arriver en zone de guerre. Un bateau avait été projeté au sommet d'un arbre, une maison reposait sur son toit. Le sol semblait recouvert de miettes, les arbres s'étaient-ils fragmentés sous l'impact ? L'odeur, aussi, s'était modifiée. Aux fumées d'échappement des tuk-tuks s'était substitué un parfum désagréable de chair grillée et de pourriture.

La voiture s'est arrêtée devant l'entrée de l'hôtel. Nous avons franchi la grille à pied sans un mot, le souffle coupé par ce que nous découvrions. Le bâtiment principal, à la toiture de temple bouddhique, était intact, mais tout ce qui était autour avait subi un traitement de choc. Le paysage était comme vitrifié. Un escalier monumental menait au bâtiment. Une fois en haut, le désastre s'est révélé dans toute son ampleur.

Nous surplombions une vaste piscine, encadrée par de jolis pavillons à trois étages, disposés côte à côte en forme de U. La piscine était vide, ses carreaux maculés de boue, jonchés de matériaux divers. Quant aux pavillons, ils donnaient à l'ensemble une impression de ville fantôme, car il n'y avait aucun bruit, sinon celui de rideaux qui flottaient au gré du vent depuis les fenêtres explosées.

J'ai laissé mes compagnons et pénétré dans les pavillons. Sur deux étages, c'était l'apocalypse. Mobilier fracassé, boue sur les murs, peintures en lambeaux, odeur insoutenable d'humidité. Mais dès le troisième, aucune trace de l'assaut. J'ai poussé une porte et pénétré dans une chambre intacte. Deux fois intacte. Personne ne l'avait occupée. La brochure de l'hôtel se trouvait encore sur le bureau qui sentait bon la cire. Sur le lit king size était posée une couronne d'hibiscus, en signe de bienvenue. Je m'y suis assis pour reprendre mon souffle, lorsque j'ai entendu des sanglots. Ils venaient de la chambre voisine. J'ai frappé, et les pleurs se sont tus. J'ai ouvert délicatement la porte. À l'intérieur de la pièce, un homme à genoux, et debout à côté de lui, me regardant, un enfant de trois ans à peine. Contrairement à sa voisine, la pièce avait été habitée. L'homme avait une valise ouverte devant lui. Je lui ai demandé si je pouvais faire quelque chose.

Il a sursauté et s'est retourné, le visage froissé par les larmes.

« Vous êtes sauveteur ? » a-t-il demandé.

Je n'ai pas su quoi répondre. J'avais honte de lui dire « journaliste ».

Il a pris mon silence pour une validation.

« Je cherche ma femme, a-t-il dit, avant d'ajouter au bout d'un court instant : Sa mère. »

Il m'a tendu une photo. On y voyait une jeune femme en robe d'été, blonde, la peau bronzée, une fleur dans les cheveux.

« On venait d'arriver. On prenait le petit déjeuner… »

Elle était sortie prendre une photo. L'homme était resté avec son garçon et, quand la vague avait frappé, les murs du restaurant lui avaient laissé assez de répit pour le prendre dans ses bras et atteindre un palmier où il avait grimpé. Alliance du dérisoire et du tragique.

Il continuait à fouiller dans la valise ouverte devant lui.

« Et qu'est-ce que vous cherchez ?

— Sa brosse à cheveux. »

Je l'ai pris pour un fou. Devant ma perplexité il a murmuré : « Vous n'êtes pas sauveteur… »

Je n'ai pas eu le cran de lui mentir.

À ma grande surprise, il n'a pas mal réagi.

« C'est pour l'ADN. Cheveux ou rognures d'ongle. Pour identifier les corps. Ils sont en trop mauvais état. »

Le petit m'a dévisagé avec les yeux de Bambi. La nausée m'est montée à la gorge. Cette vie qui y tremblait, c'était encore plus bouleversant que les cadavres.

« Si je peux vous être utile », ai-je dit.

Je lui ai tendu ma carte. Il l'a prise avec douceur, l'a considérée avec une certaine attention, et m'a dit :

« Non. Merci à vous. »

J'ai refermé la porte.

J'ai retrouvé mes deux collègues près de la plage, à côté d'une trappe ouverte au-dessus de laquelle s'affairaient une douzaine de pompiers. Une pompe était en marche, évacuant du trou une eau puante qui s'écoulait en un ruisseau marron vers la mer. La chaleur montait de plus belle dans l'atmosphère, la sueur ruisselait sous les casques, attaquait les visages. À dix mètres des hommes, par-delà la mince frange de sable doré, la mer était bleue, magnifique, d'un calme qui rendait la situation encore plus aberrante, et la marche du monde perverse.

Mon photographe m'a expliqué qu'après s'être déversée sur la population de l'hôtel, la vague avait reflué, emportant les pensionnaires en sens inverse, et coinçant certains d'entre eux dans les canalisations et bouches d'aération de l'hôtel. Ils essayaient de récupérer des corps par la trappe.

Une clameur, en thaï, s'est répandue parmi les pompiers.

J'ai vu un bras sortir, puis le reste du corps. Un corps immense, un corps gonflé, un corps noir et vert. Le photographe a commencé à mitrailler. Les pompiers thaïs ont sorti le corps et l'ont posé sur la dalle. Je l'ai regardé avec fixité et n'oublierai jamais cette image. L'image d'un corps humain que l'eau avait rendu obèse, dilatant les chairs qui gonflaient un maillot de bain dont on distinguait les motifs fantaisie. Avec un visage comme frappé par des centaines de coups de masse.

Pour la première fois, je savais ce que la mort sentait. Et quelle gueule elle avait.

Ce corps aurait pu être celui d'un ami, d'un parent, celui de ta mère ou le tien. Mais ce ne l'était pas et d'une façon parfaitement égoïste cela me soulageait. J'ai détourné le regard de cette horreur qui n'était pas la mienne, vers la mer, souverainement paisible, cartepostalesque.

J'ai rebroussé chemin pour regagner la sortie. J'ai longé les pavillons dont les fenêtres crevées laissaient toujours passer les rideaux qui ondulaient dans le vent chaud.

À l'accueil, ou ce qu'il en restait, j'ai trouvé, maculé de boue, un classeur vert. À l'intérieur, les photos des employés. Les employés d'un hôtel fantôme.

Un bruit lancinant, comme une tête qui frapperait des cailloux à intervalles réguliers, m'a fait me retourner. C'était l'homme, celui qui cherchait des cheveux de sa femme, trente mètres derrière moi. D'une main, il tenait son enfant qui marchait. De l'autre, sa valise, qui roulait derrière lui dans les gravats.

Tout au long de la route qui me ramenait à Phuket, des dizaines de corps verdâtres semblaient dormir sous des tentes « Enjoy Coca-Cola ». À chaque fois, accueilli par des sauveteurs, il me fallait lever l'ambiguïté sur mon statut. Mon allure juvénile expliquait peut-être qu'on me confondît avec un fils, ou un frère venu s'enquérir d'un parent disparu. Des psychologues me proposaient leur soutien. « Merci, répondais-je, je suis journaliste. » Certains se détournaient, comme écœurés, d'autres, au contraire, voulaient parler. Même certains psychologues.

Sur la plage, le soir, à l'ombre des grands palmiers, j'ai rencontré des filles russes qui offraient leurs seins au soleil caressant. Leurs hommes jouaient au tennis avec des raquettes en bois. Ils étaient en vacances et rien ne devait ternir cette radieuse perspective. « Même la mort ? » ai-je demandé en regardant les tentacules tatoués sur la peau d'une d'entre elles — le mystérieux poulpe auquel ils appartenaient étant caché dans les profondeurs de son monokini.

« Nous, nous sommes en vie », m'a répondu la fille, et cela m'a paru la meilleure des réponses.

La nuit est tombée dans un parfum de fleurs et de gaz d'échappement. Des vendeurs ambulants vendaient des DVD gravés avec les meilleures séquences du tsunami récupérées sur des caméras amateurs. J'en ai acheté un pour l'Entreprise. Document de travail pour moi, mais pour la rue thaïe, c'était déjà de l'histoire ancienne. On s'activait pour le réveillon du Nouvel An. Crépitement des mobylettes sur le bitume, installation de ribambelles de papier à la devanture des échoppes, et menu Happy New Year sur les ardoises. Dans une gargote, j'ai commandé une Tiger Beer et un *phad thaï*, sachant très bien que certaines des crevettes qui le composaient s'étaient nourries des corps des victimes de la vague tueuse. Ce serait ma part de souffrance. Ma seule part. Et c'est ce qui, ce soir-là, m'a donné envie de pleurer.

Je me suis acquitté de mon article.

Catherine Deneuve, le Hezbollah et moi

Le second événement qui m'ébranla ne fut pas naturel, mais provoqué par les hommes. J'étais à Beyrouth, au Liban. Le pays des cèdres, le pays des cendres. Je connaissais bien ce pays, et je l'aimais. Sortant de quinze ans de guerre, toujours au bord d'y retomber, il me touchait. J'y aimais la vallée sainte de la Qadisha, la maison de l'écrivain Khalil Gibran, où m'avait emmené mon ami Samir, le temple de Jupiter à Baalbek, les sources d'Aqfa, où le dieu Adonis aurait été tué par un sanglier, et évidemment, pourquoi s'en cacher, la vie nocturne. Un club, parmi tous les autres, avait mon affection fascinée : on l'appelait le B-018. Il était situé sur un ancien camp palestinien, qui, une nuit de guerre sans merci, avait été anéanti par des miliciens chrétiens. En témoignage de ces circonstances dramatiques, l'architecte avait fait de ce club un mausolée : il était souterrain, on s'enfonçait dans les profondeurs pour y accéder. À l'intérieur, à dix mètres sous terre, tout était noir, mis à part le reflet des bouteilles du gigantesque bar et le rouge d'une rose, une seule, dressée sur chaque table dans son soliflore de métal à côté de la photo d'un mort célèbre. Les tables, les fauteuils avaient la forme de dalles commémoratives. Mais le scénario, répété chaque nuit, prévoyait que la vie triomphât sur la mort. Quand la fête battait son plein, les jolies filles, juchées sur leurs hauts talons, dansaient sur les tombeaux en chassant de leurs hanches le souvenir de la guerre et du deuil. Le toit du club se soulevait et le ciel chargé d'étoiles s'offrait à tous ces noctambules qui l'acclamaient, tandis que la musique se répandait au-dehors comme un parfum libérateur…

J'aimais Beyrouth, et j'y revenais chaque année pour des causes diverses : un festival à couvrir, un ancien chef de guerre à interviewer, c'était mon baiser annuel à l'Orient. Là, c'était différent. Je venais présenter un roman. Et pour un film avec Catherine Deneuve. Le film s'appelait *Je veux voir*. C'était un voyage halluciné dans le Liban assommé par les bombes de l'été 2006 et filmé entre performance arty et documentaire choc. La Deneuve y jouait son propre rôle : celle d'une icône de cinéma invitée pour un gala de charité dans un pays menacé d'éclatement et qui décrète : « *Je veux voir.* » Elle monte dans la voiture d'un beau garçon libanais, s'engage avec lui sur les routes défoncées, entre les ruines des villages pilonnés, vers le sud, jusqu'à la frontière israélienne et les chars blancs de la Finul. Route interdite. Alors les huiles de la Finul prennent peur et téléphonent à l'armée israélienne, de l'autre côté des barbelés : « Vous n'allez quand même pas tirer sur Catherine Deneuve ! » Pas de script, improvisation totale ; pour les deux réalisateurs, mari et femme, il s'agissait de capter l'imprévu entre le Libanais et la Française, l'inconnu et l'icône, la guerre et la paix. Toujours prête à s'envoler, celle-là, pas pour rien qu'on en fait une colombe.

La projection avait lieu le soir. La journée avait bien commencé. Un beau soleil. Pas la tension à laquelle j'avais dû faire face lors du précédent voyage, quand le Hezbollah campait devant le palais du gouvernement, avec projecteurs et enceintes crachant à plein volume des hymnes martiaux qui se terminaient par *Allah akbar*.

Là, tout paraissait calme. Je me dirigeais vers le quartier chiite de Dahiyeh, dans la banlieue sud de Beyrouth. Le chauffeur qui me conduisait avait bon goût et la merveilleuse voix de la chanteuse Fayrouz emplissait l'habitacle. Je voulais voir les trous qu'avaient faits dans la ville les frappes millimétrées des avions de chasse israéliens. J'avais une petite caméra. Les panneaux de publicité pour la marque de lingerie Intuition avaient laissé place aux portraits géants des martyrs. Les rues étaient constellées de drapeaux verts, ou jaunes, frappés d'une kalachnikov stylisée qui calligraphiait le nom du parti de Dieu : Hezbollah. Les frappes israéliennes avaient été méthodiques : entre deux immeubles, soudain, une crevasse. Le bâtiment avait été proprement rayé de la carte. Je filmais avec ma petite caméra. J'entendais les sons des téléviseurs, le cri des enfants, l'appel d'un muezzin.

Nous étions arrêtés au feu dans une rue commerçante quand deux scooters nous ont barré la route. Les passagers, sans casque, sont descendus et se sont dirigés vers notre voiture, sortant le flingue qu'ils avaient coincé dans le ceinturon de leur jean et le braquant sur nous. Ils nous ont ordonné de descendre. Le chauffeur était terrorisé. Je ne comprenais pas très bien ce qui était en train de se passer.

Ils nous ont menés jusqu'à une impasse. « Ils », c'étaient un grand brun à moustaches, aux cheveux crépus, et un chauve assez gros. Derrière un vendeur de kebabs, un téléphone jaune était soudé au mur. Ils m'ont demandé de leur donner ma caméra, mon passeport, mes lunettes de soleil et mon téléphone. Le téléphone a sonné, on m'a tendu le combiné. « Monsieur Césarrrrr, disait la voix en anglais en roulant les "r", vous allez devoirrrr nous suivrrrre. » J'ai dit pas question, j'étais attendu par des amis. Je n'avais pas peur. Le type a dit : « C'est ça ou vous ne reparrrrtez plus », mais cela m'était égal, ce genre de menace, car je savais que j'allais repartir. À cette époque, je croyais en mon étoile. On m'a réinstallé dans ma voiture, à la place du mort, avec le chauffeur au volant. Sur la banquette arrière, les deux types du scooter se sont assis, leur revolver posé contre leur cuisse.

On roulait selon les indications qu'ils donnaient au chauffeur, en arabe.

À un moment il a fallu entrer dans un tunnel. Je ne voyais plus rien d'autre que les diodes du tableau de bord. L'after-shave du chauffeur sentait plus fort, les pores devaient s'ouvrir sous l'effet de la peur. La voiture est sortie de l'obscurité. On s'est retrouvés sous un hangar. La voiture s'est immobilisée. Ils nous ont dit de descendre. Les portières ont claqué dans un bruit sec. Il faisait chaud sous le hangar et j'ai commencé à douter.

Un escalier de métal menait à une cabane en Algeco, genre cabane de chantier. Le chauffeur me précédait, guidé par le grand maigre. Il a disparu dans une pièce dont la porte s'est fermée. Un troisième homme, dont je ne me rappelle plus l'apparence, a réclamé ma montre. Je me suis exécuté. Il m'a fait signe de me tourner, a ouvert une porte et m'a demandé d'entrer. On a fermé à clef derrière moi et je me suis énervé. Je n'ai pas paniqué. Je me suis énervé, ce qui est différent. J'ai eu tout le temps d'observer la pièce où j'étais enfermé et j'ai réalisé que j'avais du souci à me faire. Des barreaux à l'unique fenêtre, et de l'autre côté, une vitre aveuglée par une feuille de plastique jaunasse, qui m'empêchait de voir quoi que ce soit. Au sol, de la moquette verte, qui puait l'humidité. En face, un bureau en mélaminé, avec une chaise, et au-dessus, dans un cadre doré, sur fond vert, une sourate du Coran. Mon cœur a cogné plus fort. Personne ne savait où j'étais. Et personne ne pourrait le savoir.

La porte s'est ouverte. Un jeune homme est entré. D'allure tout à fait moderne, avec un gilet à fermeture Éclair. Il m'a dit de m'asseoir sur l'autre chaise de la pièce, face à lui. Puis il m'a annoncé, dans un anglais parfait :

« Vous êtes entre les mains du Hezbollah, le mouvement de résistance islamique. Quelle est la raison de votre présence à Beyrouth ? »

L'affaire était mal engagée : je ne me voyais pas répondre au type : « Catherine Deneuve ». Alors j'ai parlé de mon livre. Il m'a dit : « Quel livre ? » — Le mien. Mon dernier roman. » Ça n'avait pas l'air de l'étonner. Il était très professionnel, prenait des notes sur une feuille que je ne pouvais pas voir, car le bureau était recouvert d'un cache en bois. Je regardais avec nervosité la sourate du Coran. L'écriture arabe est belle, mais elle m'angoisse : je l'associe désormais aux vidéos d'otages ou de kamikazes, où elle apparaît toujours sur les banderoles, martiale et menaçante.

« Quelle est l'histoire ? — Ce n'est pas vraiment important, ai-je répliqué. — Si, c'est important. » Je me suis efforcé de raconter l'intrigue de ce livre qui se déroulait en Birmanie. Encore une fois, il n'avait pas l'air étonné. Il a pris quelques notes puis, en me dévisageant, m'a demandé : « Pourquoi vous filmiez ? » Je ne me suis pas démonté : « Pour moi, pour mes amis, pour leur montrer Beyrouth, les frappes. — Pourquoi ? — Parce qu'ils veulent voir. » Il s'est levé et il est sorti de la pièce. Je lui ai demandé de ne pas fermer à clef. Il a refusé net. Le double déclic m'a fait mal. J'ai attendu ce qui m'a paru être de longues heures. J'avais chaud et soif, mais je tenais bon, sûr de mon droit. La porte s'est ouverte, mon interrogateur est revenu : « Veuillez nous suivre, s'il vous plaît… » Il m'a fait sortir de la pièce, traverser le couloir étroit, et j'ai retrouvé l'escalier de métal qui menait au hangar où stationnait la voiture. J'allais rejoindre la rue, mon hôtel, tout allait bien.

Sauf que ce n'était pas ce qui était prévu. Un autre type est venu. Quarante ans, pas commode. Flingue à la ceinture. Avec les clefs de la voiture à la main. Il m'a demandé de prendre place à l'intérieur. J'ai demandé : « On va où ? Il est où, le chauffeur ? — S'il vous plaît, faites ce qu'on vous dit. — Pas question, je veux savoir où il est. — Il viendra plus tard. S'il vous plaît, faites ce qu'on vous dit. » Je sentais une douleur dans les jambes. L'angoisse me faisait toujours ça. Le visage du type était fermé. On ne pouvait pas discuter. Je suis monté à côté du conducteur. Il a posé son revolver sur le tableau de bord. La voiture s'est élancée. « On va où ? » Il n'a pas répondu. On a roulé, roulé. Enchaîné les rues qui se ressemblaient toutes avec les mêmes immeubles crasseux hérissés de paraboles, les mêmes portraits de martyrs. Un avion est passé au-dessus de ma tête. On a quitté l'agglomération. J'ai reconnu, au loin, l'aéroport de Beyrouth, qui était au sud de la ville. Nous roulions donc encore plus au sud. Ils ne m'avaient pas bandé les yeux et cela me rendait plus inquiet encore. J'ai pensé à un terrain vague, à un trou.

Une autre agglomération. Un parking. Le parking d'un restaurant. La voiture s'arrête. Le conducteur me dit : « Sortez, et avancez dans cette direction. » Il se penche et ouvre la portière. Tend son bras pour me désigner, à l'entrée, un autre homme, à vingt mètres, avec une caméra vidéo. Il me filme. Mon estomac s'est noué. « Pourquoi il me filme ? — Avancez », s'est contenté de répondre le conducteur. Je suis sorti de la voiture. J'avais les jambes qui tremblaient. Le type me filmait et le scénario m'apparaissait très clairement. Ils allaient exiger une rançon. J'allais alimenter le compte en banque de leur résistance. J'ai pensé à mes amis, à mes parents, pas à toi, Hector, tu n'existais pas encore. J'allais finir au 20 Heures, entouré par deux combattants à kalachnikov, arborant sur leur cagoule un bandeau vert avec un message en arabe. Le rituel pathétique. Non merci. Je voulais faire bonne figure sur la vidéo. Je me suis dirigé vers la caméra. Comme je l'ai dit, c'était le parking d'un restaurant. Avec des hommes qui fumaient la chicha et des femmes dont on ne voyait que les yeux. Voilées de noir, à la mode chiite. Le type qui filmait m'a fait signe d'entrer dans le restaurant. D'autres personnes sont venues, m'ont mené vers une pièce, au fond de la salle, et ils ont fermé derrière moi. J'étais face à deux hommes, encore une fois, deux jeunes hommes, à mille lieues des stéréotypes sur les islamistes. À peine barbus, d'ailleurs, comme moi tout au plus, trois jours de pousse… L'un des types a braqué sa caméra, l'autre m'a demandé, en français, ce que je voulais boire. J'ai répondu que je ne voulais rien. Au lieu de passer à autre chose, il a insisté d'une voix très tranquille : « Ce n'est pas bien, ce que vous faites : on vous propose gentiment… — Un Coca-Cola, alors… » Il a secoué la tête, et je jure que je dis la vérité, si stupéfiante soit-elle, a décrété : « Non, vous allez prendre un cocktail de fruits. » Il s'est adressé en arabe à un homme qui devait être dans mon dos. Derrière eux, un téléphone en bakélite a sonné. Celui qui ne filmait pas a répondu avant de raccrocher. Toutes les trois minutes, cette mécanique se répéta. Je savais qu'à Beyrouth, le Hezbollah possédait son propre réseau téléphonique, utilisé et contrôlé par lui. Mon cocktail de fruits est arrivé. Encore une fois, je jure que j'écris la vérité : une énorme coupe remplie à ras bord d'un liquide rose-orange, recouvert de crème Chantilly et couronné d'une fraise. Je ne savais plus du tout où j'étais, ce que je faisais, ce qui allait désormais advenir. L'œil rouge de la caméra continuait à filmer.

Tout du long, les deux miliciens sont restés corrects. Et ennuyeusement professionnels, répétant les mêmes questions. Que faisais-je à Beyrouth ? Quel était ce livre dont je venais parler ? Pourquoi je venais en parler à Beyrouth ? Quelle était la véritable raison, quel était mon intérêt ? Quel bénéfice j'en escomptais ? J'ai répété mes réponses : aucun bénéfice concret sinon le plaisir d'échanger. Amour de Beyrouth, du Liban… J'ai prié, aussi, pour qu'ils ne retrouvent pas les interviews que j'avais pu faire de tel ancien général chrétien, ou de tel journaliste assassiné depuis dans sa propre voiture, au Liban. Quelle était ma position, enfin, sur le conflit israélo-palestinien, et que pensais-je de l'Iran, de l'Amérique, et ainsi de suite… Et le téléphone de bakélite qui sonnait, qui sonnait.

Et puis, enfin, l'œil rouge de la caméra a cessé de briller. Les deux hommes se sont levés. Un troisième est arrivé, leur remettant une enveloppe en papier kraft. Mon interrogateur en a déposé le contenu sur la table, à côté de mon verre king size de cocktail de fruits, que j'avais fini par ingurgiter, avec la chantilly… Mes lunettes de soleil, ma montre, mon passeport et mon téléphone, sans puce. « Gardez la caméra », ai-je dit, en chaussant crânement mes Ray-Ban. Ils m'ont souhaité un bon séjour à Beyrouth. Dehors j'ai retrouvé mon chauffeur. Qui se tenait recroquevillé, appuyé contre sa portière, la main sur le cœur, peinant à respirer. Il était verdâtre. Quand il a tourné la clef de contact, j'ai été pris d'un furieux doute. J'ai guetté la détonation, mais rien.

Il ne m'a pas dit un mot pendant le trajet. Il faisait nuit. La « mosquée Hariri », avec son dôme bleu et ses minarets qui semblaient prêts à fuser vers les étoiles, ressemblait au château d'une Shéhérazade au Bois Dormant. Il m'a déposé à l'hôtel, où j'ai commandé un whisky.

J'étais en vie, mais je comprenais que dans cette partie du monde, la tension était montée d'un cran. J'avais eu de la chance. J'ai pris une grande goulée d'oxygène. La seule chose qui me pesait, c'est ce film qu'ils avaient de moi. Je me sentais volé, atteint dans mon intégrité. C'était un détail, mais ça m'emmerdait, qu'ils gardent une trace. J'ai appelé Samir, qui m'a expliqué qu'ils m'avaient certainement pris pour un agent israélien et qu'il leur avait fallu procéder à des vérifications. « Pourquoi un agent israélien se baladerait-il à Dahiyeh ? Alors qu'ils frappent avec des drones ? — Les drones ont besoin d'une reconnaissance au sol. Ils ont cru que c'est ce que tu étais venu faire avec ta caméra. »

L'Orient compliqué devenait hiéroglyphique. Il était temps de rentrer en Europe.

Après l'Asie, l'Orient. Mon périmètre se rétrécissait.

*

J'ai ouvert les yeux. L'enfant était toujours là, montrant ses fesses marmoréennes à la lune sous le plexiglas de la cage. J'ai demandé au vigile :

« Vous le libérez quand ?

— Demain matin. »

J'ai repris mon souffle, bêtement rassuré : bientôt la quille pour l'enfant sauvage. Bizarre comme les objets d'art me sont précieux, vivants. Comme l'art me soulage de la pesanteur, éclaire mes idées noires. Si tu vas mal un jour, essaie d'entrer dans un musée. Peut-être es-tu comme moi. Immédiatement, une familiarité. Des tableaux, des sculptures, qui parlent à ton âme et à ton cœur. Une déesse, une pluie d'or, un dieu païen qui célèbre l'abondance. Des filles bibliques aux seins blancs, des madones sur fond d'or, des échelles qui mènent au ciel, des anges qui gravissent les barreaux, une lumière, tout en haut. Des poissons, des baignades, des couronnes. La beauté.

Tu comprends mieux pourquoi je me suis promis de ne pas quitter l'Europe, pourquoi je me suis interdit de franchir tout portique d'aéroport menant en dehors de ce qui était encore l'œil du cyclone planétaire, l'une des dernières zones libres du monde ? Tu comprends mieux pourquoi je suis, là, en train de maudire ta mère de me forcer à rompre mes engagements ? À te mettre en danger, toi, s'il devait m'arriver quelque chose ?

Je sais ce que tu pourrais me répondre : qu'il est ridicule de se priver de nouveaux paradis. Que les catastrophes arrivent tout de même rarement, qu'il faut un enchaînement de coïncidences malheureuses, et que, de toute façon, ce genre de catastrophes peut aussi se produire en Europe.

Tu pourrais ajouter qu'il est parfaitement scandaleux de passer sous silence la beauté de ces contrées, qui vaut bien celle de l'Europe.

C'est vrai. Et je connais peu de choses qui égalent la splendeur de la brume percée par le soleil sur la cité perdue de Mrauk U, en Birmanie, dans l'État d'Arakan, ou la finesse des toiles d'araignée tatouées sur les visages des filles de l'ethnie Chin.

J'aurais pu te confier aussi que plonger dans les sources chaudes d'Abou Shourouf, au cœur de l'oasis de Siwa, aux portes de la Libye, là où Alexandre le Grand reçut confirmation par l'oracle des prêtres de Zeus Ammon qu'il était bien destiné à régner sur l'Égypte, est l'un des bains les plus savoureux qui soient.

Mais j'ajouterais que pour vivre ça, mon ange, il te faudra des heures et des heures d'avion, et autant d'occasions d'exploser en vol.

Que pour vivre ça, il te faudra prendre des auto-bus pilotés par des hommes à la bouche rougie par le bétel et aux yeux brûlés par les drogues.

Que pour vivre ça, tu endureras des spectacles d'une infinie laideur, les mêmes routes à la terre rouge crevassée par le soleil, des villages réduits à dix cabanes de tôle et de brique nue, peuplés de pauvres gens accroupis dans leur malheur, d'enfants à la bouche collée de mouches, errant dans les déchets, jouant avec des résidus industriels, morceaux de pneus, quand ce ne sont pas des restes de guerre. Et surtout tu croiseras des chiens. Efflanqués, pouilleux, claudicants, féroces, avec des pelages de hyènes.

Et si tu ne crois plus, comme moi, au cliché d'esthète qui veut que la plus grande beauté sourde de l'ordure, alors tu souffriras de ces spectacles.

J'ai repris le chemin de l'hôtel. J'avais besoin de retrouver un point d'ancrage en elle. Il fallait que je la raisonne avant de la laisser partir, car je sentais qu'on en était là. Il fallait qu'on ait la conversation qu'on aurait dû avoir depuis des lustres.

J'ai tourné la clef dans la serrure, j'ai poussé doucement la porte de la chambre, m'attendant à voir, dans le vrac soyeux des draps, son corps nu et brun reposant comme à l'accoutumée sur sa hanche gauche.

Ma main a tâtonné en vain. Rien. J'ai allumé. Le lit était vide.

Amour pas mort

Je n'ai entendu que sa voix joyeuse, et puis le bip qui m'invitait à laisser un message. Il n'était pas encore très tard, alors j'ai accompli ces gestes devenus en quelques années LA geste de l'époque. Au point qu'un philosophe, voyant une jeune fille les accomplir dans une rame de métro, en avait déduit qu'un nouveau type d'humain avait éclos. Constatant avec quelle rapidité les pouces de la jeune fille s'affairaient sur son minuscule clavier, il l'avait baptisé, ce nouvel être humain, « Petite Poucette ». Qui était l'ogre ?

J'ai fait ma Petite Poucette. Le message est parti, volant sur les ondes électromagnétiques qui maillaient la ville, traversant les pierres sculptées et les tissus des corps humains, à destination de l'ordiphone de Tariq. Que Venise participe à cette connexion de tous avec tous montrait que cette vieille peau décadente était encore dans le coup. À l'époque, chaque seconde deux cent mille SMS étaient envoyés dans le monde. L'un d'eux venait d'atterrir sur mon ordiphone et c'est celui-là seulement qui comptait. « Elle est avec moi. Fête à la Scuola Grande di San Rocco. »

Une fête dans le sanctuaire des Tintoret ? On aurait tout vu.

J'ai sauté dans un bateau. Traversé le Canal en sens inverse en suivant des yeux la longue mâchoire des croix, statues, oriflammes d'acier qui couronnaient les monuments et griffaient le manteau de la nuit. À Venise, dit-on *cielolinea* comme à New York on dit *skyline* ?

Le bateau s'est aventuré, moteur étouffé, dans des artères de plus en plus étroites. Sommées de mascarons à gueules de diables et de chérubins, des portes secrètes s'ouvraient sur l'eau. Je suis descendu devant les clochetons blancs de l'église des Frari. En ai fait le tour pour arriver campo San Rocco. Tariq fumait sur le perron. Autour de son cou, une nouvelle cravate modèle unique réalisée par son fiston.

« Ça ne va pas ? m'a-t-il demandé.

— Tout va bien. Paz est là ?

— Elle est à l'intérieur. »

J'étais rassuré.

« J'ignorais qu'on pouvait louer la Scuola pour une fête, ai-je dit en gravissant les marches.

— Bientôt on pourra l'acheter. L'Europe coule, mon cher… »

Le risotto fumait sous l'*Annonciation*. L'archange Gabriel restait concentré, mais sa ribambelle de chérubins plongeait au ralenti vers les assiettes de salami. Les rires et les bulles du *prosecco* montaient jusqu'au Saint-Esprit et enflammaient les yeux de Marie. L'artiste fêtée ce soir-là était israélienne et ressemblait à Jeanne d'Arc. Je n'ai pas trouvé Paz et je suis parti à l'assaut de l'escalier.

À l'étage, une jeune fille m'a tendu un miroir pour que j'admire sans me tordre le cou l'exhibition de supplices et de miracles qui faisaient flamber les plafonds de bois doré. Un saint Sébastien déhanché recevait, sidéré, une flèche en plein front, juste sous l'auréole. Des serpents à oreilles de chien grouillaient dans une montagne de chair pécheresse et le ciel vomissait un escalier de pierre où bourdonnaient des essaims d'angelots. On ne distinguait plus leurs ailes des nuages, d'où un autre messager de Dieu tendait le calice d'amertume au Christ qui n'en pouvait plus. Comme moi. Mes jambes tremblaient, j'avais trop bu, les trompe-l'œil donnaient le vertige.

Je suis redescendu. Tariq m'a tendu un verre.

« Tu ne l'as pas trouvée ? »

J'ai secoué la tête.

« Je suis désolé, je ne l'ai pas vue partir. »

J'ai saisi mon ordiphone dans la poche de ma veste. L'écran était vierge d'informations la concernant.

« Vous vous êtes engueulés ? a demandé Tariq.

— Elle est dans le même état d'esprit que chez toi. »

Il a plongé la tête vers ses chaussures vernies.

« Tu sais qu'elle n'est pas venue à la présentation de ses plages ?

— Je sais, j'y étais.

— Mais pas elle. »

Il n'a pas insisté.

« Tu cherches Paz ? » Francesco Vezzoli avait

surgi comme un diablotin de la Scuola, portant un tee- shirt marqué « Lord Byron ». Le beau gosse de l'art contemporain, qui refusait de critiquer la société parce que, disait-il, il n'avait « pas assez d'intégrité pour ça », m'annonça qu'elle était partie à la fête islandaise. Il y allait. Voulais-je l'accompagner ?

Allongé comme un alligator le long de l'eau, le palais semblait protégé du tumulte du monde par de lourdes portes couvertes d'inscriptions arméniennes. En réalité, c'est du tumulte du palais que ces portes protégeaient le monde. À l'intérieur, des centaines de corps se tordaient comme des plantes carnivores dans des geysers de sons électroniques. Au fond de l'immense jardin, le DJ venu de Reykjavik venait faire tonner les volcans de son île lointaine au cœur de la Sérénissime. Des lettres monumentales en néon bleu électrique clignotaient sur les murs de vieilles briques. « IL TUO PAESE NON ESISTE. » TON PAYS N'EXISTE PAS. J'ai coupé à travers des forêts de membres. Des lianes de jambes, des ramures de bras me faisaient barrage, l'odeur d'alcool et de parfums me montait au cerveau. Des filles aux visages pointus hurlaient d'excitation en trinquant à la lune.

Un géant roux hilare m'a bousculé. J'ai reconnu le sculpteur Thomas Houseago qui tanguait d'un pied sur l'autre un verre en plastique à la main.

« *Venise is the most psychedelic city in the world* », me dit-il.

À présent torse nu, Vezzoli échangeait son tee-shirt avec le haut en résille de l'actrice de films X

Vittoria Risi, invitée par le Pavillon italien à poser nue sur un trône en spaghetti multicolores.

« Tu n'es pas avec Paz ? me demanda le géant roux.

— Je la cherche. On m'a dit qu'elle était là.

— Elle est passée mais elle est partie chez Francesca. Elle donne une fête sur sa terrasse… Ça a l'air de te désemparer, mon pote…

— J'essaie de mettre la main sur elle, c'est tout…

— Bon courage. Parce qu'elle est belle, Paz.

— Et ?

— Et elle est douée…

— Je suis d'accord.

— Et surtout elle est artiste…

— Je sais.

— Alors laisse tomber, parce que tu vas souffrir. Moi, j'ai toujours rendu les filles malheureuses. Et à la fin c'est moi qui suis puni, regarde, je suis tout seul… »

Je lui ai tapé sur l'épaule. « Mais moi, Thomas, je ne veux pas la punir… »

Le Palazzo C. semblait accroupi au bord du Canal. J'ai d'abord franchi le reflet de la porte avant de traverser la vraie. Le bateau a cogné contre le bois de la paline peinte en rouge et blanc. Sur le ponton, un garçon stoïque attendait avec un plateau où dansaient dans des verres les bulles du champagne et la lueur orange des spritz. Il montait et descendait au rythme des vagues. J'ai avalé le contenu d'un verre avant de pénétrer dans le palais. Le son de mes pas sur le marbre était redoublé par leur écho sur les vieux murs humides. Pieds nus, leurs stilettos à la main, deux jolies filles de vingt ans ouvraient en riant la porte capitonnée de rose d'un ascenseur étroit. Je me suis faufilé entre les jeunes poitrines. Au sommet, une terrasse s'ouvrait sur la nuit et la ville. Bain de foule, cascades de rires. « César ! » Francesca, la maîtresse des lieux, avait l'élégance d'un papillon rare. Flamboyance et légèreté. Il y a encore des princesses. Elle se déplaçait en glissant dans une robe verte qui avait la couleur de ses yeux. Joanna Vasconcelos m'a attrapé le bras. « Comment va Paz ? Je viens de voir ses photos à l'exposition… C'est vraiment fort… Solaire et étouffant. Pourquoi vous ne venez pas me voir à Lisbonne ? Tu prends soin d'elle, hein ? Elle était avec Maurizio tout à l'heure mais je n'ai pas eu le temps de la saluer… »

Cattelan ? J'ai foncé sur lui. La silhouette d'une allumette et le nez de Pinocchio, avec lequel il partageait la manie de jouer avec la vérité. À une journaliste du *New York Times* qui devait l'interviewer, il avait envoyé un sosie. Dans les rues de Turin, il avait placé des mannequins de SDF en cire, et dans les arbres d'une place très fréquentée de Milan, des cadavres plus vrais que nature d'enfants pendus. J'avais trop bu. J'étais nerveux.

« Ça va comme tu veux, Maurizio ? »

Assis sur le parapet qui donnait sur le Grand Canal, vingt mètres plus bas, sanglé dans son rituel costume noir, il m'a scruté comme s'il cherchait quelle farce il pourrait me faire. Il avait longtemps travaillé dans une morgue, et sans doute parce qu'un cadavre est la chose la plus sérieuse au monde, il avait décidé de rire de tout.

« Ça va très bien puisque je vais prendre ma retraite…

— On m'a dit ça, mais j'ai du mal à te croire…

— Je comprends… ma réputation de menteur… »

Pinocchio toujours… Il en avait d'ailleurs sculpté un, de Pinocchio. Un Pinocchio noyé, ses petites mains gantées ouvertes, flottant sur le ventre dans l'eau de la fontaine du Guggenheim Museum, à New York.

« Et toi, *come va* ? a-t-il repris.

— Je cherche Paz depuis plusieurs heures… On m'a dit qu'elle était avec toi. »

Il a fait semblant de chercher autour de lui.

« Regarde, elle n'est pas là…

— Et tu ne sais pas où elle peut être ?

— Aucune idée. »

Avais-je vu son nez s'allonger ? Mon sang gavé d'alcool n'a fait qu'un tour. Je l'ai attrapé des deux mains par le col de sa veste et j'ai commencé à le faire basculer en arrière. Il a lâché son verre, qui a roulé sur le débordement de tuile avant de dégringoler.

« Qu'est-ce que tu fais, tu es fou ! a-t-il hurlé.

— Non, amoureux. Et en manque. Et un peu ivre. Dis-moi tout de suite où elle est, ou tu vas vraiment finir comme ton Pinocchio… »

Mon haleine surparfumée à la gentiane et aux oranges amères a dû l'inquiéter. « OK, César, je te dis, mais ramène-moi. J'ai le vertige… »

Je l'ai tiré vers la terrasse.

« Alors ?

— Elle est dans le cachalot. Dans le cachalot de Loris Gréaud.

— Tu n'es plus drôle, à la fin, ai-je dit en le basculant à nouveau dans le vide.

— Arrête, a-t-il hurlé, c'est la vérité ! Je te jure ! »

Plusieurs invités s'étaient tournés vers nous. J'ai lancé, d'un ton extrêmement positif : « Ne vous inquiétez pas, ceci est une performance de M. Maurizio Cattelan ! »

Je l'ai ramené vers le monde des vivants.

« Le cachalot de Loris ?

— Mais oui », a-t-il dit, brusquement sérieux. La sueur brillait sur son grand front. « La sculpture est creuse. Demande-lui ! »

J'ai libéré Maurizio. Il a remis sa cravate en place et passé une main dans ses courts cheveux poivre et sel. « Excuse-moi, lui ai-je dit en époussetant sa veste. Tu sais combien je tiens à elle…

— Il faut vraiment que je prenne ma retraite », a-t-il dit.

Un garçon est apparu avec un plateau chargé de verres. Il aurait fallu que je m'arrête là. À l'autre bout de la terrasse, étrangement seul pour un garçon si courtisé, Loris Gréaud portait à ses lèvres un verre de vin rouge au pied démesurément long.

Dans le ventre de la baleine

Dans la bande des artistes stars, Loris était l'un de mes préférés. Peut-être mon préféré. À vingt-huit ans, il s'était vu confier les quatre mille mètres carrés du Palais de Tokyo. À trente-trois, il avait organisé avec un groupe de rap new-yorkais le premier concert de tous les temps à destination de la faune des abysses, qui le fascinait. L'événement avait été filmé et projeté sur les écrans géants de Times Square : à trois mille mètres de profondeur, les créatures dansaient dans un feu d'artifice bioluminescent. Paz aimait beaucoup Loris. Maintenant, je comprends encore mieux ce qui pouvait les unir.

Je suis allé vers lui. Nuque dégagée, mèche de cheveux plaquée sur le front, chemise fermée jusqu'au col. Une mise rock austère et vénéneuse, tempérée par sa gentillesse communicative. On a trinqué.

« Dis donc, j'ai vu ce que tu as fait à Maurizio... Ce n'est pas bien, tu vas nous le rendre sérieux...

— Toi, tu l'es déjà, alors on va gagner du temps. Je vais aller retrouver Paz. Qu'est-ce que c'est que cette histoire de baleine creuse ? »

Il a souri tristement. A avalé une longue gorgée de son breuvage couleur sang.

«Elle m'a dit qu'elle voulait être seule…

— Qu'est-ce qu'elle en sait?»

Il a posé son verre et a déboutonné sa chemise. «Après tout vous êtes des adultes», a-t-il dit. Une chaîne brillait contre son torse, avec une clef au bout.

«Alors il y a bien une porte?

— Oui, la sculpture est creuse et abrite un espace de vie. On y fait l'expérience du ventre de la baleine. Je l'ai appelé Pavillon Geppetto.

— Geppetto? Et l'autre qui se prend pour Pinocchio… Vous, vous êtes vraiment des gamins.»

J'ai salué l'artiste, pris la princesse dans mes bras, dégringolé l'escalier de marbre et me suis jeté dans le premier bateau-taxi qui passait.

Des gamins, oui. Mais pouvais-je les blâmer d'essayer de retrouver l'enfance? Est-ce qu'on n'est pas bien, à six ans, petit faon courant dans les forêts où tout est vert, feuillu, douillet? Où l'on s'émerveille de toutes les histoires que nous racontent nos parents, où les Playmobil ont une âme, où les haricots montent jusqu'aux nuages où se nichent des châteaux? Comme c'était beau, ce que tu m'as demandé l'autre jour: «Quand tu as rencontré maman, tu l'as emprisonnée avec une chaîne de cœurs?»

Je glisse vers l'Arsenal. L'ombre des murailles semble avoir été découpée dans le tissu de la nuit par un ciseau fou. Des créneaux compliqués, raffinés: on est déjà en Orient. À l'intérieur, des hangars remplis d'eau, comme on imagine une base secrète. Au xvie siècle, cinquante galères par mois en sortaient. Elles iraient faire un carnage à la bataille de Lépante.

Dans mes veines l'adrénaline se bat avec l'alcool : je scrute l'obscurité pour apercevoir la bête. Plus noires que la nuit, la tourelle et les flèches d'une grue hydraulique dressent au-dessus de l'eau une ombre d'oiseau de proie. Enfin elle apparaît sous la pleine lune. Étalée de tout son long sur les quais de l'Arsenal. Masse énorme reposant sur un lit de sable.

Pas un bruit. Je pose le pied sur le quai. Le bateau s'éloigne.

La fantastique sculpture est entourée d'une clôture métallique, que j'enjambe. Mes pas s'enfoncent dans le sable. Il crisse. Je distingue maintenant parfaitement l'animal. Œil ouvert sur sa tête colossale en forme de hache polie néolithique. Gueule ouverte aussi, rose, avec la mâchoire inférieure comme un clapet garnie de dents coniques. Des cicatrices plein le mufle, séquelles de ses combats abyssaux avec les calmars géants.

Je repère l'ouverture ronde, un sas étanche comme dans les sous-marins. J'y glisse la clef pour déclencher le mécanisme d'ouverture et tourne délicatement le volet d'obturation.

J'entre dans le ventre de la baleine.

Elle sursaute.

« Tu m'as fait peur ! »

C'est comme une grotte. Une grotte animale pas tout à fait obscure, éclairée par des diodes de la taille d'un trou d'aiguille qui diffusent une lumière chaude, crémeuse. Une certaine idée de repli, du

retrait du monde, autant qu'une expérience oni-
rique et régressive. L'espace est étroit, aménagé en
habitacle où tous les éléments, étagères, toilettes,
lit, sont moulés dans les parois de fibre de verre,
formant un tout lisse et pur. Un réchaud, un extinc-
teur, une trousse de premiers soins sont les seules
taches de couleur. Tout le reste est blanc. Tout
le reste sauf Paz, allongée sur le lit, en culotte, les
seins nus.

Je me suis approché.

« Tu allais dormir ?

— Je ne sais pas. On ne décide pas du sommeil.
Il vient, ou il ne vient pas.

— Je me suis inquiété, tu sais.

— C'est toi qui m'as plantée.

— Je suis désolé. Excuse-moi. Tu permets que
je vienne à tes côtés ?

— Fais comme tu veux. »

Je ne vais pas me faire prier. J'ôte mes vêtements.
Elle se pousse pour me faire de la place. Mon corps
pâle me fait de la peine à côté du sien, qui luit dans
l'habitacle comme un précieux morceau d'ambre.

Ma main se pose sur sa hanche, la ramène
contre mon bassin. Mes doigts suivent en glissant
les courbes de son corps, des articulations de ses
genoux à la pomme de chair de ses seins, jusqu'à
ses clavicules et son cou très fin.

Elle frémit. Son corps pivote.

« Arrête, s'il te plaît. »

Sous ses paupières, son regard de photographe
me cadre avec la précision d'une lunette de tueur
à gages.

« D'accord, Paz, mais je voudrais qu'on parle.

— Tu veux toujours qu'on parle. Moi je ne veux plus parler. »

Elle s'écarte de moi, s'assoit. Dénoués, ses cheveux noirs tombent sur ses épaules. Je reste allongé, je la contemple. Je ne veux pas la perdre.

« Je me suis excusé, je m'excuse encore. Mais je voudrais que tu me comprennes.

— Ça ne se fait pas d'abandonner une femme au restaurant, dit-elle.

— Je sais, c'est nul ; mais je ne savais plus quoi te répondre. J'étais choqué par ce que tu disais. J'ai préféré sortir.

— Ce n'est pas quelque chose que fait un vrai homme. »

J'encaisse avec douleur. Comment aurait-elle voulu que je réagisse ? Elle ne lâche jamais rien, ne vous laisse aucune issue. Alors oui, je me suis barré. Mais je suis revenu. Et je me suis excusé. Deux fois.

« Il y a des choses que tu ne sais pas… », je lui dis.

Sa bouche se fend en un pli cruel.

« Pourquoi tu souris comme ça ?

— Pour rien. Tu me prends parfois pour une idiote… »

Son sourire revient. Moins cruel cette fois qu'amer.

« Un jour tu ouvriras les yeux. Sur le monde, sur toi, sur moi… Car c'est toi qui ne sais pas certaines choses. Enfin tu le sais, puisque je t'en parle… Mais tu n'en mesures pas l'ampleur… »

Elle porte ses mains à son visage. Son thorax se secoue. Des larmes viennent. Je me redresse pour saisir ses mains.

« Paz, qu'est-ce qu'il y a ?

— Tu ne comprends rien », dit-elle encore. Sa voix est déformée, rendue gutturale par les larmes qui l'étranglent.

« Explique-moi. Je suis là, pour toi… »

Elle secoue la tête négativement, en regardant ses cuisses.

« Tu n'es là pour personne. Tu ne penses qu'à toi… »

Ma gorge se noue. Je la prends dans mes bras, je pose sa tête contre mon cœur. Elle se raidit, puis s'abandonne.

« Ce n'est pas vrai. Je ne pense qu'à toi.

— Si tu pensais à moi, tu comprendrais ce que je veux te dire. Tu comprendrais combien j'étouffe. »

Elle se met à trembler. À vraiment trembler. J'ai peur. Je resserre mon étreinte.

« Parle-moi, Paz, qu'est-ce qui se passe ?

— Je ne respire plus, César. Vraiment. Je ne respire plus. À Paris je ne respire plus. À côté de toi je ne respire plus… »

Je baisse la tête, touché à mort.

« Vraiment ? Même à côté de moi ? »

Elle passe sa main sur son visage. Et me dit, la voix lourde de ces émotions qui l'envahissent comme un flot que rien ne peut endiguer :

« Oui, même à côté de toi. Tu ne suffis pas à empêcher que ça arrive.

— Que quoi arrive ? je demande.

— Cette marée noire qui salit tout. Les gens, leur violence, toute cette communication qui ne sert à rien… Tu es pareil. Tu es comme eux. L'ambiance est toxique, César. Ça sent la mort…

— Ne dis pas des choses comme ça… »

Je porte ses mains à mes lèvres. L'odeur de sa

189

peau m'évoque un miel très brun. Ça ne sent pas la mort. Et je ne suis pas *pareil.*

« Pourquoi tu n'as pas répondu ? Je t'ai appelée cinquante fois…

— Je n'ai plus mon portable.

— Tu l'as perdu ?

— Je l'ai jeté. Dans l'eau, là, devant.

— J'étais censé te retrouver comment ?

— Tu n'étais pas censé. Je voulais être tranquille. Qu'on m'oublie un peu.

— Comment t'oublier, Paz ? Je t'aime. »

Elle frissonne.

« On prend l'avion demain. Je vais m'occuper de toi. Laisse-moi m'occuper de toi. S'il te plaît. »

Je la couche contre moi dans la clarté laiteuse. On reste longtemps comme ça, serrés dans la tiédeur du ventre de la baleine. Et puis nos corps se mettent en marche et c'est merveilleux.

Je l'entends respirer, je ne veux pas qu'elle parte. Il me faut la retenir, et à défaut me faire un double d'elle. Comme on le dit d'une clef. L'enfant à la grenouille de Ray apparaît dans ma tête. Il nous a rejoints dans ce refuge, pulsion de vie, la grenouille qui gigote, son regard implacable, son léger sourire, heureux d'être au monde.

« Je veux un enfant de toi, ai-je dit dans le mélange brûlant de nos souffles.

— Arrête.

— Pense au *Boy With Frog.* J'en veux un comme ça.

— Arrête.

— Il t'a émue, toi aussi…

— Tais-toi. »

190

Nous n'en avions jamais parlé. Pour elle, ce n'était pas un sujet. Parce qu'elle était artiste ? Connerie. Je ne crois pas à la thèse de l'artiste qui n'enfante que par son art.

Je suis en elle, et je suis dans le ventre de la baleine.

J'ai su immédiatement que c'était différent. Il se passait quelque chose. Quelle que soit la façon dont les gens font l'amour, quelles que soient les configurations qu'ils choisissent, la géométrie de leurs corps, l'acte repose toujours sur un même mouvement : un va-et-vient fluide, répété, régulier, ample. Comme s'il fallait pour aller vers l'autre descendre d'abord en soi, en tirer le meilleur. Comme s'il fallait d'abord chercher le mystère qui nous fait tels que nous sommes, afin de l'unir au mystère de l'autre.

C'est seulement longtemps après que nous nous sommes endormis, rompus par la construction patiente de cet édifice de peau, de sueur et de soupirs. Enfin seuls*, nos démons dynamités.

* Seuls ? Non. J'avais surestimé le désintéressement de ce petit malin de Loris. Dans « Pavillon Geppetto », je n'avais vu que la référence à l'enfance. Mais Geppetto était d'abord un fabricant de marionnettes... Tout fut filmé à notre insu. Par une caméra thermique dissimulée dans l'habitacle, au-dessus de la couche, le genre de caméra que l'armée utilise pour les drones, qui filme dans le noir et traduit en images les zones de chaleur, images d'autant plus nettes, et précises, que la chaleur y est intense. Le film, très beau, hypnotique, a été montré dans le monde entier. Quand il en parle, Loris dit qu'il a fallu faire appel à des acteurs de X pour le réaliser. C'est entièrement faux. Le film s'appelle *Unplayed the notes, film*. Il raconte la conception d'H.

J'ai ouvert les yeux le premier, sous l'emprise d'une idée tyrannique. Je me suis levé, et j'ai mis la main sur son minuscule sac à main. À l'intérieur, j'ai trouvé ce que je convoitais : sa plaquette de pilules contraceptives. J'étais moins ivre, à présent, et ma certitude était intacte : il s'était passé quelque chose la nuit précédente, et je ne voulais pas que la chimie, la médecine, le réduise à néant.

Quelque chose s'était fait qui ne devait pas être défait. Il fallait que je mette toutes les chances de notre côté. Amour pas mort.

Je suis retourné me coucher.

Elle a ouvert les yeux quelques instants plus tard, je ne saurais dire combien de temps exactement.

Je l'ai entendue fouiller dans son sac, puis jurer en espagnol. Elle est revenue à mes côtés pour me réveiller. Il y avait un problème.

*

Nous sommes dans l'avion. C'est tendu, mais je me sens bien. Par-delà les nuages, par-delà le bien et le mal, mon forfait accompli. Pour notre bien.

Je bois un *garibaldi*. C'est rouge comme la chemise du patriote à barbe et plein de vitamines. Paz, elle, a juste demandé de l'eau. *Gazzata*. Je la regarde ; elle est mon hublot, mon paysage. Elle a l'œil plus noir que d'habitude, les éphélides criblent joliment sa peau, elle passe sa main dans ses cheveux, très nerveuse, j'en sens les ondes. Je guette les signes. Mon amour, ne t'inquiète pas, je tolérerai toutes tes sautes d'humeur, tes états nauséeux au réveil, tes mamelons qui grossissent, prennent une coloration foncée. Je te dirai que tu es belle même quand tu seras devenue une mont-golfière.

Elle a failli nous mettre en retard en cherchant encore et encore, à l'hôtel où il avait bien fallu reve-nir après la baleine — ah, la tête du gardien du site en nous voyant sortir, Jonas pimpants, du ventre du mammifère ! —, dans sa trousse de toilette, dans la valise, sous le lit, dans la poubelle métallique de la salle de bains. Je lui ai répété que nous allions vrai-ment le rater, cet avion. J'ai forcé le trait. Je suis devenu vraiment pénible. Je tenais absolument à prendre cet avion. J'avais une réunion cruciale. Las-sée, harcelée, elle s'est enfin décidée à me deman-der : « Tu n'as pas vu mes pilules ? » Comme je ne me voyais pas répondre : « Je te les ai volées car je veux un enfant de toi et ne suis pas sûr que tu en veuilles un de moi », j'ai dit, à la place : « Tes pilules ? Qu'est-ce que j'en ferais ? »

Les jeter dans les rosiers, pardi…

C'est criminel ? Je suis un salaud ? D'accord, c'est une décision qu'en principe on prend à deux. Mais quand l'un des deux fait défaut ? Elle a voulu qu'on trouve une pharmacie. Par chance, il était tôt et la Giudecca était encore endormie. J'ai béni la dou-ceur de vivre à l'italienne. « On va rater l'avion… », j'ai insisté encore, pour la forcer à sauter dans un bateau-taxi. J'ai ouvert de grands yeux pour fixer à jamais dans ma mémoire l'image de cette ville enroulée sur elle-même, posée sur l'eau et parcourue par l'eau, prête à germer, cette ville qui allait faire de moi un père.

Nous survolons les Alpes. C'est enneigé et lumineux. Le silence qui s'est installé entre nous depuis le décollage est monté jusqu'aux nuages où nous voguons, protégés de la mort par une carlingue orange. Elle est livide. Je pose doucement ma main sur son avant-bras.

« Qu'est-ce qu'il y a, Paz ?

— Rien.

— C'est cette histoire de pilules ? »

Elle finit par dire : « Oui. »

J'en ai la preuve depuis son réveil, mais l'entendre formuler son inquiétude, le fait que cela soit pour elle une inquiétude, me fait beaucoup de peine.

« Et pourquoi ? Tu n'aimerais pas avoir un enfant de moi ? »

J'ai dit cela le plus doucement du monde. Le plus *amoureusement* du monde. Je lui souris. Elle me regarde enfin.

« Je ne veux pas avoir d'enfant. De toute façon, j'ai soixante-douze heures pour la prendre… » Le ton est coupant.

« Et pourquoi tu ne veux pas d'enfant ? »

Elle a laissé passer de longues secondes. Et puis elle a dit cette phrase, qui m'a paru, alors, seulement absurde.

« Parce que j'ai adopté un requin. »

J'ai manqué m'étrangler avec mon *garibaldi*. Je me suis redressé sur mon siège.

« Qu'est-ce que tu viens de dire ?

— J'ai adopté un requin. »

Elle a dit ça en regardant son verre d'eau qui pétillait. La lumière du soleil entrant par le hublot projetait sur sa tablette des ombres mouvantes. Le steward recommandait d'attacher les ceintures. Un trou d'air s'annonçait.

III

L'ENFANT

L'annonce faite à César

Cela sera difficile à comprendre pour toi. Tu as un frère aîné, et ce frère est un requin.

Je ne sais pas comment cette idée avait pris racine en elle. Au point de l'obséder. Je ne sais pas d'où surgissait cette subite passion pour les squales. Elle était née près de l'océan, certes. Mais cette portion d'Atlantique qui bordait le pays de son enfance, la mer Cantabrique, n'était pas vraiment connue pour receler le type de bestiau qu'elle avait choisi d'adopter : le grand requin-marteau, *Sphyrna mokarran*. Qui sillonnait, sur un spectre qui allait de trois cents mètres de profondeur à la surface, presque toutes les mers chaudes du globe, de la Basse-Californie aux côtes du Mozambique, de la Grande Barrière d'Australie aux abysses bleutés de la mer Rouge. Il pouvait vivre jusqu'à trente-sept ans, et peser, adulte, cinq cent cinquante kilos répartis sur une longueur de six mètres.

Adopter un requin. Tu dois te demander comment ce genre de chose était possible. Certaines associations en offraient la possibilité, exactement comme d'autres le faisaient pour l'adoption des petits humains. Pour quelques centaines d'euros, on devenait papa ou maman d'un jeune squale de la mer Rouge, comme on devenait papa ou maman d'un petit Cambodgien. Évidemment, et que cela soit clair, l'adopté, contrairement au petit humain, n'allait pas vivre dans la maison de ses parents. La maman devait tout de même le nourrir : pas en otaries, phoques, poissons ou tortues marines, mais en gadgets dernier cri nécessaires à sa surveillance. En effet les requins étaient de plus en plus menacés par la chasse. Chaque année, cent millions d'individus disparaissaient. En cinq ans, 90 % de leur population avaient été exterminés pour ce précieux aileron auquel on prêtait des vertus très irrationnelles, comme le pouvoir de guérir les pannes sexuelles ou de prévenir le cancer.

Alors, de la même façon que les mamans contemporaines dotaient leur progéniture de téléphones portables pour être reliées à elle en permanence, ta mère avait offert à son requin un émetteur-transmetteur électroacoustique ultrasophistiqué que le site Internet du professeur Neil Hammerschlag, de l'Université de Miami, présentait ainsi :

> Chaque adoption de requin permettra à un émetteur satellite d'être installé sur le requin. Il vous sera ainsi possible de le suivre en temps réel via Google Earth ! Vous pouvez même lui donner un nom et nous vous enverrons toutes les données le concernant au fur et à mesure de sa progression.

S'il y a une image de Paz que je garde de cette époque, c'est celle-ci : assise dans le canapé, les pieds sur la table de verre et le MacBook sur les cuisses, traquant sur Internet son fauve des océans. Elle y passait tout son temps. Dédaignait même la photo, ce qui m'inquiétait parce qu'elle ne fonctionnait qu'à la passion. C'était d'ailleurs pour cela qu'elle avait choisi la chambre, où tout était plus lent, plus lourd, plus risqué, mais plus jouissif aussi.

Et soudain il n'y avait plus que son requin. Où il allait, ce qu'il devenait…

D'où sortait cette lubie ? Sa réponse était lapidaire, mais complète, et fondée : « Parce que je les trouve beaux. Monstrueusement beaux. Parce que ce sont des survivants. Parce qu'ils sont en danger. Parce qu'ils ont mauvaise réputation. Parce que ça me plaît.

— Et tu l'as vraiment *adopté* ? »

Elle m'avait montré le certificat, plié dans un tiroir de la salle de bains, endroit étrange, sauf à considérer qu'un squale se trouverait évidemment à son aise à proximité d'une source d'eau. En tout cas, c'était bel et bien un certificat d'adoption. L'association faisait les choses en grand. Un papier de format A4, blanc avec une frise bleu layette représentant des vagues, un peu comme sur les fresques du palais de Minos en Crète, et les mots « Certificate of Adoption » écrits en caractères gothiques. Dessous, la silhouette d'un requin-marteau, et différentes phrases d'une solennité de rigueur :

This is to certificate that

PAZ AGUILERA Y LASTRES

Has adopted

NOUR
Six feet male Great Hammerhead Shark
(*Sphyrna mokarran*)

Length : 6 feet

Gender : Male

Estimated Age : Juvenile, exact age unknown

Tag type : PAT tag (Pop off archival tag)

Location tagged : Daedalus Island

Tagging team members : Hussein Saleh
(Aqaba, Jordan), Pr. Neil Hammerschlag
(U Miami)

Date tagged : April 3rd

Tag pop off date : April 18th

Un petit texte suivait :

La surveillance par satellite a permis à nos cher-
cheurs de mettre en évidence cette découverte excitante : les requins-marteaux plongent à de très
grandes profondeurs. Le requin-marteau est une
espèce solitaire, rarement vue avec d'autres requins,
qui évitent d'ailleurs sa présence car ce prédateur
attaque volontiers ses congénères pour les manger.
En trente ans, l'espèce a quasiment été exterminée et
en adoptant Nour, vous nous aidez à protéger ces fascinantes et uniques créatures.
Va en paix, Nour...

Elle a dit : « *Nour*, c'est "lumière" en arabe. »
Les requins ont envahi, peu à peu, notre intimité.
Et commencé à dévorer ce qui restait de vivant.

*

Après Venise, une longue nuit s'est installée entre nous. Tu étais déjà dans son ventre. Elle me l'a annoncé deux mois et demi après. À l'aquarium. Déjà, c'était étrange. Même si elle y allait toutes les semaines, le dimanche. « Ça me calme », disait-elle.

C'est celui de la porte Dorée. Tu le connais parce que c'est celui où je t'emmène, le dimanche également, pour que tu te familiarises avec son univers, pour que tu l'aimes aussi. Logé dans un palais qui a la forme d'un temple de reine égyptienne, il date des années 30. C'est un bijou d'aquarium, noir et poli, où l'on se sent vraiment au fond de l'eau. Cinq mille poissons y séjournent, venus dans les valises des gouverneurs des colonies mettre un peu de couleur dans la grise métropole. Tu aimes y courir sur tes petites jambes serrées de toile de jean, en criant, c'est comme ça que ta bouche d'enfant le dit : « Rockins ! » On se croirait dans la tourelle d'un sous-marin. C'est silencieux, sombre, seulement éclairé par ces fenêtres d'eau, verte et iridescente, où s'ébattent les créatures à nageoires au milieu des montagnes de coraux rouge vif. Tu colles ton petit nez aux fenêtres, nous regardons les hippocampes que tu sais nommer en français et en espagnol, *caballito de mar*, les murènes et leur affreux museau denté, qui sortent de leur antre avec des souplesses de ruban et des poses de dragon. Tu les appelles « morena », comme « brune », en espagnol, brune comme ta mère était, le lien n'est pas rompu. Il y a des gens qui fuient inutilement la cause de leur douleur. Moi je l'affronte.

Cet aquarium, j'apprends à le dissocier de l'effroi qu'il m'a causé le jour où elle m'a appris la nouvelle.

Pour une fois, j'avais décidé de l'accompagner. Je tentais de renouer le dialogue, de refaire coïncider nos goûts. L'aquarium est face à un grand parc. Il faisait très beau. Ta mère pressait le pas dans l'escalier monumental qui menait à la porte du palais. Ses talons rouges semblaient deux gouttes de sang sur la pierre blanche.

L'aquarium brillait d'une lumière verte. Elle a longé la fosse aux crocodiles hydratés par une cascade qui leur pleuvait sur la cuirasse, et est allée directement vers le plus grand des bassins, qui contenait deux requins pointe-noire et un *naso unicornis*. Une sorte de rhinocéros des mers, avec deux yeux qui te dévisagent placidement, séparés par une excroissance rigide.

Les squales, bleutés, l'aileron à demi recouvert de noir, d'où leur nom de pointe-noire, passaient devant elle — devant nous car je l'avais rejointe —, glissaient sans bruit, allaient jusqu'à l'extrémité du bassin et revenaient. Un ballet incessant, rendu hypnotique par leur rythme lancinant et l'absence d'âme qu'il y avait dans leurs yeux vides.

Elle est restée là, immobile. Après plusieurs minutes, je me suis éclipsé pour aller observer les hippocampes taquiner de la queue les pétales des anémones — les « fleurs de la mer », comme tu dis — et admirer les torsions savantes d'un poisson électrique de Guyane, dont la peau mauve et pelucheuse m'évoquait une vieille moquette.

Quand je suis revenu, elle était toujours devant

la vitre. J'ai vu ses lèvres bouger. J'ai tiré mon ordi-phone de ma poche, filmé le reflet de son visage dans la vitre, concentré sur les silhouettes profilées qui passaient et repassaient devant ses yeux.

« Viens », a-t-elle dit.

Elle s'était enfin arrachée à sa contemplation et semblait d'un calme souverain. Elle m'a pris par le bras très doucement et m'a guidé jusqu'à un autre bac, plus petit, où l'eau bouillonnait de bulles comme dans un jacuzzi. Dans un paysage de corail et de rochers, où se recroquevillaient des étoiles de mer comme si elles avaient déjà peur de ce qui allait en sortir, quatre poches cartilagineuses, de forme ovale, de couleur marron clair, étaient sus-pendues sur une claie de plastique, côte à côte. À l'intérieur de chacune des poches, un noyau plus sombre, autour duquel s'agitait ce qui ressemblait à un filin : une sorte de doigt mou extraordinaire-ment mobile, comme un film en fin de bobine.

« Qu'est-ce que c'est ? ai-je demandé.

— Approche-toi. »

J'ai sursauté : ce n'était pas un doigt mou, mais une queue. Une queue de squale, de bébé squale. Le reste du corps était collé à cette masse sombre, ce jaune d'œuf qui n'était pas jaune. Je pouvais deviner les ailerons, la tête avec les deux bosses où pointaient les yeux. Mal à l'aise, j'ai reculé, décou-vrant un cartel explicatif fixé dans le mur à côté du bac :

« Le requin-chabot est ovipare, c'est-à-dire qu'il pond des œufs.

Ces œufs mesurent environ treize centimètres et éclosent au bout de quinze semaines. Les embryons sont reliés à leur sac de vitellus, qui renferme leurs réserves de nourriture.

Lors de l'éclosion, les petits mesurent environ quinze centimètres.

Dans ce bac, vous pouvez observer des œufs à différents stades de développement ainsi que des juvéniles. »

« C'est émouvant, non ? » Ta mère a dit ça sans sourire, presque collée à la vitre.

« Je trouve ça assez horrible. »

Elle s'est alors tournée vers moi, il y avait de la tristesse dans sa voix.

« Et moi, tu vas me trouver horrible ?

— Que veux-tu dire ? » ai-je dit, soudain très inquiet.

Dans leur capsule membraneuse, les petits squales agitaient leur queue de plus en plus frénétiquement.

« Je suis enceinte. »

Deux frissons m'ont traversé en même temps : un de bonheur, l'autre de terreur. La beauté de l'information qu'elle venait de me transmettre, et le spectacle dérangeant de ces embryons de squale s'agitant dans leur sac de chair.

Deux signaux qui sont entrés en collision et ont jeté au fond de moi un froid glacial. La forme salissait le fond.

L'annonce d'une naissance à venir, ça devait être un moment d'une grâce infinie. Ce n'est pas pour rien que les peintres avaient peuplé leurs *Annonciations* de tourbillons d'anges, d'une colombe aux ailes d'or, de vases fleuris de lys... Pourquoi m'annonçait-elle cette fabuleuse nouvelle devant ce qui était pour 90 % de l'humanité l'une des pires visions de cauchemar : un bac grouillant de requins ?

Je lui en ai terriblement voulu. Je nous aurais souhaité autre chose. Un moment plus poétique, plus chaleureux, plus humain. Que lui passait-il donc par la tête, merde !

Je lui en ai voulu et puis j'ai eu pitié. Je l'ai prise dans mes bras, l'ai détournée du spectacle des bêtes à sang froid, j'ai plongé mes yeux dans les siens, qui venaient de s'obscurcir au rythme de son âme virant au noir.

« Mais c'est superbe, mon amour ! Pourquoi es-tu si triste ?

— Je ne sais pas. J'ai peur.

— Mais peur de quoi ?

— Qu'il soit comme eux. »

Elle s'était retournée et désignait les bébés squales. Je ne comprenais pas.

« Qu'est-ce que tu racontes, Paz ? Qu'il soit comme eux, c'est-à-dire ?

— Qu'il soit sans famille. »

Une larme coulait sur sa joue. Je l'ai serrée contre moi.

« Mais il a une famille. Il nous a, nous.

— Je ne sais pas, a-t-elle dit. On vit tellement sans amour, aujourd'hui. » C'était terrible à entendre.

Parce que je le pensais aussi. Il me semblait que de plus en plus, le filon de l'amour s'épuisait. En ces temps de crise, il aurait pourtant dû être considéré comme une valeur refuge. Mais on lui tournait le dos. Parce que cela prenait du temps et ne rapportait rien ? Dans la sphère privée, je ne voyais que des gens qui se séparaient. Dans la sphère profession-nelle, on s'entre-déchirait. Tout le monde avait peur. Les incertitudes financières, les climats per-turbés — pluies torrentielles à Amman, Jordanie, ce matin encore —, les migrations de millions de pauvres hères dans lesquelles d'autres millions de gens voyaient un vol de criquets, une nouvelle plaie d'Égypte, n'arrangeaient rien à l'affaire. Il fallait cui-rasser, jour après jour, coûte que coûte, ses petits intérêts socio-économiques. Tenir ses positions. Sauver sa couenne en serrant les dents. Fraterniser, c'était se fragiliser. Peut-être mourir. Je voyais à l'horizon des guerres. De nouvelles guerres, pas entre États, mais entre voisins. Des Saint-Barthélemy d'un autre genre : jeter l'autre par la fenêtre juste pour prendre ce qu'il a. Et tout le monde devait les imaginer, ces guerres, car tout le monde semblait se préparer, s'endurcir, s'assécher. Ça commençait sur Twitter ou à la machine à café avec une petite déla-tion, ça se poursuivait dans une file d'attente au cinéma avec des coups de coude dans les hanches et des regards de haine, ça se terminait sur une auto-route avec des insultes sexuelles et des queues-de-poisson qui pouvaient tuer trois gosses suçotant l'oreille de leur doudou dans un carambolage san-glant.

Elle avait raison, Paz. Ça se corsait. On vivait de plus en plus sans amour. Sauf pour nous-mêmes. Les réseaux sociaux nous serinaient le mot « par-tage », nous faisant croire aux mirages d'un monde où tout serait mis en commun, alors que c'était le contraire. On ne « partageait » pas ses photos : on se les jetait à la gueule.

« Mais nous, on s'aime », ai-je dit à Paz, en la serrant contre moi, devant les vitrines d'eau salée où ondulaient ces silhouettes extravagantes. Ce que la nature pouvait être inventive… Je priais pour qu'elle ne le soit pas trop avec la petite bête qui poussait dans le ventre de Paz. Et que la Nature, ou Dieu, ou le Grand Tout, n'interprète pas le caractère géographiquement farfelu de cette annonce comme le souhait que nous aurions eu de voir s'opérer en Paz la synthèse de l'homme et du squale…

*

La grossesse se déroulait bien. Le ventre poussait. Toi, donc, aussi.

J'avais assisté à la première échographie, adoré le son de ton cœur. Un bruit répétitif peut donc être émouvant, à condition qu'il soit produit par un abricot vivant de quelques grammes. J'ai détesté, en revanche, la fille en blanc qui officiait et m'excluait totalement de la cérémonie. Elles étaient entre femmes, et elle tenait à me le faire savoir. Ne répondait pas à mes questions avant que Paz ne les répète. L'écran proposait un spectacle spatial : sur fond noir, une voie lactée mouvante. Ambiance NASA. L'expression « clarté nucale » a été prononcée. Celle d'« os propre du nez » aussi. Tu baignais dans ton jus, pas encore fini, l'air d'une créature de Roswell, remuant par saccades. Ta « distance crânio-caudale » était normale. « Tout est normal », a d'ailleurs confirmé la fille en blanc.

« J'aimerais bien qu'il ne soit pas trop normal, quand même », ai-je lancé. Elle a répondu sèchement :

« Vous ne devriez pas plaisanter avec ça. »

Ta mère, après avoir grimacé sous la caresse froide du gel translucide, souriait. C'était devenu de plus en plus rare.

La dernière fois que je l'avais vue enthousiaste remontait à des mois. Lorsque nous avions réalisé mon fantasme.

L'Hermaphrodite endormi

Tout était parti d'un dîner donné sous la pyramide du Louvre en l'honneur d'une grande exposition sur la Renaissance. Où, l'effet des vins aidant, nous avions parlé fantasmes avec le directeur du musée. Fantasmes artistiques, cela va de soi.

Le sien, c'était de réunir dans une seule et même exposition les trois femmes allongées les plus fascinantes de l'histoire de l'art : l'*Olympia* de Manet, la *Maja desnuda* de Goya, et la *Vénus d'Urbin* de Titien. « Laquelle serait au centre ? avais-je interrogé. — La *Vénus d'Urbin*. Titien l'a peinte pour moi », avait-il dit, étrangement péremptoire, en portant son verre à ses lèvres. Paz, qui ce soir-là portait une robe à imprimé léopard qui griffait le regard, ne l'avait pas manqué :

« C'est pour vous qu'il a peint ce joli ventre rond, cette main gauche paresseuse à l'annulaire bagué, reposant doucement sur son pubis, son regard brun très insistant ? »

Il avait rougi, et c'était difficile de faire rougir cet homme. Puis il avait choisi de sourire.

« Aimer vraiment un tableau, c'est le ressentir physiquement. Balzac a écrit une très jolie chose sur

les œuvres d'art et les humains qui les regardent :
"Ils connaissent les amateurs, ils les appellent, ils
leur font : 'Chit ! chit !'" »

Il avait parlé merveilleusement du tableau, de
cette jeune femme aux cheveux légèrement défaits
qui cascadaient sur ses épaules, et qui vraisemblablement sortait du bain puisque ses servantes, au
fond, s'affairaient à sortir des coffres la robe qui la
rendrait moins offerte aux regards... De cette
atmosphère de crépuscule, comme on le devinait
au ciel teinté d'orange qui apparaissait dans la
fenêtre et indiquait la fin de la journée, des plis
précis des oreillers et des draps, dont les parfums,
la fraîcheur semblaient nous caresser à travers
le tableau... Et puis, se rendant compte que tout le
monde le laissait parler et se dérobait, il avait
demandé au reste des convives de dire, eux aussi,
quel était leur fantasme. Je rêvais depuis longtemps
de me faire enfermer dans un musée. C'était banal,
mais j'en rêvais, alors je l'avais dit. Chacun donna le
sien, et nous n'en parlâmes plus.

Et puis un jour, à la nuit tombée, Paz m'a donné
rendez-vous devant la pyramide. Le directeur nous
attendait à l'intérieur. J'étais heureux comme un
gosse. J'en rêvais depuis tout petit. Je l'ai prise dans
mes bras. Je ne sais pas comment elle avait fait pour
obtenir ce sésame. Elle avait un sourire magnifique.

Mon Hector, je te souhaite de connaître une Paz
qui te permettra de faire cette visite. Ou plutôt ce
voyage. D'abord il y a la nuit, piquetée d'étoiles.
Tes pas qui font craquer les parquets, ou claquent
sur les dalles que tu es seul à fouler. L'idée de soli-

tude est d'ailleurs secondaire, dans ce fantasme ; c'est l'absence de bruit qui importe. Personne n'osait parler. Le grand, le souverain calme, seulement perturbé par les talons aiguilles de Paz. Et l'obscurité, tout juste trouée par le faisceau de nos lampes de poche.

En haut de l'escalier monumental, dressée à la proue de son vaisseau de pierre, la *Victoire de Samothrace*, cherchant toujours sa tête, avait l'air d'une vieille star d'Hollywood en déshabillé, hurlant qu'on lui a volé ses bijoux. Dans le petit cercle dessiné par nos loupiotes, les vases grecs déployaient leurs combats en noir et orange : géants en peaux de bête abattus par la foudre de Zeus, l'Aurore pleurant la mort de son fils Memnon tué par Achille, le corps de son garçon dans ses bras, barbu comme le Christ, c'était déjà une pietà. Oreste tenait encore le poignard avec lequel il avait tué sa mère, assis sur une pierre, le regard vide, aspergé du sang d'un porcelet brandi par Apollon. Une pluie de massacres sous vitrines.

Nous traversions les salles le cœur battant. Arrachée à son tombeau du désert, l'œil féroce, la bouche pincée, une reine de Palmyre ruminait sa vengeance, triturant de la main l'étoffe de son turban rehaussé de joyaux, cherchant peut-être mentalement l'appui des gigantesques taureaux ailés de l'empire de Nabuchodonosor, à deux pas de là. C'était fascinant, effrayant, cette nuit parmi eux. Morts, mais tellement présents. Mon cœur battait au ralenti, comme sous hypnose. Je te le redis, personne ne parlait. Jusqu'à ce moment-là : au milieu d'un couloir, le mètre quatre-vingt-dix-huit du directeur se plia soudain en deux. Une ouverture venait d'apparaître dans la paroi du palais. Il s'y faufila en nous disant : « Venez. » Il y avait un escalier, quelques marches qui menaient à une autre porte, qu'il a ouverte. Un balcon, avec une balustrade. Il s'y est penché et nous a invités à faire de même, et à braquer nos lampes vers le bas. Paz a réprimé un cri. Je me suis penché davantage, et juste en bas, je l'ai vue.

Allongée sur le ventre sur un matelas capitonné, tellement belle, tellement vivante qu'elle invitait à la rejoindre dans son sommeil d'après l'amour. Ou d'avant ?

« Venez », a-t-il dit. Nous sommes revenus sur nos pas. Pour pénétrer dans la salle, et pouvoir la contempler parmi ses semblables. « Attention, il y a un fil, là. »

Le doigt de ma lampe de poche se promenait lentement sur la chair de la femme. Chevelure tenue, menton boudeur reposant sur l'arrondi du bras, sillon vertébral joliment arqué, courbure accentuée au creux des reins, hanches suaves, masses charnues des fesses, cuisses serrées. Mais ce sont les pieds qui étaient les plus intéressants. Entraînée sur la pente rapide d'un rêve captivant, elle venait de remuer la jambe gauche, son pied en apesanteur. L'autre jambe — cuisse, mollet, orteils plantés dans le matelas — semblait tendue par un plaisir si aigu que l'on avait l'impression de voir la peau frissonner. De l'autre côté, le pinceau lumineux de Paz se promenait lui aussi sur le corps de la femme, parfois les deux faisceaux se croisaient, et j'avais l'impression que nous étions en train de nous partager ce corps endormi comme deux vampires. D'autant qu'il n'y avait toujours pas un bruit et que notre hôte avait éteint sa lampe. Je distinguais sa haute silhouette dans le noir. On aurait pu toucher le silence avec nos lèvres. Paz le rompit par un juron. Je l'entendis murmurer : « Mais, mais… il bande ! »

J'ai fait le tour du corps. Côté ventre, la jeune femme offrait sa nuque où quelques mèches s'étaient échappées de la coiffure, un sein rond plein de promesses mollement écrasé contre le matelas, un ventre à la courbe douce, et dessous… un pénis dressé. Nous sommes restés interdits.

La voix du maître des lieux résonna alors, scandant les vers d'une poésie aussi explicite que volontairement maniérée :

> On voit dans le musée antique
> Sur un lit de marbre sculpté,
> Une statue énigmatique
> D'une inquiétante beauté.

> Est-ce un jeune homme ? est-ce une femme,
> Une déesse, ou bien un dieu ?
> L'amour, ayant peur d'être infâme,
> Hésite et suspend son aveu.

L'hermaphrodite, c'était donc lui. L'hermaphrodite endormi que le Bernin avait sculpté d'après un marbre antique. Présentant, suivant l'endroit d'où on le contemplait, les attributs de chacun des deux sexes.

« Quelle est son histoire ? » demanda ta mère, que j'aimais aussi pour ça : elle mettait de l'humain dans tout. Chaque homme, chaque femme avait une histoire, un drame, un bonheur qui expliquait sa façon d'être. Le directeur lui raconta la légende d'Hermaphrodite. Avant d'être une caractéristique zoologique décrivant le mode de reproduction de certains animaux comme l'escargot ou le poisson-clown (l'hermaphrodisme humain empêchant toute reproduction), « Hermaphrodite » était un nom propre. Celui que portait le fils d'Hermès et d'Aphrodite. « Il tenait de sa mère, la déesse de la beauté, expliqua notre hôte, il vivait dans les bois et rendait folles les nymphes qui gémissaient de désir en voyant se promener ce naturiste par les bosquets parfumés et les vallées fertiles, en le voyant dormir nu à l'ombre de leurs grottes ou baigner son corps de rêve dans l'eau de leurs rivières… N'en pouvant plus, l'une de ces nymphes, Salmacis, décide de passer à l'action. C'était une naïade, une divinité de l'eau, mais au tempérament de feu. Un jour de forte chaleur, elle déclare sa flamme. Assez poliment d'ailleurs, elle lui propose de l'épouser et lui dit que si jamais il est déjà marié, elle se contentera d'"un plaisir furtif"…

— Pragmatique ! fit remarquer Paz.

— Oui, le monde grec est comme ça. Mais pas Hermaphrodite, qui rougit, et lui dit que si elle continue, il va s'en aller…

— Un gamin…

— Mais oui, mais c'est une nymphe… Et alors qu'il est en train de faire ses brasses dans la fraîcheur d'une rivière, elle se rue sur lui, paralyse tous ses membres — sauf un — et essaie de se régaler de ce corps délicieux. "Comme l'anémone de mer qui a capturé une proie le retient avec ses tentacules",

216

dit Ovide dans *Les Métamorphoses*. Sauf qu'il résiste encore ! »

Dans le silence, j'entendis Paz rire tout doucement. Le directeur reprit : « Alors elle demande aux dieux de lui venir en aide et de les unir à jamais. Comme ces grands amateurs de chair sont en train de se régaler du spectacle et qu'il serait indigne d'un dieu de finir sur une frustration, ils exaucent Salmacis !

— L'hermaphrodite est donc un couple ? demanda Paz.

— "Le seul couple heureux que je connaisse", a même dit une vieille aristocrate anglaise du XVIIIᵉ siècle en voyant la statue pour la première fois.

— Joli », fis-je remarquer.

Je ne voyais pas Paz, mais je l'entendais. Si l'échelle pazienne d'enthousiasme avait dix degrés, elle était au moins au niveau 8. Comblée par l'expérience muséale nocturne et le charme très français du maître des lieux, elle ne cessait de l'interroger, babillant dans le calme sépulcral du musée vide. Et lui s'exécutait, amusé par sa curiosité. Conquis comme tout le monde par son charme, qui se faufilait sous la peau comme un courant chaud.

« Oui, la collection des Borghèse... C'est une réplique romaine d'une statue grecque... C'est d'ailleurs le cardinal Scipion Borghèse qui a demandé qu'on donne à ce corps troublant un lit à sa mesure.

— Le matelas n'était pas là à l'origine ?

— Non. Il a été ajouté, quinze siècles après, par le Bernin. Et regardez l'ingéniosité de la chose, comme les coutures du cuir capitonné s'opposent aux courbes lisses du corps. D'où l'impression ultracontemporaine de cet endormi. J'ai dû le faire protéger par cette barrière, parce que tout le monde voulait l'éprouver par lui-même, cet effet de réel… »

Pouvait-on être poursuivi pour avoir abusé d'une statue ? Quel juge oserait nous faire croire qu'il/elle n'était pas consentant(e) ?

Il était temps de partir. Le syndrome Cendrillon : nous ne devions pas être là et risquions peut-être gros. Comme si nous avions inversé les lois du temps. Dangereux de se promener parmi les morts, ou plutôt ces imitations de vivants qui en avaient connu beaucoup, de vivants, qui maintenant étaient morts. Combien d'yeux s'étaient posés comme les nôtres sur l'*Hermaphrodite*? Des yeux qui aujourd'hui n'étaient plus. Des orbites noires au fond d'un caveau, des souvenirs colorés réduits en cendres. Un clocher a retenti, lugubre. L'air s'était épaissi, les étoiles, éteintes. « Allons-y », a dit le directeur.

Ma tête tournait en regardant Paz, statue vivante, griffer les dalles antiques de ses talons contemporains, slalomant entre ces hommes et ces femmes emprisonnés dans leur cuirasse de marbre et dont la chair semblait encore, si on regardait bien, palpiter d'une vie sourde, rebelle. Centaures, chérubins, déesses l'arc à la main, accompagnées de biches ou de jeunes amies prêtes pour le bain, soudainement pétrifiés par la décision d'un dieu jaloux. Figé, le flux dans leurs veines, éteints, les battements de leurs cœurs glorieux. J'avais peur pour Paz, si brune au milieu de tout cet ivoire, si mobile dans cette paralysie définitive, mais si mortelle dans cette éternité…

Je repensais à la croix qu'elle portait sur la fesse. Croix des Anges : elle les avait rejoints. Je ne l'avais jamais vue comme ça. Elle était tellement émue en saluant notre hôte, alors que nous quittions le Louvre, qu'elle l'embrassa sur la joue. « Je n'avais jamais regardé les statues comme cela. Merci merci merci ! Je comprends maintenant pourquoi on vous appelle Mister Louvre ! »

« Chit ! Chit ! » répéta-t-elle des dizaines de fois cette nuit-là en riant. Me poursuivant dans l'appartement, dans le salon, dans la cuisine, et jusqu'au lit, me réveillant, alors que je m'endormais, la tête pleine des visions de l'*Hermaphrodite endormi*, en me soufflant dans le cou, dans les oreilles, dans la nuque : « Chit... chit... »

Je ne me sentais pas la force, même si j'en avais la tentation, de lui demander : « Ça ne t'étouffe plus, l'art européen ? »

La chair contre le marbre

Je pensais que mon fantasme avait gagné. Avait écrasé le sien. Que je l'avais remise sur les rails. Que les requins s'étaient égaillés, qu'on ne parlerait plus guère de cette histoire d'adoption.

Elle fut inspirée. Mieux : enthousiasmée, ce mot qui chez les Anciens signifiait qu'on était possédé par un dieu. Elle était montée directement sur l'Olympe, mon Asturienne.

Elle abandonna ses plages et courut les musées.

Ce fut Capodimonte, le Reina Sofia, la galerie Borghèse ou Delphes. Et Orsay, où elle passait sa vie, en attendant le Louvre, pour l'instant trop gros poisson pour elle, disait-elle. « Si ça fonctionne, alors je le tenterai, le Louvre. »

Elle se jeta à fond dans son nouveau travail. Elle avait trouvé un thème osé, en ces temps où tous les repères volaient en éclats, où l'on ne semblait vivre que dans l'immédiateté : la confrontation des spectateurs avec les chefs-d'œuvre. Elle appliquait la même méthode : « Il faut répéter, mais ne pas se répéter », lui avait dit Josef Koudelka, l'immense photographe, qui avait consacré des années entières à photographier ses gitans. Je les avais croisés tous les deux un soir, près de l'agence Magnum, au-dessus de la place de Clichy. Koudelka y dormait quand il ne voyageait pas pour photographier. Sur deux banquettes réunies, devenu lui-même un vrai gitan, à soixante-quinze ans. Ils buvaient une bière blanche, et de la bière, de Paz ou de Josef, je ne savais pas qui était le plus rafraîchissant. Elle dans une petite robe gris perle, à fines bretelles, rentrant de la piscine avec ses cheveux mouillés ramenés en chignon. Lui la barbe folle, blanche comme ses cheveux en bataille, les yeux brûlant de malice derrière les verres de ses lunettes, vêtu d'une chemise de treillis vert foncé qui m'évoquait un vieux guérillero sans principes. Ou des principes qui étaient à rebours de ceux de la masse des humains.

« Je ne veux pas avoir le désir d'un endroit où je suis censé devoir retourner. Je vis là où je vis, et quand il n'y a plus de photo à y faire, je vais vivre ailleurs, c'est tout… »

Elle s'était tue. Absorbée en elle-même, elle traçait de l'index des figures compliquées dans la buée qui recouvrait son verre aux formes féminines.

« Il faut répéter et répéter encore la même photo, énonçait Koudelka, c'est la seule façon d'obtenir le maximum. »

Même méthode, donc. Toujours à la chambre, qui lui permettait, disait-elle, de jouer avec la lumière, les matières, marbre, soleil et bronze, comme un peintre. Jouer avec le temps aussi, car la chambre permettait de très longues poses. Toujours sur sa plate-forme, dominant tout, les gens, les œuvres. Seul le ciel avait plus d'altitude que ta mère. Quel plaisir c'était de la voir au cœur de ce musée, au centre de cette nef d'Orsay que des trains avaient jadis peuplée, avant d'être chassés par ces véhicules autrement puissants qu'étaient les œuvres d'art ! Elle avait deux assistants, deux étudiants des Beaux-Arts qui s'appelaient Julien et Aurélia, et que j'appelais ses vestales parce qu'ils étaient d'une patience infinie, entièrement dévoués à cette prê-tresse contemporaine qui mettait parfois un ban-deau de lierre dans ses cheveux, et qui les dirigeait en utilisant des mots incompréhensibles pour moi mais qui construisaient ce rituel de captation de la vie, de capture de la vie, transformant les hommes et les femmes, et même les œuvres d'art qu'elle pre-nait dans les rets de son objectif en des sortes de jouets. Quand tu les regarderas, ces photos, tu com-prendras ce que je dis : même les œuvres d'art avaient l'air de jouets. Elle surplombait. Elle mettait à distance. C'était elle la reine. Ils étaient des lillipu-tiens. Elle dominait tout. Au-dessus de sa tête, tami-sée par la verrière en tunnel, la lumière de l'été explosait en milliers de cristaux.

Un mois après, j'ai découvert les premiers tira-ges. Elle les a sorties d'une enveloppe kraft, atten-dant mon jugement d'une façon biaisée car elle savait qu'elle ne me croirait pas si je disais que c'était génial, et serait psychologiquement pulvé-risée si je n'étais pas aussi enthousiaste qu'elle le souhaitait.

« C'est puissant », j'ai dit.

Oui, puissant. Parce que ce n'était pas seule-ment beau. C'était d'une beauté qui te prenait au plexus, montait à ton cerveau et te descendait dans les reins, et tu aimais ça parce que c'était gorgé de vie, et que tu allais te régaler de cette vie.

« C'est vrai ? Tu es sérieux ? »

La température de son corps venait de monter. L'anxiété ou la satisfaction faisait vibrer sa chair. Paz était le contraire d'un glaçon. On pouvait le sentir immédiatement lorsqu'on était près d'elle. Parfois, dans son sommeil, lorsqu'elle se tourmentait, quelques gouttes de sueur perlaient sur ses tempes…

« C'est extrêmement puissant. »

Elle écarta les mèches qui tombaient sur son œil gauche. Son œil était effilé, noir, un poignard, mais là sa pointe s'émoussait, il devenait une amande à croquer. Son menton frondeur reposait dans sa paume. Et le sourire qui montrait ses dents te faisait chavirer.

Ce nouveau travail était renversant. Une bombe. Qu'est-ce qu'on y voyait ? Pour faire simple : des gens et des chefs-d'œuvre. La grande confrontation entre ce qui est mortel et ce qui ne l'est pas. Entre la chair et le marbre, le nu et le vêtu. Des coups de foudre, du dégoût, un lent apprivoisement. Le temps suspendu. La fièvre des foules, aussi. De longs rubans de visiteurs asiatiques se faufilaient en dragons de Nouvel An entre les statues du XIXᵉ siècle, des écoliers cavalaient devant des vaches impressionnistes, une jeune fille esseulée essuyait une larme face à une porteuse d'eau en bronze. Essuyait une larme, parfaitement. Car comme toujours chez Paz, « la diane chasseresse de la photographie » (comme allait la désigner le *Corriere della Sera*), on voyait tout avec une netteté prodigieuse. L'impression d'être un dieu auquel rien n'échappait. Comme ces deux vieilles dames assises, fatiguées, et cette troisième qui venait de se lever, soudain remise en selle par *Les Îles d'or* d'Henri-Edmond Cross, où le sable étincelait, où le soleil dansait sur les flots. Quel souvenir avait donc été réactivé ? Je repensais à ce que nous avait dit le patron du Louvre : les œuvres vous choisissent. Un groupe scolaire s'était partagé en deux. Les garçons, dix ans maximum, excités comme des puces devant la *Chasse au tigre* de Delacroix (œil fou du cheval, détermination du cavalier, rouge des capes et pelage fauve, mâchoires sanglantes, éclat de l'acier). Les petites filles, muettes de stupeur et d'envie, devant les princesses éthérées de Gustave Moreau, baguées de pierres de lune, couronnées de diamants. Non, il y avait un petit garçon aussi… Et l'attitude, que j'adorais, des exquises étudiantes en art assises en tailleur, concentrées à l'extrême, esquissant sur les immenses feuilles blanches de leurs carnets des tombés d'étoffes en mille plis, des musculatures savantes de guerriers mythologiques.

Parfois, les œuvres ne servaient que de médiation entre les humains. Un vecteur inerte pour leurs attractions magnétiques. Ce couple, qui se tenait les mains, par exemple, figé devant le grand *Rolla* de Gervex (la fille nue, la chair toute frémissante après l'amour, son corset jeté à terre, sa main dans ses cheveux, le drap tire-bouchonnant juste devant son sexe qui autrement serait ouvert aux yeux du spectateur, et l'homme, à la fenêtre, en chemise, surveillant la rue comme s'il pouvait en surgir une menace), était-il aussi un couple clandestin, honteux, caché ? Cette dame de soixante ou soixante-dix ans, très digne, très bijoutée, en manteau violine, au chignon compliqué, presque étrusque, pourquoi dévisageait-elle un homme un peu plus jeune aux airs de Sami Frey, mais avec de l'embonpoint, en plein dialogue avec le corps abandonné de la *Jeune Tarentine*... ?

Il y avait tant d'histoires dans ses clichés ! On pouvait y rester des heures, on entendait presque les pensées des personnages qui évoluaient dans l'image. Qui était cet homme que regardait cette femme de vingt ans plus âgée ? Un ancien amant ? Un futur ? Un ancien élève ? Un fils retrouvé ? La photographie ne donnait pas la suite de l'histoire... Juste pour te dire, Hector, que ta mère était alors au faîte de sa puissance artistique, maîtresse absolue de son regard, personnel, mordant, sensible. Captant comme nul autre l'appétit de vie, la sensualité que stimulait toute cette beauté dans ces cerveaux flâneurs.

Alors bien sûr, j'interprétais. Pour elle, qui sait si ce n'était pas le contraire, un pas de plus vers sa rupture avec le genre humain ? Car, si l'on regardait bien, cette nouvelle série consacrait par la photographie le règne des statues. Règne esthétique, règne sur le temps. Les spectateurs avaient la peau qui plissait, qui rougissait, qui se desquamait. Les statues, blanches et noires, leur opposaient la fixité souveraine de leur chair minérale. C'était fort, tragique. Elle allait faire un tabac.

« Quand ce sera exposé chez Tariq, je t'en prie, pas d'article, cette fois, m'avertit-elle un soir.

— Je ne peux pas, ma chère, maintenant nous sommes ensemble, il y aurait conflit d'intérêts. »

Je croyais que le lisse du marbre l'avait emporté sur la rugosité des écailles. Elle n'en parlait plus, de ton frère aquatique.

Et puis je suis tombé sur un SMS. C'est con, de tomber sur un SMS. C'est d'une banalité crasse. Surtout pour quelqu'un comme moi qui n'a jamais voulu s'abîmer dans l'espionnage conjugal. On s'était dit, avec Paz : si on couche ailleurs, si c'est seulement le corps qui parle, c'est bénin, on n'en parle pas à l'autre, ça peut arriver.

Elle avait ajouté : « Je ne veux rien savoir. Sinon je te crève les yeux, et je pars juste après. Je te crève les yeux pas parce que je suis énervée, mais parce que je ne suis pas ta mère, que tu seras pathétique si tu m'en parles, et que les gens pathétiques méritent un châtiment.

— Moi je ne te crèverai même pas les yeux. Je n'en aurai pas la force. »

Elle m'avait demandé aussitôt :

« Tu me trompes ? »

Je ne trompais pas ma femme mais, comme disait l'autre, je n'avais aucun mérite : je l'aimais. Aucune tentation non plus : elle était toutes les femmes. Tantôt asiatique, tantôt africaine, russe ou sicilienne, parfois éthérée mais volontiers pornographique.

« Et si on tombe amoureux ? avait-elle interrogé.

— Je propose qu'on se le dise. Ça signifiera que notre partie est terminée. Coup de sifflet, on se dirige vers les vestiaires, on se douche, on se rhabille, on fait son sac. On ne va pas organiser une réunion au sommet pour élaborer un plan de sauvetage. En période de crise, ça finit toujours par couler. »

Elle avait ajouté, et ça avait failli me tirer des larmes :

« On n'essaiera pas un tout petit peu ? »

Et maintenant, ce SMS. Elle prenait un bain. Dans une eau chaude saupoudrée de sel de la mer Morte. L'écran de son BlackBerry s'était allumé sur la table basse en exhalant un petit soupir vibratoire. Je n'avais pu faire autrement que de le voir. Un message court. Rien de dramatique a priori. Pas de « J'ai rêvé de toi, tu me manques », ni de « Nuit magique. Vite, rapplique ! » ou de « Je me caresse en pensant à toi ». Non. A priori, pas grand-chose. Juste cette phrase sans verbe : « Ampoules de Lorenzini ». Avec le nom de l'émetteur au-dessus, inscrit au répertoire de Paz : « Marin ».

J'ai d'abord cru à une ordonnance médicale, à un conseil de bricolage, lié à l'éclairage de son atelier. Et puis j'ai saisi mon ordiphone et j'ai rejoint en quelques clics la grande Toile mondiale, l'océan infini de données : les « ampoules de Lorenzini » désignaient un organe de perception propre au requin qui lui permettait, sous l'eau, de détecter le moindre champ électrique, battements de cœur ou contraction des muscles d'une proie…

C'était donc reparti de plus belle.

Je l'ai entendue faire coulisser la porte de la salle de bains et marcher sur le parquet en direction de la chambre. Je l'y ai suivie, le cœur battant. Elle était enveloppée dans un peignoir, sa serviette nouée autour de ses cheveux lui faisait comme une tiare. Il fallait que je sache qui était ce Marin.

Prolactine

Je n'ai pas voulu demander. Par lâcheté. Ou aveuglement, ce qui revenait au même. En me disant
que ce n'était rien, que ça passerait. Et pourtant ça
s'est reproduit. Et j'ai dû en manquer puisque je ne
la surveillais pas. Et qu'elle effaçait les messages pré-
cédents. Ça aussi, je ne voulais pas y accorder trop
d'importance. Oui, il y eut d'autres messages, toujours signés par le même, qui parlait de « mem-
branes nictitantes » ou d'« écailles placoïdes ». Des
détails biologiques, toujours connectés au monde
du squale.

Par pragmatisme, aussi, parce que j'avais décidé
de ce qui était précieux et de ce qui ne l'était pas.
Je ne voulais pas gâcher les moments avec elle. Les
quelques moments qu'on avait, car l'Entreprise
m'occupait à plein. Le flux d'informations était
dense, la guerre économique battait son plein, avec
ses courbes affolées, ses migrations de chiffres, ses
bilans désastreux. Le monde était un quasi-cadavre,
agité de soubresauts, que je m'efforçais de mettre
sous perfusion de beauté pour ne pas désespérer le
lecteur : un entretien avec la nouvelle coqueluche
intello-sensuelle d'Hollywood, un grand dégage-

ment sur Casanova, archétype du véritable Européen dont la France venait d'acquérir le manuscrit des Mémoires filigrané de trois cœurs — je l'avais eu en main : il m'avait électrisé —, ou un dossier froufroutant sur l'impressionnisme. Ce fut l'hiver, puis la fin de l'hiver. La neige recouvrit Paris, puis la découvrit. Je n'écrivais plus. Avoir un enfant était mieux qu'écrire un roman, même si Paz me tenait à l'écart de l'intrigue.

Le soir, lorsque je rentrais, je la trouvais généralement assise dans le canapé de cuir noir. Cette image dont je te parlais : les pieds sur la table basse, son ordinateur frappé d'une pomme sur les cuisses. Concentrée. Lointaine. Elle levait à peine la tête quand j'arrivais, ne disait mot. J'allais prendre une douche, tentais de me laver de cette absence. Quand je revenais, elle éteignait sa machine et se dirigeait vers la chambre.

Un soir, la chaleur et la vapeur me redonnèrent confiance. Je pensais à notre enfant à venir, et au *Boy With Frog*, aux journées vénitiennes. À la baleine et à l'expérience de son ventre. J'étais heureux d'attendre cet enfant. Ne l'était-elle pas ? Devais-je m'en vouloir ? Elle avait changé. Pas seulement physiquement. Mais moi aussi j'avais changé. Mais pas physiquement, constatais-je en regardant ma tête de futur père dans le miroir. Quelques cheveux blancs dans la tignasse, c'est tout. Des filaments gris dans la barbe, aussi. Mais pour le reste, l'homme qui me faisait face avait de beaux jours devant lui, et de l'amour, et de l'énergie à donner. À elle, et à ce petit être qu'elle portait. Qui serait un garçon, comme nous l'avait confirmé l'échographiste après nous avoir demandé cinq fois si nous étions sûrs, vraiment sûrs, de vouloir connaître le sexe. « Certains papas et mamans préfèrent avoir la surprise, avait-elle insisté. — Parce que vous croyez qu'émotionnellement on a besoin d'un petit quelque chose en plus ? » avais-je répondu en lui désignant Paz, les yeux baignés de larmes de joie. Je suis sorti de la salle de bains. Elle était toujours dans le salon, l'ordinateur sur les cuisses. Comme j'approchais, elle rabattit le clapet du Mac. Elle avait sa barre sur le front, qui n'annonçait rien de bon.

« Ça ne va pas ?

— Si.

— On ne dirait pas. Tu veux qu'on parle ? »

Elle a secoué la tête. Je me suis assis près d'elle. J'ai pris sa main gauche, sa petite main aux ongles rouges, dans les miennes.

« Tu regardais quoi ? ai-je demandé.

— Des trucs. »

Je ne me suis pas vexé. Ça ne me regardait pas, après tout. Le besoin, peut-être, de se rassurer sur les forums de magrossesse.com ou le site enceinteetendetresse.fr où on lisait ce genre de chose : « Lorsque vous consommerez des aliments sucrés, pensez à la joie que vous faites à votre bébé. »

Informations qu'elle ne souhaitait, visiblement, pas partager avec moi, mais pourquoi en prendre ombrage ?

Je me suis contenté de poser ma tête dans son giron. Ses seins avaient grossi, mais je n'en faisais pas une histoire. Pour le moment je fermais les yeux. J'essayais d'écouter, de sentir les fameux coups de pied. J'avais lu — sur un site dédié à la grossesse, car moi aussi j'y allais, sinon comment saurais-je ce que je viens d'écrire? — qu'il était bon d'avoir une phrase, un gimmick, un *motto* à murmurer à son enfant à travers la paroi placentaire, aussi régulièrement que possible, que cela l'apaisait, que c'était comme un rendez-vous sonore, un baume phonique, une promesse de se voir bientôt, et de se reconnaître.

« Hector, Achille, Ulysse sont les héros de la guerre de Troie. » C'est la première chose qui m'était venue à l'esprit.

Non, je ne faisais pas une histoire de la taille de ses seins, dont la partie inférieure reposait à cet instant précis sur mon oreille gauche, la droite étant collée contre son ventre, je ne faisais pas une histoire, comme l'aurait pourtant voulu la coutume, le cliché. Mais pour que ce cliché ait une réalité pour moi, il aurait fallu que je puisse les voir, les caresser, mettre leur volume dans ma paume et leur pointe entre mes dents, délicatement titilleuses. Il aurait fallu que nous fassions l'amour.

Elle ne m'y autorisait pas, repoussant ma main même quand elle se posait simplement sur son ventre rond. C'était douloureux. J'allais lire dans le salon. Elle ne me retenait pas.

Je souffrais comme un chien. J'avais honte. Et je n'osais même pas le lui dire, pour ne pas ajouter l'humiliation à la honte. Que m'aurait-elle répondu? Qu'elle ne me désirait pas. Mon corps semblait si faible à côté du sien, puissamment mammifère, contenant deux vies au lieu d'une. Deux cœurs aussi, en principe, mais le sien, je le cherchais en vain. Il ne battait plus pour moi.

J'étouffais dans la culpabilité. Je revivais la nuit de la baleine. Je me revoyais prendre la tablette de pilules et

la faire disparaître dans ma poche. Elle m'avait bien dit
qu'elle ne voulait pas. J'avais forcé le destin. Tout était
de mon fait. De ma faute ?

Paz vivait sa grossesse de plus en plus magnifique-
ment. Impériale en sa couche, Venus Genitrix aux chairs
pleines et au teint radieux, elle rayonnait et m'ignorait.
C'est moi qui avais les nausées.

Ta mère était en pleine révolution. Un jour, je
décidai d'en parler à mon ami Bastien. Père de
famille chevronné, il m'avait toujours vanté, et
pour ainsi dire vendu, les charmes de la gestation,
le degré de beauté qu'acquérait le corps de la
femme aimée, le passage sur un plan supérieur,
presque sacré, de la relation entre un homme et
une femme.

« Ne te tracasse pas, me dit-il en avalant une gorgée de mojito, renversé dans un fauteuil rouge vif.
C'est pareil pour toutes les femmes. »

J'avalai tout reste de pudeur.

« Mais tu me disais qu'avec Sandrine faire
l'amour quand elle était enceinte était à la limite
de l'expérience mystique ? »

Il avait compris que j'étais désespéré. Un pli
s'est dessiné sur son grand front.

« Il faut que tu sois plus patient, César. En plus
Paz est une artiste.

— Et ça en fait moins qu'une femme, c'est ça ?

— Plus qu'une femme, corrigea-t-il.

— Je te rappelle que nous, on ne fait plus
l'amour. »

Il secoua la tête.

«Vous êtes au début, et peut-être que tu ne la rassures pas. »

Il a eu un sourire embarrassé, s'est emparé d'une feuille de menthe qu'il a commencé à mâcher. Réplique inconsciente du rituel de la pythie de Delphes.

«Prédis-moi l'avenir, Bastien.

— Qu'est-ce que tu racontes ?

— Rien. Je débloque. Oublie.

— César, une grossesse, c'est avant tout chimique…

— Je sens que tu vas devenir rasoir. Reprends un mojito.

— Je termine celui-ci d'abord. Écoute-moi. Il faut que tu imagines son corps comme une grande salle de bal, un peu comme ici, pleine de lustres et de musique. Ou comme une boîte de nuit. Avec des gens qui dansent, de plus en plus vite. Il faut que tu imagines des musiques qui changent tout le temps, très difficiles à suivre. On passe d'un concerto pour clavecin à un morceau de rumba congolaise, et puis on entend Brahms, et juste après les Sex Pistols. Ces danseurs, ces danseuses, ce sont les hormones, qui se mélangent, se défient… Tu as les provocantes Prolactine et Progestérone, qui stimulent les glandes mammaires, les poussent à produire du lait ; Ocytocine, qu'on pourrait comparer à un DJ un peu trop porté sur les basses : elle est responsable des contractions et va monter en puissance jusqu'à la poussée finale…

— Juste avant la fermeture de la boîte de nuit ?

— Non, parce qu'un nouveau pic se déclenche, quelques dizaines de minutes plus tard, pour l'expulsion du placenta. Et puis je ne t'ai pas parlé des Endorphines.

— Les hormones de plaisir, je sais, sécrétées pendant un bon footing…

— Ou un bon orgasme.

— Le footing me parle davantage en ce moment… »

Bastien se mit à rire avant de reprendre son sérieux.

« Pendant l'accouchement, les Endorphines se déversent dans le cerveau pour maintenir la douleur à un niveau supportable. Une autre chose, aussi, fascinante : elles permettent au cerveau primitif de prendre le contrôle sur le cerveau rationnel.

— Tu veux dire qu'un accouchement est quelque chose d'irrationnel ?

— De primitif, en tout cas. Car seul le cerveau primitif, dit aussi reptilien, et qui remonterait à l'époque où nous étions poissons et que nous sommes sortis de l'eau, sait comment accoucher. C'est lui qui prend le contrôle de la peur, du jugement, qui fait voler les barrières mentales : la femme qui accouche s'autorise alors à crier, à adopter des positions étranges qui seraient tout à fait inacceptables en société… »

J'ai réprimé un éclat de rire. Parce que j'étais gêné ? Ou impressionné, mon cerveau reptilien n'ayant jamais chez moi réussi à prendre le contrôle ?

Il a poursuivi : « C'est le cerveau primitif qui te rend capable de faire corps avec l'être qui est dans ton ventre et avec lequel tu vas accomplir ce grand œuvre…

— Tu te rends compte que tu viens de dire "ton ventre"?

— Trois grossesses, César, c'est comme si ça avait été moi…

— Si c'était biologiquement possible, tu le ferais?

— C'est tentant, dit-il, attrapant une amande qu'il croqua les yeux dans le vague. Il y a les aspects pénibles de la grossesse et la souffrance atroce de l'accouchement, relativisée certes par la péridurale, mais il y a aussi, en échange, ce lien puissant que la femme développe avec l'enfant et qu'un homme ne peut pas développer… »

Il s'était fait mystérieux.

« Tu veux dire quoi? »

Il a souri. « Ça va te plaire, ça va te rappeler tes chères études. Quand tu ne t'étais pas encore perdu dans le journalisme… Tu te souviens de la phrase de Baudelaire sur les femmes?

— "La femme est naturelle, c'est-à-dire abominable"?

— Exactement. Eh bien, figure-toi qu'il aurait changé d'avis, Baudelaire, s'il avait su ça : les Endorphines sont un opiacé naturel, d'une composition assez proche de la morphine. La femme en sécrète et la transmet à son fœtus : ils sont liés à jamais par cette dépendance, un peu comme le consommateur de drogue à son dealer, et réciproquement, d'où leur puissant attachement…

— Avec lequel nous, les hommes, ne pourrons jamais rivaliser…

— Tu as tout compris. Donc prends ton mal en patience. Ce qui est en train de se passer dans son

236

corps, ce n'est pas une révolte, sire, c'est une révolution.

— Tant qu'elle ne me coupe pas la tête…

— Un autre mojito, peut-être ? »

Adrénaline

Bastien avait oublié de mentionner une autre hormone : Adrénaline. L'hormone sécrétée par la peur et la présence du danger, fût-il irréel, qui déboulait dans son sang, accélérait son rythme cardiaque, durcissait encore un peu ses traits, et déchaînait des colères homériques.

J'étais rentré plus tard. Était-ce de la copie à envoyer ? Une réunion qui s'était éternisée ? Un bouclage plus difficile ? Une émission en direct ? Un enlèvement d'expatriés dans le Sahara ? Non. Un rendez-vous qui avait duré avec l'artiste balkanique que je confessais une fois par semaine, décidé à percer le mystère de ses femmes aux cheveux bleu électrique et aux chairs blêmes, faites d'une peinture à laquelle il mélangeait la cendre de ses cigares.

L'air était chargé de pollen et d'ozone. J'avais pris le bus, regardé la ville se prélasser dans l'été, avec toutes ces filles en jupe et ces garçons en tee-shirt qui ne voulaient plus penser aux agences de notation, à la dette souveraine allemande, ou à la ville syrienne d'Alep où l'on se déchirait à l'arme lourde. Alep, où j'avais jadis profité d'un hammam

238

ottoman dans les méandres de la vieille ville, éner-
gisé par le massage tonique d'un géant moustachu
qui peut-être, en ce moment, tirait à la kalachnikov
sur les hélicoptères d'Assad…

Le monde vacillait sur ses bases, on parlait de
Dieu tout le temps, de Dieu qui allait aider l'Amérique, de Dieu qui appuyait les rebelles sunnites en
Syrie. Il devait être débordé, Dieu, tout omnipotent
qu'il fût. Oui, le monde allait mal, et c'était peut-
être folie que de donner le jour, dans ce contexte,
à un petit être qui n'avait rien demandé.

La plupart des gens, autour de moi, portaient des
casques. Certes, pour la musique, mais quand
même, des casques, comme s'il fallait se retrancher
du monde pour pouvoir le supporter. L'air pou-
droyait dans le soleil, les arbres de Montmartre épa-
nouissaient leurs ramures, et j'ai monté les escaliers
quatre à quatre, le cœur apaisé, loin d'imaginer ce
que j'allais trouver.

Elle était assise dans le salon avec son MacBook,
vêtue d'une de mes chemises ouverte sur son
ventre bulbé. Ce seul spectacle de ma femme a
suffi à m'inonder de joie, malgré les notes du *Nisi
Dominus* qui montaient autour d'elle. Basse continue, viole d'amour, voix du contre-ténor : la can-
tate de Vivaldi, qui prétendait que sans l'aide de
Dieu rien ne méritait d'être entrepris, m'avait toujours donné la chair de poule.

« Ça a été ? » lui ai-je demandé.

Elle a sursauté. Ne m'avait pas entendu. Elle a
fermé immédiatement le clapet de l'ordinateur
posé sur ses cuisses, par-delà le ventre, précieuse
boîte à bijoux qui devait en partie lui cacher
l'écran.

« Oui, et toi ? »

Elle semblait contrariée.

« Très bien. » Je me suis assis à côté d'elle, ai passé mon bras autour de ses épaules. Commencé à parler de l'artiste balkanique, dont elle aimait le travail. Et puis comme le son était trop haut, j'ai tendu l'autre main vers la commande de l'appareil pour baisser le son.

Elle s'est cabrée :

« Qu'est-ce que tu fais ?

— On ne s'entend pas…

— Dis plutôt que TU ne t'entends pas… Et que tu adores t'entendre… »

J'ai pris la balle en pleine tête. Pas même le temps d'articuler une riposte décente…

« Écoute, Paz, ai-je bredouillé. Je partage avec toi ma journée…

— Et cela te donne le droit, parce que tu viens d'en décider, de couper le son de ce que je suis en train d'écouter ?

— Mais ce n'est pas un droit que je prends… »

Elle a eu un geste d'impatience. Et l'œil noir qui va avec. J'ai préféré ne pas insister. J'ai remis le son à son (haut) niveau précédent. Je me suis levé pour aller me servir un verre de vin.

« Je ne t'en propose pas, évidemment, ai-je dit en revenant dans la pièce.

— *Évidemment* », a-t-elle répondu en prenant soin de détacher toutes les syllabes, comme si elle m'imitait.

« Ça ne va pas ?

— Toi, ça a l'air d'aller en revanche : ton verre de vin, ton air satisfait, tes interviews…

— Écoute, Paz, tu voudrais quoi ? Je te parle de

ma journée et j'ai pris un verre de vin, où est le drame ?

— Oh, il n'y a pas de drame. Mais tu pourrais prendre des nouvelles.

— Tu plaisantes ? À peine entré, je t'ai demandé comment ça allait…

— Oui, très formellement. Mais au fond ça ne t'intéresse pas énormément. Il n'y a que tes trucs qui t'intéressent.

— Arrête, Paz… Tu es allée au studio aujourd'hui ? »

Elle a secoué la tête. A repris l'ordinateur et s'est replongée dans sa consultation.

Je me suis assis sur le divan en cuir du salon.

« Tu veux en parler ?

— Non, je voudrais que tu me laisses un peu tranquille.

— Parce que je te gêne, là ? »

Elle n'a pas daigné répondre, a saisi son téléphone portable et a commencé à pianoter. À « communiquer », comme on disait.

Je suis parti en exil dans la chambre, m'étendre sur le lit, regarder par la fenêtre ouverte l'été étendre son emprise verte sur la nature, profiter du parfum de la sève qui montait généreusement dans les tilleuls et les robiniers du « Maquis ». Je pensais à l'époque où cette forêt recouvrait tout Montmartre, et qu'elle regorgeait de cahutes, de baraques où créchaient tous les marginaux de la Belle Époque, des « Apaches » gavés d'absinthe experts en coups de surin. J'ai pensé aux Modigliani, Picasso ou Van Dongen, élevant dans une précarité pleine de sexe, d'alcool et de couleurs les prémices d'une œuvre qui allait faire d'eux les rois du monde. Dompté par une brise tiède, je fermai les yeux. J'aimais ces moments de rêverie éveillée qui me reconnectaient aux hommes et aux femmes d'antan. Étudiant, j'avais travaillé sur la période, qui m'avait tellement impressionné qu'elle surgissait parfois sur ma rétine en une flamboyante tapisserie. Paris 1900 résonnait alors d'une étrangeté, d'un anticonformisme et d'une certaine naïveté qui rendaient tout possible, sans gravité, sans douleur, sans conséquences apparentes. Il y a cent trente ans, ainsi, pas très loin de mon lit qui dans la rêverie semblait flotter par-dessus les lois du temps, au cabaret du Chat noir, un jeune poète chevelu nommé Maurice Rollinat déclamait de très noires et de très exagérées poésies, s'accompagnant lui-même au piano sur lequel il avait posé une tête de mort.

Oh ! fumer l'opium dans un crâne d'enfant
Les pieds nonchalamment appuyés sur un tigre !

Et il n'allait pas en prison pour cela. Ni n'était voué aux gémonies sur Twitter. Je repensais aux surnoms de Toulouse-Lautrec, « la Théière » ou « la Cafetière », parce qu'il ne mesurait qu'un mètre cinquante-deux et que la syphilis l'avait rendu priapique. Et il ne le prenait pas mal. Et il ne faisait pas de procès. On savait rire.

Nisi Dominus poussait ses splendeurs sonores jusqu'à faire tintinnabuler les pampilles du lustre vénitien. J'ai ouvert les yeux. Je me suis levé. J'ai regardé ma montre. Une heure s'était écoulée.

Paz était toujours devant son Mac, certainement plongée dans les méandres de doctissimo.com ou mamancherie.fr. Je n'aurais jamais osé imaginer dans quoi en réalité elle s'abîmait.

« Tu fais quoi ?

— Des choses », a-t-elle répondu.

L'heure écoulée n'avait rien changé.

« Merci du renseignement. Tu n'as pas faim ?

— Tu t'attendais à ce que j'aie cuisiné pendant que tu dormais ? »

Elle ne manquait pas de toupet.

« Je ne m'attendais à rien. Est-ce que tu as faim ? »

Pas de réponse. Je me suis servi un autre verre et me suis mis aux fourneaux. J'ai dressé la table. Vivaldi tournait toujours, en boucle. C'était maintenant *Stabat Mater*. Le chant de douleur d'une mère devant le corps crucifié de son enfant. Ça commençait à bien faire.

« C'est prêt, ai-je dit depuis le seuil du salon. On arrête la musique maintenant ? Ou tu changes, mais arrête-moi ça, s'il te plaît… »

Elle s'est exécutée. Un silence bienvenu s'est imposé. Les oiseaux chantaient dans les arbres. Elle s'est levée, les mains sous son ventre comme pour le soupeser. « Je reviens », a-t-elle dit.

Son ordinateur était lové comme un chat sur le canapé de cuir. La tentation était trop grande. C'était mal, je sais, et j'aurais dû respecter son intimité. C'était mal mais c'était salutaire. Je voulais comprendre ce qui la rendait aussi angoissée, acariâtre. Je voulais moissonner quelques indices. Des symptômes qui l'inquiétaient ? J'ai attrapé la petite machine. Soulevé le clapet. L'écran s'est immédiatement allumé. La page qu'elle consultait avait été désactivée. Je suis allé dans « Historique », l'endroit virtuel où habituellement les épouses se rendent pour comprendre pourquoi leur mari ne les touche plus et se rendre compte qu'il préfère s'autoérotiser sur YouPorn. Parfois, cela les rassure : elles pensaient qu'il avait une maîtresse.

Je n'ai pas trouvé de porno. J'ai trouvé pire que du porno.

J'ai découvert que Paz surfait depuis des mois sur des sites consacrés au système de reproduction des requins. Au lieu de savoir comment son fœtus à elle se portait, comment il évoluait, elle se promenait quotidiennement sur vingtmilleœufssouslesmers.com, qui évoquait notamment, avec moult détails, le développement embryonnaire des squales et la différence entre les espèces ovipares, vivipares, et ovovivipares. J'appris que les requins étaient capables de donner la vie dans toutes les catégories proposées par la nature. Sonné, je lisais en diagonale. Je n'avais que quelques minutes, elle allait revenir. Leurs œufs spiralés s'accrochaient aux algues quand ils étaient ovipares, ou se mettaient à éclore dans le ventre de la mère quand ils étaient ovovivipares ou vivipares. Certaines espèces comme le requin-taureau pratiquaient le cannibalisme intra-utérin. L'utérus de la mère contenait plusieurs embryons et le plus fort de la portée dévorait ses frères et sœurs pour être le seul à naître. J'étais sidéré. Je l'imaginais, enceinte, son gros ventre devant elle contenant notre enfant, et se passionnant pour ces atroces données reptiliennes. L'historique du navigateur était formel : à mille lieues de doctissimo.fr ou magicmaman.com, c'est sur reproductionsquale.fr ou healthyoceansneedsharks.com qu'elle se rendait. L'angoisse a fondu sur moi comme l'un de ces prédateurs. J'ai entendu le bruit de la chasse d'eau. Je n'avais plus beaucoup de temps. En un clic elle pouvait tout faire disparaître.

Un item m'a interpellé dans l'Historique. « Un requin-zèbre au centre d'un mystère de naissance virginale. » Ça devenait délirant. Dans l'aquarium de l'un des plus beaux hôtels de Dubaï, une femelle requin, prénommée Zebedee, avait donné naissance à cinq bébés requins en parfaite santé, alors qu'elle n'avait jamais été en présence d'un mâle… Les bébés de Zebedee étaient du même sexe, tous, que leur mère. Elle s'était, dans le plus pur sens du terme, « reproduite ». Seule, sans mâle. Qu'est-ce que Paz foutait sur ces sites ? Ma tête bourdonnait. L'article ajoutait que ce cas de parthénogenèse expliquait pourquoi les requins, apparus il y a quatre cents millions d'années, avaient pu traverser des millénaires sans encombre, et continuer à faire la loi dans les océans, alors que tant d'autres espèces avaient disparu. Une hydre aquatique, dont les têtes sans cesse repoussaient…

J'ai entendu ses pas dans le couloir. J'ai refermé l'ordinateur, atterré.

« Alors, qu'est-ce que tu as fait aujourd'hui ? » ai-je demandé en lui servant une assiette d'orecchiette. Sans ajouter, et ce n'était pourtant pas l'envie qui me manquait : « À part regarder des sites d'embryologie squalesque… »

Et elle, sans un regard : « Tu comptes t'occuper de la chambre quand ?

— Tu veux bien répondre à mes questions ?

— Non, elles sont débiles : qu'est-ce que j'ai fait ?

Tu sais bien que je ne peux plus travailler… Je fais quoi ? Je reste ici, moi. Je porte ton enfant. »

La nature est mal faite. J'aurais donné cher pour pouvoir lui rétorquer, juste pour avoir un peu la conscience en paix, et m'éviter ce genre de remarques : « Bon, eh bien demain ce sera moi, d'accord ? » On arrivera peut-être à faire ça dans vingt ans. Comment pouvais-je répliquer ?

Par l'amour ? J'ai posé ma main sur la sienne. Elle a porté à ses lèvres une tomate cerise ointe d'une huile d'olive melliflue et m'a répété :

« Alors, la chambre ? Tu comptes t'en occuper quand ?

— On a quatre mois…

— Ce week-end ?

— Ce week-end ça m'arrange pas, j'ai… »

Elle a bondi sur ma phrase pour la terminer à ma place :

« Un papier à rendre ? Une émission politique ? Tu interviewes le ministre des Transports ? Ou des Anciens combattants ? "Ça m'arrange pas"… C'est tout ce que tu arrives à dire à une femme enceinte ? T'es un homme ou quoi ? »

J'ai serré les mâchoires. C'était devenu le nouveau gimmick. La virilité mise en doute. Le statut de mâle contesté. J'avais travaillé toute la journée, mais évidemment, je n'avais affronté nul tigre aux dents de scie ni empalé le chef d'une tribu rivale qui me disputait un cuissot de renne… J'étais simplement passé au Franprix chercher du speck en descendant du bus. La phrase était consternante mais c'était la vie moderne.

*

246

Ce week-end-là on s'est donc occupés de la chambre. Des livreurs sont venus avec le lit qu'elle avait passé la semaine à choisir, et puis quand le lit a été installé, elle ne l'aimait plus. Et c'était de ma faute. Ses glandes surrénales produisaient désormais de l'adrénaline par torrents.

« On peut le changer », ai-je dit.

Elle a répété ma phrase en m'imitant grossièrement, avec une voix de fausset. « *On peut le changer*... C'est tout ce que tu trouves à dire ? Pourquoi tu ne m'as pas dit qu'il serait si nul, ce lit ! Tu n'as pas d'avis ? Faut que je m'occupe de tout ! Regarde la couleur, *joder* !

— Tu sais, la couleur... Il a bien le temps de grandir avant de s'en préoccuper... »

Elle m'a regardé consternée, comme si je venais d'annoncer que je comptais me faire percer les tétons.

« T'es con ou quoi ? C'est pour nous, la couleur ! Ce *puta madre* de lit, on va l'avoir pendant deux ans sous les yeux !

— Mais elle est très jolie, cette teinte caramel...

— C'était mieux chocolat.

— On peut le changer. »

J'ai rappelé le magasin. Au prix muséal auquel ils vendaient leur mobilier, ils pouvaient se permettre de revenir diligemment avec le même modèle en teinte chocolat.

Et puis il y a eu la commode. Et là elle s'est mise à pleurer. Je l'ai prise dans mes bras, on s'est assis sur le lit chocolat.

« Va-t'en, César...

— Qu'est-ce que tu racontes ? À cause d'une commode ?

— Tu sais très bien que ce n'est pas la commode.

— C'est quoi alors ? »

Elle s'est remise à pleurer.

« Tu n'es pas rassurant. »

Je ne comprenais plus rien. « Il s'agit d'être père, maintenant, je ne sais pas si tu te rends compte... »

J'ai dû répondre un truc du genre « Je me rends parfaitement compte, je ne te permets pas... »

Elle a soupiré en passant les mains dans ses cheveux. Son visage était en vrac. C'est là qu'elle m'a envoyé sa bombe nucléaire.

« Je préfère que tu partes. Tu n'es pas fait pour être père. Tu seras un mauvais père. »

Mon cœur s'est serré comme un poing. J'étais laminé, furieux, coincé. Rester, c'était l'agacer et c'était mauvais d'agacer une femme enceinte. Partir, c'était obéir, limiter l'agacement, mais c'était lâche. Le mec qui ne se bat pas. Et irresponsable : on ne laisse pas seule une femme enceinte.

« Calmons-nous, j'ai dit en prenant sur moi, c'est juste une commode... »

Erreur de jugement. Erreur de langage. Elle a secoué la tête.

« Décidément tu ne comprends rien... Va-t'en, s'il te plaît. »

Je n'avais plus le choix. Rester aurait ajouté un degré à l'échelle de Richter de son désamour pour moi.

*

Bastien m'a ouvert la porte en caleçon. Il était plus d'une heure du matin. J'étais d'abord allé noyer mon chagrin, comme le veut l'usage, dans quelques verres d'alcool. Je n'avais plus la force, ni l'envie, d'aller chercher un hôtel. Il était seul avec ses trois enfants. Sandrine était en séminaire à Tours.

« Ça ne s'est pas arrangé…

— Bah non. »

Pas voulu développer. D'autant qu'il portait un caleçon avec des motifs de palmiers et que ça me rappelait la vidéo des Maldives que j'avais montrée à Paz. « De ton pénis naîtra l'anarchie. »

« C'est toi qui es parti ? » a-t-il demandé en s'asseyant dans le canapé.

Je n'ai pas répondu. On a pris un verre. Deux verres. Je ne pouvais rien dire. Ni qu'elle m'avait traité de non-homme, ni qu'elle surfait depuis trois semaines sur des sites exposant le développement embryonnaire des requins. J'aurais pu, pour prouver mon bon droit. Pas envie. J'avais honte de dévoiler cet événement qui plaçait Paz du côté des dingues.

« Rien de racontable. Humiliant.

— Comme tu veux. » On est restés silencieux. L'alcool m'apaisait peu à peu. Plus encore le décor neutre de la chambre d'amis dans lequel j'atterrissais quelques instants plus tard. Des draps qui n'avaient pas l'odeur de nos draps. De notre lessive. Un matelas plus dur, ou plus mou, je ne sais plus. J'aurais pu tout aussi bien aller à l'hôtel, mais j'étais terrifié par le goût de cendres que j'aurais dans la bouche au petit déjeuner et que je ne voulais pas affronter seul.

J'ai évidemment mal dormi. En mode strobosco-pique sous mes paupières, des visions d'œufs trans-parents dans lesquels s'agitait une queue de squale branchée sur une tête de fœtus humain.

Au petit déjeuner, il y avait du soleil et du choco-lat au lait. Le petit dernier, trois ans, en avait tout autour de la bouche. Les deux filles, sept et dix ans, dégustaient leurs Miel Pops à la cuiller en me dévi-sageant comme un repris de justice.

« Pourquoi tu es ici ? »

Bastien venait de remonter avec des croissants.

« Parce qu'il avait envie de vous voir, les filles.

— Elle est pas là, ta femme ?

— Non, elle n'est pas là.

— Laissez César tranquille, a dit Bastien. Il est là parce qu'il voulait voir son vieux copain. »

Les trois têtes blondes ont replongé vers leur chocolat. Aussi blondes qu'il était brun. Je le char-riais toujours, lui dont les gènes s'étaient fait démo-lir par ceux de Sandrine, alors que les gènes de la blondeur étaient réputés récessifs. « T'as pas le pou-voir, t'as pas le pouvoir, que veux-tu… »

J'ai pris une longue douche. Puis remis mes fringues qui ne sentaient plus le tabac depuis qu'il était interdit de fumer dans les bars, mais pas bon quand même. Qui sentaient la mélanco-lie, en fait. Un SMS a fait vibrer mon appareil : « DISCÚLPAME ». En lettres capitales, parce que c'était capital : « EXCUSE-MOI ».

J'avais retrouvé ma femme. J'ai embrassé mon ami et sa portée blonde. La rue avait repris des cou-leurs et l'odeur sur mes fringues avait disparu.

Endorphine

Quand j'arrive elle est assise dans le profond canapé, son Mac blanc sur les cuisses, avec un tee-shirt FUCK GOOGLE, ASK ME. Je contourne la table basse, sur laquelle repose une assiette avec des tranches de mangue, et m'assois à côté d'elle. Elle rabat aussitôt le clapet de son ordinateur. Cette fois-ci je fonce :

« Tu veux bien me dire ce que tu regardais ? »

Je pose la question avec le moins d'agressivité possible, mais en lui faisant comprendre, par la fermeté avec laquelle ces mots sont prononcés, qu'il est maintenant plus que nécessaire de me répondre, sous peine d'une nouvelle crise. Pour dédramatiser l'interrogatoire, je me dédouble comme dans les séries américaines. Le flic dur pose la question, le flic sympa sourit et propose du café. Le flic sympa pioche dans l'assiette. La mangue est juteuse à souhait.

Un pli de contrariété apparaît sur le beau front de Paz. Elle opte pour l'aveu :

« Je prenais des nouvelles de Nour.

— Nour ?

— Mon requin, dit-elle, avec le ton d'une petite fille surprise la main dans le pot de confiture.

— Et notre enfant à nous, comment il va ? »

Elle laisse tomber sa tête vers l'arrière, s'étire :

« Il va bien, *tesoro*. Ne t'inquiète pas…

— Bah si, justement, je m'inquiète… Tu m'en parles à peine… »

Elle me sourit et se met à caresser son ventre. Tout doucement.

« Je t'en parle peu parce qu'il est là, bien au chaud. Tout va bien pour lui. Alors que Nour… » Elle s'arrête un instant, les yeux noirs soudain envahis d'inquiétude, ce qui commence, moi aussi, à m'inquiéter. « … alors que Nour, reprend-elle, est en danger chaque jour. Un pêcheur, un filet… Tiens, regarde. »

Elle ouvre son ordinateur. Sur l'écran apparaît une carte satellite. On distingue nettement le tracé de la côte avec différentes localités aux noms arabes et, au large, dans le bleu profond de la mer, une série de pastilles rouges réunies par une ligne.

« C'est le déplacement de Nour ?

— Oui, et chaque jour je peux savoir où il est… »

Elle sourit tristement en regardant l'écran, puis finit par dire, avec des pétillements désarmants dans les yeux :

« Je ne vais pas t'ennuyer avec ça.

— Tu ne m'ennuies pas. Mais parfois tu m'inquiètes. »

Elle a baissé les yeux. J'ai pris sur moi. Je ne voulais surtout pas de drame. J'étais fatigué.

Je suis allé prendre une douche. Au panier, mes vieilles nippes. Quand je suis revenu, sanglé dans un peignoir aussi doux que les attentions que je voulais avoir pour elle, j'ai vu qu'à nouveau un nuage lourd obscurcissait son regard.

« Pourquoi tu dis que je t'inquiète ? »

Je me suis assis près d'elle.

« Mais non, tu ne m'inquiètes pas.

— Si, tu as dit cela tout à l'heure… »

C'est fou ce que le rythme de ce ballet hormonal était difficile à suivre…

« Oublie… »

Elle a posé sa tête contre mon épaule. J'ai décroisé mes jambes et mon peignoir s'est ouvert. Elle y a plongé sa main encore parfumée de jus de mangue.

J'avais retrouvé ma femme. J'avais le droit de pénétrer en elle. À deux mois de l'accouchement, elle m'avait rejoint à Barcelone. Un verre au sommet de l'hôtel W, bâti comme une voile géante sur la mer. Les barmen en tenue kaki, avec de longs couteaux. Pour préparer les cocktails, ils ne coupaient pas les fruits : ils les dépeçaient. Le jus coulait en longues rigoles sucrées sur le bar design. Le ciel était doré. On a décidé de prendre un avion pour Majorque. Comme Chopin et George Sand. Comme le roi d'Espagne, qui restait son idole malgré ses problèmes de chasses privées en Afrique. On rallierait la Corse de là-bas. Notre ami Henri, qui nous y recevrait, se proposait de venir nous chercher en bateau. Au téléphone, j'avais refusé à cause de l'état de Paz mais elle-même l'avait rappelé pour lui dire que cela irait, et que c'était mieux que l'avion. « On pourra s'arrêter au moindre problème. » Je m'étais incliné.

À Majorque, nous avons repris notre projet de *Livre de ce qui va disparaître*. Le soleil était si intense qu'on avait l'impression de voir pousser les citrons.

Ce qui allait disparaître à Majorque :

— Le café Moixt de Pollença, sa treille métallique et ses petits vieux qui refont le monde sous une enseigne pour la bière Estrella.

— Le restaurant Ca's Patro March, à Deia, suspendu au-dessus des flots azur, à l'ombre des montagnes de la Serra de Tramuntana, où l'on se régalait de calmars grillés en regardant les gamins s'élancer dans l'eau limpide depuis les rochers, comme à Acapulco.

— Les processions pour santa Catalina à Valldemossa, avec ses petits garçons habillés en anges bleus, dans le dos des ailes en papier recouvertes de vraies plumes.

— La sauvagerie des calanques de la presqu'île de Formentor. Si calmes, si vierges du tourisme international qui massacrait l'ouest de l'île.

Il y eut des moments moins paisibles, où je me suis inquiété pour ses nerfs, son ventre. Par exemple un soir de magnifique coucher de soleil à Bañalbufar. Nous prenions un verre sur la terrasse d'un hôtel, avec, face à nous, le spectacle des vignes qui descendaient vers la mer. Paz s'était absentée un instant. Près de nous, il y avait trois touristes attablés, un couple de quinquagénaires et leur fille de vingt ans. Ils ne parlaient pas, absorbés par leur ordiphone, les parents comme l'adolescente. La mère se leva, se dirigea vers la balustrade qui donnait sur les vignes et la mer, s'y adossa, tournant le dos au globe orange qui s'apprêtait à fondre dans l'eau. Le père brandit alors son appareil et la photographia, la fille fit de même, sans un mot, photographiant son père qui photographiait sa mère. J'ai prié pour que Paz n'arrive pas. C'était anodin, mais ce genre de dispositif la plongeait dans le dégoût de soi. « Tu sais combien de photos sont prises par jour ? » m'avait-elle demandé le matin même, alors que près du cap Formentor, des dizaines de badauds immortalisaient sur l'écran de leur ordiphone le spectacle d'une voiture qui venait de s'écraser dans un ravin. « Tu en as une idée ? Ça a été calculé : dix millions ! — Cela n'a rien à voir, Paz, là, ils archivent un frisson… — Si, cela a à voir. Ils archivent un frisson, ils archivent un sourire, un enfant, ils archivent leur amour… Ils archivent leur regard. Comme moi. Tout le monde est photographe aujourd'hui. Il a raison, Parr. Je vais arrêter. »

Quinze jours auparavant, elle s'était sauvagement écharpée avec lui. Martin Parr, l'un des plus célèbres photographes au monde. Une endive à taille humaine avec une bouche en fermeture éclair, adorant photographier la laideur contemporaine. C'était aux Rencontres d'Arles, la Mecque de la photographie. Parr y avait présenté une exposition de clichés trouvés sur Internet, dont certains pris par un chat au cou duquel avait été accroché un petit appareil photo. Il avait prétendu qu'il y avait déjà beaucoup plus d'images disponibles sur Internet qu'on ne pourrait en regarder dans toute une vie et qu'il fallait donc arrêter d'en faire et se contenter de piocher sur la Toile et de faire du copier-coller. « Pourquoi se donner la peine aujourd'hui de sortir faire une photo de coucher de soleil alors qu'il suffit d'un clic pour accéder sur la Toile à des millions de couchers de soleil ? Dont certains sont plus beaux que ceux que vous arriverez jamais à voir dans une vie entière ? » avait-il dit dans le débat sur « L'avenir de la photographie » auquel Paz avait aussi été conviée.

Sur la scène, assise avec les autres mais se tenant très droite sous son parasol Olympus bombardé par la chaleur provençale, elle était longtemps restée silencieuse. Avant de se lever et de lui assener qu'elle le trouvait « pathétique », et qu'ils étaient certainement quelques-uns, ici, à vouloir essayer de continuer. « Ça ne va pas être facile mais, oui, on va essayer de rivaliser avec les chats et avec pomme C-pomme V. On va essayer de ne pas se battre sur le champ de la connerie, essayer de regarder le monde en profondeur, en se servant de notre œil, avec sincérité, exigence, et peut-être naïveté, si ce ne sont pas des mots interdits dans ce genre de débat. » J'étais sidéré par sa force de caractère, son audace. Il y avait eu un silence, et puis un déluge d'applaudissements et de youyous.

*

Nous nagions dans les eaux corses, évitant les coups de fouet des méduses.

Henri était venu nous chercher en bateau à Majorque. Je me souviens encore des jolis pieds aux ongles peints de Paz se posant sur le pont de résine. De ma peur qu'elle ne glisse avec son gros ventre, ou qu'une bourrasque ne la fasse s'envoler dans les nuages. La traversée fut paisible et voluptueuse. Les nuits au mouillage dans des criques abritées, le roulis comme berceuse, l'immersion dans l'eau fraîche avant le petit déjeuner, les longues veillées à la barre sous les étoiles, pendant que Paz dormait, engourdie par les ondes bénéfiques du soleil et les caresses de l'eau transparente. Petit bateau, grand plaisir. Épiderme comblé, yeux agrandis par la lumière dans les vagues, estomac ravi par des mets simples gorgés d'oligoéléments et connectés avec les saines profondeurs de notre planète bleue : sardines en Sardaigne, bonite à Bonifacio.

Henri y possédait une maison en bois. Drôle de roux flamboyant, physiquement ample, toujours jovial et inventif, il vivait, à cinquante ans, dans l'urgence de se sentir occupé. Une coloscopie vécue comme une humiliation l'avait encore dopé sur ce plan : il fallait vivre, et vite ! Il restait quoi, vingt ans ? Sa femme Caroline veillait à remplir son carnet de bal estival, de peur de se voir infliger le spectacle d'un Henri désœuvré devenu mélancolique, s'employant à pêcher à l'épuisette, avec un œil de chien battu et les épaules soudain voûtées, les feuilles d'eucalyptus tombées dans la piscine... Et ses yeux de pétiller quand je lui proposais, alors, comme si on avait douze ans, de jouer à qui resterait le plus longtemps sous l'eau sans respirer...

Le soir, il y avait un dîner. Les vins, les poissons, les assiettes éclairées par de jolis luminaires donnaient aux conversations des airs de conspirations joyeuses. On s'amusait beaucoup. Un ex-publicitaire était venu, qui vivait en Suisse, mais pas par goût de la montagne. Portant beau, athlétique, il avait vendu son agence et s'occupait de caféiers en Colombie. Il parlait beaucoup avec Paz, se permit même de prendre en photo son ventre, sans qu'elle y trouve à redire. Il disait qu'il ne fallait jamais perdre de vue l'essentiel, il était sympathique mais sortait des phrases comme «J'ai trop gagné ma vie à la perdre. »

« Il est fascinant, tu ne trouves pas ? » me dit Paz, un soir, allongée sur le lit. Elle caressait son ventre, désormais de la taille d'un casque de moto. J'étais en train de me déshabiller.

« Fascinant ? Tu exagères un peu, non ? »

Elle s'était redressée sur les coudes.

« C'est génial de réinventer sa vie comme ça, non ? »

J'ai pris mon mauvais sourire :

« Après l'avoir gagnée à la perdre ?

— Moi j'aime bien l'expression…

— Le cliché total… » J'ai ôté mon pantalon, l'ai posé sur une chaise en bois qui m'a fait penser à celles de mon école en Normandie.

« Il me semble que le cliché, c'est plutôt de dire "Je perds ma vie à la gagner", a repris Paz.

— Un slogan de Mai-68…

— … dont il a inversé les termes, corrigea-t-elle à nouveau.

— Ça reste un slogan, pas une philosophie. Le genre de conneries comme "sous les pavés la plage" ou "tout est politique"… Tu as remarqué qu'on utilise le même mot, "slogan", pour une manif et pour une pub ? Ils nous ont bien eus quand même, les soixante-huitards, en faisant mine de s'opposer à la société de consommation…

— "On ne tombe pas amoureux d'un taux de croissance", c'était bien, non ?

— J'ai jamais dit qu'ils n'avaient pas eu de talent.

— N'empêche, ils se sont bien amusés.

— Le problème, c'est qu'ils voudraient que ça ne

s'arrête jamais. Il y en a plein la presse. Jouir sans entraves jusqu'à la fin. Ils s'accrochent… Ce sera bientôt jouir sans entendre », ai-je dit en me dirigeant vers la salle de bains.

Elle a ri. « Ce que tu es bête… Au fait, pourquoi tu aimes tant te promener à poil ?

— Mon côté allemand. »

Elle a ri :

« Ça, c'est un cliché !

— Tu as raison, ma fière Espagnole, ai-je dit en recouvrant ma brosse à dents de pâte fluorée.

— Tu ris. Mais moi, j'aime les clichés. On les critique… peut-être parce qu'ils disent la vérité…

— Ah oui ? Tu danses le flamenco ? Tu aimes la corrida ? J'ai un béret ?

— Non, mais tu sais tout sur tout, comme tous les Français. Quant au flamenco ou à la corrida, si ça dit qu'on aime la mort et le sacré, le rouge, le drame, eh bien, c'est vrai. Le sens de la fête aussi… Avoue qu'on l'a, en Espagne, même quand ça va mal. Vous êtes tellement froids, vous les Français… À toujours vous plaindre… »

Je n'avais rien à répondre. Parce que j'avais du dentifrice plein la bouche, et que c'était vrai. Toujours allongée, la main sur son ventre comme la mappemonde qu'elle parcourait mentalement, elle continuait : « C'est cliché de dire que le café italien est délicieux, n'est-ce pas ? Pourtant c'est un fait : le café italien EST délicieux. C'est cliché de dire que les Allemands sont un peuple plus organisé que les autres ? Pourtant pour dire "d'accord", ils disent "in Ordnung", "en ordre" ! C'est cliché de dire que les Français se sentent supérieurs ? J'ai trente exemples à donner, de toi ou de Tariq…

Vous donnez des leçons à tout le monde ! Tu vois, les clichés sont vrais, j'adore les clichés.

— Le monde est bien fait, tu es photographe... », ai-je dit en fermant le robinet.

Elle avait ri, à nouveau. Ici Paz était heureuse. Le soleil dorait son ventre. Ce que cela devait être bon, à l'intérieur, cette caresse chaude ! Elle nageait tous les jours. Le parfum du sel avait remplacé celui du chlore de ses piscines. Elle nageait avec toi en elle. J'aurais donné beaucoup pour vivre ce double bain. Tu nageais dans ta mère qui nageait dans la mer. Des matriochkas aquatiques !

*

Un soir, Henri me relança sur les « zones grises ». Un projet qu'on avait eu du temps de notre première rencontre. Dans une fête à Kaboul. Il venait de récupérer une cargaison de costumes de la Comédie-Française qu'il allait léguer aux écoles locales afin qu'ils développent une activité théâtrale. Il portait une perruque Louis XIV, buvait du whisky et dansait sur « Please Stand Up » d'Eminem craché par des enceintes énormes. Un souvenir qui m'est resté : les kalachnikov des gardiens abandonnées devant le portail, leurs propriétaires pachtouns s'enivrant à l'intérieur. Il aurait suffi d'une grenade lancée par-dessus le mur pour que se disloquent dans la nuit afghane les corps des humanitaires habillés en précieuses ridicules.

Je lui avais confié en trinquant avec lui que j'avais l'impression que le monde entier, apparemment globalisé, partait en morceaux, en fragments métastasés. Et que le planisphère se constellait de « zones

grises », des régions entières qui peu à peu disparaissaient des radars médiatiques. Le visage d'Henri
s'était éclairé sous sa perruque bouclée. Il rentrait
du Kurdistan irakien, où il avait installé un cinéma
gonflable en plein centre d'Erbil, rejouant *Cinema
Paradiso* dans ce territoire où deux cent mille habitants avaient été gazés par Ali le Chimique, le cousin
de Saddam Hussein. On pouvait faire quelque
chose dans ces zones perdues. Il voulait qu'on aille
en Abkhazie, en Ossétie du Sud, au Puntland, en
Érythrée, dans les centaines d'îles qui marquaient
la frontière entre l'Indonésie et les Philippines, ou
dans ces villes maudites qu'étaient Lagos ou Sanaa,
à la rencontre de toutes les formes de création et de
patrimoine qu'on y trouverait, pour les recenser,
aider à les faire croître pendant qu'il était encore
temps.

« Je te rappelle que c'est toi qui en as eu l'idée,
me lança-t-il donc ce soir-là en me resservant du
vin blanc.

— J'étais saoul et lyrique…

— Et tu es bien plus drôle quand tu es comme
ça… Et je vais m'employer à te faire retrouver cet
état ! Tous ces endroits du monde dont on ne
parle jamais, où il doit y avoir une jeunesse avide
de créer, de la musique, du graffiti, de la danse, de
la littérature… Et où de beaux vieillards ont forcément envie de transmettre leur art avant qu'on ne
change complètement de monde. Il faut foncer,
César, la vie est courte.

— Et tu veux encore l'abréger ?

— Arrête ! En plus, Paz pourrait venir. Elle prendrait les photos, ce serait vraiment passionnant,

utile pour les générations futures… Ça ne te dirait pas, Paz ? »

J'avais porté mon verre à mes lèvres. Paz me scrutait, aux aguets. Henri me défiait. Car Henri savait. Sa femme aussi, qui lui dit :

« Laisse César tranquille, Henri. »

J'ai reposé mon verre. Il a repris : « Réfléchis-y.

— C'est tout réfléchi, ai-je dit.

— Avec Paz, ça change un peu la donne, non ? Je veux dire… après son accouchement, évidemment. » Il a souri. « Ça ne te dirait pas, Paz ? » Caroline posa sur lui un regard de réprobation. Et tenta de faire diversion.

« Quelqu'un veut reprendre de cet excellent poisson ? »

Plutôt crever que de retourner là-bas. Terminé l'exotisme, cette drogue pour enfants gâtés d'Europe qui ne mesurent pas ce qu'ils ont entre les mains. La colère montait en moi. J'ai essayé de me calmer.

Henri continuait à fixer Paz, l'interrogeant des yeux. Elle laissa s'écouler de longues secondes avant de répondre en me fixant : « Évidemment que j'adorerais. »

J'ai détourné le regard et dit : « Je reprendrais volontiers de cet excellent poisson. »

La suite de la soirée fut pénible. Je m'étais cadenassé. Retranché. Paz me reprochait souvent mon insensibilité, alors que je faisais tout pour maîtriser ma peur et ma colère. Ma colère d'avoir peur. Ma peur d'être en colère. Est-ce que j'étais tenté ? Non. Comme je te l'ai dit, je ne voulais plus repartir. Voir le monde ? Ce qu'on m'en montrait suffisait. Déguisés en bédouins, des terroristes venaient d'ouvrir le feu sur des gardes-frontières égyptiens, dans le Sinaï. En plein ramadan, au moment sacré de l'iftar, le repas de rupture du jeûne qu'on prend tous ensemble, au coucher du soleil. De pauvres gars qui avaient déposé les armes et ne pensaient qu'à vivre le moment, le bonheur d'être avec Dieu. Le même Dieu que leurs assassins, qui n'avaient d'ailleurs que le mot de Dieu à la bouche mais n'avaient même pas respecté sa trêve... Les chiens. Quand je pensais au Sinaï, je revoyais les levers de soleil roses, du côté du monastère Sainte-Catherine, sur les crêtes de granit où l'Éternel rencontra Moïse. Les gardes-frontières égyptiens n'avaient rencontré qu'une balle dans la tête.

J'en voulais à Paz. Dans la chambre :
« *J'adorerais...* On aurait dit une gamine. Tu n'as pas à me faire ça...
— Mais tu as vu que même Henri...
— Je ne vis pas avec Henri.
— Mais c'est irrationnel, César. »
Elle s'est lovée contre moi, soudain caressante. Elle a posé sa tête sur mes cuisses, j'ai caressé ses cheveux.
« On a énormément de chance, tu sais... Tu n'as pas vu, toi, comment c'est, dehors...
— Arrête de dire "dehors" ! C'est le même monde !
— Non. Ce n'est pas le même monde. Je n'ai pas envie de vivre comme un Chinois dans une tour de Chongqing. Je n'ai pas envie de m'exposer à une émeute dans les rues du Caire, ou de me faire suri-

ner au Cap parce que je porte une paire de pompes qui a plu à quelqu'un…

— Tu exagères…

— À peine. » J'ai marqué une pause. « Henri a besoin de mettre de la folie dans sa vie. Pas moi. J'aspire à la sérénité. Et je n'ai plus tellement envie d'aller voir comment on survit dans les bidonvilles de Manille… Ne crois pas que pour autant je l'ignore, mais… je n'ai plus envie d'aller voir…

— Tu es quand même journaliste.

— Ça n'intéresse plus personne.

— Pourquoi tu dis ça ? »

Elle a ouvert de grands yeux courroucés.

« Parce que ce sont les algorithmes de Google qui déterminent ce qui est intéressant et ce qui ne l'est pas. Il n'y a plus de journalisme. Il n'y a que du suivisme.

— Tu te fais du mal. »

Elle a laissé passer quelques secondes, a tourné la tête, les yeux dirigés vers la vieille malle de voyage posée à côté du lit. J'ai repris :

« Je suis bien, là. Et je pense que toi aussi tu es bien. C'est beau, c'est agréable. Tout ça va se fracasser un jour, mais ce jour n'est pas arrivé. J'aimerais qu'il connaisse ça… »

J'ai posé la main sur son ventre, commencé à articuler, dans un doux murmure apaisant, ma phrase rituelle haptonomique.

« Hector, Achille, Ulysse sont les héros de la guerre de Troie. C'est assez con, comme phrase, non ? »

Elle a souri :

« Pas du tout. De belles idées de prénoms, même.

— C'est vrai, tu aimes ?

— Beaucoup.

— Les trois ?

— Oui, les trois. Et toi ?

— Il y a les prénoms, et la mythologie qu'ils recouvrent, c'est important : Achille, un têtu colérique, Ulysse, un faux cul. Pour moi c'est Hector, définitivement…

— C'est le même mot en espagnol. Avec un accent sur le "e" : Héctor. Ça me va.

— Tu l'auras, ton "é". Je t'aime, Paz.

— Moi aussi je t'aime, mon petit névrosé. Mon petit Européen mystique. Mon non-découvreur du monde.

— Tu ne peux pas dire ça. Je l'ai beaucoup vu, le monde. J'ai pris des risques.

— Pas moi. Il faudra que j'y aille seule ?

— Tu n'es plus seule. »

Elle s'est étirée et s'est placée sur le côté, faisant rouler ses seins, ramenant ses genoux contre son ventre. Je me suis allongé pour être à côté d'elle.

« Tu connais l'histoire de la blonde qui a deux neurones ? a-t-elle lancé soudainement.

— Non, ai-je répondu, surpris.

— C'est une blonde enceinte.

— Tu es stupide. »

Elle a éclaté de rire comme une petite fille.

« Oui. D'autant que je déteste ce genre de blague.

— Alors pourquoi tu me la racontes ?

— À cause de ce que tu as dit, "Tu n'es plus seule". J'ai pensé à "Je suis deux", et la blague m'est revenue comme ça. Je l'ai entendue dans un bar l'autre jour.

— Tu fréquentes les bars ?

— Un chocolat chaud après une petite promenade…

— C'est ta peau le chocolat chaud… » Je me suis tourné sur le côté, face à elle, pour mieux la regarder. « Tu sais, quand j'ai dit "Tu n'es plus seule", je pensais aussi à nous deux. Pas forcément à lui…

— Moi quand je pense "enceinte", c'est à lui que je pense. Il pèse, tu sais…

— Je n'en doute pas.

— Tu n'en doutes pas mais tu ne sais pas. Tu n'en fais pas l'expérience.

— Hélas. C'est injuste.

— Peut-être. Tu sais comment on dit "enceinte", en espagnol ?

— Non.

— *Embarazada.*

— « Embarrassée » ?

— Exactement. »

Elle s'était retournée, et caressait maintenant son ventre les yeux au plafond, comme pour se concentrer sur la sensation. Ses mains gravirent le dôme de chair, puis redescendirent vers son pubis, son sexe.

« Je suis très brune ? questionna-t-elle soudainement, avec cette candeur qui me faisait systématiquement déposer les armes.

— Oui, tu es très brune. On fait même difficilement plus brune…

— Et tu aimes ?

— Bien sûr que j'aime.

— Tu ne préférerais pas que je sois blonde ?

— Pour que tu aies deux neurones ?

— Sérieusement… Tu as couché avec beaucoup de blondes ?

— Paz…

— Allez, dis-moi.

— Quelle importance. Et toi ?

— Moi, eh bien… »

Elle s'est mise à compter sur ses doigts. Je l'ai interrompue en attrapant sa main et en la serrant dans mon poing.

« Arrête. »

Elle s'est nichée contre mon épaule.

« Alors, combien ?

— Quelques-unes…, ai-je dit.

— Quelques-unes deux-trois, ou quelques-unes dix ?

— Tu es infernale… »

Son index faisait des dessins sur mon torse. Elle a laissé passer quelques secondes avant de reprendre. « D'accord : alors ne me dis pas combien, mais dis-moi si tu préfères les blondes ou les brunes. »

J'ai pris un air sérieux :

« C'est différent, tu sais, parce que les blondes sont une espèce en voie de disparition. Alors on est obligé d'en prendre soin…

— Tu es bête… Allez, sérieusement, dis-moi… Je sais que tu as eu au moins une blonde…

— Ah bon ?

— Oui, je l'ai même vue avec toi. »

J'ai levé les sourcils.

« Comment cela ?

— La première fois que je t'ai vu. »

Là, elle avait piqué ma curiosité. Je ne comprenais pas.

« Chez l'épicier ? »

Elle fronça les sourcils.

« L'épicier ? Quel épicier ? »

Un glaçon qui te fond dans le cœur. Pour moi, l'un des moments les plus fabuleux de mon encore jeune vie. Le moment de notre rencontre. Un court instant, je me suis dit que j'allais lui remettre les souvenirs à jour, et puis je me suis dit que, finalement, c'était mieux si j'évitais une humiliation. Terrible quand même, cette non-réciprocité de l'émotion, ces coups de foudre individuels. Je n'ai pas insisté.

« C'était où alors ? À l'exposition ?

— Mais non, avant. Sur Google. »

J'ai ouvert de grands yeux.

« La première fois que tu m'as rencontré, c'était sur Google ? »

L'époque était perdue pour le romantisme. Elle a repris :

« Oui, sur Google. Je voulais savoir qui était l'abruti qui avait écrit ces bêtises sur mon travail. Et sur Google il y a une photo de toi avec une blonde. Une très jolie blonde. Que tu tenais par la main de façon très affectueuse…

— Je suis très affectueux.

— Toi ? Un morceau de glace… Bon, alors, les blondes ? »

J'ai posé l'index sur ses lèvres, et j'ai dit très clairement :

« Écoute, Paz, je n'aime pas cette conversation. Je vais te répondre sur les blondes, ce sera même assez décevant, donc tu vas passer aux rousses, puis aux Noires, puis aux Asiatiques…

— Tu as couché avec des filles laides ?

— Bien sûr. Quand on aime les femmes, on les aime toutes.

— Ça, ça n'est pas de toi… »

— Je ne sais pas. Mais les femmes laides, c'est émouvant, parce qu'elles sont plus généreuses.

— Tu veux dire qu'elles font plus de choses ?

— Non, elles pleurent quand elles jouissent. Elles pleurent de bonheur, comme devant un miracle… Enfin… quand elles sont vraiment très laides.

— Quel *chulo* !

— Tu l'as voulu…

— Tu crois que je pleurerais, maintenant, si tu me faisais jouir ?…

— C'est difficile de te faire jouir. Tu mets la barre très haut.

— Sois sérieux.

— Je le suis. Je trouve que tu mets la barre très haut. Que tu es exigeante. Il faut être un peu sur-homme… »

Son regard s'était embué de tristesse.

« Qu'y a-t-il, ma Paz ?

— Tu ne me désires plus ?

— J'étais sûr que ça allait dégénérer… Ne dis pas de bêtises. »

Elle m'a regardé avec de la détresse sous ses longs cils. Un regard qui m'a vraiment ennuyé parce que c'était vraiment de la détresse. Elle ne jouait plus.

« Tu ne me trouves pas laide, déformée comme ça ?

— Mais arrête, enfin…

— Alors pourquoi tu ne me le dis pas ?

— Mais je te le dis…

— Si peu.

— Peut-être. Parce que je suis un bloc de glace. Que je suis timide. Tu le sais, que je suis timide… »

Elle ne me quittait pas des yeux. Elle ne voulait pas seulement entendre la vérité, mais la voir.

« Tu me fais moins l'amour qu'avant… »

Je ne tenais pas à polémiquer, lui dire que ça, c'était quand même largement sa faute. J'ai pris sur moi car elle ouvrait une porte. Façon de parler, mais plus que cela.

« Peut-être que ça m'impressionne, ai-je dit. Que j'ai peur de cogner la petite tête qui est à l'intérieur… »

Sa main a glissé le long de mon ventre.

« Tu vois que je te désire », ai-je dit.

J'adorais les conversations avec Paz. Sans doute parce qu'elles étaient rares. Elle s'exprimait rarement sur le mode intime. J'adorais parler avec ta mère.

Sauf quand elle se sentait agressée, et que ça devenait violent. Ça sortait, ça débordait, tu ne luttais pas. Elle pouvait griffer, aussi, pour rien. Griffer vraiment. Avec les ongles, à te faire des marques, et avec la langue, à te traiter de « connard », pour rien. En espagnol, ça a son charme, et ça passe. *Gilipollas*, *cabrón*, *hijo de puta*, ça va. Mais « connard », ça me glace.

Alors que tant d'artistes vous soumettaient à un bombardement de particules égotistes, Paz avait du mal à parler d'elle. Je ne sais pas si c'était à cause de tout ce passé espagnol. De ces plaies ouvertes dans la famille durant la guerre civile et jamais vraiment refermées. On hérite bien des faiblesses génétiques de nos ancêtres. Pourquoi on n'hériterait pas de leurs deuils, de leurs croix ? Je devais apprendre plus tard qu'il y avait d'autres cadavres dans la famille. Un oncle, tué par l'héroïne pendant la Movida. Quelques bribes, racontées un jour. Le fait aussi qu'elle était arrivée seule dans un pays étranger : «Je ne peux pas te l'expliquer, mais on ne se sent jamais vraiment chez soi. — Même avec moi ? avais-je dit en souriant. — Même avec toi », avait-elle répondu sans sourire.

Y avait-il une autre blessure dont elle ne m'a jamais fait part ?

Ce que je pouvais aimer quand elle se laissait enfin aller, lorsqu'elle me confiait les choses avec douceur. Oui, j'adorais les conversations avec elle.

Le lendemain, malheureusement, il y en eut une autre. Que j'aurais aimé éviter. Lui éviter.

Le polémiste

La faute à l'*actualité*.

Et à un polémiste qu'Henri avait invité pour la soirée.

À cette époque, on appelait polémiste — du grec *polemos*, la « guerre » — un homme, ou une femme, mais c'étaient souvent des hommes, qui faisait profession de parler de tout dans les médias, avec le moins de nuance possible. L'actualité servait de mamelle, et le polémiste s'y branchait comme une trayeuse électrique. Je dis « le » polémiste, mais ils se déplaçaient souvent en bande. Au minimum, en couple. De manière à ne braquer aucun téléspectateur ou auditeur, chacun d'entre eux devant impérativement se reconnaître dans un polémiste. C'est-à-dire dans une opinion, ce qui lui donnait l'impression qu'il était entendu dans ce foutu pays. Tu vois dans quel contexte intellectuel pénible, totalement binaire, évoluait l'époque ? Grâce aux polémistes, la paix était préservée sous des allures de conflit. Les spectateurs choisissaient leur champion et, le programme radiophonique ou télévisé achevé, chacun retournait camper sur ses positions…

Le problème, c'est que ce soir-là, chez Henri, il n'y avait qu'un seul polémiste. Petit, avec du poil dans les oreilles. Et que, malheureusement, le sujet du jour, celui qui faisait cavaler les dépêches AFP et donc les polémistes, c'était les requins. Des Ukrainiennes s'étaient fait boulotter en Égypte et des surfeurs sur l'île de la Réunion. Prétexte à une bonne polémique : les requins sont-ils dangereux pour l'homme ? faut-il autoriser la chasse aux requins ?

Évidemment, j'ai frémi et j'ai aussitôt regardé Paz, qui jusque-là picorait distraitement de la fourchette dans sa salade estivale. Pas besoin de chercher longtemps pour savoir qui allait être la polémiste numéro 2…

J'étais effondré. Pourquoi les requins, alors que l'été était particulièrement riche en événements, c'est-à-dire en sujets de conversation ?

On avait par exemple la Syrie, où des avions de chasse pilonnaient des civils. Un remake de Guernica, même s'il n'y avait pas de Picasso pour mobiliser les foules.

On avait l'Europe, qui s'enfonçait dans la crise. Tout l'hiver, des Grecs avaient brûlé leurs meubles pour se chauffer. L'Europe, dont on ne parlait plus que pour la vouer aux gémonies. Il aurait fallu se rappeler que, dans la mythologie, Europe était une princesse séduite par un taureau qui, après lui avoir fait traverser la mer, avait montré son vrai visage, celui de Zeus, dieu des dieux, et l'avait prise brutalement sous un platane… Un peu d'indulgence, donc, pour la pauvre Europe…

Les agences de notation, les impôts faisaient aussi de bons sujets de conversation. Et l'islamisme ?

Tout à fait *bankable* dans les dîners ! En Égypte, cet été-là, des ultras en appelaient à la destruction des pyramides, symboles du paganisme. En Tunisie, on venait de décréter que la femme n'était pas l'égale mais « le complément de l'homme », comme le ketchup sur une frite. En Arabie Saoudite, pays décidément de plus en plus créatif, les autorités allaient construire une ville réservée aux femmes pour qu'elles puissent enfin travailler sans « séduire les hommes ».

Le nucléaire, aussi, c'était intéressant : au Japon, on venait de découvrir autour de l'ex-centrale de Fukushima des papillons mutants. Avec des ailes atrophiées, des malformations des yeux et des antennes, tares qu'ils avaient transmises à leur descendance, ce qui prouvait que les gènes avaient été touchés. Est-ce que ce n'était pas un bon sujet ? Pourquoi aller chercher les requins qui n'avaient rien demandé ?

Ça a commencé doucement.

On évoquait la sortie en bateau de la journée, au large des îles Lavezzi. Des rochers comme des seins blancs, ronds et doux. Au-dessous, des mérous. Mais aussi, hélas, des méduses.

Je m'étais fait piquer. Mieux : flageller. Sur la partie tendre du bras. Trois stigmates d'un rouge vif qui avaient donné l'occasion à Henri de tenter de me persuader que son urine serait apaisante, qu'il n'y avait pas meilleur traitement.

« De toutes petites méduses, racontait Henri, mais avec de longs filaments.

— C'est la vie aquatique », commenta l'un des

invités, un leader centriste, en portant à ses lèvres un verre de patrimonio.

Quelques mots anodins. Mais il n'en fallait pas plus pour faire entrer en jeu le polémiste, qui jusque-là n'avait rien dit. Il émit une sorte de sifflement rageur :

« Si on pouvait m'épargner ce genre de phrase… »

Ce fut comme une attaque de cobra. Le représentant du centre suspendit le mouvement de son verre. Une main se figea au-dessus de l'assiette de lonzu. Une paupière qui allait tressaillir ne tressaillit pas. Le polémiste savoura son effet et jugea que maintenant la voie était libre. Il pouvait « polémiquer ». Il donnait l'impression de ressentir le même soulagement qu'un intoxiqué alimentaire qui arrive enfin à vomir. Il reprit :

« Parce que ce genre de phrase, ça me fait bondir : "C'est la vie aquatique"… Comme si l'homme ne pouvait pas s'éviter, à l'âge des drones, d'être encore victime de la nature…

— Tu veux utiliser des drones contre les méduses ? » s'amusa Henri.

Des rires fusèrent. Le polémiste fut — un court instant — neutralisé. Je me souviens que sur le moment, j'ai ressenti, presque, de la déception.

« N'empêche, il faudra bien faire quelque chose, lança un autre invité, restaurateur de son état : elles se multiplient à cause du réchauffement climatique. Il paraît qu'avec deux degrés en plus on dope leur libido. Il paraît aussi que Jules Verne l'avait dit : les océans seront encombrés de méduses… Ce n'est pas dans ton journal que j'ai lu ça, César ?

— C'est exact, Pierre. C'était une histoire de saumons…

— Une histoire de saumons ? » interrogea l'épouse du centriste.

Le restaurateur reprit :

« Oui, confrontés à une attaque massive de méduses, en Irlande. Vingt-cinq kilomètres carrés de gélatine vivante. Elles se sont agglutinées à un parc d'élevage, le fournisseur de Buckingham Palace, pour être précis, ont lancé leurs tentacules à travers les filets, ont injecté leur venin aux saumons et les ont bouffés…

— C'est dégoûtant, dit une dame qui travaillait dans la cosmétique.

— Cent mille saumons ont été tués, reprit le restaurateur. L'article disait que la mer était rouge sang.

— Quelqu'un reveut des *penne* ? » demanda Caroline.

Dans la chaleur de la nuit corse, on n'entendait plus que le restaurateur. Qui racontait que, le lendemain, les méduses étaient revenues s'en prendre aux jeunes de moins d'un an pour un deuxième carnage. L'assemblée était captivée. Et l'on pouvait, quand le restaurateur reprenait sa respiration, entendre les fines ailes des moustiques grésiller lentement dans la flamme des photophores. De l'autre côté de la table de bois, il y avait une étendue de maquis, et puis derrière, la mer, sur laquelle jouait la lune. La brise tiède, chargée des parfums de la montagne, me caressait le visage, et faisait tanguer les voiliers, dont le bruit métallique des cordages arrivait jusqu'à nos oreilles. On était bien. J'ai adressé un sourire à Paz. Elle a répondu. Jusqu'ici tout allait. Avait-on perdu le polémiste ? Non, il s'était simplement tapi dans les plis de la conversation, guettant son heure. Le moment où le restaurateur cesserait d'être la vedette. Ce temps était venu. Il attendit la fin d'une longue phrase et braqua la table entière avec une observation tonitruante :

« Au moins, ce n'est que du sang de saumon ! » lança-t-il.

Quel talent ! Avec une phrase comme ça, on était obligé de l'écouter. Tout le monde s'était tourné vers lui.

« Qu'est-ce que tu veux dire ? l'interrogea Henri.

— Que parfois c'est le sang humain qui coule. »

Henri se tourna vers moi, faussement catastrophé.

« César, tu en as perdu combien de litres ?

— Je ne parlais pas des méduses…, reprit le polémiste qui, en grand professionnel, s'était mis à murmurer, de sorte qu'on était obligé de tendre l'oreille et de se suspendre encore davantage à ses lèvres. Je parlais des requins. »

À ce mot, je me suis tourné vers Paz. La fourchette qui s'apprêtait à véhiculer une pâte oblongue jusqu'à sa boucle s'était immobilisée.

« Et merde… », ai-je pensé.

Le polémiste a porté son verre de rosé jusqu'à ses lèvres en fermeture Éclair. Puis l'a posé et a ajouté : « Ces saloperies de requins. »

On a entendu un bruit métallique. Paz avait laissé tomber sa fourchette. Elle avait les yeux fixés sur le polémiste. On y était. La Syrie était à feu et à sang, l'économie européenne au bord de l'asphyxie, mais on allait s'écharper sur les requins. J'ai regardé Paz. Un pli inquiétant venait d'apparaître sur son beau front. J'ai décidé de me sacrifier.

« Les requins tuent dix fois moins que les méduses », ai-je lancé.

Paz s'est tournée vers moi, surprise.

Le polémiste a levé la main comme un orateur politique :

« … et quinze fois moins que les noix de coco… Ça va, on a lu les mêmes papiers. Sauf que, autant que je sache, les noix de coco ne sont pas nos prédateurs. Et le problème serait réglé si trois bobos ne s'insurgeaient parce qu'on prélève dix requins qui ont attaqué des surfeurs. »

Il n'avait pas fallu plus de trois minutes pour qu'il prononce son mot fétiche : « bobo ».

« En même temps, ça va, c'est des surfeurs », dit Henri.

Sa femme le fusilla du regard. Il se reprit.

« Je veux dire, ils sont bronzés, ils ont des cheveux, des abdos, des filles superbes et disponibles autour d'eux… »

Les invités rirent. Le polémiste commença alors à hocher la tête de manière très étrange. Entre les symptômes de la crise d'épilepsie et les mouvements du chien en peluche sur la plage arrière d'un break familial. Sa voix monta de manière très significative :

« Ah, pardon ! J'avais oublié ! J'avais oublié qu'on était entré dans la grande civilisation du loisir, du *cool*, où on peut rire de tout, où il FAUT, d'ailleurs, s'amuser de tout…

— Excuse-moi, j'ai dit, mais les surfeurs, c'est aussi la civilisation du loisir, du cool, et la mer un espace sauvage… »

Le polémiste a pris un masque de pleureuse antique.

« *Cool*, je veux bien. Mais des gens sont morts, César. »

Henri est intervenu.

« Les amis, on va passer au dessert. On a ici de petites fraises du maquis qui me paraissent tout à fait stimulantes… »

Sauf que le polémiste, lui, ne voulait pas être privé de sa polémique. Son dessert à lui. Alors il a insisté.

« Pardonne-moi, cher ami, a-t-il dit en se tournant vers Henri, mais je trouve ça un peu facile. Je veux bien qu'on ait à table des protecteurs de la nature, et je peux entendre tous les arguments. Mais l'aveuglement, je suis désolé, je ne supporte pas. Intellectuellement, je ne supporte pas… »

Tout le monde s'est regardé pour savoir sur quoi il allait enchaîner. « La touriste allemande qui s'est fait dévorer l'an dernier, elle se baignait devant la plage de son hôtel. Pas vraiment en pleine mer, tu vois…

— C'est vrai que ça fait peur, commenta la dame cosmétique.

— Je ne vous le fais pas dire, acquiesça le polémiste. Et du coup, en Égypte ou à la Réunion, beaucoup de touristes ont annulé leur voyage. Et dans des pays pauvres comme ceux-là, où le chômage est endémique, je peux vous dire que ça fait des ravages… Je suis vraiment d'accord avec les autorités qui pensent qu'il faut agir… »

Paz suivait la conversation avec attention. La connaissant parfaitement — j'aurais pu dire « sur le bout des doigts », car chaque millimètre carré de sa peau avait été par moi exploré —, je ne comprenais pas ce silence. Sa température émotionnelle devait avoir atteint des records et je ne voulais pas que le thermomètre explose. Il fallait donc, à mon grand dam, que je continue à faire feu pour occuper le terrain polémique et ne pas la décevoir. La vérité, c'est que ça me saoulait. Je me foutais de ces requins tueurs comme des trois Ukrainiennes dont ils avaient boulotté les cuisses. J'étais fatigué, en fait, de tous les débats, ces faux combats. « Je ne suis plus assez naïf pour avoir une opinion », disait alors brillamment un jeune rappeur du nord de la France. Bordel, la vie était trop courte. Je ne te demande qu'une chose, Hector, remets-toi, sans cesse, dans le chemin de l'essentiel. Balance le reste. La vie est trop courte.

Mais là, il y avait Paz, mon Asturienne adorée, qui me regardait avec l'attention de la femme à la fourrure du Greco. Et il fallait briller. Je t'ai dit qu'un couple c'était la guerre ? C'est aussi la meilleure des associations. Je la voyais, avec son ventre plein de toi, notre truc à nous, notre synthèse, et je ne voulais pas démériter. Je devais faire corps. Lui montrer que je prenais ses combats à cœur.

« Ce n'est quand même pas notre faute si ces bêtes deviennent folles… », continuait le polémiste, en roue libre.

Paz m'a jeté un regard accablé.

« Elles deviennent folles parce qu'elles n'ont plus rien à manger. Ce sont des accidents : les requins n'aiment pas la chair des hommes. »

Le polémiste se renversa sur sa chaise, riant aux éclats.

« Ah oui, j'ai lu ça aussi. Ils n'aiment pas la chair humaine, ils la goûtent ! N'empêche qu'en la goûtant ils vous tuent !

— Les fonds marins sont dévastés à cause de la surpêche : ils viennent sur les côtes pour se nourrir…

— Ah, on y arrive ! Le discours décroissant. Il faut mettre la planète sous cloche, c'est ça ? Protéger Mère Nature ! L'écologie est vraiment une religion de substitution pour Occidentaux déchristianisés. Mais les progrès, il a toujours fallu les faire contre la nature ! Si nos ancêtres n'avaient pas coupé les arbres, on vivrait encore comme des singes.

— Pas si mal, regarde les bonobos et la façon dont ils utilisent la sexualité pour résoudre les conflits, coupa Henri, qui tenait à tout prix à détendre l'atmosphère pour préserver sa belle soirée.

— Malheureusement, nous, on n'a pas les bonobos mais les bobos ! grinça le polémiste. Protégeons Mère Nature, parfait ! Mais l'impact économique ? On nourrit comment les gens ? Bien sûr, pour les bobos, bien à l'abri dans leurs forteresses opulentes à manger du boulgour, ça ne compte pas… Mais est-ce qu'ils tiendraient le même discours si c'était leur fils ou leur fille qui perdait un bras, ou les deux jambes ? »

Paz laissa échapper un soupir. Pas un soupir de lassitude. Un soupir d'énervement. Un geyser, chaud bouillant. J'ai pris peur, et j'ai exagéré. L'effet du vin aussi, et de l'absence de conviction qui me faisaient dire n'importe quoi.

« Et si tu étais une femelle requin, et que c'est ton fils qu'on venait prélever, comme on dit pudiquement pour "tuer" ? »

Le polémiste a éclaté de rire.

« Qu'est-ce qu'il faut pas entendre ! Ça y est, on nous demande de nous mettre à la place des animaux, maintenant, de mieux en mieux ! »

Et il ajouta une phrase terrible : « J'ai même lu qu'on pouvait adopter un requin...

— Non ? fit la dame cosmétique.

— Mais oui, je vous assure ! » Il avait regardé chacun des convives. « La grande religion du cœur n'a plus de limite ! »

Paz se mordait les lèvres. J'ai eu peur qu'elle lâche le truc irréparable — « C'est mon cas, j'ai adopté un requin... » — et qu'ils la prennent pour une tarée. J'étais un homme, j'étais son homme, et je me devais d'être sa muraille.

« Et alors ? ai-je dit. On a le droit d'être déçu par le genre humain... Il n'a pas toujours été exemplaire, non ? »

Il s'est frotté les mains avec excitation :

« Ah, on y vient, la repentance ! »

Je m'en voulais. Il jubilait : les requins n'avaient servi qu'à le propulser sur son terrain favori : fustiger la culpabilisation de l'homme blanc ou l'islamisation de l'Europe.

« Non, on n'y vient pas, ai-je dit. On va rester sur les requins... »

Ses gros sourcils se sont levés :

« Ah oui ? Manque de courage, comme tous les trentenaires ? Châtrés par leurs mères soixante-huitardes, et qui n'osent plus rien ? »

J'ai regardé Henri. Je ne voulais pas éclater la tête de son invité sans sa permission. Il est intervenu, à nouveau :

« On va s'arrêter là, peut-être, non ?

— Mais pourquoi ? » Le polémiste était en transe, le corps baignant dans la marée d'endorphines que sécrétait son cerveau dopé au conflit. J'ai dit :

« Oui, on va s'arrêter là. »

J'avais envie que ce repas se termine, de dire bonsoir à tout le monde et de me serrer contre Paz dans notre petite chambre de bois mignonnette. À côté du plaisir et de la sensation d'être en vie que j'en tirerais, que valait cette joute — c'était un bien grand mot — avec un type dont la conversation ne m'intéressait pas et dont le physique me répugnait ? Au fond c'était quoi, la vie contemporaine ? De fausses guerres ou du vrai amour. Le choix n'était pas tellement difficile à faire. On s'infligeait de ces choses... Mais il a continué :

« Il faut nettoyer. Et qu'on ne vienne pas nous parler d'écosystème. Si les requins disparaissent, ça fera plus de place, après tout, pour les autres prédateurs marins...

— Mais le principal prédateur du requin, c'est l'homme, osa le centriste. On les chasse pour leurs ailerons, n'est-ce pas ?...

— Ça va, pour dix Chinois qui n'arrivent plus à bander et qui pour se soigner mangent trois ailerons, on va pas appeler Brigitte Bardot... Il faut nettoyer », a-t-il dit encore.

Mon seuil de tolérance était enfoncé. Ces mots. Je n'en pouvais plus. Table rase de tout. Les types comme lui n'étaient pas seulement pathétiques, ils étaient dangereux. J'ai explosé. D'une voix calme, mais j'ai explosé.

« Avec toi c'est pas compliqué, il faut toujours tout nettoyer : les requins, les bobos, les soixante-huitardes, les trentenaires... Les Roms, aussi, faut les nettoyer, n'est-ce pas ? Et les musulmans ? Tu trouves qu'il y en a trop ? »

Henri s'est figé. Un silence monumental venait de s'écraser sur la table. J'étais allé trop loin, je le savais. C'était nul. Je me suis tourné vers Paz. Elle me souriait. Posait sur moi un regard-caresse, un regard de biche. Ça me suffisait. Qu'ils aillent tous au diable.

Le polémiste était blême. Il parvint à articuler :

« Tu ne dis rien, Henri ? »

Trop facile. J'ai repris la parole. Il était temps de devenir punk, et de l'écraser à coups de tatane.

« Qu'est-ce qu'il y a, Jean-Pierre, tu vas chercher maman ? J'ai de la peine pour toi, tu sais. Oui, quand je te vois raconter tes conneries, à longueur d'antenne, matin, midi et soir, sur toutes les chaînes, et te gonfler de tes mots, de tes provocations minables, j'ai vraiment de la peine, tu dois souffrir énormément. Alors que quand je regarde un requin, je vois le contraire de la souffrance. Je vois de la liberté, de la beauté, de la fluidité, de l'action, et pas du blabla. Il n'argumente pas, le requin, tu vois. Il ne polémique pas, le requin. Il veut plonger tout au fond de la mer, il plonge. Il veut manger un surfeur, il le mange. Le requin, il est tellement subtil qu'il peut déceler une goutte de sang dans quatre millions de litres d'eau, alors que toi tu te rues toujours sur les mêmes arguments, lourd, grossier, toujours dans la haine. Il est beau, et toi tu es laid. »

Le polémiste a cherché le regard de notre hôte. Mais ce regard était déjà pris : Henri me dévisageait à la façon d'un chien à l'arrêt.

« Je ne resterai pas un seul instant de plus ici, a dit le polémiste.

— Ça nous fera des vacances », ai-je répondu.

Henri est sorti de sa torpeur.

« César, s'il te plaît…

— T'inquiète, Henri. On ne te mettra pas mal à l'aise. On partira aussi. Punis tous les deux…

— Qu'est-ce que vous êtes cons ! » s'est énervé Henri, qui savait qu'il serait désormais difficile de passer à autre chose.

Dans la chambre, je me suis assis sur le lit, épuisé. Saoulé par les vins et les mots. Paz s'est faufilée derrière moi, posant ses mains sur mes épaules tendues comme les cordages d'un voilier en pleine tempête.

« Tu m'as impressionnée, a-t-elle dit.

— S'il faut qu'on soit expulsés de chez nos amis pour que je t'impressionne, alors là aussi tu mets la barre très haut… »

Elle s'est penchée pour me déposer un baiser sur la carotide. Je sentais contre mon dos son ventre tendu. Ses cheveux ont glissé en rubans soyeux contre ma peau.

« Ça m'a surpris que tu restes silencieuse…

— J'ai failli exploser. Mais j'ai préféré ne pas…

— Pourquoi ? »

Elle a haussé les épaules.

Ce serait une merveilleuse idée

La file des taxis à Roissy. Pour une fois pas inter-
minable. Paz a l'air soucieuse. Je lui demande
pourquoi mais elle répond que tout va bien. Normalement, j'arrêterais là, car je sais pertinemment
que je n'obtiendrai pas de réponse. Mais elle est
enceinte, le terme est dans huit semaines et on
vient de prendre un avion. Alors je redemande :
« Tu es vraiment sûre que ça va ?

— Mais oui. »

On arrive à la maison. Je règle la course, je
monte avec les bagages, laissant Paz passer devant
moi. C'est elle qui tourne la clef dans la serrure.
Elle entre et se dirige directement vers les toilettes.
La pression du ventre sur la vessie doit être considérable.

Je pose les affaires dans notre chambre et me
rends vers celle de l'enfant. Vérifier que tout est en
ordre. Éviter qu'elle ne s'inquiète. Lui faire des
compliments sur les derniers aménagements, car
avant de me rejoindre à Barcelone, elle a eu
quelques jours pour peaufiner la décoration. Je sais
que c'est important pour elle.

Le lit chocolat, le fameux lit chocolat, est recouvert d'une couette bleu marine. Sur la commode il y a une lanterne magique, une de ces lampes avec une hélice intérieure, qui tourne sous la chaleur de l'ampoule et projette sur les murs les motifs de l'abat-jour. C'est très joli, apaisant. Le modèle qu'elle a choisi est décoré avec des poissons, qui défilent sur un fond de corail.

Je vais dans notre chambre. Je m'étends. Son téléphone vibre à côté de moi. Elle ne l'a pas pris avec elle dans la salle de bains. Je m'en empare. Je regarde l'écran. Je vois d'abord, immédiatement, le nom du correspondant. Le texte est court, mais en lettres capitales : « CE SERAIT UNE MERVEIL-LEUSE IDÉE ».

Je quitte la chambre, j'avance dans le couloir et je frappe à la porte.

« Je suis dans mon bain. Entre. »

Je tire la porte coulissante. Et je la vois si brune dans sa mousse avec son ventre rond qui dépasse comme un volcan pacifique, que je suis à deux doigts de faire machine arrière.

« C'est qui, Marin ? »

Elle n'a pas l'air embarrassée du tout.

« Un type qui bosse avec Hammerschlag, dit-elle, le plus tranquillement du monde.

— Hammer qui ?

— Hammerschlag, le prof de Miami. Qui s'est occupé de mon adoption... de Nour...

— Nour, oui... »

J'acquiesce et tourne les talons. Je tire derrière moi la porte coulissante. Rideau. C'en est trop.

*

La suite, tu la connais. Je t'ai sorti de la clinique dans un linge blanc. Avec ta mère, exténuée par la césarienne. À la maison, comme les anciens Romains, je t'ai pris, mon petit Hector, dans mes bras, et levé vers le ciel pour qu'il soit témoin que je te prenais pour fils. Je t'ai installé dans ta chambre.

*

Que s'est-il passé ensuite ? Beaucoup de choses. Je me souviens d'un mariage arlésien, avec une fête, la nuit, dans les Alpilles. Tu avais trois semaines. Je te portais contre mon ventre dans une sorte de harnais. Je te donnais toute la chaleur de mon torse. Les gens venaient me voir, surpris que tu sois contre moi à cette heure avancée. Surpris que j'aie tenu à t'emmener, surpris que tu dormes aussi paisiblement. Il y avait de grands arbres qui odoraient dans la nuit, un grand feu qui crépitait comme les yeux des filles penchées sur toi pour te toucher. Je sentais ta peau et j'étais enivré par ton parfum de chair fraîche nourrie au lait et embaumant l'amande. J'étais fier et toi aussi, j'espère. On nous avait prêté une maison avec un grand jardin. Il faisait encore beau. Tu avais découvert la nature, et tu souriais. Allongé sur l'herbe dans ton body rayé, tu battais des jambes. Tu avais été adorable dans le train, adorable à l'hôtel Nord-Pinus où nous avions pris un verre de blanc parmi les photographies géantes de Peter Beard. Tu avais regardé avec attention les grands éléphants, les tigres, et les taches de sang dont Beard maculait ses photos. Nous étions heureux avec toi.

En fait, j'étais heureux. Mais Paz… Distraite, mélancolique. J'ai compris que ça n'allait toujours pas au nombre dérisoire de photographies qu'elle prenait de toi. Ça non plus, je ne peux pas te le dire. Au nombre dérisoire de photographies qu'elle prenait, d'ailleurs. « Où est ton Leica ? » lui ai-je demandé, un jour où nous avions fui la capitale. « Je l'ai laissé à Paris », disait-elle. Elle ne disait pas « oublié ». Elle disait « laissé ».

Je me souviens de la première fois où tu as vu la mer. En octobre ou novembre. À Sainte-Adresse, à côté du Havre, dans cet endroit où la plage se termine, vers le cap de la Hève, qu'on appelle le « Bout du monde ». La promenade de bord de mer soudain s'arrête dans les éboulis. La falaise, gorgée de fossiles, pleine de ces ammonites, escargots géants aux anneaux de calcaire que j'allais chercher avec mon père quand j'étais petit, nous domine, surmontée par les énormes radars blanc et rouge qui tournent dans le vent. Il y avait une lumière sublime comme toujours ici, le soleil qui troue les nuages gris-bleu et ses rayons qui explosent en mille morceaux sur la surface de la mer, verte, pimentée d'écume, avec au large la silhouette des pétroliers qui glissent comme des baleines repues. C'était superbe. L'air salé nous nettoyait le corps. Ta mère était là, le vent haut-normand sculptait ses cheveux d'Asturienne. Elle ramenait sur son décolleté lourd de lait les pans de son trench britannique. Tu étais toujours contre mon ventre, tes petites narines à la jointure de mon cou et de mon thorax, comment on appelle ça, cet endroit où les clavicules rejoignent le manubrium, tu peux toucher, là, les deux boules d'os qui saillent. Tu essayais d'ouvrir les yeux malgré le vent pour te rassasier de la lumière métallique et bienfaisante. On voyait au loin le clocher de Saint-Joseph, vigie de béton postmoderne qui pourrait à elle seule justifier qu'on baptise la ville Manhattan-sur-Mer. Je me suis avancé vers l'eau. Les galets roulaient sous mes pas. Les vagues léchaient le silex, je me suis accroupi, ma main gauche sous ta nuque, toi toujours accroché à moi, j'ai trempé la droite dans l'écume et j'ai déposé quelques gouttes sur ton front. Tu as souri, d'une bouche qui ne devait pas dépasser les deux centimètres de long.

Nous sommes allés tous les trois nous réchauffer d'un chocolat chaud au musée Malraux. La nuit est tombée rapidement sur les toiles impressionnistes. Par-delà les grandes vitres, la mer était devenue noir pétrole. Du côté du port, les deux phares vert et rouge de la digue, les milliers de points lumineux de la raffinerie et les feux multicolores des pétroliers géants signalaient encore la vie industrielle. Nous sommes revenus à la voiture…

… Et c'est en harnachant ton couffin que j'ai réalisé qu'à part prononcer les mots biberons et couches nous n'avions pas desserré les mâchoires. Ça n'allait pas. Ça n'allait plus.

Elle était, pourtant, Hector, c'est important, au zénith. Professionnellement. Elle ne m'avait rien dit. Je devais l'apprendre quelques jours plus tard.

La femme piquée par un serpent

Elle avait repris le travail. Passait ses journées dans ce studio où je n'avais jamais eu le droit de poser le pied. Tu te souviens du Louvre ? Je t'ai raconté notre visite nocturne, notre arrêt devant *L'Hermaphrodite endormi,* et la saillie du directeur citant une Anglaise du XVIIIe siècle : « Le seul couple heureux que je connaisse ! » Je t'ai raconté comment ça avait marché entre eux. Son enthousiasme, ses « *Chit ! chit !* ». Quelques mois après, alors que je quittais le vernissage d'une exposition, je le croisai sous la pyramide où il m'apprit la nouvelle :

« De toute façon, on se revoit le mois prochain pour l'exposition de Paz... »

J'étais beaucoup trop bien élevé pour lui demander de répéter. Mais sitôt au bureau je composai le numéro de Paz. Comme elle était la fille la moins joignable du monde, je m'attendais à tomber sur son répondeur. J'avais été injuste. Elle décrocha tout de suite.

« C'était bien ?

— C'était magnifique. Mais dis-moi, c'est quoi cette histoire d'exposition au Louvre ?... »

Elle marqua un silence et répondit, agacée :

« Eh bien, c'est une exposition au Louvre.

— Paz, je vais te reposer la question : tu vas vraiment exposer au Louvre ? »

J'entendis un déclic et un soupir. Elle venait d'allumer une cigarette. Elle lâcha un « oui » qui aurait parfaitement convenu à la question : « Un verre d'eau avec votre café ? », mais pas à celle que j'avais posée. Moi, j'étais enthousiaste. Le Louvre, bordel. « Mais c'est génial ! » ai-je lancé.

Silence au bout du fil.

« Ça ne va pas ? »

J'ai entendu un nouveau soupir. Une bouffée de fumée. Pour moi invisible et inodore.

« Si, ça va.

— Tu rentres ce soir ?

— Bien sûr.

— On fête ça avec Hector ?

— Si tu veux. »

J'étais allé acheter ce que nous préférions au monde. Un festin. Une bouteille de Marqués de Riscal. Des fruits de mer de chez elle, *pulpo en su tinta*, anchois. Le dernier titre de Hot Chip tournait sur la platine et faisait danser dans leur vase les fastueux dahlias au rouge profond que j'avais choisis pour elle, et dont les feuilles épaisses répandaient une odeur d'herbe mouillée. Tout était prêt. J'avais goûté le vin, trinqué avec ton biberon, tu faisais le cheval sur mes genoux, je chantais par-dessus la musique. « Ta mère va exposer au Louvre ! Ta mère va exposer au Louvre ! Tu te rends compte, mon petit mouflon ! L'endroit que je préfère au monde ! » Je m'étais mis à danser, avec toi dans mes bras, en regardant dans le grand miroir de la cheminée le joli couple père-fils qu'on formait. Je te reposais sur le canapé, te remuais les jambes en rythme, continuant à chanter, quand le refrain reprenait, « Maman va exposer au Louvre ! » Et tu riais, tu riais !

The way I feel about you baby
In the middle of the night
There's just one thing that I can do
To make me feel alright

Let's sweat, let's sweat
Let's sweat, let's sweat

Une heure après, elle n'était toujours pas là. Je t'ai couché. Après, évidemment, l'histoire. Ce soir-là, je m'en souviens très bien, c'était celle de Margot l'escargot. Décidée à courir l'aventure, Margot s'échappait d'un jardin magnifique, plein de fleurs gorgées de sève et de couleurs, glissait dans une végétation émeraude, se retrouvait sur le dos d'une grenouille, puis dans une boîte de conserve filant le long d'un fleuve qui se jetait dans la mer où elle vivait une expérience d'immersion totale avec ses cousins les bernard-l'hermite. Tu regardais les dessins avec de grands yeux ronds comme des soucoupes, tes mains se posaient sur le papier, tu voulais toucher les feuilles, les pétales…

Tu t'es endormi, tout tiède dans ton lit à barreaux. J'ai quitté ta chambre. Attendu encore. Une heure et demie plus tard, toujours seul, j'avais vidé la bouteille.

Je suis tombé dix fois sur son répondeur. Je me suis inquiété. J'ai tourné dans l'appartement, incapable de regarder les chaînes d'info plus de dix minutes, les mêmes drames à la con, les mêmes catastrophes qui se reproduisaient ; les mêmes chiffres en berne, la même Europe qui coulait mais que j'aimais quand même parce que le reste du monde était tout simplement invivable.

Mon iPhone a émis un éclair de lumière. Un SMS enfin, comme le couperet d'une guillotine : « Ne m'attends pas ».

J'ai repensé au SMS de ce Marin. « CE SERAIT UNE MERVEILLEUSE IDÉE ». Les lettres capitales, surtout. La musique autour de moi est devenue moins festive. On est passé très vite d'Interpol à Citizens ! Ça me plaît de mettre ces références, car tu pourras, quand tu le liras, écouter ce que c'était, mettre de la musique sur mes mots. « Ne laisse pas ton sang devenir froid » (*Don't let your blood run cold*), disait la chanson. Trop tard, le mien était gelé. J'étais banni du monde de Paz. J'ai rangé le festin. Les assiettes, la bouteille, me sentant misérable, un froid polaire dans le cœur. J'ai fini par éteindre et retourner dans ta chambre, ta chambre à toi, à la chaleur bienfaisante. Je me suis pelotonné au pied de ton lit à barreaux, sur le tapis. Position fœtale. Sur le mur défilaient de menaçantes silhouettes de squale, le rêve de Paz était mon cauchemar, heureusement il y avait ta respiration, la tiédeur de ton petit corps, je n'avais pas le droit de flancher car je devais te protéger et comme j'aurais donné ma vie pour ça, il était fondamental que je me la conserve, que je lutte. J'ai fermé les yeux, anesthésié peu à peu par le vin et la douleur.

Une main entre dans mon sommeil.

« César, César... »

J'ouvre les yeux.

« Viens dormir avec moi... »

Elle est là, qui me sourit, me caresse doucement la main. Je sens la chaleur de son souffle sur mes lèvres. Et puis elle se lève, je tourne la tête, elle t'embrasse et quitte la pièce. Je me lève à mon tour, j'ai mal au dos. Je t'embrasse, je quitte la pièce. Dans notre chambre, elle est assise sur le lit. « Quelle heure est-il ? je demande.

— Quelle importance ? »

Je reste debout.

« Tu m'avais dit que tu rentrais. Qu'on fêtait ça... tous les trois...

— Fêter quoi ? » Elle a l'air si lasse.

Elle se redresse, se dirige vers la chaise de bois où elle dépose ses vêtements. Elle dénoue la ceinture de sa robe, dégrafe son soutien-gorge, se retourne. Les deux globes de ses seins ajoutent deux planètes au cosmos charnel qui se met en place dans cette chambre...

« Après l'exposition, tu me promets qu'on partira ? »

Je n'ai pas répondu. J'ai fait celui qui dormait.

*

Elle rentrait tard. Je rentrais tôt. De plus en plus tôt. L'envie de te voir, Hector. La façon dont tu te faisais une fête d'un simple morceau de pain, tes premiers mots. On avait fêté tes un an. Ton un an, devrait-on dire. On aurait pu être heureux. Se blot-

tir les uns contre les autres. Être une famille. Mais
elle n'en démordait pas :

« Tu n'es pas honnête de mêler Hector à ça.

— Je suis parfaitement honnête. Que tu le
veuilles ou non, Hector est mêlé à ça. Tu n'as qu'un
mot à dire et nous nous envolons. Mais avec lui.
Nous pouvons aller à Rome, à Séville, en Islande…
En Grèce ou à Malte, si tu veux voir des requins.

— Arrête avec les requins !

— C'est toi qui as commencé, avec les requins… »

J'aurais pu faire un effort. C'est ça que tu te dis ?
Mais je le répète : tu étais là. Elle m'accusait de me
servir de toi comme d'une excuse. Ce n'était pas
une excuse mais une raison. Une raison de plus.
Une raison plus grande que nous. Et puis quitter
l'Europe pour se retrouver dans quoi ? Elle n'en
avait pas la moindre idée.

« Ça m'est complètement égal, disait-elle. Tout
ce que je veux, c'est me sentir vivre, en finir avec
ce confort, cette domestication, je veux du vierge,
du minéral, de la sauvagerie…

— De la sauvagerie ? Ça veut dire quoi ? Un
safari ? Tu veux voir des bêtes fauves ?

— Tu fais chier ! »

Elle hurlait, se bouchait les oreilles, se recroque-
villait sur elle-même, commençait à sangloter.

« Pardonne-moi », je disais.

J'étais de mauvaise foi. Je savais ce qu'elle voulait.
Elle voulait le désert. Et c'était hors de question.
Pas question d'aller jouer avec les pièces du puzzle
vérolé qu'était devenu le Moyen-Orient, ou de ris-
quer de se faire enlever par un pick-up du côté de
Tombouctou. Aller contempler le chaos, l'absurde,

la régression ? Très peu pour moi. Tout ce qui était beau y était menacé. Regarde au Mali, ce Mali où j'étais allé, il y a longtemps, avant le Liban, pour une biennale de la photographie : désormais, à peine l'Unesco inscrivait-elle une ancienne mosquée au patrimoine mondial que celle-ci était prise pour cible, au nom de Dieu, par des extrémistes. Que deviendraient, en Libye, Leptis Magna et Sabratha ? Allaient-elles sauter, elles aussi ? Et Paz voulait aller voir, de ses propres yeux ?

*

« Je vais partir seule. Je sais que tu vas prendre soin d'Hector. Tu es un bon père, tu sais.

— À la bonne heure. Mais tu sais que tu me fais vraiment souffrir ? Que tu me mets à genoux, là ? »

Et c'est moi qui chialais comme un môme. Elle reprenait, imperturbable, le cœur comme du basalte.

« Tu ne peux rien faire pour moi. Tu ne veux rien faire pour moi. »

*

Son téléphone vibrait. On ne s'espionnait pas, alors on n'avait pas de code de verrouillage, et je pouvais vérifier. Quand la tempête était passée, en attendant la suivante, je m'allongeais à côté d'elle et je lui demandais :

« Qui est Marin ?

— Je t'ai déjà dit.

— Et si moi j'avais quelqu'un qui m'envoyait des messages, tout le temps, comme ça, tu le prendrais bien ? »

Elle haussait les épaules et ça me tuait. Posée sur la cheminée de marbre noir, la petite statue birmane me dévisageait tristement de ses yeux dorés.

Je t'ai déjà parlé de notre principe avec Paz. Il y avait des cloisons. Pas pour mieux se tromper. Ce n'était pas nous, ça, et on le savait. Notre scénario, c'était : on s'aimerait, et si ce n'était plus le cas, on se quitterait. Pas d'amant ou de maîtresse dans le placard, nul mensonge ni recherche d'alibis. On s'aimerait et on se quitterait. Et tant que ce ne serait pas le cas, on ferait la guerre au monde entier pour s'aimer encore. Jusqu'à ce que la guerre ne serve plus à rien. Comme aujourd'hui.

Notre histoire était fracassée. Tu ne peux pas dire à quelqu'un que tu l'aimes, mais que tu pars. Ça ne tient pas. C'est ridicule. Quand on part, c'est qu'on ne s'aime plus. Point.

*

Deux mois se sont écoulés. En vue de l'exposition du Louvre, elle était partie pour Düsseldorf superviser le tirage de ses photographies dans un labo de pointe qui s'appelait, je crois, le Grieger Lab. L'un des seuls endroits où l'on trouvait un appareil en forme de tambour qui permettait d'imprimer des tirages géants d'une très haute qualité.

Car Paz était passée au gigantisme. Au 180 × 220 cm. Comme les stars de son domaine. Star elle était, d'ailleurs. Même si elle n'avait rien changé à sa vie, utilisant les mêmes bombes dépoussiérantes, laissant à Tariq la gestion de ses affaires et même le loyer de son studio. « Mes photos doivent être des tableaux, disait-elle, on doit pouvoir se promener à l'intérieur, ce doit être autant des paysages que des portraits, on doit pouvoir suivre toutes les histoires qui y sont racontées. » Et quelles histoires c'était ! La grande histoire de l'émerveillement de l'homme face à l'œuvre d'art. Et toutes les histoires qui se jouent entre les hommes par l'intermédiaire de l'œuvre d'art.

Au musée d'Orsay j'avais une favorite. Allongée dans la galerie sur son lit de roses blanches, une draperie glissée entre les cuisses. *Femme piquée par*

un serpent. Auguste Clésinger, 1847. Le serpent ? Minuscule, enroulé autour de son poignet gauche. Mais vu la torsion que la jeune femme imprime à son corps si cambré que ses seins, qui déjà roulent sur son torse, semblent en voie de décollage imminent, on se doute qu'il en existe un autre... Son bras droit replié qui empoigne sa chevelure, sa tête qui part à la renverse, les plis de sa taille, la contraction du fessier, tout indique le haut degré de combustion charnelle. C'est du marbre, mais on a l'impression que c'est de la peau, des nerfs, du vivant. C'est la statue la plus proche d'une femme réelle que je connaisse, et c'est normal : elle a été réalisée d'après un moulage fait sur une femme vivante. Et c'est pourquoi on voit même ses grains de beauté, la légère cellulite en haut des cuisses. Elle s'appelait Apollonie Sabatier, ou chez Baudelaire, qui en était fou, la Présidente. Une de ces « horizontales », comme on les surnommait à l'époque, qui appliquaient le mot de la Belle Otero : « La fortune vient en dormant. Mais pas en dormant seule. » Pour qu'elle puisse respirer sous le plâtre dont il avait recouvert son corps in extenso afin de réaliser le moulage, son amant sculpteur lui avait mis des pailles dans les narines.

Les visiteurs du musée, rassemblés autour de cette statue qui jouit, connaissaient-ils ces légendes ? La vérité ? Se posaient-ils toutes ces questions ? Toujours est-il que sur la photo, gigantesque, de Paz, une sorte de périmètre de sécurité s'était matérialisé, comme si elle intimidait trop pour qu'on ose s'en approcher.

C'était, pour moi, la photographie de Paz la plus troublante. Plus encore que *Le Monde autour de l'Ori-*

gine, tirage géant qu'elle avait consacré au tableau iconique de Courbet. Autour de la femme piquée par un serpent, un vieil homme, sa casquette de tweed à la main, s'avançait religieusement, une larme brillant sur son visage parcheminé ! Oui, une larme : elle captait tout ça, Paz, montée sur son trépied avec sa chambre, qui permettait une netteté à l'infini. Elle emprisonnait les histoires en train de se jouer, c'était aussi une question de moment, celui qu'elle choisissait pour appuyer sur le déclencheur. Quel souvenir affluait donc vers ce vieil homme ? Quelle image du passé, quelle réminiscence d'amante perçait la couche des années et déflagrait ? Elle était un peu sorcière, la *Xana* de Gijón. Elle me disait simplement qu'avec la chambre elle pouvait être totalement investie dans ce qu'elle faisait. « Avec le numérique, disait-elle, tu passes ton temps à regarder ce que tu fais, et tu ne fais plus ce que tu as à faire. »

Un couple d'adolescents se tenait par la main, à distance. La jeune fille était très fine, les cheveux courts, aux antipodes du modèle. Elle lui parlait à l'oreille, le garçon souriait. Ils allaient s'aimer dans quelques heures. Quand il lui ferait l'amour dans leur petite chambre, et qu'il serrerait contre lui les membres déliés de son amie, penserait-il secrètement à l'opulence d'Apollonie ? Mais voilà que sur la gauche de la photographie, un jeune homme très bien mis, vêtu de noir, coiffé d'un chapeau melon orné d'une carte à jouer — un as de pique — s'approchait dangereusement de l'œuvre qui jouit avec son ordiphone. Un gardien obèse se levait, prenant appui sur sa chaise, se dressant pour l'arrêter. Y arriverait-il ? Paz avait pressé le déclencheur.

L'histoire en train de se jouer. L'histoire qu'on continuerait à se jouer dans nos têtes. Elle avait réussi le miracle de rendre ses photographies inépuisables.

*

L'exposition est arrivée. Le summum. Le zénith. L'apogée… Le palais des rois de France pour une nouvelle reine venue d'Espagne. Paz dans ses œuvres, Paz au milieu des œuvres, pure créatrice au milieu des créations. Paz vêtue de noir au milieu des blanches chairs statufiées. Paz la sans-grade au milieu de l'élite culturelle du pays, le G8 des grands patrons de musée, les galeristes les plus en vue, les industriels collectionneurs, les journalistes, mes pairs — mon Dieu, je viens de les voir, je fonce vers eux, ne lui faites pas de mal ! L'arrière-petite-fille d'un *dinamitero* offerte au feu des artilleurs de la profession… J'avais peur pour elle. L'exact contraire de ce petit vernissage estudiantin des Beaux-Arts où je l'avais rencontrée, comme si décidément la vie ne pouvait rien faire d'autre que de penser en noir et blanc, comme s'il était écrit que devait se boucler, ici, le négatif de notre positif.

Mon Hector, il faut que tu imagines un triomphe.

Le triomphe de Paz

Dans cette éblouissante salle des Caryatides que nous avions visitée de nuit, cette vaste chambre voûtée où Lulli avait fait danser la cour, elle apparut comme jamais je ne l'avais vue apparaître : faisant corps, pour la première fois, avec tous mes fantasmes. Comme si, en étant ce soir-là tout ce que j'aimais, elle avait décidé de me briser en mille morceaux.

C'était une Paz néoclassique.

Elle portait de minuscules sandales de cuir, une robe noire toute simple serrée sous ses seins par une fine lanière d'argent, qui laissait voir le départ de sa gorge et ses bras nus caramel. Sous ses cheveux remontés en un savant chignon d'où s'échappaient quelques mèches, mais qui mettait sa nuque à nu, pas d'autre maquillage que son teint de fille du Sud et ses yeux noirs. À ses oreilles flambaient ses créoles d'Espagnole, les créoles de notre premier jour. J'étais bouleversé. Paz m'avait prévenu. Je savais qu'elle avait laissé un grand sac de cuir dans les bureaux de la chargée de communication du Louvre. Je savais que je la voyais pour la dernière fois.

Le maître des lieux arriva. Ils marchèrent l'un vers l'autre.

Les tirages avaient été tendus sur des panneaux installés au milieu des œuvres, offrant de saisissants effets de miroir. L'*Hermaphrodite endormi*, par exemple, somnolait à la fois dans l'image et physiquement, dans sa minéralité, à deux pas de nous. Dans l'image, des visiteurs contemplaient la statue, happés par son étrangeté, et ils étaient eux-mêmes contemplés, la statue et les visiteurs, par d'autres visiteurs, ceux de l'exposition de Paz, qui regardaient les photos. Spectateurs conquis scrutés à leur tour par d'autres spectateurs conquis… Et derrière eux, d'autres statues, les vraies, redoublées dans les photographies… Des mises en abyme à l'infini : elle avait réussi un coup de maître.

« Ça va, César ? »

C'était Tariq, avec, toujours, sa cravate blanche peinte par son fils.

« Elle est douée, ta femme », me dit-il en me tapant sur l'épaule et en filant aussitôt vers l'homme d'affaires qui venait d'entrer. Il était accompagné de Charles Ray, l'homme qui avait sculpté ce *Boy With Frog* qui m'émouvait tant, et qui m'avait donné envie de t'avoir, mon Hector.

Les images se sont bousculées dans ma tête. Un rembobinage ultrarapide. Depuis cet instant même où Charles Ray venait d'apparaître jusqu'à ta naissance, de ta naissance au cachalot de Loris, du cachalot de Loris à ma traque de Paz à Venise et de ma traque de Paz à ma promenade vénitienne jusqu'au *Boy With Frog* encagé de verre sous la lune, sculpté par Charles Ray ici présent. Les battements de mon cœur se sont accélérés. Paz m'avait prévenu. Ce serait parfait, et ensuite, rideau.

Je devrai rester seul avec toi, Hector.

La statue d'Hercule tenant son fils Télèphe me toisait d'un regard compatissant, les deux pattes de la dépouille du lion de Némée nouées avec nonchalance autour de son cou comme les manches d'un pull-over. Il tenait tranquillement contre ses abdominaux, d'une seule main, le gosse qui gigotait. Il voulait caresser la biche qui tendait son museau vers lui. « Ne t'inquiète pas, César, j'ai connu ça, et je m'en suis sorti », semblait-il me dire.

On présentait Paz à Charles Ray. Pourquoi n'y allais-je pas ? Parce que je ne comptais plus. J'étais heureux pour elle. Il restait quoi, après le Louvre ? Le Metropolitan Museum, à New York ? Une journaliste américaine l'interrogeait :

« Comment vous considérez-vous par rapport à ces grands statuaires de l'Antiquité qui faisaient œuvre de leurs mains ? »

La question était provocatrice, méprisante, même. Elle impliquait que Paz se prosterne, ou confesse que son art, photographique, n'en était pas un par rapport à celui que pratiquaient les artistes qui se colletaient avec la pierre. J'avais peur qu'elle dérape, elle qui allait précisément dans ce sens. Mais je l'entendis répondre, détendue, drôle :

« Je me considère comme infiniment supérieure parce que ces types du IIe siècle étaient incapables de se servir d'un appareil photo. » Tout le monde partit dans un éclat de rire. Même la journaliste, qui la remercia.

Il y avait des caméras partout. Les artistes Adel Abdessemed et Loris Gréaud, le rappeur Booba, de retour de Miami, et Karl Lagerfeld, plus que jamais lansquenet à catogan, arrivèrent en même temps. Ils me saluèrent très brièvement et vinrent embrasser Paz avec effusion. Salman Rushdie fit une apparition entre *Les Trois Grâces* et le *Satyre dansant*, il venait de publier ses Mémoires et un jeune homme barbu, qui portait un tee-shirt ROCK THE FATWA, l'applaudit à son passage. C'était électrique, dense, spectaculaire. Les perches des micros créaient des forêts mouvantes sous les moulures du palais. Il y eut du champagne, d'excellentes choses à déguster. Des paroles importantes furent énoncées comme :

« Aujourd'hui, dans le roman, le politique et l'intime ne peuvent plus être séparés. Désolé, mais on n'est plus au temps de Jane Austen, qui pouvait écrire toute son œuvre pendant les guerres napoléoniennes sans jamais y faire allusion. » (Salman Rushdie)

« L'art contemporain provoque des pulsions, l'antique génère de l'émotion. » (Nicolas Kugel)

« Les éoliennes, je trouve ça beau. Si j'avais un grand terrain pour m'y construire une maison, je me ferais une allée d'éoliennes. » (Karl Lagerfeld)

« On me parle souvent de la violence de mes textes, mais pendant que nous parlons, des avions chargés de missiles survolent le monde et les trois quarts de la planète se font la guerre. » (Booba)

Paz avait fendu la foule pour me rejoindre. Elle me tendit une coupe qu'elle me proposa de faire tinter contre la sienne. Et quand le tintement eut lieu, à peine perceptible dans le brouhaha du vernissage, elle dit :

« C'est fait, je suis allée au bout. »

Elle ne souriait pas. J'ai posé la question dont je connaissais la réponse, mais que je n'arrivais pas à ne plus poser.

« Alors tu t'en vas ?

— Oui.

— C'est atroce ce que tu me fais, tu sais. »

Ce coup-ci, je n'ai pas parlé d'Hector.

« Je suis désolée. »

Elle a bu son champagne d'un trait et posé le verre au sol.

« Prends soin de toi. Prends soin de lui, m'a-t-elle dit. Ça ne durera pas longtemps. »

Je l'ai suivie jusqu'à la pyramide. Puis dans l'escalator. Dehors la nuit était bleue. Debout sur des plots en ciment, des touristes se prenaient en photo devant la pyramide, en disposant leurs mains de telle sorte qu'on ait l'impression sur la photo que la construction de Pei reposait sur leur paume, ou que leur index se piquait à son sommet. Paz les regarda avec tristesse. « Tu vois, on ne nous attend plus… Mon art est mort. »

Une voiture noire et longue comme une orque attendait place du Carrousel.

« Ton sac ? ai-je demandé.

— Il est déjà dans le coffre. Les gens du musée s'en sont chargés. »

Le chauffeur du taxi acquiesça. Il avait une tête d'ours auquel on pouvait faire confiance.

« C'est juste pour un moment », dit-elle.

J'ai hoché la tête. J'ai ouvert la portière.

Mon Hispanique néoclassique s'est engouffrée dans le véhicule. Un dernier regard et j'ai repoussé la plaque de tôle. La voiture a démarré.

Elle était partie.

Paz partie

Si elle savait ce qu'elle a raté...

Huit mois, c'est long. Ça laisse beaucoup de place pour des microévénements d'importance colossale comme :

— La première fois que tu t'es reconnu dans un miroir, et que tu as souri.

— La première fois que tu as jeté le jouet que tu tenais à la main et que tu as suivi fasciné sa trajectoire, découvrant avec émotion les lois de la gravité.

— La première fois que tu as dit « maman » et qu'elle n'était pas là.

Au début, on a eu des nouvelles. Et puis ça s'est espacé. C'était des nouvelles sobres. Un SMS. Un mail ou deux. Pas très expressifs. « Je pense à vous. Tout va bien. J'espère que vous aussi. » Un autre : « Cela me fait du bien. Je reviendrai bientôt. » Rien qui m'indique que je doive répondre, ce que je faisais quand même, sans en rajouter : « Prends soin de toi. » Je sais qu'elle a appelé, parfois, parce que ta nounou colombienne me l'a dit. Paz lui avait demandé de garder ça secret, mais elle devait avoir de la peine pour moi. « *La mamá de Hector llamó por teléfono.* »

Ce que je ressentais, vraiment ? Presque de la haine. C'est le meilleur remède pour tuer l'amour. Mais il y en avait beaucoup. Paz me manquait atrocement.

J'étais en Normandie quand le téléphone a sonné. J'y revenais souvent. En famille, avec toi, Hector. Ça m'amusait de te voir évoluer au sein de mes repères d'enfance, de te voir t'écorcher les genoux avec ton vélo dans le chemin qui mène à la maison, aller à la pêche aux étrilles avec ton grand-père sous ce ciel gris sombre du pays de Caux qui fait paraître encore plus vert le vert des champs. J'étais ému de voir tes yeux, comme les miens avant toi, briller d'une légère inquiétude quand on précipitait les crustacés dans l'eau bouillante, et s'ouvrir très grand quand tu allais avec ta mamie observer les têtards de la mare, ramasser des œufs frais chez la fermière. Tu disais « cueillir des œufs », et je trouvais ça magnifique.

J'étais heureux de sentir ta petite main dans la mienne quand je t'emmenais à la chasse aux galets blancs sur la plage de Sainte-Adresse, de t'entendre jouer avec mes Playmobil de pirates. Il manquait toujours un bras à Barbe-Noire, tu perdais comme moi les pièces minuscules du coffre au trésor, tu te faisais comme moi engueuler par mamie quand tu tirais au canon contre les vitres du salon… Tu me questionnais, parfois, sur ce petit garçon aux cheveux presque blancs dont un portrait était accroché sur les murs de la chambre où tu dormais, et qui était la mienne.

« C'est moi. Quand j'étais petit.

— Tu étais vieux quand tu étais petit ? »

Je riais, j'essayais d'expliquer, de te montrer le chemin dans ce labyrinthe génétique et temporel.

« Quand on a les cheveux très blonds ils sont presque blancs. Et je suis blond parce que ma grand-mère à moi est blonde. Ça n'a rien à voir avec la vieillesse.

— Oui, mais Mémé, elle est vieille, elle a des rayures.

— Des rayures ?

— Oui, des rayures sur le visage.

— Ah, des rides ?

— Tu auras des rides, toi ?

— Oui, mais plus tard.

— Mais pourtant tu as des cheveux blancs, là… »

Il montrait mes tempes avec son petit doigt.

« Maman, elle n'en a pas. »

Dès qu'il évoquait sa mère, j'avais envie de pleurer. Je ne savais absolument pas où elle était.

Je te racontais l'histoire de Persée et de la Gorgone dans mon vieux livre de mythologie. Tu me demandais pourquoi « la dame avait les cheveux en serpents ». Je te disais que les cheveux des filles étaient des serpents, et que ça les rendait magiques.

« Mais leurs yeux, ils nous pétrifient ? » Tu venais d'apprendre le mot.

« Oui, leurs yeux peuvent pétrifier. »

Et vous changer le cœur en pierre.

Mes parents étaient d'une discrétion exemplaire. Aucune question sur Paz. Seulement, de temps en temps, un « Et toi, ça va quand même ? »

*

Le jour arriva. On rentrait d'une excursion au pied des falaises, entre Le Tilleul et Étretat. On avait sorti de la craie une ammonite, et de l'argile une dent de requin. Hasard risible ? Une très belle dent, noire, large et pointue, dont on sentait les denticules lorsqu'on la passait contre la pulpe du pouce. « Les Anciens les appelaient "langue de pierre", précisa mon père. — Des langues de pierre ? — Oui, des langues de serpent ou de lézard que des fées ou des génies de la falaise avaient pétrifiées. — La Gorgone ? avais-tu dit, percutant immédiatement. Tu avais ta cagoule, tu cherchais dans les galets des petits bouts de verre poli que tu appelais des pierres précieuses et que tu mettrais sur l'île de pirates en plâtre que tes grands-parents te construiraient deux jours plus tard, avec la plage où tes bateaux de Playmobil pourraient accoster, une grotte pour le trésor, et un volcan d'où avait coulé de la lave que tu avais peinte en orange.

Le décor de ces falaises était somptueux, est-ce que tu t'en rendais compte ? Trois générations d'hommes dans cette arène de pierre de cent mètres de hauteur, blanche, striée de noir. Avec devant, la mer vert sombre et son parfum d'algues, entêtant. Le vent salé nous giflait mais on ne sentait pas le froid car on était bien, on se tenait chaud à l'âme. On était remontés par le petit sentier qui serpentait à travers la valleuse. À la maison, un feu flambait dans la cheminée. Tu jouais aux pirates sur le grand tapis. La dent de requin était le nouveau trésor de Barbe-Noire.

L'ordiphone a sonné. Accords de harpe. L'ambassade. Je ne comprenais pas. J'ai entendu mon nom au téléphone.

« Oui, c'est bien moi… Bien sûr que cela me dit quelque chose. Une identification ? Qu'est-ce que vous me racontez ? »

Ils me parlaient d'un « centre ».

« Pardonnez-moi, mais je crois que vous faites erreur.

— Vous êtes bien monsieur… ? » J'ai dit oui. Alors ils m'ont donné les détails et c'était comme des coups de poing en pleine figure. Ils m'ont demandé un signe distinctif, et j'ai répondu « un tatouage. Une croix ». J'ai glissé sur le sol, le dos contre le mur.

« C'est le centre qui a donné l'alerte.

— Mais enfin, de quel centre vous me parlez ?

— Le centre de plongée. Le centre de plongée d'Abu Nuwas. »

Ça a duré quelques minutes encore, et puis ils ont raccroché en me demandant de noter un numéro de téléphone, ce que j'ai fait. J'ai fini par me redresser. Je suis entré dans le salon où les flammes crépitaient. J'ai passé la main dans les cheveux de mon petit bonhomme qui me dévisageait avec les yeux de sa mère.

J'ai regardé la mienne.

« Vous pouvez garder Hector ?

— Bien sûr. Que se passe-t-il ? Tu ressembles à un spectre...

— Je vais devoir faire un long voyage. »

IV

LE PAYS D'ALADIN

Middle East Sushi Bar

J'ai tendu mon billet et me suis engagé dans le couloir d'embarquement. Un long goulet d'étranglement commercial. Sur les parois, des slogans pour une banque anglaise créée cent cinquante ans auparavant pour financer le trafic d'opium frappaient en rafales : « Le futur est plein d'opportunités », « Les échanges Sud-Sud seront la norme, pas l'exception », « Le coton et le maïs seront en concurrence pour les investissements ». Le commerce planétaire proliférait jusqu'au seuil des nuages.

Et même jusqu'aux nuages. La poussée des réacteurs nous avait propulsés à dix mille mètres de haut. Nous avions été abreuvés d'alcool. Vaincu par la tension, bien calé dans mon fauteuil, je somnolais lorsque la voix mielleuse et mécanique d'un steward me tira des limbes, envahissant mes conduits auditifs.

« Mesdames, messieurs, je vais maintenant passer parmi vous vous proposer les produits de notre boutique. Articles pour ordiphone, parfums de grandes marques, Gucci, J.-P. Gaultier, ou Calvin Klein. Il faut savoir que ces produits sont moins chers que dans le commerce, de 20 à 30 % moins chers. Si vous voulez savoir ce qui vaut vraiment le coup, n'hésitez vraiment pas à me demander. Vous pouvez payer par Carte Bleue. À tout de suite. »

Il a repris, en anglais : « *They are cheaper than in the commerce, cheaper than in the commerce.* » Je n'étais pas vraiment sûr que « *cheaper than in the commerce* » soit linguistiquement correct, mais ce qui me heurtait davantage, dans le message, c'était sa lourdeur et sa brutalité. Rien à voir avec la discrétion des hôtesses qui, il y a peu, poussant délicatement un chariot devant elles, proposaient ces produits détaxés sur le mode de la suggestion polie, presque magnétique. On était désormais dans l'injonction à coups de marteau. L'Europe s'appauvrissant, le type était dans l'urgence. Il touchait une commission sur ses ventes aériennes. Sans elles, il ne pourrait s'acquitter de la pension alimentaire de son ex-épouse, son salaire ayant été réduit de 30 % à cause de la crise et des « efforts de solidarité » que l'entreprise demandait aux employés.

J'ai regardé par le hublot le ciel se déployer en blanc et bleu. Inventerait-on bientôt un système de publicité visible depuis les nuages ?

J'ai repris l'*Iliade*. Sur les remparts de Troie, Hector, casqué, prêt à partir au combat, faisait ses adieux à Andromaque « aux bras blancs » et à son fils Astyanax, qui devait avoir deux ou trois ans. Au nom de son amour et de leur enfant, elle le priait, en larmes, de ne pas aller combattre, de ne pas faire d'elle une veuve, ni de son enfant un orphelin. Hector la réconfortait, parlait d'honneur — très vieille Troie comme on dit vieille France —, et se penchait vers son petit garçon qui se mettait à hurler, effrayé par l'armure scintillante et les crins de cheval qui ornaient le casque de son père. Hector partait dans un grand éclat de rire, ôtait son casque, prenait son fils dans ses bras, le serrait contre son grand torse en le recommandant aux dieux : « Qu'on dise un jour de lui : il est supérieur à son père ! » Les Grecs, après être entrés dans la ville, jetteraient le bambin du haut des murailles de Troie.

Ce n'était pas une très bonne idée pour trouver le sommeil. J'ai fermé l'*Iliade*, pris l'*Odyssée*, et demandé une autre vodka. Les nuages flottaient dans le ciel comme des particules de mousse à raser dans un lavabo. On ne voyait pas le rebord de faïence.

C'est le consulat espagnol qui avait appelé les autorités françaises. Ils avaient trouvé mon nom et mon numéro de téléphone dans ses affaires.

L'écran encastré dans le dos du siège devant moi mimait le déplacement de l'avion. L'emplacement de la Kaaba, l'édifice cubique qui se trouvait au centre de la mosquée sacrée de La Mecque, et vers lequel convergeaient toutes les prières des musulmans, était indiqué. J'aurais tout donné pour ralentir notre déplacement, faire en sorte qu'on n'arrive jamais. Mon voisin, un jeune homme d'une trentaine d'années, avec une fine barbe, un jean et des baskets, a engagé la conversation. Il était joyeux. Excité, même. J'aurais voulu dormir. Mais coincé entre le hublot et lui, il m'était difficile de me dérober.

« Je vais faire le *hajj*, a-t-il dit.

— Mais vous êtes tout jeune, ai-je observé.

— Le *hajj* est un pilier de l'islam, et tant que je ne l'aurai pas fait, il me manquera un cinquième de ma pratique de musulman. Et puis, je ne sais pas quand je vais mourir, là je suis en bonne santé, j'ai les moyens de le faire et il faut le faire quand on a les moyens de le faire... »

J'ai murmuré :

« "Quiconque possède des provisions et une monture capable de le transporter à la maison sacrée d'Allah, mais qui n'accomplit pas le pèlerinage, qu'il meure en étant juif ou chrétien." »

Ses yeux se sont agrandis :

« Wallah, vous connaissez bien...

— Je m'intéresse.

— Respect alors. »

Il a posé la main sur son cœur.

« Je m'appelle Brahim. »

Il m'a parlé de l'investissement que représentait ce pèlerinage : plus de trois mille euros. Mais il m'a exposé son raisonnement : plus le temps passait, plus les ressources en pétrole diminueraient et plus le billet d'avion serait cher. Plus on attendait, aussi, plus le *hajj* se rapprocherait de l'été et plus le pèlerinage, qui était déjà une épreuve à cause de la foule, serait difficile à supporter car la chaleur s'y ajouterait. Pour le moment il n'avait pas d'enfant mais plein de projets, et ça tombait donc sous le sens d'accomplir le *hajj* avant, « pour être ensuite exaucé par Allah ».

« Et puis, a-t-il ajouté, un jour la Kaaba sera détruite...

— Oui, mais à la fin des temps, ai-je dit.

— C'est peut-être pour bientôt. Qui sait ?

— Ça arrive plus vite qu'on ne le croit, vous avez raison. »

J'ai fermé les yeux. L'alcool aidant, je décollais progressivement vers le sommeil lorsque sa voix m'a recollé à la piste.

« Je suis impatient de voir la Kaaba… »

Il avait des étoiles dans les yeux. Ça m'a ému.

« Vous allez essayer de toucher la pierre noire ? » ai-je demandé.

Il m'a regardé avec admiration :

« Vous savez tout, vous !

— Je vous ai dit, je m'intéresse…

— Vous devriez venir avec moi ! »

J'ai souri. La Mecque était interdite aux non-musulmans, qui n'avaient même pas le droit de poser le pied sur le tarmac de la ville sacrée. Cette pierre, enchâssée dans un socle en argent au pied du grand cube sacré, on disait qu'un ange l'avait apportée du paradis, qu'elle était blanche à l'origine, mais qu'elle avait été noircie par la main pécheresse des hommes. On disait qu'elle était issue d'un très ancien culte qui avait précédé celui de Mahomet. On disait aussi que le jour de la résurrection, elle se doterait d'une langue qui attesterait de la sincérité des cœurs.

« Vous dites quoi, vous ? Que c'est une météorite ? »

Il a secoué la tête.

« Elle est tombée du paradis pour indiquer à Adam et Ève l'emplacement de leur temple. Elle a reçu le baiser du prophète, et ça me suffit. »

J'avais lu beaucoup de choses sur la question. En partie pour comprendre pourquoi la religion faisait un retour aussi fracassant dans l'époque, et, en premier lieu, l'islam. J'en étais venu à la conclusion que c'était par rejet des images, de ce monde de l'image qui colonisait tout. La Kaaba était vide, vide d'images, parce que le Prophète ne devait pas être représenté. Pas d'image. J'ai repensé à Paz, qui en créait de si belles, de si fortes.

« Et vous, vous venez faire quoi ? » m'a-t-il demandé.

J'ai hésité. Et puis j'ai répondu :

« Retrouver ma femme.

— Elle est musulmane ?

— Pas à ma connaissance.

— Qu'est-ce qu'elle fait *là-bas* ?

— Je ne sais pas. »

Il a eu l'élégance de ne pas s'appesantir.

Je ferme les yeux. La machine à souvenirs s'emballe. Heureusement que Jules sera là lorsque l'avion se posera. Mon meilleur ami. Perdu de vue depuis qu'il a choisi de vivre dans ces terres lointaines. Nous avions fait nos études ensemble, tété copieusement le grand biberon littéraire. Années électriques, école de l'esprit, école de la chair. Entourés de corps célestes aux longs cheveux, nous avions beaucoup lu, beaucoup caressé, beaucoup rêvé. D'être écrivains, rock stars, sages mystiques. Jules et César. Un gag dont nous aurions été bêtes de ne pas rire. Notre premier voyage, c'était ensemble. En Inde, à dix-huit ans. Que fait-il là-bas ? Il est banquier. Spécialiste de la finance islamique. C'est étrange, la vie. Je ne veux pas y réfléchir. Pour le moment j'ai besoin de dormir un peu pour ne plus rien ressentir.

J'ai regardé un film stupide avant de glisser vers

le néant, assommé par l'alcool et les visions de guerriers casqués tirés par les chars des ennemis, de reines en pleurs et de dieux jaloux.

L'avion a amorcé sa descente sans que je m'en aperçoive. Je n'ai ouvert les yeux qu'au moment où les pneus de l'Airbus ont mordu la piste dans un bruit de frottement atroce, comme celui d'une roulette colossale sur l'ivoire d'une molaire de géant.

Je récupère ma valise parmi une foule de statues vivantes en draps blancs et en savates de cuir. Il est tard. Mes yeux sont asséchés par la climatisation, fatigués par la lumière artificielle qui jaillit des enseignes de magasin, des fontaines kitsch, des faux palmiers en plastique. L'air est pesant, bruyant, glaçant, le parfum qui s'échappe des kilomètres de boutiques, piquant et écœurant. Je suis hagard, manque de me faire renverser par un véhicule électrique qui couine sur le revêtement lisse, charriant trois femmes voilées et gantées de noir. Je me revois à Beyrouth. J'ai peur de ce que je vais trouver. Je pense à Paz. Je m'accroche à une balustrade. Je me dirige vers les contrôles en glissant sur le sol de granit blanc, lisse comme la joue d'un gosse. Je rêverais qu'on m'arrête et qu'on me renvoie en Europe. Mais c'est trop tard, je ne suis guère menaçant pour la sécurité du royaume. Le type dans sa guérite transparente, coiffé d'un keffieh, me fait un signe las, je ne l'intéresse pas, je peux y aller.

Je suis passé de l'autre côté. J'ai failli à mes promesses. Je pense au corps qui m'attend, mon estomac fait une boule. Ouf, il est là le Jules. Il n'a pas changé. La même silhouette de grande marionnette osseuse, mais cravatée jusqu'à la glotte.

« Comment ça va, mon gars ? » me lance-t-il en me prenant dans ses bras avec énergie, me malmenant avec amour. Il n'a pas vraiment connu Paz. Il ajoute : « Je suis désolé. »

J'avale ma salive. Par-dessus ses épaules, les enseignes clignotent, les robes des femmes et des hommes se tordent comme des torches… Les spots sont trop blancs, la tentation de remonter dans un avion trop pressante.

« Jules, ça t'embête si on se tire d'ici ? »

Dehors, l'air est tiède et rassérène. Ça klaxonne, ça hurle des sons râpeux dans les téléphones portables, c'est le même ballet de taxis que partout dans le monde, sauf que les voitures sont plus longues, plus spacieuses, ont les vitres teintées. Ma valise roule sur le bitume.

Jules s'arrête devant une anomalie automobile : une jeep Wrangler vert camouflage au milieu de l'alignement de berlines noires. Juste un toit de toile au-dessus des sièges.

Il jette mon sac derrière, on monte dans le véhicule déglingué, il met le contact, allonge le bras vers l'autoradio. Un son familier. Des accords joyeux et une voix anglaise haut perchée. Il me lance un clin d'œil. Pulp : « Disco 2000 », l'hymne de nos vingt ans. Il slalome entre les caisses magnifiques, quitte le parking et fonce vers la mégapole qui, vue de là, ressemble à la cité de *Blade Runner*.

And they said that when we grew up
We'd get married and never split up
We never did it although often I thought of it

Ils disaient que quand on serait grands
On se marierait et on ne se séparerait jamais
On ne l'a jamais fait, même si j'y ai souvent pensé

Là-bas, la lumière pétille comme un soda géant. La voiture semble aspirée par la ville et file le long du ruban de bitume qui n'en finit pas de se dérouler, sur les ponts, sous les tunnels, spiralant sur les échangeurs multiniveaux. Autour de nous se déploie une forêt de tours pixélisées de lueurs multicolores, hérissées sur la surface du désert selon des formes insolites qui vont de la flamme à celle du décapsuleur géant. La plus haute est une aiguille télescopique qui perce le tissu de la nuit. La voiture ralentit, tourne à gauche. Ralentit encore. Puis accélère pour dépasser de très longues limousines. Le vent fait claquer la toile du toit. Jules augmente le volume :

You were the first girl at school to get breasts
Martyn said that yours were the best

Tu as été la première fille de l'école à avoir des seins
Martyn disait que les tiens, c'étaient les meilleurs

Un flot de souvenirs me pique les yeux. Je pense à une Danoise à la blondeur de skieuse avançant à quatre pattes sous les poutres de bois de son appartement, au parquet noirci par la cendre de nos cigarettes. Je pense à la couverture des *Possédés* en livre de poche, avec la tête d'un Fol en Christ sur fond rouge. Je pense à notre expédition à Barcelone où m'attendait la poitrine ronde d'une fille à la bouche maussade, à la fontaine du quartier gothique contre laquelle elle s'était adossée… Je pense à la douceur des couvertures en coton, matelassées, fraîches, venues d'Inde, dans lesquelles je me pelotonnais chez Jules ; au beau dessin que m'avait fait une étudiante en art à l'époque où je m'adonnais à la fée verte : une bouteille esquissée avec « Âme sainte » écrit sur l'étiquette. Je pense aux clochards des bains publics où j'allais me savonner place Monge. Avant de sortir pour aller danser sur cette chanson-là :

The boys all loved you but I was a mess
I had to watch them trying to get you undressed

Tous les mecs t'aimaient et moi j'étais fracassé
De les voir tous essayer de te déshabiller

Une vie que Paz n'a pas connue.

La jeep ralentit, quitte l'autoroute, glisse sur une autre piste, longe une mosquée dont les minarets se dressent comme sur une rampe de lancement, et pénètre dans le parking d'un grand hôtel, agrémenté d'un jardin. De vrais palmiers, enfin. Et le parfum de la mer. Jules coupe le contact. Je tends l'oreille, le son d'une boîte de nuit, juste en dessous celui des vagues. « On va aller boire un coup », dit-il. Quelques couples nous devancent sur la promenade qui, longeant l'écume, mène à une terrasse au mobilier design et blanc, gardée par une hôtesse en tailleur que Jules embrasse. Il me présente. Elle sent bon, ce qui me fait penser que j'aurais adoré prendre une bonne douche après ces heures d'avion. Elle a un sourire très rouge, elle appelle une autre fille qui nous conduit à une table dominant un ponton où tanguent des yachts. Jules demande deux *diablo mojitos.*

Il sort un paquet de cigarettes de sa veste, m'en tend une. Je la fixe à mes lèvres, la flamme vient la lécher. La fumée fait du bien.

« Alors ? dit-il. Qu'est-ce qui s'est passé ?

— Alors ils l'ont retrouvée là-bas. Sur une plage. »

Évidemment, il me pose la question à laquelle je n'ai pas de réponse : « Qu'est-ce qu'elle foutait là-bas ? »

Je secoue la tête. Il baisse la sienne, j'ai honte de ne pas savoir. La musique monte autour de nous. Une musique électronique avec un air de clavecin.

« Abu Nuwas, tu connais ?

— C'est dans un autre émirat. C'est minuscule, je crois. Jamais allé. »

Il veut dire quelque chose encore. Il hésite. Je lui dis : « Vas-y Jules. Ça ne sera pas pire que tout ce à quoi j'ai pensé depuis trois jours…

— Elle… enfin, je veux dire, son corps, il est où ? »

Je réponds qu'il est encore là-bas et qu'ils l'ont mis au frais.

En entendant « mis au frais », il grimace et dit : « Désolé, je… » Je fais le brave :

« Un corps, ça se met au frais. »

Il pose une main sur la mienne. Me dit qu'on ira ensemble. « T'en fais pas, César. C'est peut-être pas elle. »

J'y ai pensé souvent, et ça me fait plaisir que quelqu'un d'autre le dise. Sauf que je n'y crois pas. Je lève la main pour appeler le serveur. La mer se gonfle. J'entends les rires des filles quasi allongées sur les canapés blancs posés devant des tables basses au revêtement translucide. D'autres filles arrivent, elles sortent du travail, elles sont en tailleur, ou bien elles sont repassées se changer et elles sont en robe estivale. Soie, satin, des couleurs, des étoffes plissées, des hauts très échancrés, des cheveux blonds, des hauts talons, certaines sont brunes et portent un genre de sari ou des jeans blancs très serrés. C'est vendredi. Des mecs débarquent en polo Ralph Lauren, on voit bien le dessin du cavalier, d'autres en chemise de couleur ou à rayures avec un col et des manchettes blanches, ils sont glabres et blonds, mats et barbus. Une fille réajuste la bretelle de sa robe, elle a une peau de rousse, à côté d'elle une Chinoise trempe ses lèvres dans un gin tonic. Je peux voir les bulles pétiller dans la bouteille de verre. Toute cette vie qui palpite dans le monde alors que moi je vais vers la mort.

Au-delà de la marina, la mégapole se poursuivait. Une autre rangée de tours, piquetées de lumières, venait d'apparaître. J'ai terminé mon verre.

« Et toi, alors ? dis-je.

— Louis Hassan a huit ans. Je suis toujours officiellement avec sa mère. Officieusement c'est plus compliqué : je ne sais jamais où elle est… »

Il avait rencontré Leila après son échec à l'agrégation. Lorsque son père l'avait remis dans le droit chemin de l'économie. C'était à Londres, à la prestigieuse London School of Economics. Grand amour. Leila était très belle, mais fracassée.

« Qu'est-ce qu'elle fait, ici ?

— Elle me trompe. »

Il marque une pause.

« Déjà, c'est bien, elle a arrêté de boire… Enfin, elle arrête tous les jours… À Noël dernier, devant mes parents, en Argentine, elle est montée à cheval toute nue…

— Qu'est-ce que tu racontes ?

— La vérité. On était chez des amis de mes parents, en Argentine. Tu sais que mes parents sont en Argentine, maintenant ?

— Non, je ne savais pas. »

Sur lui, tout avait toujours glissé. Ses petites amies s'en étaient toujours plaintes. Il voyait, m'a-t-il dit, une hôtesse de l'air nigériane rencontrée dans le Téhéran-Dubaï de la Lufthansa. Il a commandé une troisième tournée. Je me suis laissé faire. La journée de demain serait atroce. L'anesthésie était nécessaire. Oublier. Juste ce soir. J'ai attrapé un beignet de crevette.

« Et tu es donc banquier… »

Il a pris un air désolé.

« Bah oui…

— Spécialiste en finance islamique. »

Il a hoché la tête.

« Et c'est quoi, exactement, la finance islamique ?

— De la finance charia-compatible.

— J'adore l'intitulé. Mais concrètement ?

— J'émets des *sukuk*, des obligations islamiques.

— Des *sukuk* ?

— Oui, c'est le pluriel de *sek*, le mot qui a donné chèque en français. Ce sont des obligations certifiées islamiques, parce que pour l'islam, tu vois, faire de l'argent avec de l'argent, c'est-à-dire faire de l'intérêt, est interdit. Il faut adosser ton financement à des biens réels, voitures, immeubles, métaux... Et on n'appelle pas ça "intérêt", mais "loyer".

— Mais ça revient au même ?

— En principe, non : tu es assuré que la sphère de l'économie financière reflète la sphère de l'économie productive. En réalité, c'est plus un gigantesque outil marketing puisque les banques islamiques sont rémunérées pour filer des prêts islamiques de la même façon que les banques conventionnelles.

— Et ça te plaît, les *sukuk* ?

— Ça cartonne. 700 milliards en 2008, 1100 milliards en 2011. Et on va les développer en France parce que les perspectives y sont excellentes. »

J'ai souri et j'ai dit :

« C'est drôle, non ?

— Qu'est-ce qui est drôle ?

— Nous. Souviens-toi qu'il y a vingt ans, on était en guenilles en Inde... On manquait de se faire rapter par l'organisation Hare Krishna à cause de tes conneries.

— Oh putain, les types qui avaient tous un bras, une jambe en moins...

— Tu nous avais fourrés dans un truc, encore... »

Il a levé la main pour appeler le serveur. Le tourniquet des souvenirs s'est mis en branle. Le parfum des *mango lassi* à Pondichéry. Celui du beurre et des fleurs décomposées sur les statues de Ganesh dans le temple Sri Meenakshi de Madurai. Ma maladie à l'ombre des pales du ventilateur.

« Ta maigreur, disait Jules, ta manie de te balader en longi, torse nu, avec ce cordon rouge de brahmane.

— Et Mathieu, qui voyageait avec nous...

330

— Oui, Mathieu… »

On a laissé passer un silence, notre enthousiasme un instant douché. Jules a repris, sur le mode interrogatif, grave :

« Tu te souviens du pacte ?

— Bien sûr », ai-je répondu, rêveur.

Il a repris : « Après l'Inde, on devait partir en Orient vivre sur les toits du Caire, épouser une Shéhérazade, apprendre l'arabe avec elle… fumer le houka, comme chez moi rue de l'Estrapade… mépriser l'argent, et vivre comme des mendiants orgueilleux en lisant Albert Cossery…

— Je sais, j'ai dit, en me tournant vers la mer qui déroulait ses vagues. Et pourtant ce n'est pas vraiment ce qu'on a fait. Tu ne jurais que par *Les fainéants dans la vallée fertile*, et tu finis banquier… banquier charia-compatible…

— Et toi tu voulais être le romancier de ta génération, et tu es journaliste… On a trahi, tu crois ?

— Ouais, je crois qu'on a trahi.

— Mais en trahissant, on a réussi.

— Réussi quoi ?

— À survivre, peut-être… »

La tristesse était tombée sur lui. Comme sur moi. Je savais qui venait de s'inviter dans notre échange. Mathieu. Mathieu, qui étudiait Deleuze et avait sauté du toit d'un bâtiment de la Cité universitaire. Fumer tue. Philosopher aussi.

« Mais, ajouta-t-il en prenant une gorgée de *diablo mojito* — le nom était quand même parfaitement ridicule —, on n'a pas perdu notre âme… »

Je l'ai regardé en souriant :

« C'est une question, Jules ? »

Il n'a pas voulu répondre. Pas osé avouer qu'il

s'interrogeait. Il ne voulait pas non plus y penser plus longtemps. D'ailleurs, une cohorte de jeunes gens arrivait vers notre table.

Jules me présente. Des collègues de la banque, et d'autres banques. Des traders et des brokeuses, des spécialistes de Mergers & Acquisitions ou d'Equity Capital Markets. Ils s'appellent Ali, Graziella, Alistair ou Natalia. Niloufar, Kylie ou Abdalraheem. Ils viennent du Pakistan, de Singapour, d'Angleterre ou de Russie. On les appelle expatriés, mais c'est ici leur vraie patrie. Les filles m'embrassent ou me serrent la main, commandent des cocktails avec ou sans alcool, et entament des conversations qu'elles interrompent aussitôt pour interroger leur ordiphone avant de revenir à ce qu'elles disaient sans que cela soit gênant. Tout est rapide, sans heurts, le véhicule est linguistique et c'est l'anglais.

Ma voisine, une très belle Noire, porte un pantalon bouffant et mauve, dont l'étoffe semble aussi légère que la texture d'une aile de libellule. Elle fait de la restructuration de dettes et se met soudain à hurler comme si j'avais glissé sans la prévenir une main glacée entre la peau qui couvre sa cambrure et la soie arachnéenne de son vêtement : « *OMG, my parents !* » OMG, c'est « *Oh my God !* ». Et de se mettre à pianoter de ses doigts fins comme de longues allumettes sur le clavier de son ordiphone protégé par une coque sertie de cristaux bleus. Le visage de ses géniteurs apparaît, elle se met à skyper à côté de nous, sans besoin d'intimité, dans une langue inconnue. « Où habitent-ils ? » je demande quand elle raccroche. « Turks-et-Caicos » répond-elle d'une voix douce et traînante comme doit l'être la vie dans ce paradis fiscal posé sur la mer des Caraïbes, à douze mille kilomètres de mon *diablo mojito*.

*

On a commencé par abolir l'espace. Physiquement, on peut aller partout en quelques heures, virtuellement, on survole n'importe quelle ville en quelques clics, via Google Earth. Et maintenant on abolit le temps : l'immédiateté règne en maîtresse, il n'y a plus ni passé ni futur mais un présent éternel. C'est le Nouveau Monde.

*

Je sombre dans un état qui n'est plus second mais déjà tertiaire. Les lieux et les heures n'ont plus de réalité. Tout est fluide, hautement technologique. Les tours m'entourent. J'ai l'impression d'être dans une boule à neige. C'est le Nouveau Monde.

*

Des peaux jeunes et des écrans rétroéclairés. Il n'y a pas de vieux. Il n'y a pas de pauvres. Il n'y a pas d'aspérités. C'est le Nouveau Monde.

*

Le temps ne passe pas. Il glisse. Jules dansait, et maintenant il est aux platines. Il est devenu DJ. Disc jockey, chevaucheur de musique. Il est penché sur son ouvrage, retient le casque entre son oreille et

333

son épaule. Toute la discographie britannique des années 90 y passe. Un hommage qu'il nous fait. À notre jeunesse. À la musique qu'on aimait. La musique que Paz n'a pas connue. Les larmes coulent sur mes joues. Il fait advenir le passé dans ce présent éternel. Je m'aperçois qu'il n'a pas de rides. C'est le même Jules. Le même Jules avec lequel je regardais pleuvoir la mousson dans une plantation de thé au Sikkim. Le même avec lequel j'allais pêcher des écrevisses dans les rivières des montagnes cathares, avant de me couler comme une anguille dans l'eau fraîche.

Il passe *Tell me* des Stones Roses (« *I love only me, I love only me, I've got the answers to everything* ») et je revois une Anglaise aux seins minuscules butinée au bord d'une piscine de Toulouse, ville rose.

Il passe *Trash* de Suede (« *Maybe it's the times we've had / The lazy days and the crazes and the fads* ») ; je revois une maison en banlieue près d'un fleuve couvé par la brume, je lis Villiers de L'Isle-Adam, je découpe les bas résille d'une fille aux formes opulentes avec un couteau en plastique.

Oui, dans ce Sushi Bar du Nouveau Monde, la finance islamique était aux platines et convoquait tous mes fantômes féminins. Mais aucune, aucune n'arrivait à la cheville de Paz. Aucune ne m'avait procuré autant de plaisir que Paz, autant de douleur que Paz.

Abu Nuwas

Je n'ai pas fait de cauchemar. J'ai dormi tard, sur un sofa dans le vaste salon tapissé d'une bibliothèque. Jules continuait à croire en l'infinie protection des livres, à leur capacité à accroître l'horizon, fût-il obstrué par un écran de tours. Non, il ne s'était pas trahi.

L'odeur du bon café m'a fait ouvrir les yeux. Le soleil entrait par l'immense baie vitrée qui ouvrait, précisément, sur cet horizon de tours. Le soleil ruisselait sur les façades. Certains gratte-ciel dansaient comme des flammes, d'autres semblaient vouloir tire-bouchonner le ciel blanc. D'autres encore étaient couronnés de tiares, bâtiments rois émergeant d'une cour d'appareils de levage dont les flèches et contre-flèches, en action, faisaient penser à des flamants roses. Je comprenais enfin pourquoi on les appelait grues. J'ai voulu ouvrir la baie, savoir ce que sentait cette ville le matin. J'ai cherché en vain le mécanisme d'ouverture qui devait la faire coulisser.

« Elle ne s'ouvre pas. »

Je me suis retourné. Jules, en caleçon et tee-shirt, pieds nus sur le sol de marbre, me tendait un mug fumant et une boîte de paracétamol.

« À cause de la clim.

— La fenêtre ne s'ouvre pas ?

— Désolé. »

J'ai pris son mug à l'effigie de l'émir local. La gorgée brûlante m'a fait du bien.

« C'est pour ça que j'ai une jeep, m'a-t-il dit. Au moins je sens la ville. Pas trop mal à la tête ?

— Ça va.

— À quelle heure veux-tu qu'on parte ? »

J'ai secoué la tête.

« Je vais y aller seul, Jules.

— Tu es sûr que ça ira ?

— Il le faudra bien. »

Il allait répondre quand un petit garçon est entré dans la pièce. En pyjama à carreaux, se frottant les yeux dans la lumière du soleil. Très brun, huit ans peut-être.

« Je te présente Louis Hassan. »

Le petit garçon est venu me faire la bise. La chaleur de ses joues m'a rappelé toi. Je l'avais vu tout petit. Nous avions joué au foot avec un ballon en mousse sur la pelouse des Invalides.

« Tu te souviens de moi ? »

Il a hoché la tête.

« J'ai prévenu la nounou, m'a dit Jules. Je suis à toi, vraiment n'hésite pas.

— C'est mieux que j'y aille seul. »

Le garçonnet avait tout compris.

« Alors on peut aller à Dolphin Bay, papa ? »

J'ai souri et dit : « Oui, tu peux aller à Dolphin Bay avec ton papa. » Avant de me tourner vers Jules. « C'est quoi, Dolphin Bay ?

— Une grande piscine où on nage avec des dauphins domestiqués.

— Et on pourra aller voir le chantier de la *rotating tower*, aussi ? » a repris l'enfant.

Jules acquiesce. L'enfant crie de joie. Son père s'avance vers la baie vitrée et tend le bras : « C'est là-bas, regarde, au milieu des grues. Cette tour le fascine. Chaque étage est dédié à un appartement de mille mètres carrés qui dispose d'un ascenseur où tu peux monter avec ta voiture. Mais ça, c'est pas nouveau. Le truc nouveau, c'est que ton appartement peut pivoter sur l'axe de la tour, indépendamment des autres étages, un peu comme un moulin à prières. Par contrôle vocal… Au seul son de la voix du propriétaire, l'appartement se met en mouvement, offrant aux habitants une vue panoramique sur la mégapole… »

Il s'est tu, se contentant d'avaler son café.

« Tu te plais, ici ?

— Le soleil toute l'année, même s'il se couche trop tôt. La plage dans la ville, même si elle est artificielle, l'absence de repères, de marqueurs chronologiques, mais une énergie que tu ne trouves plus en Europe. J'ai le sentiment d'être au cœur d'un monde en pleine ébullition, dans le mouvement. Ce n'est pas forcément un mouvement créatif, positif, mais c'est un mouvement… »

On s'est pris dans nos bras. Longuement. Il m'a souhaité beaucoup de courage. « Tu m'appelles si ça ne va pas. En un coup de jeep, j'y suis. » Il m'a dit que j'en aurais pour quatre heures. Il m'a appelé un taxi.

« Ce n'est peut-être pas elle, tu sais…

— Ils ont son passeport, Jules. Tu me raconteras les dauphins. »

Le Lincoln Navigator climatisé file comme un globule le long des artères brûlantes de la mégapole. Je suis entouré de parois de verre, d'aiguilles géantes clouées dans le sable par de la chair humaine, celle de ces nouveaux esclaves venus d'Inde, du Pakistan ou de Somalie pour donner vie à ces architectures colossales qui cuisent, comme eux, par quarante degrés sous le soleil implacable. Certains sont couverts de publicités. L'une d'elles délivre une injonction qui me fait froid dans le dos : NON STOP YOU !

C'est une ville sans trottoirs. Des femmes portant des voiles de couleur marchent le long de la route, à même le bitume, dans des nuages de poussière et de chaleur, un parapluie en guise d'ombrelle. Des Philippines, des Éthiopiennes ou des Sri-Lankaises rejoignant leur emploi de domestique. Sur un viaduc, au loin, un train immaculé glisse sur ses rails comme un bobsleigh vers la prochaine station, un coquillage d'acier en lévitation. À gauche s'élève une pyramide égyptienne bardée de statues de dieux à tête de faucon. À droite, un temple aztèque d'où dévale un colossal toboggan à eau. On est partout. Il n'y a plus d'histoire. J'ai le vertige.

On quitte la ville. C'est maintenant le désert, une route droite, sans fin. Je croise des camions, des SUV comme le mien, des limousines, des fourgons noirs. Dans les vitres, des deux côtés de la route, de gigantesques épouvantails de fer tendent leurs bras multiples, dieux indiens rigidifiés, traversés par des fils qui zigzaguent dans l'immensité plate. Une armée de pylônes électriques, d'une hauteur sidérante, dont l'arrière-garde disparaît dans la brume de chaleur. Je prends mon téléphone, compose le numéro de mes parents. Ma mère décroche :

« On est dans la cuisine. Hector fait des macarons. Tu veux lui parler ?

— Dis-lui que je l'aime.

— Tu veux lui parler ? » répète-t-elle.

J'ai peur de craquer. Ma voix s'étrangle.

« Non. Prenez soin de lui. Et de vous.

— Où es-tu ?

— Loin.

— Mais tout va bien ?

— Oui. Je vous embrasse. Je ne peux pas rester. Je ne suis pas seul. Je vous embrasse. »

Je raccroche. J'essaie de ne penser à rien. Je suis des yeux la trajectoire des lignes électriques. Le type du consulat — ou de l'ambassade, je ne sais plus — sera là dans quelques heures. Je demande au chauffeur s'il a de la musique. Il pianote sur l'ordiphone niché dans le tableau de bord. Les accords de vingt violons s'élancent dans l'habitacle. Le oud, le darbouka et le qanûn entrent en jeu. Une musique puissante et ondulante comme le serpent Ka du *Livre de la jungle* glisse sur les cuirs et les boiseries, bientôt charmée, domptée par la voix de contralto, chaude et un peu âpre, de la grande diva égyptienne Oum Kalsoum.

Inta omri illi ibtada b'nourak sabahouh
Ya Habibi ad eyh min omri raah

Avec ta lumière, l'aube de ma vie a commencé
C'est un passé perdu, mon amour

Des heures et des heures d'Oum Kalsoum. Comme un baume. Recouvrant ma souffrance de la sienne. Un étirement infini, hypnotique, immobile, qui m'emmène très loin, de l'autre côté de ces montagnes dentelées, ocre, frappées par le soleil, qui apparaissent dans le pare-brise. Une musique qui me soulève et me soustrait à l'influence déprimante des bourgs sinistres que nous traversons, cités dortoirs sans âme qui vive, sauf dans les pick-up conduits par des hommes en keffieh, la dishdasha boutonnée jusqu'au cou, avec à côté d'eux, à la place du mort, une silhouette noire dont on ne voit que des yeux.

Je ferme les miens. C'est une caresse, avec quelques pointes rauques. L'Orient embaume à nouveau le jasmin des cours fleuries et le tabac des narguilés. Un Orient qui n'était pas celui de la mégapole ni celui de ces ronds-points atroces qui ornent l'entrée des localités : terre-pleins de pelouse verte au milieu du désert, parterres de géraniums, avec au centre une aiguière géante de quatre mètres de haut ou une lampe magique façon *Mille et Une Nuits*. Je pense à ce que j'ai dit à Hector avant de partir : « Je vais au pays d'Aladin. » Un kitsch qui vous lamine. Parfois, c'est plus inquiétant : la localité se signale par deux cimeterres de béton peint qui s'entre-croisent, surplombant la route comme une haie d'honneur sinistre. Quelques mosquées, flambant neuves, blanches, charmantes, me font immédiate-ment songer à ce que m'a dit un ami islamologue : « Une grande partie du Coran ne peut se com-prendre qu'à partir de l'hypothèse sexuelle… » J'en vois la preuve sous mes yeux : rondes coupoles, aux flancs renflés, à la pointe dressée, et minarets oblongs dardés vers le ciel. C'est criant.

On a franchi plusieurs check points. À chaque fois, des militaires prennent mon passeport, me dévisagent, scrutent la voiture, et nous laissent passer. D'autres forêts de pylônes, d'autres ronds-points, d'autres émirats, d'autres sultanats aux noms chantants : Al-Fulaytah, Al-Qutaybah, Al-Tawq al-hamamah… Seuls les noms changent. Pour le reste, la même mer de sable saupoudrée de roches noires et brunes, qui semblent blondir à mesure que nous progressons vers le sud, le plein désert. Une barre de montagnes s'annonce, et devant, dans le pare-brise, les petits cubes de la bourgade attendue, de plus en plus proche.

« Abou Nuwas », dit le chauffeur.

On y est. Je prends une grande inspiration, saisis mon téléphone et compose le numéro. « Je vous attends, dit la voix contre mon oreille, en français. Passez-moi le conducteur, ce sera plus facile. »

J'entends ce dernier dire : « OK. OK. *Yallah.* »

Il tourne la tête vers moi comme pour vérifier que c'est bien là qu'on va. « *Yallah* », je dis.

L'homme m'attend devant le bâtiment couleur crème. Austère, sans étages, dont la fonction doit figurer sur l'enseigne blanche qui domine la porte mais que je ne peux pas déchiffrer : quelques lettres arabes surmontées d'un croissant rouge et de deux cimeterres qui croisent le fer. Sale manie.

Malgré la chaleur, il est en costume sombre. J'apprécie le geste. Une avancée du toit, en tôle, lui procure un peu d'ombre, à lui comme à une chèvre qui se rafraîchit en se collant contre le mur du bâtiment. Entre l'homme et la chèvre, il y a une porte noire, fermée, encadrée par deux fenêtres grillagées. J'ouvre la portière pour descendre. Je dis au chauffeur : « Attendez-moi. » L'air brûlant me saisit à la gorge. Je marche vers l'homme. Je marche vers l'horreur. Vers l'espoir ? Je n'y crois pas. Elle serait vivante et ne donnerait pas de nouvelles ?

L'homme se présente et me tend sa carte. Cellule de crise du consulat. Il dit qu'il doit me parler avant qu'on entre. Que la mort d'un proche est toujours un événement difficile à surmonter, particulièrement quand elle a lieu à l'étranger, mais qu'il est là pour m'aider. Un acte de décès local sera établi et les services consulaires français, c'est-à-dire lui-même, s'occuperont de « transcrire l'acte de décès étranger dans le registre d'état civil français ». Je n'aurai pas à me tracasser avec ça. On me remettra une dizaine de copies de l'acte, certifiées conformes à l'original, ce qui me permettra d'effectuer en France, à mon retour, les démarches souhaitées quant à la succession, les emprunts que la disparue avait souscrits… Je lui dis d'arrêter.

J'avance vers le dispensaire. « Le corps est en bon état », précise-t-il derrière moi, comme si c'était une chance dans mon malheur. Je pense encore à Phuket, à ces corps verdâtres sur la route de Khao Lak, à ces psychologues qui m'avaient pris pour un proche venu reconnaître un corps. La vie a de ces ironies…

Malgré la chaleur, je tremble. Je tremble et je transpire, je peux même sentir la sueur couler le long de ma colonne vertébrale, mais c'est froid, et ce froid s'insinue dans mes os. Le diplomate veut passer devant pour m'ouvrir la porte mais j'y suis avant lui. À l'intérieur, trois vieillards enturbannés patientent sur des chaises de plastique. L'un d'eux a le pied de la taille d'une pastèque. L'odeur est atroce, il ne se plaint pas. Je détourne le regard. Sur le mur, une affiche déchirée montre une coupe de corps humain avec les principaux organes. À côté, dans un cadre doré, la photo du hiérarque local, en keffieh blanc. Et dans un autre cadre, juste dessous, une sourate du Coran, calligraphiée en lettres blanches sur un fond vert.

Un homme corpulent, en blouse médicale, se lève de son bureau lorsqu'il me voit. Il faut le suivre dans un couloir. Sur une très courte distance. Au bout il y a une porte avec un pictogramme en forme de flocon de neige. Il pousse la porte, lourde. Le froid, ainsi qu'un parfum piquant, me griffe.

Recouvert d'un drap, un corps est couché sur une table. La douleur me vrille l'estomac. C'est irréel. De l'encens brûle. Pour masquer les odeurs ? Comment pouvons-nous en être arrivés là ? Dans ce dispensaire miteux du bout du monde ? L'homme dit quelque chose en arabe. Le diplomate traduit d'un geste de la main, comme s'il m'invitait à entrer dans un théâtre : « Après vous. » Je m'avance. Je retiens mon souffle.

L'homme soulève le drap jusqu'aux épaules.

Pas de surprise. Dieu, les dieux, ou le hasard, ne sont pas avec moi.

C'est elle.

Évidemment, c'est elle.

Malheureusement, c'est elle.

Ce visage aimé, intact, tout pâle, encadré par les longs cheveux noirs.

Et ce n'est pas elle.

Rien qu'une enveloppe. Un gâchis. Un gâchis couleur ivoire. Pas sa peau à elle. Pas sa peau quand son sang courait, bouillait dessous, et lui donnait cette teinte mate de déesse méditerranéenne. Ce n'est plus elle.

C'est comme si la douleur s'était instantanément volatilisée. Plus d'éclats électriques, de titillements acides. Juste une grande nuit dans mon cœur. Comme si un cran de sûreté venait de s'y bloquer. Il n'y avait de place que pour la colère. De la colère contre ce gâchis.

« Vous avez plus de détails ? je demande au diplomate.

— Non. On l'a retrouvée sur la plage, comme je vous l'ai dit… Comme ça… » Je le sentais gêné. « Comme ça, il a répété… Comme elle est maintenant… »

Il voulait dire « nue » et il n'osait pas. Il osait me faire chier avec ses « actes de décès » mais il n'osait pas dire « nue »…

L'employé a ramené le drap sur le corps.

« Noyée, sans autre explication ? Il y a eu une enquête ? »

Le diplomate m'a tendu une enveloppe de papier kraft.

« Vous avez le rapport ici. Avec la traduction en anglais. Elle avait de l'eau dans les poumons. Le corps ne présentait aucune marque suspecte. Noyade, oui… »

J'ai insisté :

« Mais quelqu'un au téléphone m'a parlé d'un centre de plongée…

— Oui, parce que c'est le Dive Center qui a prévenu les autorités. »

L'employé ouvre la porte. Une vague d'air chaud et poudreux nous submerge. Et il prononce en se retournant sa première phrase depuis que nous sommes arrivés :

« *Sayyid Marine.* »

Je me retourne, comme si l'on m'avait mordu le talon. Une intuition.

« *What did you say ?*

— *Sayyid Marine* », répond-il, en nous tenant toujours la porte.

Je me tourne vers le diplomate qui me dit :

« Nous y allons ?

— Non, d'abord, qu'est-ce qu'il dit ? »

Le diplomate lui pose une question en arabe, écoute la réponse, courte, et me traduit.

« Il dit que c'est un Marine qui l'a retrouvée. Je suis désolé, je ne comprends pas ce qu'il veut dire… »

J'avance vers l'employé. Je le regarde attentivement et je dis :

« Ce n'est pas *Marine*. C'est *Marin*, n'est-ce pas ? »

L'employé acquiesce.

Palm tree time

Le soleil glissait derrière les montagnes. Il n'y avait plus dans le ciel qu'un intense rougeoiement. L'appel du muezzin retentit.

Haya 'ala salat
Haya 'ala salat
Accourez à la prière

Haya 'ala falah
Haya 'ala falah
Accourez au salut

Allahou Akbar Allahou Akbar
La ilaha illa Allah

« Le consulat travaille avec le groupe Anubis, dit le diplomate. Ils sont très bien pour le rapatriement des corps. »

Anubis : le dieu égyptien de la mort. À tête de chacal : marketing décomplexé...

« Vous faites comme vous voulez, évidemment.

— Évidemment. »

Il a rajusté sa cravate, sans doute pour occuper ses mains. Et sans me regarder dans les yeux, tout en essayant de le faire, il m'a dit :

« Nous avons une assistance psychologique à votre disposition…

— Merci, ça ira.

— Je vous laisse revenir vers nous pour les formalités. Ça peut attendre un peu. » Il marque une pause et répète : « Un peu. »

Mes mains tremblent. Mes jambes tremblent. Mon cœur tremble, à se décrocher. J'ai mal dans les côtes. Le choc est en train de venir.

« Où est la plage ?

— À quinze minutes en voiture. De l'autre côté de la montagne.

— C'est là qu'est le centre de plongée ? »

Il a acquiescé.

« Il y a un hôtel ?

— Un bel hôtel. Un *resort*. »

Prononcé ici, devant ce dispensaire où reposait ma femme, le mot était absurde et choquant. Plus que le mot « nue ».

« Merci pour tout, ai-je dit. Cela vous ennuie d'expliquer le chemin au conducteur ?

— Je vous en prie. Au fait, tenez. Ça aussi, c'est pour vous. »

Il m'a tendu une enveloppe du ministère des Affaires étrangères.

« Qu'est-ce que c'est ?

— Son passeport et la clef de son logement. Le reste de ses affaires est là-bas. Elle habitait un petit village de pêcheurs à côté du *resort*. Là où le *resort* s'approvisionne en poissons, d'ailleurs. »

J'aurais voulu qu'il arrête de prononcer le mot *resort*.

« Voulez-vous qu'on se donne rendez-vous demain, pour aller à sa maison ? »

J'ai secoué la tête.

« Merci. Je préfère y aller seul. »

Au rougeoiement du soleil avait succédé le deuil de la nuit, timidement éclairée par le poudroiement des étoiles. On gravissait la montagne. Les phares balayaient ses flancs, la roche crissait sous les roues. Le conducteur négociait les virages avec difficulté. Des chèvres passaient dans la lumière. Leurs yeux éblouis paraissaient des billes de verre translucides. Nous avons atteint une sorte de col, puis le véhicule est redescendu, en freinant, par la route en lacet. Je luttais contre la fatigue. Concentré, pourtant, sur l'information obtenue au dispensaire. J'ai retardé le moment. Il fallait pourtant que je le fasse. J'ai allumé la lumière du plafonnier et ouvert l'enveloppe. Une clef. Sur un porte-clefs en bois représentant un petit requin-marteau. Encore lui. J'étais las, et profondément troublé. « Marin. » Le nom m'est venu comme ça. Le correspondant mystère. Une cohérence s'organisait mais je n'y voyais pas encore clair. Jules m'a appelé. Il m'a demandé si je voulais qu'il me rejoigne. J'ai décliné. J'ai remercié. « Tu vas tenir le coup ? »

Nous avons continué à descendre jusqu'à retrouver le plat. Le SUV a franchi un portail de pierre. Nous avons pénétré dans une palmeraie. Des dizaines et des dizaines de troncs dans les phares. Le silence régnait dans l'habitacle. Rien ne venait le parasiter. J'ai demandé au chauffeur de couper la climatisation : mon sang était bien assez froid. Le moteur allait sans effort, nous glissions mollement sur le sable. Au bout de quelques minutes, j'ai aperçu une bâtisse percée de points lumineux. La voiture s'est arrêtée.

Je suis descendu. L'air était tiède et bienfaisant. Salé, aussi. J'entendais le bruit des vagues. Un homme en dishdasha bleu ciel est venu à ma rencontre. « *Marahaba. Welcome, sir, at the Abu Nuwas Palm Tree.* » J'ai réglé le chauffeur. La voiture est repartie. J'étais seul désormais. Avec le fantôme de Paz. L'employé ne devait pas avoir plus de vingt ans. Il m'a conduit à la réception où il y avait d'autres jeunes hommes en bleu ciel. C'était un bâtiment de pierre aux murs glacés à la chaux, et aux meubles de bois. Des coussins sur le sol de bois foncé, un grand ventilateur. On m'a tendu une serviette éponge de petit modèle, brûlante, et un gobelet en argile, plein d'un jus épais, lacté, parfumé. « *Date smoothy* », a dit le jeune homme en souriant. C'était désaltérant, apaisant, délicieux.

J'ai donné mon passeport et ajouté que je ne savais pas encore combien de temps j'allais rester. Il m'a répondu que ce n'était pas un problème, parce que ici on était *out of time*. Hors du temps.

Le *resort* avait son propre fuseau horaire, le *palm tree time*. Une heure de plus qu'à la mégapole, m'a-t-il précisé, afin que le coucher du soleil « coïncide avec l'heure du cocktail ». « On va vous conduire à votre *pool villa*. Je vous souhaite une bonne *detox*.

— Pardon ?

— Le Palm Tree est renommé pour son programme de détoxification. Soleil, alimentation saine, calme et drainage : nous vous débarrassons de toutes vos toxines. Vous devez absolument découvrir notre spa… Vous verrez, ce n'est pas le même homme qui repartira d'ici. »

Il m'a prié de le suivre à l'extérieur du bâtiment. Une golfette m'y attendait, un autre jeune homme en bleu derrière le volant. Le véhicule électrique s'est ébranlé avec un bruit de dynamo. J'ai traversé une sorte de petit village aux rues de sable, avec des maisons veillées par des torches dont la flamme dansait dans la brise. Le véhicule s'est arrêté devant l'une d'elles. Le jeune homme a poussé une épaisse porte de bois, puis une seconde et je me suis retrouvé dans une pièce splendide.

Du bois, de la pierre, des lampes répandant une lumière chaude. Un plateau de dattes fraîches sur une table de métal. Une théière qui fumait. Un grand lit aux draps blancs, sous un ventilateur aux larges pales. Le garçon a posé mon sac sur un porte-valise, avant de se diriger vers de lourds rideaux qu'il a ouverts. Une surface vitrée a glissé sur ses rails et la nuit s'est panachée de vert : une piscine, tapissée d'une mosaïque émeraude. L'homme m'a dit qu'il était à mon service et que je n'avais qu'à presser le 9 si j'avais besoin de lui. Il m'a souhaité bonne nuit et s'est évanoui dans la nuit arabe.

J'étais dans le luxe et ma femme dormait dans une chambre froide. La culpabilité me mettait au supplice. J'avais l'estomac brûlant, les intestins en vrac. Je suis allé chercher les comprimés dans mon sac et j'ai ouvert la bouteille de vin libanais trouvée dans le minibar dissimulé sous une porte de bois admirablement sculptée. Je me suis débarrassé de tous mes vêtements et je suis entré dans l'eau avec la bouteille. Le vin râpait sur la langue. Je me suis mis sur le dos, enfin en apesanteur, mon sexe inerte reposant contre ma cuisse. L'air était si doux que c'était un crime de ne pas en profiter avec toi, Paz. Les constellations ont dessiné ton visage. Je t'aimais et je te haïssais. Je ne voulais pas penser à ton corps envahi par l'eau, tué par le manque d'oxygène. Je faisais des efforts pour écarter de mon esprit l'image de ce cadavre qui n'était pas toi mais seulement ton enveloppe. Nous avions cet adorable petit garçon par lequel tu continuais à être vivante. Pourquoi avais-tu fait ça ? Le vin et les comprimés aidant, les lumières ont commencé à danser. J'aurais pu mourir ici, moi aussi. Mais je devais rester vivant, rester vivant, rester vivant. Pour lui, et pour savoir ce qu'avait fait sa mère. Ou ce qu'on lui avait fait.

Les djinns

J'ouvre les yeux dans le soleil. Je me redresse, j'ai le dos brisé et la tête comme de la confiture. Je me suis endormi au bord de l'eau, à même les dalles de grès. Je me redresse, mon pied heurte une bouteille vide, qui roule et rejoint l'eau. Je suis nu et pathétique, surtout au milieu de ce jardin magnifique où poussent des grenadiers et des citronniers qui embaument. Une palissade de feuilles de palmier me protège des regards. Au fond il y a une douche en plein air, un sentier de pierres grises y mène. À côté, un tabouret de bois épais où sont pliées des serviettes de la couleur du sable.

L'eau coule sur ma tête, ruisselle sur mon corps. C'est apaisant, la douleur s'atténue. J'ouvre les yeux, le soleil dans les gouttes d'eau fait des arcs irisés, le ciel est bleu au-dessus de la montagne qui me fait face. Une muraille de miel, où le soleil allume des reflets roux. Une muraille verte, aussi : des palmiers par centaines, chargés de fruits charnus. Il paraît que les fruits légendaires que mangeaient les compagnons d'Ulysse, dans l'*Odyssée*, ces « fruits doux comme le miel » qui leur ôtaient toute envie de rentrer chez eux, étaient en réalité des dattes… Dois-je lutter moi aussi contre cette jouissance exotique ? Des oiseaux traversent le ciel bleu. Tout conspire à la volupté.

Je suis assis sur des coussins face à la mer. Abrité du soleil par un toit de palmes. Je porte une chemise et un pantalon très fin, mes pieds nus reposent sur un dallage frais. Un nouveau jeune homme en bleu ciel m'apporte du café. Je dois être le seul étranger. Sous une pancarte en bois où l'on peut lire les mots *vitamine shoot*, un buffet propose toutes sortes de fruits juteux, grenades, citrons, papayes, mangues, kiwis, et le curieux fruit du dragon, dont l'écorce est faite de feuilles roses en forme d'écailles. Il y a aussi des dattes, que je laisse volontairement de côté.

Une femme dans une robe blanche, qui ressemble à une blouse, s'arrête devant ma table. Elle est rousse, ses cheveux flamboient, elle pourrait détonner dans le paysage mais au contraire elle s'y inscrit, parfaitement en accord avec la teinte des rochers.

« Bonjour, me dit-elle en français, avec un accent britannique. Je suis Kimberley Fleming, manager de l'hôtel. »

Je salue, capté par le vert de ses yeux et le caractère insolite de son prénom. S'appeler Kimberley, c'est comme s'appeler Brenda ou Cheyenne. Ça fait série. Pas vraiment sérieux.

« Vous êtes arrivé tard hier, dit-elle, alors je voulais simplement me présenter. J'espère que vous passez un séjour agréable. »

J'acquiesce.

« N'hésitez surtout pas à me demander s'il vous faut quoi que ce soit.

— C'est très gentil. Vous parlez très bien français. »

Elle me remercie. Je la scrute. A-t-elle connu Paz ? Je suis à deux doigts de lui poser la question. Je me mords la lèvre. Ne rien dire. Aller prudemment, « comme un requin dans l'onde ».

Je lui demande où se trouve le centre de plongée.

« Dans le village. À trois minutes en voiture. Les sites sont fabuleux ici. Vous voulez que j'appelle une golfette ?

— On peut y aller par la plage ? Je préférerais marcher.

— Par la plage, c'est encore mieux. Surtout par ce temps. »

En professionnelle, elle examine mon petit déjeuner.

« Vous n'avez pas goûté à notre lait de datte ? Je vais vous en commander un.

— Merci, mais je n'aime pas les dattes.

— Vous avez tort, c'est plein de vitamines. Et doux comme le miel... »

A-t-elle vraiment dit ça ? La teinte de ses yeux verts s'est assombrie.

« Bienvenue », dit-elle avant de disparaître.

Je chemine entre les maisons. Une ruelle de sable mène à la ligne écumeuse. Seul le bruit des vagues et le cri des faucons qui tournent dans le ciel ponctuent le silence. La montagne fait rempart. Autre protection, la frondaison des palmiers, où explosent des parcelles de lumière en tombant sur les feuilles bifides. Un village arabe comme on n'ose plus en imaginer, dissimulant un luxe invisible dans l'enche-vêtrement des caféiers et autres essences. Un éden. Des chèvres y déambulent, y paissent. L'une d'elles me dévisage du haut d'un escalier de roches brunes, suçant un fruit juteux. Elle a un regard humain. Je me déchausse, prends mes sandales à la main. Devant moi la mer brille comme une peau de ser-pent, bleu cobalt, teintée de vert par endroits. La lumière me fait plisser les paupières, l'air salé me réveille un peu plus. J'avance sur le sable mouillé, l'eau lèche mes orteils, je tressaille sous la caresse. À gauche, la montagne plonge dans les flots, d'un piqué violent. À droite, la plage se déploie molle-ment en croissant, avec au loin dans la brume de mer le village de pêcheurs.

Affolé par les vibrations de mes pas, un crabe cavale devant moi, en biais, ridicule et plaisant, les pinces dressées, avant de disparaître dans un trou.

J'y suis. Serré dans mon poing, le porte-clefs. Le village : des barques retournées sur le sable, des poteaux électriques apportant le précieux fil vers quelques maisons simples, blanches, jaunes ou roses, à un ou deux étages, avec des portes de bois ou de fer. Des tapis aux motifs floraux sèchent sur les balcons. Des citernes cylindriques s'étalent sur le toit comme de gros phoques au soleil. À côté, par-fois, une antenne parabolique veille. Le bâtiment le plus haut est une minuscule mosquée aux fenêtres en ogive, délicatement crénelée, blanche, avec une coupole bleue. Un pick-up est garé devant. Quatre petites filles en abayas brodées de fleurs colorées, tête nue, peau bronzée et beaux cheveux noirs dans le vent de l'océan, sont assises sur le sable, côte à côte. Elles me font un signe de la main quand je passe, avant de rire sous cape de leur audace. Je salue un homme en robe noire, le keffieh rouge et blanc noué comme on le fait ici, relevé sur les côtés et attaché derrière la tête. Il répare un filet, une cigarette à la bouche. Qui tranche la masse noire de sa barbe. À côté de lui, une mouette dépouille du bec un reste de tête de poisson. Un nouveau crabe, sortant d'un jerrican crevé. À cent mètres, au bout de la plage, là où reprend la falaise, j'aperçois un bâtiment dont l'un des côtés est peint en rouge et barré d'un trait blanc en diagonale. Le *diver down flag*, drapeau universel des centres de plongée. Le bâtiment est flanqué d'une terrasse abritée avec deux tables. Je n'y repère aucun signe de vie.

J'ouvre ma main. Je regarde le petit requin de bois. J'aurais dû demander au diplomate de me décrire la maison... Je vais aller me renseigner au village.

Les rues sont de sable et de galets. Une nuée de garçons déboule, à la poursuite bruyante d'un vieux ballon de cuir. L'un d'eux, dans une dishdasha trop grande pour lui, qu'il ne cesse de remonter sur ses épaules, les cheveux étrangement clairs, s'arrête et me regarde avec intensité. Avant de rejoindre les autres. Sur un mur, deux mots sont écrits en anglais, tracés en rouge : LIFE OVER. J'arrive devant une maison. Des chaises en plastique devant, avec trois hommes, deux vieillards et un plus jeune, qui fument la chicha. De l'intérieur vient jusqu'à mes narines une odeur de poisson frit, d'huile de palme et de tabac. J'entre. C'est entre le café et l'épicerie, avec un patron au visage tanné par le soleil, coiffé d'un kumma, une petite toque ronde et brodée que les hommes portent sous le keffieh. Je réunis mes quelques mots d'arabe glanés de Beyrouth à Damas.

« *Salam Aleikhoum.* »

Je demande un café.

« *Arabic coffee* », croit-il bon de me préciser.

Je sors m'asseoir sur une chaise en plastique. La boisson arrive dans un verre Duralex. Le type la pose sur une petite table sommaire, en contre-plaqué. « *Shoukran.* »

Il me dévisage.

« *Amriki ?* »

Je secoue la tête.

« *Françaoui.* »

Il acquiesce. On dirait qu'il est rassuré. Je lui dis que je cherche l'étrangère qui habitait ici.

Il secoue la tête.

« La fille, je dis. *Elbent. El Ajnabiah ?* » Je mime ridiculement une abondante cascade de cheveux.

Il secoue encore la tête, retourne à l'intérieur.

Je pose la clef sur la table. Je me dis que je suis stupide. L'un de mes voisins se lève. Le plus jeune des fumeurs de narguilés. Il s'approche de moi. Il ne porte pas de dishdasha, mais un tissu rayé noué autour des hanches et un tee-shirt troué. Il a la tête nue, des cristaux de sel brillent dans sa barbe courte et dans ses cheveux.

« *Hi !* me dit-il en s'asseyant à côté de moi.

— Vous parlez anglais ?

— Oui. Je suis indien.

— *Namaste* », je dis.

Son visage s'éclaire.

Il sourit. Ses dents sont très blanches. Il me dit

qu'il vient du Sud. De Cochin, dans le Kerala. Qu'il est musulman et a dû s'embarquer pour gagner plus d'argent et pouvoir doter sa fille. Il est parti sur un boutre. Et il est resté ici où l'on gagne bien avec la pêche. Ça fait un an maintenant. Encore une autre année et il rentre.

« Elle a quel âge, ta fille ?

— Douze ans. »

Je pose les yeux sur le porte-clefs. Qu'il regarde avec attention.

« Tu viens pour l'Espagnole ? »

Mon cœur fait un bond dans sa cage d'os. J'acquiesce, et je demande aussitôt :

« Comment tu sais qu'elle est espagnole ?

— Elle venait ici parfois. Pour manger. Boire un café. Acheter des provisions. Un jour on regardait un match, parce que ici il y a la télévision. C'était le Real Madrid contre le Barça. Elle est restée, on a parlé. C'est comme ça que je sais qu'elle était espagnole. Je l'aimais bien. »

Cela me fait du bien d'entendre parler d'elle.

« Je cherche sa maison. »

Il pose les yeux sur le porte-clefs. Il prend un air méfiant. Il regarde autour de lui. Les deux vieux se sont tus. On dirait qu'ils nous écoutent.

« Ça ne leur plaît pas que je te parle.

— Pourquoi ?

— À cause de l'hôtel. Il achète notre poisson, c'est bon pour nous. Et si l'hôtel ferme…

— Pourquoi il fermerait ?

— À cause de la mort de l'Espagnole. »

À sa formulation abrupte, coupante, je frémis. Mais je poursuis :

« Ils ont quelque chose à voir avec sa mort ? »

Il hausse les épaules.

« Je ne sais pas. Tu n'es pas de la police ?

— Non. J'étais un ami.

— Je vais te montrer sa maison. Mais on va se retrouver sur la plage. Je ne veux pas qu'ils me voient. »

Du menton, il m'indique les vieux fumeurs de houka.

« Pourquoi ?

— Ils ont peur du *'ayn*.

— C'est quoi le *'ayn* ?

— Le mauvais œil. »

Un grand froid s'empare de mes membres, soudain très lourds. Il me regarde avec insistance, comme s'il cherchait à lire sur mon visage quelque chose d'essentiel. J'avale une goutte de café pour garder une contenance. Il avance la main sur la petite table, pose la main sur le porte-clefs de bois :

« *Qarsh*.

— Qu'est-ce que tu dis ?

— *Qarsh*. Ça veut dire requin. Il y en a beaucoup ici. Là, juste devant… tu en trouves plein, dans la mer. »

Il a fait le geste d'enfiler un masque. Je m'efforce de le faire revenir à la conversation :

« Pourquoi tu parles du mauvais œil ?

— Parce qu'elle est morte, mais que ce n'est pas la mer qui l'a déposée sur la plage. Ils parlent d'un *djinn*… »

Je commence à ne plus trouver ça drôle. Il est en train de se payer ma tête. Les djinns, je sais ce que c'est : les génies qui sortent des lampes dans *Les Mille et Une Nuits*.

« Montre-moi sa maison. »

Il hoche la tête et sort un paquet de cigarettes coincé dans son pagne, entre le tissu et son ventre. J'en prends une, lui aussi, il approche la flamme de son briquet de ma bouche, puis de la sienne. Le tabac me brûle la gorge. Ses yeux noirs sont plantés dans les miens.

« Je ne m'amuse pas avec toi. Le mauvais œil, les djinns, c'est vraiment ce qu'ils disent… »

Une voix s'élève près de nous. Une courte phrase, en arabe, au ton agressif. C'est l'un des vieux, en arabe. Il s'adresse à mon interlocuteur. Ce dernier me dit :

« Je vais retourner avec eux. Toi, tu pars. Je te retrouve sur la plage. »

Je pose quelques pièces sur la table, et me lève.

Marée basse. Les enfants jouent au ballon sur le sable mouillé. Assises à l'ombre, à même le sol, près des filets de pêche étendus dans le soleil, un groupe de femmes les couve du regard. Au large, trois barques à moteur se dandinent au fil des vagues. Le jeune homme du café me rejoint. Il est athlétique, il s'assoit à côté de moi.

« Au fait, je m'appelle Rakim. Et toi ?

— César.

— Tu es chrétien ? »

Je réponds que oui, ne pas avoir de religion étant ici une chose parfaitement incompréhensible.

Il me tend une nouvelle cigarette. Une fois qu'il l'a allumée, je reprends le fil :

« Tu disais que ce n'était pas la mer qui l'avait déposée…

— Non. Parce qu'un noyé, il n'a pas cette tête-là. Il est gonflé. Elle n'était pas gonflée. Elle était belle, *hamdoulilah*…

— Tu l'as vue ?

— Non. Mais d'autres l'ont vue.

— Qui ?

— D'autres… »

Ses yeux se posent sur la mer qui scintille comme une soie précieuse. Et s'y perdent… Tout au fond, à droite, le centre de plongée semble s'animer. Quelqu'un s'assoit sur la terrasse. Marin ?

« Les gens du centre de plongée, ils l'ont vue ?

— Oui. Comme c'était une étrangère, c'est eux qu'on a prévenus.

— Elle les connaissait bien, les gens du centre de plongée ?

— Tout le monde se connaît, ici. Même quand les gens ne s'aiment pas, ils se connaissent. Moi aussi, je les connais.

— Et tu ne les aimes pas ?

— Non.

— Pourquoi ?

— Il ne faut pas aller voir ce qu'il y a sous la mer. Ce n'est pas bien. Si c'était bien, Allah nous aurait donné des nageoires… comme à lui ! »

Il désigne le porte-clefs, que je tiens toujours dans ma main.

« Tu aimes les requins ?

— Non. Dans mon village, en Inde, ils remontent parfois la rivière, et ils mangent les gens. »

Je lui montre le centre de plongée.

« Et eux, au centre, ils doivent adorer les requins, non ?

— Oui. Un surtout. Il est *majnun*.

— *Majnun* ?

— Il est possédé. »

J'hésite entre l'agacement et l'inquiétude.

« Je ne comprends pas.

— C'est ce qu'ils disent…

— C'est qui, "ils" ?

— Les anciens, au village.

— Les mêmes qui parlent de djinns ? »

Il acquiesce.

« Et elle est morte à cause d'un djinn ?

— Non, elle est morte dans la mer, mais ce n'est pas la mer qui l'a renvoyée sur le village. C'est un djinn qui l'a déposée là. Pour faire peur au village. Elle était infidèle, comme toi. Une chrétienne.

— Comment tu le sais ?

— Elle avait un signe. Sur la peau. »

J'avale ma salive. J'essaie de contenir ma douleur. Ma rage aussi, de savoir que son corps a été exposé aux regards. Son corps, les secrets de son corps. Un instant des visions atroces me traversent. Profanation. Je m'accroche au rapport que m'a transmis le diplomate. « Absence de lésions traumatiques. Violence sexuelle : nulle. »

« Tu l'as vu ?

— Je t'ai dit que non. »

À nouveau, ses yeux dans la mer.

« C'est quoi exactement, un djinn, Rakim ? »

Il continue à fixer la mer et dit :

« *Wa Khalaqa Al-Janna Min marijin Min Narin…*

— Ça veut dire quoi ?

— "Il a créé les djinns d'un magma de feu."

— C'est le Coran ?

— Oui. Les djinns sont des créatures de Dieu, comme les anges et les hommes. Les anges sont faits de lumière, les hommes d'argile, et les djinns de feu.

— Ils sont méchants ?

— Ils ont leur propre volonté, ils sont bons ou mauvais. Iblis est un djinn. Et c'est un djinn mauvais.

— Iblis ?

— Le Diable. »

Je suis à deux doigts de le planter là. C'est plus que je n'en peux supporter. Mais il est le seul à me parler d'elle.

« Et tu y crois, toi, aux djinns ?

— Tout le monde croit aux djinns… On croit aux djinns comme on croit aux peaux de serpent pour lutter contre le mauvais œil. »

Et soudain il se redresse. Remet en ordre les plis de son pagne, me serre la main, et pose la sienne un instant sur son cœur.

« J'espère que tu trouveras une réponse… »

Je me redresse à mon tour. Il reste un dernier point.

« Comment il s'appelle, le… *majnun* ? »

Il s'immobilise. Il hésite à répondre. Et puis il lâche le nom :

« *Marine.*

— Pourquoi tu dis qu'il est *majnun* ?

— Il parle aux poissons. »

Je manque d'éclater de rire.

« Et c'est lui, le djinn ? »

— Mais non ! Lui, c'est un homme. Les djinns, on ne les voit pas. Il y a une tribu de djinns qui vit dans la mer. Les Maarid. Les vieux disent qu'il parle aussi avec les Maarid. »

Je ne comprenais plus rien. Il était temps de cesser cette conversation de plus en plus illuminée.

« Où est sa maison ? » ai-je demandé.

Il se tourne. Le village nous fait face, gardé par la ligne verte de la palmeraie et, au-dessus, par le rempart brun doré du djebel, puis l'immensité du ciel parfaitement bleu. Une femme passe devant nous, s'arrête, son voile est noir, il bouge avec le vent de la mer qui s'engouffre dans ses plis. Quelques secondes à nous regarder, et puis elle disparaît.

« Là. La maison blanche. »

C'est une maison toute simple semblable aux autres. Seul raffinement notable, deux arcs en plein cintre, à hauteur d'homme, délimitant un espace ombragé au fond duquel il y a une porte. La porte est en bois. Elle est peinte en bleu, rehaussée de trois tiges de métal qui s'entrecroisent et dessinent des motifs de losanges et d'étoiles. À droite, une petite fenêtre, protégée par une grille. J'y colle mes yeux mais un tissu à fleurs obstrue ma vue. La porte est fermée par un cadenas doré, qui porte l'inscription *Goldcity*. J'approche la clef du cylindre. Je vais enfin savoir.

Le centre

La clef ne rentre pas. Je réessaie. Ça ne fonctionne pas. S'est-il trompé de maison ? A-t-on changé le cadenas ? J'entends des pas derrière moi. Je me retourne, le cœur battant. C'est le petit garçon que j'ai croisé dans le village, celui qui a la dishdasha trop grande. Il se dirige vers la porte de la maison voisine, me regarde, intrigué. « *Kifak ?* » Mes vieux souvenirs du Liban. « Ça va ? » Il ne répond pas, ne sourit pas. Il se dresse sur la pointe des pieds pour attraper la clenche de la porte de sa maison. « Attends ! » Je mets la main dans la poche. J'agite le petit requin en bois au bout de la clef. Il s'arrête. Je m'approche doucement. « La fille, l'étrangère, elle habitait là ? C'est sa maison ? »

Le petit acquiesce.

Je ne comprends plus rien. Je m'assois un instant à l'ombre. De là je vois le centre. Toujours personne sur la terrasse. Je décide d'y aller.

Les feuilles de palmier de la tonnelle sont brûlées par le soleil, mais le bâtiment, posé sur une dalle de ciment, est en bon état. À droite de la porte, un grand panneau de bois frappé de l'inscription DIVING @ ABU NUWAS présente une carte, marquée de différents points surmontés d'un petit drapeau rouge barré de blanc. Je suppose qu'il s'agit des différents lieux de plongée. Je découvre que nous sommes sur une péninsule, que la côte est tailladée en dizaines de fjords labyrinthiques. Un panneau, plus petit, en liège, sert de support à quelques photographies aux couleurs passées. On y voit des gens avec des masques et des bouteilles, nageant au milieu de tortues grosses comme des moutons, dans des décors coralliens à faire pâlir le jardinier de Versailles. Une feuille y est punaisée, sur laquelle un tableau mentionne le jour de la semaine et la météo, indiquée par un seul pictogramme : un soleil qui sourit. Au bout d'un fil pend un stylo bille. On est prié de s'inscrire. Je me dirige vers la porte, j'ai failli écrire « vers la morte ». Mon cœur bat très vite. Une grille est poussée contre le mur. Il y a quelqu'un. Je suis devant la porte vitrée, constellée de stickers représentant, peu ou prou, les mêmes totems : un dauphin, un requin, un plongeur qui fait des bulles sur une mappemonde, un poisson carnivore stylisé entouré d'un cercle où on lit le message suivant : DIVE NOW, WORK LATER. D'autres avec les inscriptions PADI, CMAS, SCUBA.

Je pousse la porte. Je me retrouve au milieu de peaux humaines suspendues à des cintres. C'est l'impression que me font les combinaisons de plongée, molles, vides, affaissées. Sur des présentoirs, des masques qui me scrutent et différents fluides en bouteille de la marque AbyssNaut. Au fond, une porte de contreplaqué, fermée, et devant, un bureau et une chaise. Vides. Un tourniquet de fer propose des cartes postales. Sur l'une, une murène blanche couverte de points noirs ouvre sa gueule à l'intention de la crevette translucide qui s'y affaire comme une brosse à dents électrique. Sur une autre, la région vue du ciel : puissance de cette presqu'île montagneuse, d'une aridité cruelle, qui plonge dans la mer et accueille en son sein, à l'extrémité droite, cette petite vallée douce comme un sexe, dont la palmeraie serait la discrète pilosité.

« *Good morning !* »

Je sursaute. Un homme corpulent vient de surgir. Il doit avoir cinquante ans, il a le teint rouge, des yeux très bleus perçants et des cheveux ras. Il a les poings sur les hanches, porte un tee-shirt noir sur lequel immédiatement je m'arrête : la frise archiconnue de l'évolution de l'homme — un singe qui peu à peu se redresse, en cinq dessins, pour devenir un homme —, sauf qu'il y a une étape de plus, un dessin de plus, où l'*Homo erectus*, puis *sapiens*, est à l'horizontale, porte des palmes et fait des bulles. Il est devenu plongeur, stade ultime du développement humain selon le concepteur du tee-shirt, et certainement selon mon interlocuteur.

« Qu'est-ce que je peux faire pour vous ? » interroge-t-il en anglais avec l'accent d'un supporter de Manchester United. Serait-ce lui, Marin ?

« Je voudrais des renseignements pour la plongée... »

Le type éclate de rire et dit :

« C'est vrai ? Vous ne venez pas ici pour faire du ski ? »

Ce sourire stupide. Content de soi. Difficile de penser qu'il y a eu un mort sur cette plage. Il a l'oubli facile, le salaud.

« Vous êtes très amusant », je dis.

Son visage change immédiatement.

« *Sorry, guy.* Moi, c'est Daniel. »

J'ai ma réponse. Il me tend la main.

« Vous êtes à quel niveau ? reprend-il.

— Je n'en ai jamais fait…

— Ce serait pour un baptême, alors ? »

L'inquiétude m'envahit devant la gravité du mot. Il ouvre un grand cahier, attrape un stylo bille, regarde un planning.

« Demain, ça irait ? »

Ça va un peu vite pour moi. Je me sens ridicule. Je n'ai pas vraiment l'intention de mettre la tête sous l'eau. Je veux dire, vraiment sous l'eau. Petit, j'ai fait du masque et du tuba, mais respirer sous l'eau, engoncé dans cette seconde peau flasque… Je détourne les yeux des combinaisons. Elles dégagent une atroce odeur de néoprène. Ce local est sordide. Merde, Paz, qu'es-tu venue faire ici ?

J'essaie de gagner du temps. Je lui réponds que je ne sais pas, que j'aimerais des renseignements précis, savoir comment ça se passe exactement.

« On part le matin, on rentre en milieu d'après-midi. Deux plongées. Repos entre les deux.

— Et vous êtes tout seul, ici ?

— Heureusement que non, répond-il. J'ai deux gars avec moi.

— Ils sont où ? »

Ai-je vu l'ombre de la méfiance s'installer sur son visage ? Je bats en retraite.

« Je suis un peu inquiet, je dis. Je crois que c'est normal pour une première fois, non ?

— Comme toute première fois. Mes gars sont en mer, en ce moment. Vous êtes à l'hôtel ? »

J'acquiesce.

« Ils vous déposeront ici vers 8 h 30. Alors, vous êtes partant pour demain ? »

À son ton, je comprends que je l'exaspère.

« Ils parlent anglais, vos gars ? »

Ma question est stupide, je le sais, mais je ne peux pas directement demander si l'un des deux employés est français. Je veux avoir les mains libres, être insoupçonnable, quitte à avoir l'air con. Je crois que j'y arrive très bien.

« Il vaut mieux qu'ils parlent anglais si je veux que mes clients comprennent les instructions. C'est sérieux, la plongée, j'espère que vous le savez. Un accident est vite arrivé. »

Il a dit ça sans y penser. M'a-t-il vu pâlir ? C'est lui, maintenant, qui semble battre en retraite. Il reprend :

« Ils parlent anglais, ils parlent arabe, l'un d'eux parle français, car vous êtes français, n'est-ce pas ? »

J'acquiesce.

« C'est bien ce qu'il me semblait… J'ai un instructeur français. Je vous mets avec lui ? »

La question me brûle la langue. Je ne résiste pas :

« Il s'appelle comment ?

— Marin. »

La rage se réinvite en mon cœur. Je me retiens pour ne pas poser les questions qui se pressent sur mes lèvres :

« Et ça vous dit quelque chose, une Espagnole du nom de Paz ? »

« Elle plongeait souvent avec vous ? »

« C'est vous qui avez donné l'alerte, quand on

vous a averti que son corps reposait nu devant les maisons des pêcheurs ? »

Il tranche net le fil de mes pensées.

« Bon, alors, c'est oui ou c'est non pour demain ? »

Ai-je le choix ? Non.

Il va me falloir descendre pour comprendre.

« C'est oui.

— Alors signez ça. »

Il me tend une feuille où je dois écrire que je renonce à toute poursuite en cas d'accident.

Grenade

Je nage. Je nage dans l'eau du Golfe. Pour me laver de toute cette lassitude. Je n'en peux plus de ces doses de douleur, de mystère. Je repense au cadenas verrouillé. Quelle est cette chose que je ne pouvais pas lui donner et qu'elle est venue chercher ici ? Quelle est cette chose qu'elle a trouvée sur sa route, et qui l'a entravée, définitivement ? Marin ? Je crawle, je fais jouer mes muscles dans les flots arabes, je pense en frémissant à tout ce qu'il y a sous mon ventre nu, à ce que je vais voir demain, ce monde sous-marin glauque et visqueux qui m'effraie d'autant plus qu'il a tué ma Paz.

Je nage une heure, jusqu'à ce que mon cerveau ne roule plus que des pensées inoffensives. Je m'échoue sur le rivage. Je laisse les vagues me lécher. Je ferme les yeux dans le soleil. J'essaie de ne pas penser aux djinns, au mauvais œil. Je n'ai jamais cru à ça.

J'ai appelé mes parents. Ils m'ont proposé de te passer le téléphone. J'ai refusé. J'avais peur de flancher. Ils m'ont dit que tu jouais beaucoup avec ton île en plâtre et sa lave orange, que tu y avais mis un squelette qui la nuit phosphoresçait, rendant toute la lumière emmagasinée pendant la journée. Que tu dessinais des fleurs.

Je m'acclimate à l'éden. Je mange des fruits de la passion. Je regarde les boutres qui glissent au loin. Je suis dans le *majliss,* le petit salon extérieur de ma maison arabe, douché, vêtu de linge propre, prêt au combat.

C'est ce que je me suis dit quand le gros Daniel m'a demandé de le suivre dans la réserve où j'ai essayé ma combinaison de néoprène, ma seconde peau de location. Puis le gilet de stabilisation qui, avec ses tuyaux, ses purges, ses poches pour mettre le plomb et ses agrafes ventrales, me donne l'impression de tenter ma chance dans les commandos marine.

Je retourne dans l'habitation principale. J'aperçois, glissé sous ma porte, un bristol avec quelques mots.

Mrs Kimberley Fleming, manager of the Abu Nuwas Palm Tree, is very pleased and honored to welcome you for a sunset mixology session at the Djinn Bar.

Elle m'attend au bar. Assise sur un haut tabouret. Sa chevelure déployée. Elle porte une robe verte qui laisse voir le haut de ses seins et ses cuisses bronzées. Un autre visage du management. J'ai très envie d'un verre. Voire de deux. Mais pas très envie de parler. Je dois me forcer. Rester concentré.

Elle m'aperçoit mais ne se lève pas. Se contente de décoller de ses lèvres son verre de cocktail et de diriger son regard vers moi. Je prends place près d'elle. Elle me tend une main aux ongles peints en rouge, me dit bonsoir, et me désigne le type à la bouille ronde debout derrière le bar. Il porte comme les autres employés une tunique couleur azur.

« Sindbad, notre mixologiste.

— On ne dit plus barman ?

— Non, dit la manageuse. Des associations de femmes se sont plaintes... Barman serait trop masculin.

— Et barmaid ?

— La barmaid, c'est celle qui tire les pintes. Dévalorisant, paraît-il. Pas pour moi. J'ai passé mon enfance en Irlande...

— Kimberley, ce n'est pas irlandais.

— Exact. Ma mère est du Norfolk. Dites Kim, ça ira...

— Entendu. En tout cas on est loin du Norfolk, ici... Sindbad, Djinn Bar... Vous ne faites pas les choses à moitié dans le thème *Mille et Une Nuits*... »

Elle sourit.

« L'Arabie heureuse, que voulez-vous... Vous prenez quoi ? La spécialité de Sindbad ?

— C'est quoi ?

— C'est ce que je bois. Un martini à la datte. Martini blanc, vodka, chambord, citron vert provenant de notre jardin organique et des dattes fraîches cueillies sur les mille palmiers qui oscillent sous vos yeux. » Elle désigne la palmeraie. « Les fruits sont soigneusement écrasés au pilon par Sindbad et le tout est mélangé au shaker, pas à la cuiller. »

Je souris à l'allusion.

« On s'amuse comme on peut, dit-elle, faussement confuse.

— Les distractions manquent ? »

Elle porte le verre à ses lèvres.

« Regardez autour de vous. »

L'hôtel est presque vide. Un couple en lune de miel devant une coupe de champagne. Une famille arabe, les parents, les enfants, et la nounou philippine.

« Alors, reprend-elle, martini à la datte ?

— Pas à la datte, non.

— Vous avez tort, c'est le pays des dattes ici : le sultan a fait planter un million de palmiers dattiers... Il veut l'autosuffisance alimentaire pour son peuple... C'est bourré d'antioxydants. Au spa, on propose même un gommage à la datte, vous devriez essayer.

— Peut-être, j'ai beaucoup à gommer... »

Elle rit. Agréable compagnie. Mais le pressentiment homérique l'emporte.

« Va pour le martini, mais vous me proposez quoi d'autre dedans ? »

Elle lance à Sindbad une courte phrase en anglais. Il propose :

« *Pomegranate, sir.* »

Elle traduit :

« Grenade. Excellent pour la prostate. »

Je ne relève pas :

« Vous parlez vraiment bien français.

— École d'hôtellerie de Lausanne. Précision suisse. » Elle dit ça comme pour se moquer d'elle-même, se tourne vers le mixologiste, lui désigne son verre : « *Sindbad, please.* » On dirait un miaulement. Dans cette lumière orange, c'est totalement insolite. J'ai l'impression d'être mort.

Sindbad ouvre une adorable petite boîte en bois divisée en compartiments contenant chacun une datte. Il en choisit trois après les avoir longuement étudiées et les fend en deux. Son couteau ressemble à un petit cimeterre. La pulpe, charnue, hésite entre le jaune et le brun, la texture entre le miel et le caramel. Ma voisine tend sa fine main vers la planche à découper et s'empare d'une moitié de fruit qu'elle porte à ses lèvres.

« "Celui qui commence sa journée par manger sept dattes ne sera pas lésé ni par un poison ni par un envoûtement", disait le Prophète.

— Que disait-il sur le martini ?

— Ne blasphémez pas, me dit-elle en fronçant les sourcils. Même si cette enclave résiste à son empire… Merci, Sindbad », ajoute-t-elle en accusant réception de son deuxième martini.

Sindbad tranche une grenade. L'écorce éclate. Des grains pourpres apparaissent. Un jus rubis s'écoule.

« Regardez comme c'est beau. »

Je lève les yeux : une autre grenade, cosmique celle-ci, répand son sang sur les flancs de la mer. Kim saisit son verre et m'effleure la main par inadvertance. Je frémis.

« L'hôtel est si vide, dit-elle.

— Cela vous attriste ? »

Elle secoue la tête.

« Non. Il ne vient jamais personne. Qui aurait l'idée de venir ici ? D'ailleurs, vous, qu'êtes-vous venu faire ? J'ai lu votre fiche d'enregistrement. Businessman ?

— Vous avez lu ma fiche ?

— Je lis celle de tous les clients. »

Sindbad sourit en agitant son shaker. Puis verse la synthèse d'alcool et de fruits dans un large cône de verre extrafin qu'il fait glisser jusqu'à moi.

« C'est quoi votre business ?

— Finance islamique », je dis. Et pour bien me mettre à couvert, j'ajoute : « J'émets des *sukuk*, cela vous dit quelque chose ? »

Elle a une moue qui pourrait signifier : « Non, et je n'ai pas vraiment envie que vous me racontiez. » Et lève son verre :

« À votre business, alors ! »

Les récipients s'entrechoquent. Elle porte le verre à ses lèvres charnues. Moi de même : c'est à la fois amer et sucré. Délicieux. Je me dis pour la deuxième fois : elle a forcément rencontré Paz.

« Vous lisez toutes les fiches de vos clients… »

Elle acquiesce.

« Et qu'est-ce que vous avez eu de plus… original ? »

Autour de nous, ses hommes en bleu commencent à allumer des flambeaux, dont la flamme ondule sous la brise tiède. Le bar prend des allures de théâtre cérémoniel. Je ne vois plus ses yeux. J'entends ses bracelets glisser sur son bras, elle boit une gorgée.

« Il est venu quelqu'un, il y a quelques mois. Une artiste. Ça nous changeait. »

Sa voix est devenue plus grave, et en même temps désabusée. Mon sang a commencé à battre plus fort.

« Une artiste ? Une photographe ? »

Kim s'est tournée vers moi, étonnée :

« Pourquoi dites-vous photographe ?

— Je ne sais pas. La beauté du coucher de soleil, ça s'y prête assez bien…

— Cela ne vous intéresse pas, on dirait. »

Elle semble déçue.

« Au contraire. Elle n'était pas photographe ?

— Mais non ! Rien ne pouvait être plus éloigné d'elle. Elle détestait les photos ! Plusieurs fois, sur le bateau, quand on allait plonger, elle insistait pour ne pas être sur les photos, comme si elle devait se cacher. Je me suis même dit, je vous assure, je suis sérieuse, qu'elle était peut-être en cavale, une évadée, quelque chose comme ça.

— Une évadée ? »

Je devais faire des efforts considérables pour ne pas sortir de mon personnage. J'ai descendu la moitié de mon cocktail.

« Oui, ça va vous paraître ridicule mais j'y ai pensé, un instant, je vous l'avoue. Parce que non seulement elle ne voulait pas être prise en photo, comme si elle ne devait pas être reconnue, mais elle n'en prenait jamais. Alors que, quand même, les endroits où l'on va sont sublimes, et que ça fait des souvenirs, comme on dit. »

Ce dernier mot m'a pincé le cœur. Des souvenirs… Et si c'était le contraire de ce qu'elle voulait ? Un grand bain d'oubli… Plus de photographies ? Je ne comprenais pas. Parlait-on de la même ?

« Elle venait de quel pays ?

— Elle était espagnole.

— Et vous avez dit qu'elle était artiste ?

— Elle était peintre. »

Me suis-je trahi ? Kim passe une main dans sa crinière et vient la mettre sous son menton. Le coude appuyé sur le bar, elle me regarde.

« Qu'est-ce qui se passe ? me demande-t-elle.

— Rien du tout.

— Vous n'avez pas l'air bien.

— C'est l'alcool. Ou la fatigue…

— Je vais vous laisser », dit-elle en commençant à glisser de son tabouret.

Je pose la main sur son bras. La cloue au bar. Mon geste la surprend. Les muscles de son avant-bras se sont tendus. Je dis, le plus calmement possible :

« Je vous en prie. Je suis un peu fatigué mais cela va passer. Je vous en prie. »

Elle étudie la situation. Elle doit se sentir aussi seule que moi parce qu'elle finit par se rasseoir.

« Un autre verre ? propose-t-elle.

— Je veux bien. »

Sindbad part en voyage vers la bouteille de martini. Une musique orientale, un chant plaintif pimenté par le sifflement des sistres — un bruit de crécelle de serpent à sonnette — s'élève doucement dans la nuit.

« Elle est partie ? »

Kim a laissé passer un long moment.

« Si l'on veut…, répond-elle, une grande lassitude dans la voix.

— Que voulez-vous dire ?

— Elle est morte. »

Je fais semblant d'être étonné.

« Comment ?

— On l'a retrouvée sur le rivage, un matin, nue. Non, ne croyez pas… Son corps était intact. Une noyade. Une simple noyade. Il n'y a pas eu d'enquête très poussée. Pas besoin. Ça a eu l'air d'arranger tout le monde.

— Pourquoi ?

— Parce que c'était une femme, une étrangère, et qu'ici ils sont un peu… comment dire ?… sauvages. Tant mieux pour le *resort*, ce n'est pas une publicité géniale…

— C'est scandaleux. »

C'est sorti tout seul. D'impatient, je deviens imprudent. Heureusement, elle ne relève aucune incongruité.

« Vous avez raison, dit-elle. Moi, je voulais savoir. »

Elle tourne vers moi ses beaux yeux clairs. Dont la danse des torchères m'autorise à voir l'éclat.

« Noyée… Vous plongiez avec elle ? »

Elle hoche la tête.

« Oui, elle adorait ça. Elle s'y était mise en arrivant. Il faut dire que c'est le lieu idéal. Je ne comprends pas ce qui a pu arriver. Elle était si vivante… Mais pardon, je ne veux pas vous embêter avec ça. On dirait que ça ne va pas… Je ne sais pas pourquoi je vous parle d'elle.

— Vous m'en parlez parce qu'elle avait l'air de compter pour vous. »

Elle sourit. « Venez avec moi. »

Elle descend du tabouret. Se cambre pour rajuster sa robe, prend la clef qui traînait sur le bar — le porte-clefs est une petite bouteille de verre en forme d'encensoir — et se dirige vers le bâtiment principal. En passant elle salue l'employé qui fait cuire des poissons dans un parfum où se mêlent le poivre et le safran. C'est l'autre rive de l'océan qui entre par mes narines.

« *Eveything's OK, Jamal ?*

— Everything's OK, Madame.

— Have a good night. »

Ce n'est plus du tout la fille mélancolique apparue un instant plus tôt, mais la patronne qui règne sur un monde d'hommes. Je suis son sillage de rousse en espérant ne pas m'être mis dans une situation dont je ne pourrais me sortir sans dommage. Nous traversons plusieurs pièces percées d'arcs et d'ogives à travers lesquels on voit luire les étoiles. Elle s'arrête devant une porte signalée par une pancarte en lettres arabes, saisit la clef, la fait tourner dans la serrure et me fait entrer dans une pièce obscure. Elle referme derrière nous. Le noir. La chaleur. J'entends sa respiration. Cela ne dure que quelques secondes. La lumière jaillit, douce, tamisée par des lampes en laiton ajouré.

Devant moi il y a un bureau et, au-dessus, une grande toile blanche avec un magnifique dessin à la peinture bleue. Esquissée à grands traits, mais avec des gestes puissants, une femme allongée, renversée, nue, cheveux éparpillés autour de la tête, jambes écartées, prenant appui sur le sol avec les pieds, les mains sous le corps, comme essayant de se détacher de fils invisibles qui l'entravent — et, dessous, une large ombre noire.

« C'est elle qui l'a faite ?

— Oui, c'est elle.

— Magnifique peinture », je dis.

Elle secoue la tête.

« Pas seulement… Regardez bien. »

Je m'approche, et je vois que, par-dessus la peinture, il y a des fils, des fils bleu électrique, qui suivent le dessin, le recouvrent en partie. Un travail

de patience contredisant, et complétant, le jaillisse-
ment instinctif du dessin.

« C'est de la broderie…

— Oui, dit-elle, faite sur un calicot. Une sorte
de peinture à l'aiguille… »

Un mot est brodé, à droite. AZUL. Elle voit que
j'ai remarqué.

« Ça signifie "BLEU", en espagnol. »

Je me contente de dire :

« C'est superbe. Vous la lui avez achetée ?

— Elle me l'a donnée. »

Et comme je m'en étonne, non parce que Paz
n'était pas généreuse, loin de là, mais parce que
cela m'indique soudain une grande proximité
entre elles deux, elle me raconte :

« Elle venait de temps en temps à l'hôtel. On
bavardait. Je lui avais proposé une chambre mais
elle préférait sa petite maison, là-bas, au village.
Son atelier, en fait, avec juste un coin pour dormir
et se faire la cuisine. Elle n'avait rien, cette fille… »

Rien ? Kimberley ignore visiblement tout de la
cote de Paz. Surtout à la fin, après le Louvre. Moi
qui me disais : « Je vais bientôt me retrouver homme
entretenu… »

Elle reprend : « Je passais parfois la voir. Elle
s'arrêtait de peindre quand j'arrivais et ça m'ennuyait beaucoup. Pour son travail, et pour moi : un
jour, je lui ai dit que j'aimerais beaucoup qu'elle
me laisse la regarder peindre, que je ne ferais pas
de bruit. Elle n'a rien dit, elle a fermé la porte. Il y
avait encore beaucoup de lumière car le soleil passait à travers le morceau de calicot blanc qu'elle
avait tendu devant la fenêtre pour l'aveugler. Le
tissu adoucissait un peu la chaleur. Elle s'est mise à

peindre avec de grands gestes lents et beaux. Le bleu venait naturellement s'inscrire sur le blanc de la toile. Rien que du bleu. J'aimais d'ailleurs quand elle le disait en espagnol : *azul.* »

Elle se met à le prononcer à l'espagnole ; maladroitement, mais avec un tel enthousiasme que le mot surgit comme une belle chose insolite : « assoul ».

Elle a les yeux brillants. Elle me décrit la pièce : remplie de pots de peinture, de pinceaux, de bouteilles pleines de substances translucides, solvants ou dissolvants, je ne sais plus, qui distillaient dans l'atelier un parfum piquant, entêtant. « J'aimais la regarder. Accroupie devant sa toile. Énergique, et d'une grande sérénité. Je suis revenue plusieurs fois. Elle ne disait rien. C'était une très belle fille, unique. Parfois, elle ôtait ses vêtements... »

Kim s'arrête, consciente d'en avoir trop dit. Paz peignant nue devant Kimberley. La brune et la rousse. Me serais-je trompé dans le scénario ? Je veux être sûr d'avoir bien compris :

« Elle peignait nue ?

— Parfois... Je suis bête de vous raconter tout ça... »

Elle marque une pause, ajoute, les yeux dans le vide :

« Je l'aimais beaucoup, Dolores... »

J'ai blêmi :

« Dolores ?

— Qu'est-ce qui se passe ? Vous êtes tout pâle...

— Rien, rien... Ce prénom m'a fait penser à quelqu'un... »

Elle me regarde avec intensité. Comme si elle était en train de comprendre. Elle ne peut pas savoir : je suis businessman. Il commence à faire très chaud dans la pièce. Elle s'avance vers moi :

« On dirait vraiment que ça ne va pas… »

Je peux presque sentir son souffle parfumé à la datte et au martini. Je me raidis. Je recule.

« Allons-y, lance-t-elle soudain, me contournant pour attraper la poignée de la porte. Je vais plonger demain matin. Je dois me lever tôt. »

Le ton est coupant. Elle ouvre, me laisse passer, et ferme derrière moi, à clef.

« Moi aussi, je vais plonger, je dis.

— Alors nous nous verrons demain. Dormez bien. J'ai été ravie de faire votre connaissance. »

Elle me tend la main protocolairement avant de disparaître derrière une arcade, très *manageuse*.

Dolores ? Je marche vers ma chambre, désemparé. Les étoiles luisent, une chèvre bêle, l'alcool nage dans mon sang, tout tangue. Ce n'est pas une autre : j'ai vu le cadavre. Et pourtant une autre Paz est née, qui s'est mise à la peinture, à la broderie, au geste humain pur, loin de la technologie, de la fabrique d'images qui a pourtant été, précisément, sa marque de fabrique, le véhicule de son ascension dans les hautes sphères du marché. Je repense à ce que je viens d'apprendre : son refus désormais de toute photo, d'en prendre ou d'être dans le viseur. Comment a dit Kim, déjà ? Une fille « en cavale » ? Une « évadée » ? Et ce nom, Dolores, qu'elle a pris. Changement de nom qui me meurtrit. On change de nom quand on veut oublier ce qu'on était. Et quel nom lourd de sens ! Dolores veut dire « douleurs ». Dolores dérive, comme ces vieux noms espagnols — Pilar, Remedios —, de la Vierge. *Nuestra*

Señora de los Dolores. En français, Notre-Dame des Sept Douleurs, qu'on représente levant les yeux au ciel, le cœur percé par sept glaives qui dessinent sur la poitrine asséchée, privée de fils, une autre auréole, terrible. Elle en parlait souvent, Paz, de la Vierge, s'interrogeait sur cette « virginité » d'une femme enceinte ; elle disait : « Imagine que tout cela, la religion chrétienne, ne soit parti que d'une excuse lancée par une femme à son mari trompé ? "Je n'ai rien fait, José, c'est Dieu ! Je suis enceinte de Dieu, un ange me l'a dit, je te jure !" Les mensonges les plus efficaces sont toujours les plus gros. »

Et voilà qu'elle-même se faisait appeler Dolores. *Mater dolorosa*, alors qu'elle avait abandonné son fils. Alors qu'à elle, ni Dieu ni les hommes ne le lui avaient pris.

J'étais en colère.

*

Cette nuit-là, je ne cesse de tourner dans mes draps. La climatisation m'habille d'une camisole de glace, je me lève, je la coupe, je me réveille en nage. Je fais un rêve. Paz qui peint nue, accroupie, de dos, dans ce chaos de pots de peinture bleu électrique et de pinceaux dispersés sur la bâche de plastique qui couvre le sol, maculée de taches du même bleu, taches qui se mettent à bouger, à onduler comme des serpents sur le plastique, à se réunir, à former des ruisseaux de sang bleu. Paz se retourne, elle a le visage de Kim qui éclate de rire et dit : « Je m'appelle Dolores ! » Puis le visage fait place à celui de la Vierge, qui laisse tomber son enfant à terre et ouvre en deux une grenade juteuse. Le rouge explose.

Marin

Je me réveille terrorisé, les draps collent comme un linceul. Je sors mes jambes de la nasse textile. Je finis par m'abîmer dans le sommeil. Combien de temps ? Le *wake-up call* me perfore le cerveau. Et il va falloir que je descende dans les entrailles de la mer ? Je me lève, je cours vers la salle de bains où je vide les miennes.

« Vous en faites, une tête ! »

Kim est enjouée. Nulle trace de l'embarras de la veille.

« Le stress. C'est ma première.

— Un baptême ? J'adore ! »

Kim m'attend à l'arrière de la golfette. Elle a noué ses cheveux roux en queue-de-cheval. Elle porte un short de coton rouge et un polo bleu marine au nom de l'hôtel. Un masque à la main, et son petit porte-clefs encensoir. Je m'assois à côté d'elle.

« C'est quoi, là-dedans ?

— Du poison », dit-elle.

Elle voit ma tête et rit aux éclats.

«Je plaisante. C'est du musc. J'aime le parfum, et puis c'est idéal contre le mal de mer.»

Elle tourne la tête vers le chauffeur :

« *We can go, Suleiman.*

— *Yes, Madame.* »

Le type en tunique lui sourit et appuie sur la pédale. Je ne peux pas m'empêcher de trouver charmante la façon dont elle régit sa troupe masculine. Une jeune reine et ses serviteurs. Des serviteurs qui l'aiment. Le véhicule s'élance sans un bruit sur la route de sable. En contrebas la mer brille comme si un djinn avait, cette nuit, remplacé chaque grain de sable par un saphir. Tout à fait en accord avec la ravissante mosquée aux airs de boîte à bijoux. Nous arrivons au village. Je me penche vers elle :

« Elle habitait où, l'Espagnole ? »

Elle me répond sans un mot, pointant le doigt sur la maison à arcades. C'est donc la bonne, celle que j'ai trouvée fermée, le cadenas changé.

Le centre de plongée est en vue. Des hommes s'activent sur le débarcadère où tangue un bateau fuselé. Ils portent des bouteilles d'air comprimé et des casiers bleus. Marin doit être parmi eux. La voiture s'arrête. Kim descend. Quatre lettres majuscules s'affichent en blanc sur son minishort rouge : DIVE. Je prends une grande inspiration.

« *Wassup Danny ?* », lance Kim d'un ton triomphal en entrant dans le bureau.

Elle disparaît dans les bras du mastodonte dont j'ai fait la connaissance hier. Il la libère et me salue :

« Pas trop nerveux ?

— Ça peut aller, je dis.

— Marin est au bateau. Vous pouvez le rejoindre et vérifier votre équipement. Kim, ton nitrox est prêt. »

Elle sourit.

Je fais le tour du bâtiment, la lumière est déjà aveuglante. J'atteins le ponton. Entre les planches de bois, la mer est bleu ciel. Au fond, des étoiles de mer étalent leurs pétales visqueux. J'arrive au bateau, équipé de deux colossaux moteurs de 225 chevaux — c'est écrit dessus, comme la marque, Evinrude, le nom de la libellule dans *Bernard et Bianca*. Il est blanc, tout en longueur, couvert d'un toit qui prodigue une ombre indispensable. Sous le toit, deux rangées de bancs, avec, au milieu, une quinzaine de bouteilles d'air comprimé rangées à la verticale, fuselées, couleur argent. Deux locaux en tee-shirt, le kumma sur la tête, y sont penchés. Dans leur main un appareil jaune qui ressemble à un tensiomètre. Ils le collent contre l'extrémité des bouteilles, libèrent de l'air. Le bruit d'une cocotte-minute dont on expulse la vapeur. Pas de Marin. Je m'approche. Ils se retournent.

« *Hello, I'm looking for Marin.* »

L'un d'eux pointe son index dans ma direction, derrière moi.

Je tourne les talons, et je pâlis. Le nouveau héros de mes cauchemars. Le cheveu très court, en vrac, la barbe d'une semaine. Juvénile, mais athlétique sous son short de treillis et son tee-shirt blanc, où on lit la marque en gros caractères, MARES, et cette injonction simple : *Just add water.* Évidemment bronzé, puisqu'il passe sa vie sur l'eau. Un keffieh à damier noir et blanc autour du cou, délavé par le soleil. Il me tend la main, sourit, il a les dents blanches. Et surtout, surtout, des yeux d'un bleu intense, pas bleus d'ailleurs, presque mauves.

« Tu dois être César ? »

J'acquiesce. Tendu à l'extrême dans l'éblouissement de voir enfin l'ennemi.

« Je suis Marin », dit-il simplement. Avant d'ajouter, posant la main sur mon épaule : « Tout va bien se passer. » La voix est jeune, mais grave, magnétique. Je comprends immédiatement pourquoi j'ai été oublié. Pourquoi nous avons été oubliés.

On est à bord. Six plongeurs, moi compris. Le couple en lune de miel aperçu à l'hôtel et deux hommes plus âgés, un maigre et un gros. Kim vérifie son équipement. D'une caisse bleue, elle sort un gilet, du même type que celui que j'ai essayé la veille, le fixe solidement à sa bouteille, puis en extrait un poulpe de plastique et de métal, dont les quatre tentacules se terminent par des cadrans à aiguilles et des embouts en silicone. Kim visse le poulpe à sa bouteille, puis fait glisser les tentacules dans le gilet. C'est précis, efficace. Je la regarde avec admiration. Elle s'assoit près de moi. Ses jolis pieds ont les ongles vernis de rouge, comme les doigts de sa main qui pianotent sur ses cuisses nues. L'excitation sur le bateau est palpable. L'adrénaline inonde les cerveaux.

« Tout le monde a checké son matériel ? » lance Marin avant de nous présenter Brahim, l'autre instructeur aux airs de lutteur pakistanais et, à la barre, « Captain Mahmoud », qui ressemble à Yasser Arafat avec son keffieh rouge et blanc. Il nous fait signe de la main, la pose contre son cœur et la laisse rejoindre le tableau de bord où elle tourne une clef de contact.

Les deux monstres à hélice rugissent. Le capitaine attend que les cordages qui relient l'embarcation au ponton soient dénoués et tire le levier de commande vers lui. Le bateau s'élance dans un bouillonnement d'écume. Le village s'éloigne. La maison de Paz et ses secrets cadenassés se fait toute petite, le minaret est le dernier à disparaître. Ne reste plus qu'un environnement minéral, la montagne brune, l'eau bleue.

Kim est perdue dans la contemplation des falaises. Un véritable mur de plusieurs centaines de mètres de haut, qui se fracasse dans l'eau en fragments colossaux, ménageant des failles, des grottes, des cavernes. Je pense à l'antre de Calypso. Kim se lève, se dirige vers le fond du bateau où Marin, une ardoise Velleda sur les genoux, dessine avec un feutre. Elle se penche à son oreille. Dans ma tête se crée un écran avec les trois personnages, Paz, Marin et Kim, et un réseau de flèches : qui aime qui ? Qui a aimé qui ? Qui a trahi qui ? La manageuse se redresse et empoigne l'échelle de métal qui mène au pont supérieur.

Le bateau entre dans un fjord. Les falaises sont de plus en plus escarpées, plombées par le soleil. La lumière est aveuglante, réfléchie par l'acier des bouteilles dressées au centre du bateau. Je me penche sur l'eau, on a l'impression d'apercevoir le fond. Des formes remuent dans l'onde. Les coraux affleurent. Les couleurs jaillissent. L'eau est devenue verte.

Le capitaine coupe les moteurs, immerge l'ancre. Le silence se fait. Marin annonce un *briefing on the sun deck* et grimpe à l'échelle. Je le suis.

Sur le toit je retrouve Kim, assise. Ses bras entourent ses jambes repliées. Derrière elle, deux drapeaux flottent dans le vent : le pavillon rouge des plongeurs avec sa diagonale blanche, et un autre, noir, avec une tête de mort surmontant un trident et un bâton au bout courbé qui se croisent. Marin s'installe en tailleur. Les plongeurs font cercle autour de lui. « Manta Point », dit-il, en montrant à tous l'ardoise sur laquelle il dessinait il y a encore un instant. On y voit un tracé schématique, en perspective, de ce qu'il y a sous le bateau : le récif, avec les différents plateaux, puis la chute brutale vers les grandes profondeurs. « Manta Point, reprend-il, ainsi nommé parce qu'on y trouve ça. » D'une poche de son short, il vient de sortir un petit objet. Un jouet d'enfant. Un poisson miniature, plat, en forme de triangle terminé d'un côté par une queue, de l'autre par deux cornes. « La raie manta, dit-il, l'un des plus beaux spectacles que l'on puisse voir. » Il se met à faire de lents mouvements avec son jouet comme un gamin qui s'amuserait avec un avion en modèle réduit. Tout le monde rit. Les pieds vernis de Kim s'agitent à nouveau. L'excitation monte. « C'est une station de nettoyage, reprend Marin en anglais, vous connaissez le principe : la manta vient ici se faire enlever les parasites qu'elle a accumulés durant sa longue migration. Car il y a là des espèces particulières de poissons qui sont friands de ces parasites. Un bel exemple de cohabitation animale dont nous devrions tirer des enseignements. Pour observer ce *car wash* sous-marin (tout le monde rit à nouveau), une seule chose à faire. On descend tranquillement à quinze mètres, on s'accroche au récif et on attend qu'elles passent. On regarde, on ne bouge pas, on ne palme pas. Poumon-ballast, c'est tout. Et on surveille son *buddy*. À voir aussi, de très belles tables de corail, des poissons-anges, quelques murènes évidemment, et on scrute le bleu pour voir s'il y a du gros. Vous allez plonger avec Brahim. Moi, je dois baptiser quelqu'un. » Il se tourne vers moi, sourit, Kim aussi me sourit. « *Any questions ?* Non ? Alors on descend et on s'habille. » Il me fait penser à un jeune chef de commando. Ou un gourou avec sa secte. Ils aiment ça. Être sous son contrôle, sa protection…

Kim fait glisser son short sur ses cuisses et ôte son polo qu'elle range dans le casier d'où elle a tiré sa combinaison. Elle se rassoit. Ses longues jambes se frayent un chemin dans la gaine de néoprène. Le caoutchouc noir recouvre à présent ses mollets, ses cuisses, ses fesses, ses reins. Elle passe les bras dans la peau synthétique, qui se plaque sur ses seins. « Tu peux m'aider ? » Elle tourne vers moi son dos barré par la lanière de son haut de maillot de bain. Je tire la fermeture Éclair de ses reins jusqu'à son cou. Je sens le parfum du musc. Autour, la mer est immobile. Le bateau paraît posé sur elle comme une feuille. Qu'est-ce qui nage au-dessous ? J'ai la tête qui tourne et le cœur qui bat très fort. Kim noue à son poignet une grosse montre noire. Crache dans son masque, frotte le verre avec son index, se penche vers l'eau et le rince. Elle le pose, se rassoit pour chausser ses palmes. Un homme d'équipage soulève la masse énorme du gilet auquel est fixée sa bouteille. Le métal cogne contre la paroi du bateau. Kim l'enfile comme un sac à dos, se redresse. « À tout à l'heure, me dit-elle en me décochant un sourire étincelant. Ne t'inquiète pas, tu vas adorer ça. » Ses yeux sont plus verts et plus coupants que jamais. Elle rejoint les autres plongeurs regroupés à l'arrière. « *Let's go* », dit le colossal Brahim, qui descend son masque sur ses yeux. Il y a une plate-forme à l'arrière, il s'avance, lève une jambe pal-mée dans le vide, se laisse tomber et disparaît dans l'écume. Kim et les autres s'élancent à leur tour. Ils percent la surface de l'eau avec un grand bruit d'éclaboussures, puis remontent à la surface comme des bouchons. Ils sont en cercle, mainte-nant, leur distributeur à oxygène dans la bouche. Le masque leur donne l'allure de gros insectes. Brahim leur fait un geste de la main, l'index et le pouce dessinant un « o ». Ils répondent par le même geste. Puis ils attrapent un tuyau sur leur gilet, le lèvent au-dessus de leur tête, et s'évanouis-sent dans les flots. Quelques bulles percent la sur-face, et c'est tout.

« À nous deux maintenant. »

Je sursaute. Marin est en face de moi, respirant la joie de vivre et la maîtrise de soi. Vraiment jeune. Vingt-cinq ans tout au plus.

« Allons sur le toit. »

Autour de nous se déploie le tapis infini de la mer, chauffé par le soleil.

« Aujourd'hui est un grand jour, dit-il, d'un ton très posé. Tu vas venir au monde une deuxième fois. »

Il est si sérieux que je comprends que je ne dois pas rire.

« Je sais… Ça peut te paraître disproportionné comme comparaison, mais tu vas voir là-dessous… »

Il laisse passer quelques secondes. Aux mots « là-dessous », je n'ai plus envie de rire.

« Tu vas faire la deuxième inspiration la plus importante de ta vie. La première fois, c'était quand tu es né : tu es passé brutalement de la vie aquatique à la vie aérienne. Il y a eu un appel d'air brutal dans tes poumons, qui étaient fermés, collés, et qui se sont déplissés sous l'inspiration. Ça t'a fait mal et tu as crié. Tous les bébés vivent ça, et quand ils ne vivent pas ça, ils meurent... » Dans le soleil, ses yeux avaient pris la teinte des digitales pourpres.

« Là, tu vas faire le contraire : tu vas passer de la vie aérienne à la vie aquatique, tes poumons vont se comprimer, et plus tu vas descendre, plus leur épaisseur va diminuer, jusqu'à devenir aussi ténue qu'une feuille de papier. Tous tes organes vont se comprimer et tu vas faire quelque chose d'absolument pas naturel : respirer sous l'eau. L'oxygène, malgré la pression, et la finesse de tes poumons écrasés par elle, va passer quand même et irriguer ton corps. Tu vas trouver ça très étrange, pas douloureux, mais étrange. Tu ne vas pas crier, parce que tu vas aimer ça... » Il s'est arrêté un court instant. « Mais tu vas aimer ça seulement si tu fais bien ce que je vais te dire maintenant. »

J'étais concentré, attentif, une autre partie de moi, en surplomb, avait encore assez de jugement pour admirer la façon dont il était en train de me faire passer entièrement sous son contrôle.

« Maintenant, le matériel. Ta bouteille. Douze litres d'air, à deux cents bars de pression. Ton assurance-vie. Plus tu vas respirer vite, plus tu vas consommer et plus tu vas vider ta bouteille. Donc plus tu vas t'énerver, palmer comme un dingue, faire des mouvements, plus tu vas vite manquer d'oxygène. D'où l'importance de rester calme, quoi que tu voies sous l'eau. Même si ça te terrorise. »

J'ai avalé ma salive.

« Je serai juste à côté de toi et je te ferai des signes pour t'aider à reconnaître les formes que tu devineras sous l'eau avant de pouvoir réellement les identifier. On a une visibilité à dix mètres aujourd'hui. Pas plus. Mais c'est très bien, dix mètres. Ça, c'est pour la raie manta… » Il a ouvert ses mains comme s'il tenait un livre, les a croisées jusqu'à ce que ses deux pouces se touchent, et s'est mis à les remuer comme des ailes. « Et ça… » Il a fermé le poing et l'a dressé sur sa tête. « Ça, c'est pour le requin.

— On peut en voir ? »

Il a hoché la tête. « Des requins de récif, pointe-noire ou requins gris, et si on a de la chance, du pélagique, notamment des requins-marteaux. »

J'ai fermé les yeux. On était au cœur du sujet.

« Ne t'inquiète pas. Ils ne sont absolument pas dangereux. Le requin n'est pas un prédateur pour l'homme, c'est plutôt l'inverse. »

Un instant, j'ai cru entendre parler Paz. Les mêmes phrases.

« Tu en feras l'expérience si tu descends un peu plus au sud du pays, sur les marchés. Des monceaux de cadavres de requins-marteaux, alignés. Ou seulement des ailerons. Parfois, ils ne remontent même pas le corps. Ils tranchent l'aileron et les nageoires sur la bête vivante et la relâchent. Elle ne peut plus se mouvoir, donc se nourrir, alors elle crève gueule ouverte sur le sable. Ça me donne des envies de meurtre… »

Son regard s'est durci. Et puis il est revenu vers moi.

« Franchement, ne t'inquiète pas. Les plus curieux peuvent s'approcher, éventuellement te tourner autour, mais ils ne t'attaqueront pas… Et s'ils venaient à te mordre, ce ne serait que par hasard… La chair humaine n'est pas du tout du goût du requin. C'est la raison pour laquelle les requins ne mangent pas l'homme…

— Ils le goûtent, je sais. Mais je suppose que ça suffirait pour m'arracher une jambe, ou un bras…

— Certes, a dit Marin. Mais je t'assure que ça ne se produira pas. Je le répète : c'est l'homme qui est son prédateur. Et c'est l'homme qui risque de mettre fin à ce prodige du monde animal qui n'a même pas eu besoin d'évoluer.

— C'est-à-dire ?

— Le requin est né parfait. C'est la mémoire de la planète… »

Il s'est arrêté. A paru réfléchir un instant et puis a dit :

« Tu sais qu'on peut en adopter ? »

Je me suis redressé, piqué au vif.

« Adopter un requin ? »

Il m'a considéré attentivement. « Je te raconterai après. Viens, on va s'équiper. »

« Le plus important, César, c'est ça. » Il attrape le poulpe de plastique. « Ça s'appelle le détendeur. Le premier tuyau se fixe à ton gilet. C'est l'infla-teur, qui te permet de le gonfler avant de sauter du bateau. Au cas où ça gîte un peu, ça te sert de bouée. L'autre, avec le cadran, là, c'est le mano-mètre, il t'indique combien d'air il reste dans ta bouteille. Sur les deux autres, tu as un embout. Le noir, c'est celui que tu mets dans ta bouche. L'autre, le jaune, c'est l'octopus, un embout de réserve, celui qui sert à ton binôme s'il est en manque d'oxygène.

— Mais puisqu'on a le manomètre, on remonte avant qu'il en manque, non?

— On remonte quand l'aiguille arrive sur le 50. Cinquante bars. Mais sous l'eau tout peut arriver. Tu peux avoir une fuite d'air, tu peux… »

Il s'est arrêté. « Ça n'arrivera pas.

— Ça fait deux fois que tu dis "ça n'arrivera pas". Tu as besoin de t'en persuader? »

Il est devenu encore plus sérieux : « Non. Mais je préfère te prévenir. Sous l'eau, on ne communique que par gestes. Autant dire que les conversations sont réduites. L'octopus est jaune pour qu'on le repère bien sous l'eau. En cas de panique, ça aide. En plongée, on est toujours deux. Tu dois toujours veiller sur ton binôme. C'est le mot français. Les Américains disent *buddy*. Je vais être ton binôme pour ce baptême. Ne t'inquiète pas. Je vais t'aider à t'équiper. On va y aller.

— Et les autres?

— Les autres, ils vont rester sous l'eau plus longtemps. Une heure. Donc le temps qu'on y aille, on sera tous rentrés ensemble.

— Une heure avec douze litres? »

Il s'asperge le visage avec une douchette fixée à l'arrière du bateau, passe sa main autour de son cou comme s'il y cherchait quelque chose. Je remarque une longue cicatrice au-dessus de son rein droit. Un athlète : je m'incline, me sentant obèse malgré mes soixante-huit kilos. Impression renforcée par le néo-prène qui emprisonne mon corps. Marin me fait signe de le rejoindre. Je marche comme un palmi-pède vers le fond du bateau. Un palmipède lesté de la ceinture de plombs indispensable pour vaincre la poussée d'Archimède. Il y a déjà de la buée sur la paroi de mon masque et une pesanteur énorme sur mes épaules, celle du gilet et de la bouteille gavée d'air. Marin chausse ses palmes d'un geste preste, attrape son gilet comme s'il s'agissait d'une plume, l'enfile et garde son masque à la main. « Mets ton détendeur en bouche », dit-il. Je respire, j'entends mon souffle comme si j'étais un cosmonaute. C'est puissant, régulier, un peu trop rapide. « Calme-toi », me dit-il. Il fait un « o » avec son pouce et son index, comme les autres tout à l'heure. « Ce signe veut dire que tout va bien. » Il ressemble à celui que fait le Christ sur les mosaïques du mont Athos, et ce n'est peut-être pas étonnant : c'est mon baptême et le bap-tême, chez les orthodoxes, ne se fait pas avec trois gouttes sur le front, mais par immersion totale. Le corps, tout entier. L'eau est d'un calme suspect. Et à nouveau, je vois des ombres qui glissent sous la sur-face tout juste ridée.

Marin s'approche de moi, s'empare d'un tuyau sur mon gilet, presse un bouton et j'ai la même impression que lorsqu'un médecin me prend la tension : de l'air commence à me comprimer.

« Je gonfle ton gilet pour que tu puisses remon-ter immédiatement quand on se sera jetés à l'eau. C'est important qu'on flotte. Et ensuite seulement on videra tout cet air et tu verras que tu commen-ceras à descendre… » Il s'arrête, me regarde atten-tivement et me dit : « Donne-moi ton masque. »

Je l'enlève. Marin le passe sous la douchette et me le rend. « Il n'y a plus de buée. Remets-le. »

Que de préparatifs. La jupe de silicone se fixe comme un tentacule à mon visage. Marin me prend par la main pour me faire avancer jusqu'au vide. Le soleil qui tape sur l'eau la transforme en miroir éblouissant. Elle n'est plus bleue, verte, violette : elle est en métal. « Tends la jambe. Et laisse-toi tomber. » Il me tient la main. Je tends la jambe, comme lui. J'entends ma respiration, très forte. Le vide nous aimante. Nous tombons.

La surface de l'eau crève, un bouillonnement tout autour de moi, le liquide froid qui s'infiltre dans la combinaison et qui me saisit, je descends, et puis ça s'arrête, et je remonte à la surface, sans effort. Je flotte, la bouteille ne pèse plus rien. Marin ôte son détendeur et me dit : « Ça va ? » Je fais le geste christique. « C'est bien, dit-il, maintenant on va descendre. Tu vas prendre ton inflateur, le dresser au-dessus de ta tête, et presser le bouton jaune. L'air va se vider dans ton gilet, tu vas expirer aussi pour vider celui de tes poumons et tu vas descendre tout seul. Quand on sera sous l'eau, si tu as mal aux oreilles, bouche-toi le nez et souffle doucement. Tu rétabliras ainsi l'équilibre entre la pression de l'eau et celle de ton oreille. On y va. » Il rince son masque et le plaque sur son visage. Je fais de même. Je fais ce qu'il me dit. Je fais comme lui. Il est en face de moi, comme un miroir, il presse le bouton jaune, je presse le bouton jaune. Je vide mes poumons et m'enfonce dans le liquide en fermant les yeux.

Stupide réflexe.

Sous-marin

Stupide réflexe.

Mais dramatiquement excellent.

Quand je les ouvre à nouveau, je découvre un monde que je vais décrire en essayant de ne pas être trop banal. On a tous vu la vie sous l'eau, dans des livres, dans des films. Sauf que là, on fait partie du film, du livre. En quelques secondes, je viens de passer de la surface déserte de la mer, de sa lisseur de tableau monochrome, à un univers grouillant de vie, de mouvements et de surprises, à la géographie si sophistiquée qu'elle semble tout droit sortie de la tête d'un architecte sous l'emprise d'une nouvelle drogue qui l'aurait poussé à croire que tout est possible. Et à le faire…

Sous mes pieds s'élève une véritable ville de roc et de corail, hérissée de tours défiant la loi de la gravité, supportant de larges terrasses qui semblent en suspension, ouvragées comme de la dentelle, bleue, verte et jaune. Des éventails géants, rouge vif, ondulent en flamboyant dans l'invisible courant. Stoïques et mauves, de robustes candélabres laissent leurs branches s'épanouir en infinies ramifications dont les extrémités finissent par se rejoindre en de délirantes rosaces.

Je m'entends respirer. C'est troublant, non naturel, angoissant, saccadé. Plus j'y fais attention, plus c'est saccadé.

Je remue les jambes comme quelqu'un qui voudrait s'accrocher aux barreaux d'une échelle qui n'existe pas. Marin me presse la pulpe du bras, dessine un « v » avec son index et son médius et pointe les deux doigts sur son masque, pour que je regarde ses yeux : intenses et doux derrière la paroi de verre. J'essaie de me calmer, de ne plus palmer.

Je m'entends toujours respirer. C'est plus régulier.

Nous descendons progressivement le long du récif. De volumineux dômes roses comme des mamelons, striés de circonvolutions compliquées, paraissent des cerveaux de géants sur lesquels un autre cerveau, possédé par l'audace, aurait édifié des cathédrales aux flèches acérées, aux balcons enchevêtrés festonnés de motifs en forme de trèfle. Sanctuaires gothiques et sous-marins auxquels de colossaux bivalves, aux lèvres en forme de vague, d'un bleu tirant sur le mauve, servent de bénitier. C'est d'ailleurs leur nom. Pour quel culte ? Des poissons-anges se regroupent, une murène ascétique sort de sa grotte, tendant son horrible gueule au baiser d'un dieu invisible. De lourds mérous solitaires, lippus et rayés d'or, semblent prêts pour un conclave. Des légions de poissons-clowns savourent l'onction caressante d'une anémone qui leur offre le chaud repli de son giron exquis, tapissé de tentacules fins comme des doigts de vierge.

Je m'entends respirer. C'est encore plus régulier. Sans doute parce que j'oublie, parce que je m'oublie. La pression sur mes muscles, sur tout le corps, est agréable, j'ai l'impression qu'une force me rassemble, met fin à la souffrance, à l'éparpillement.

Mes yeux se dessillent. Ça fourmille de toute part, les couleurs et les formes explosent. Après l'architecte drogué, le dieu fou : ses créatures ont des formes aberrantes, des couleurs insensées, toutes les couleurs, parfois, sur le même animal, lèvres bleues, œil orange, joues vertes et ventre noir, avec de gros points blancs. Certains poissons ressemblent à des flûtes, longues, translucides et vulnérables, d'autres à des outres agiles, hérissées de piquants. Les uns vont au bal, maquillés comme des mignons, lèvres gonflées rehaussées de rose, paupières tombantes fardées de mauve ; les autres sont en chasse, comme ces trois fauves à nageoires, rayés de brun et de blanc, dont les écailles déployées paraissent les plumes d'une coiffe de grand sachem. Nous descendons encore, jusqu'à ce que nos palmes touchent le sable. Marin s'agenouille et je veux faire de même mais je n'y arrive pas, je remonte, il me rattrape, me fait un signe, je crois comprendre que je dois vider mes poumons. Je m'exécute. Je redescends, j'y arrive. Je sens le sable crisser sous la pression de mes genoux gansés de néoprène. Je m'incline devant le spectacle. Nous sommes aux premières loges. Une raie grise, constellée de pois mauves et pourvue d'une longue queue qui se termine en pointe de flèche, glisse à côté de nous sans bruit, ondulant de la jupe. Marin ôte le détendeur de sa bouche, lève la tête et expire doucement : les bulles d'air montent vers le ciel. Les vagues vues d'en dessous en sont les nuages, mouvants, que percent les rayons glorieux du soleil, comme dans les ciels normands qui annoncent la pluie.

Je suis ébloui. Conquis. Vaincu.

Je m'entends respirer. C'est parfaitement stabilisé.

Marin me fait signe avec son pouce. Il faut remonter. Déjà. Doucement, me fait-il. Langage silencieux, fluide, harmonieux. J'ai confiance en lui. Je remets ma vie entre ses mains. Un mouvement de panique, et je lui échappe, je crève le plafond, mes poumons explosent, il me l'a dit. Mais pourquoi lui échapperais-je ? Il me tient par le bras, je suis calme. Au-dessus, des formes humaines sont regroupées, bras croisés sur la poitrine, comme en apesanteur. Ils sont assis dans l'eau, en tailleur, montant et descendant imperceptiblement le long d'un fil invisible.

Marin me montre ses trois doigts dépliés puis désigne l'ordinateur de plongée fixé à son poignet. Trois minutes ? Nous rejoignons le groupe. Les autres plongeurs s'écartent, étranges fakirs en néoprène, suspendus dans le bleu. Une corde descend du ciel aquatique. Marin y guide ma main, je l'empoigne, il pose la sienne dessus pour assurer la prise. Je suis au centre du groupe. Ils me couvent du regard derrière le verre de leur masque. Une famille bienveillante. Les palmes leur font des jambes démesurément longues, entre l'homme et le batracien. Je sens une pression sur mon bras. Je tourne la tête. À quarante centimètres, deux yeux très verts — on voit très bien les couleurs et le masque fait loupe — se fixent sur moi. L'un des deux cligne. Une douce chaleur m'envahit. Autour du masque, les cheveux devenus rouges se déploient comme des bandes de soie autour du corps longiligne. C'est si calme, c'est si bon. Je l'avoue, je ne pense plus à Paz. Mon corps est comprimé de manière délicieuse. Le soleil perce le rideau aquatique, nous baigne de ses rayons. À trois mètres au-dessus de ma tête, à travers le plafond de vagues, son disque doré brûle. Marin me fait signe, je peux lâcher la corde, l'ascension commence, je suis porté par la pression comme un bouchon, en quelques secondes à peine, je traverse le mur liquide...

Elle mange un quartier d'orange. Du jus coule à la commissure de ses lèvres. Le soleil caresse nos peaux. Allongé sur le toit du bateau qui tangue, je suis inerte, épuisé, et heureux.

« Je t'ai vu, dit-elle. Tu t'es vraiment bien débrouillé. »

Je souris au ciel bleu.

« Très bien, tu veux dire. » C'est la voix de Marin, qui s'assoit en face de nous un mug de thé fumant à la main. Il me dévisage de ses yeux mauves, fauves.

« Très très bien, même », répète-t-il, en me fixant toujours de ce regard étrange. Il semble si sûr de lui. Pas arrogant, non. Sûr de lui, sûr de son corps et de son mental. Sûr que rien ne peut arriver d'autre que ce qu'il a décidé. Souriant comme quelqu'un qui vient d'accomplir quelque chose d'important. Sans doute est-ce important. Me sentirais-je comme je me sens, sinon ? L'impression d'avoir ouvert une nouvelle fenêtre dans mon cerveau. Il sourit à Kim. Quelle est la nature de leurs liens ? Sont-ils amants ? Et Paz, dans tout ça ? Elle revient brusquement dans le jeu. Sûr que rien ne peut arriver d'autre que ce qu'il a décidé ? Et Paz, alors ?

Il prend la main droite de Kim dans sa main gauche, et sa main droite prend la mienne. Je laisse faire, intrigué. Nous formons une chaîne. Il dit alors, sur un ton à la fois enthousiaste et grave :

« Tu fais partie de la communauté, maintenant. »

Je suis un peu gêné. Gêné aussi par son geste, au point que j'enlève ma main. Un minuscule instant, un pli contrarié s'affiche sur son visage.

« De la communauté ?

— Celle des plongeurs. Celle des gens qui vont sous la surface, dit-il. Le mot te choque ? »

Le mauve de ses yeux a foncé. J'ai douché son enthousiasme. Kim aussi me dévisage. On dirait qu'elle attend la suite avec impatience.

« Disons que le mot est fort.

— Comme le mot "baptême", dit-il en me regardant.

— Effectivement.

— Et ce mot-là, il ne te choque pas ?

— C'est une image, non ?

— Une image ? Si tu veux, c'est une image… »

Le ton est agacé. Il porte la main à son cou, à nouveau. « Excusez-moi. » Il se lève et se dirige vers l'échelle qui le ramène sur le pont.

Je regarde Kim.

« Je l'ai vexé, on dirait. »

Elle hausse les épaules.

« Marin est un peu radical, en ce qui concerne le monde sous-marin.

— Et toi ?

— Je ne suis pas loin de penser comme lui. Je n'avais jamais plongé avant de venir ici et depuis j'y

404

vais tous les jours. Je me suis aperçue que j'en avais besoin, que mon corps le réclamait. Je ne vais pas te dire que c'est une drogue, parce que c'est ridicule, mais, au fond, je crois que c'est comparable : mon organisme veut sa dose d'adrénaline. Et puis ce qu'on voit parfois, je t'assure, c'est tellement à tomber... »

Elle me raconte. Le jour où pour la première fois, accrochée au rocher, elle a vu les grandes formes noires arriver vers elle comme d'immenses bombardiers silencieux. Comment elle s'est planquée derrière un tapis d'anémones et qu'elle les a vues de près, les mantas, énormes, quatre mètres d'envergure, « qui tournent, planent au-dessus de toi, avec leurs deux cornes. Tu sais qu'on les appelait Diables des mers ? » Ne surtout pas les toucher, car alors l'odeur humaine les imprégnerait et leurs compagnons les abandonneraient ; se contenter de les regarder tournoyer paisiblement, leur bouche grande ouverte pour le plancton...

« Un spectacle, *darling*, qui te dédommage de tout le reste, les peines qu'on a, les cons qu'on rencontre, la laideur du monde. Une beauté sans contrepartie, tu es juste là, tu fais partie du tout, tu restes à ta place, tu n'en rajoutes pas, tu te contentes de respirer et d'être dans la même eau, dans la même histoire que ces monstres magnifiques... Donc tu vois, quand Marin dit communauté, au fond, je crois que je le comprends, je crois que j'ai envie, même, de penser comme lui, de parler comme lui. »

Mon regard dérive vers l'horizon. Mer étale, lumineuse comme un bouclier d'argent. Le soleil tombe sur elle tel un prédateur affamé. Les murailles du rivage sont plus pain d'épice que jamais. Il est dix heures.

Le visage de Paz fait irruption dans mon cerveau. Je m'en veux de me sentir si bien. Kim s'étire comme une chatte, en penchant la tête en arrière. Ses cheveux roux caressent le kevlar du toit brûlant.

« Pourquoi on se sent si tranquille après une plongée ? je demande.

— La dose de liberté que tu t'es injectée dans le cerveau. La beauté. Et puis l'azote qui a envahi ton sang, qui te fatigue agréablement.

— De l'azote ?

— Oui, le nitrogène qu'il y a dans la bouteille et que ton organisme absorbe. »

L'un des garçons du bateau vient d'apparaître avec un plateau. Je le distingue mal dans le soleil qui m'éblouit.

« Tu veux une datte ?

— Surtout pas.

— Surtout pas ? répète-t-elle, saisissant de sa main droite aux ongles rouges l'un des fruits bruns. Pourquoi tu dis ça ? C'est un peu exagéré…

— Je n'aime pas ça. »

Elle s'empare d'une nouvelle datte sur le plateau, la dirige vers mes lèvres.

« Ne sois pas idiot. Goûte, c'est le fruit d'ici… »

J'ouvre la bouche. Elle glisse la chair brune entre mes lèvres et sourit, sa chevelure déployée. Je m'en veux. Huit mois. Ça fait huit mois. Je ferme les yeux, écœuré par moi-même, écœuré par la vie, le fait qu'elle parvienne toujours à pousser sur la mort.

À la fin de la matinée, ils ont amarré le bateau au bord de la falaise. Le récif faisait des taches pourpres dans l'eau bleue. On nous a servi une collation. Des fruits, du riz. Marin parlait avec Kim et les autres plongeurs. Il fut question d'un certain capitaine Watson. Le vieux plongeur trouvait qu'il allait trop loin et Marin s'était enflammé. Je me suis penché vers Kim.

« C'est qui, Watson ?

— Un activiste de la protection des océans. Un dissident de Greenpeace. Il fait campagne contre la chasse à la baleine et aux requins. Au Costa Rica, récemment, il a éperonné un bateau de pêche qui faisait du *finning* sur un parc naturel. Les types ont porté plainte, le gouvernement local s'en est mêlé. Ils l'ont pris en chasse. Il est recherché par Interpol.

— Interpol, carrément ?

— Ouais. C'est sérieux. Il casse le business de gens vraiment puissants. Tu sais à combien il est, le kilo d'aileron de requin ?

— Je donne ma langue au squale. »

Elle a souri.

« Cinq cents dollars. Et ils l'achètent quatre-vingts cents aux pêcheurs. Récemment, en Chine on a vu un aileron de requin-baleine atteindre dix mille dollars aux enchères. Il n'y a qu'avec la drogue que tu fais des marges pareilles.

— Et Watson il se cache ?

— Il se cache. Il joue à fond sur le côté pirate. Ses bateaux naviguent sous le pavillon noir. Celui-ci… »

Elle a tendu le menton en direction du drapeau qui flottait dans le vent d'Arabie.

« Marin en fait partie ?

— Oui. Il reverse 50 % des gains du centre à l'organisation de Watson. Sea Shepherd : le berger de la mer. »

Marin continuait à s'expliquer avec l'autre plongeur :

« Mais les types que Watson a éperonnés pêchaient à la palangre ! À la palangre, dans un parc naturel !

— Une ligne de plusieurs kilomètres, avec un hameçon tous les trois mètres, me décoda Kim.

— Imagine, continuait Marin, que tu fasses ça dans la forêt amazonienne. Que depuis un énorme hélicoptère, tu lances des centaines de fils : tu ramènerais des singes, des écureuils, des perroquets… Ça ne sélectionne rien, c'est du massacre ! Il suffirait d'enregistrer les hurlements des bêtes et tout le monde crierait au scandale. Mais c'est toujours le problème avec les animaux marins. Comme ils ne crient pas, on s'en tape ! Tu imagines qu'ils lancent ces putains de palangres alors qu'il n'y a que les ailerons des requins qui les intéressent ! Et ces centaines de tortues, de dauphins, d'oiseaux, qui se prennent dans les hameçons ?

— D'accord, Marin, disait le vieux plongeur, mais la violence ne résoudra rien.

— La violence ? Qu'est-ce qu'il a fait ? Noyer leur moteur avec un canon à eau. Ils étaient sur une réserve marine, merde ! Les mecs bafouent la loi, et la loi en veut au seul type qui a les couilles d'essayer de faire en sorte qu'ils la respectent…

— Mais ils ne l'ont pas eu…

— Encore heureux. »

On nous a servi du thé. J'ai regardé le drapeau noir onduler avant de fermer les yeux et de m'endormir, la tête pleine d'azote et de visions d'une armée sous-marine aux guerriers palmés qui fondaient sur les coques des navires destructeurs de la nature en plissant les yeux sous leur masque de verre.

Homo aquaticus

« *Second dive, briefing !* » J'ouvre les yeux. Marin est debout, son tableau Velleda à la main. Je me redresse. Les plongeurs s'assoient autour de lui tout en se préparant. Il prononce le mot « requin ». Un frisson d'excitation parcourt la palanquée. *White tip sharks, black tip sharks.* Requins pointe-blanche, requins pointe-noire. « Comme d'habitude, vous gardez un œil dans le bleu, on peut voir aussi des marteaux. » Cliquetis des ceintures de plombs, des bouteilles qui s'entrechoquent. Kim me demande, à nouveau, de tirer la fermeture Éclair le long de son épine dorsale. « Merci », dit-elle d'un ton suave. J'ai l'impression d'être un autre, ailleurs. Comme si quelque chose ne s'était pas déroulé comme prévu. C'est Paz qui devrait être à sa place. Et c'est ma faute. Ils chaussent leurs palmes, plaquent leur masque contre leur visage, se mettent le poulpe en bouche et disparaissent dans les flots.

Je suis seul avec Marin, à présent. Et les membres d'équipage.

« On s'équipe ou on reste là ? »

Il me demande ça, debout, les bras croisés sur son torse nu. Je hausse les sourcils.

« Pourquoi tu dis ça ?

— Je ne sais pas, tu avais l'air de me prendre pour un dingue…

— L'histoire de la communauté ?

— Oui. Et tu n'as peut-être pas envie de plonger avec un dingue…

— Sauf pour savoir jusqu'où va sa dinguerie », je réponds en sortant ma combinaison de mon caisson bleu.

Il sourit. Et lance un mot aux hommes d'équipage, qui s'approchent et arriment mon stabilisateur sur une bouteille d'oxygène frais.

J'ai très envie d'y retourner. En dessous, je suis avec Paz.

C'est encore plus somptueux. Un univers zébré de couleurs, parcouru, traversé, ensemencé, picoré, colonisé par des nuages d'animaux silencieux. Je dis animaux, car je prends conscience que cet univers-là est le double de l'autre, son exact reflet. Ici aussi, le vol des oiseaux, moineaux ou perroquets et les troupeaux de bovins qui paissent, leur rostre ruminant placidement des fragments de corail. Ici aussi, les insectes cachés dans les feuilles et les serpents dans les anfractuosités des rochers.

Je pensais à toi devant le spectacle, me disais que tu aurais adoré chercher avec moi les analogies. Je contemplais le corail et ces grands éventails rouges qui ondulent sous la brise — je devrais dire le courant — et qu'on appelle les gorgones. Je me souvenais que je t'avais raconté leur légende. Persée, le vainqueur de la Gorgone Méduse, s'était débarrassé de sa tête en la posant sur un lit d'algues, tout au fond de la mer. Mais même morte, la Gorgone continuait à pétrifier tout ce qui lui tombait sous les yeux. Changées en pierre, les algues étaient devenues du corail. Rouge, à cause du sang qui s'échappait du cou tranché de Méduse…

Tout allait bien. Je sentais que je contrôlais mieux ma respiration. Et puis tout alla moins bien. Je venais d'apercevoir une forme. Une forme parfaite, froide, un missile gris. La queue frappait l'eau par à-coups, comme un gouvernail, lui permettant de changer de direction instantanément. L'œil vide, c'est ce qui m'a frappé tout de suite après l'aileron caractéristique. Il tournait autour de nous, semblait fureter, nerveux. Deux mètres de long au jugé. J'ai commencé à gesticuler. Je respirais mal, j'avais l'impression que j'allais sucer tout l'oxygène et crever là. J'ai poussé sur mes jambes. J'ai commencé à remonter. Marin m'a saisi le bras, m'a tiré violemment, m'a forcé à le regarder dans les yeux. Ils étaient intenses, impérieux. Avec son pouce et son index, il a dessiné ce « o » qui m'invitait fermement à me calmer. Derrière lui, je pouvais voir la silhouette du squale passer et décrire un cercle autour de nous. Je ne voulais pas regarder mais c'était plus fort que moi.

La bête a disparu. Allait-elle revenir avec des congénères ?

Je grimpe l'échelle aussi vite que je peux, encombré par la bouteille qui paraît peser une tonne, tentant de ne pas glisser sur les barreaux de métal. Les hommes d'équipage me libèrent du fardeau. Je retire mon masque avec précipitation, m'extirpe de la combinaison qui tombe sur le sol de kevlar comme une gigantesque peau morte. Marin arrive. Il a gardé le bas de sa combinaison, les bras mous de néoprène font une corolle d'où s'épanouit son torse ciselé.

« Tu ne dois pas paniquer, dit-il.

— C'était un requin.

— Les requins sont inoffensifs. C'est idiot d'avoir peur.

— Excuse-moi, dis-je, mais il faut comprendre.

— Il faut comprendre quoi ? » Le ton est courroucé. « Tu vas me parler des *Dents de la mer* ?

— Non, mais il y a des accidents, parfois…

— Il y a des accidents quand les gens les provoquent. Si l'homme respectait un peu plus le royaume où il met les pieds, cela n'arriverait jamais… »

Ses yeux se sont égarés un instant. Comme s'il venait d'en douter au moment même où il prononçait la phrase.

« Tu veux un thé ? »

J'ai acquiescé. La boisson est arrivée. Il me l'a tendue sans un mot. J'ai trempé mes lèvres dans l'eau parfumée, brûlante. Il avait changé d'attitude. Rien à voir avec le garçon enjoué de tout à l'heure, qui me souhaitait la bienvenue dans « la communauté ».

Les autres sont remontés une trentaine de minutes plus tard, ruisselants, et le bateau s'est remis en route ; à l'arrière, debout, je regardais l'étendue liquide, à perte de vue. Un grand manteau lourd et ondulant, bleu profond, sauf au bord des récifs à fleur d'eau où il se pare de teintes turquoise, de phosphorescences électriques jaunes, vertes. Mais c'est bien le bleu qui domine, ce bleu foncé, ce bleu marine qu'on retrouve sur le tableau que m'a montré Kim. Paz-Dolores comme la douleur qui monte en moi. Mes principes aveugles ont conduit au gâchis. N'aurais-je pas dû être là, avec elle, l'écouter un peu plus, comprendre son besoin de « sauvagerie », comme elle disait, de minéralité, que sais-je, de dépouillement ? Au lieu de tout rejeter, au lieu de la laisser s'abîmer dans le culte de l'aileron entre les palmes d'un autre... Mais aurait-elle eu seulement envie que je sois là ? M'aimait-elle encore ? Il semble que l'être humain s'épuise aux yeux de l'autre comme s'épuisent les gisements d'or. On ne trouve plus d'or en l'autre, alors on le quitte. Tandis qu'il aurait fallu, peut-être, creuser seulement un peu plus loin, partir en quête d'un autre filon. Est-ce que j'étais, pour elle, une mine à abandonner ? C'est vrai que lui... Je le regarde, à l'avant du bateau, avec son capitaine. Il rit, chèche autour du cou, Lawrence d'Arabie à bouteilles sirotant son thé à la menthe, gourou en néoprène, charismatique et bronzé. Je perçois leurs mots en arabe. Cette langue où l'on entend rouler les cailloux du désert. *Majnun...* Le possédé. Il lui a ouvert de nouvelles portes. Comme à moi. Je suis perdu. J'ai envie d'oublier moi aussi. La beauté d'ici nous y porte. Est-ce que je peux lui en vouloir, de nous avoir oubliés ? Moi, je ne dois pas.

« Ça a été ? » me demande Kim.

Elle s'est changée dans la cabine du bateau. A remis son minishort DIVE. Et troqué son haut de maillot pour un tee-shirt vert qui laisse deviner deux seins en forme de pommes — c'est le vert qui doit m'y faire penser. Sur le visage, une paire de lunettes de soleil aux verres énormes, très actrice Cinecittà. Deux ailes noires de papillon. Les cheveux remontés sur la nuque, en chignon flamboyant dans le soleil qui décline. Cette fille est belle, cette fille est drôle. Affectueuse voire plus. Je suis si confus. Si elle savait. Si elle savait ce que je fous là.

« Très bien », je réponds.

Elle pose une main sur mon épaule. C'est doux. Elle s'assoit près de moi.

« On dirait que non…

— On a vu un requin.

— Et tu as eu peur ?

— Tu n'as pas peur, toi ? »

Elle regarde la mer, qui ressemble à un gigantesque plat de faïence perse.

« Non, je n'ai pas peur, dit-elle.

— Parce que tu es habituée…

— Non… » Elle s'arrête dans sa phrase… Elle hésite, semble chercher quelque chose, et reprend, tout doucement.

« Je n'ai plus peur parce que je l'ai vu. J'ai vu ce qu'il leur fait.

— Qui ? Qui leur fait quoi ?

— Marin… ce qu'il fait aux requins…

— Et qu'est-ce qu'il leur fait ?

— Il les caresse et il les endort.

— C'est une façon de parler, j'espère ?

— Tu verras. Mais pour qu'il te montre, il ne faudra jamais plus que tu aies peur. Et que jamais tu ne dises des choses contre les requins.

— Sinon il me mange tout cru ?

— Ne te moque pas.

— Je ne me moque pas. Mais vous avez l'air tellement sérieux avec tout ça.

— Va dire à un prêtre que tu ne crois pas à sa religion…

— Ça leur arrive souvent, aux prêtres.

— Peut-être, mais lui il ne le supporte pas. Ça ne se voit pas, parce qu'il n'est pas prosélyte. Il ne montrera rien, mais il t'aura classé.

— Parmi les infidèles ?

— Parmi ceux qui ne savent pas ce qu'ils perdent à rester à la surface. »

« Ma femme a eu un enfant squale », ai-je songé à dire pour me mettre au diapason de leur étrangeté. Après la communauté et le baptême, l'homme qui endormait les requins… Ils étaient dingues. N'empêche. Les choses commençaient à se mettre en place. Paz, déjà vulnérable, lassée de tout, tombant entre leurs pattes…

« La jeune fille, l'Espagnole, il lui a montré ?

— Pourquoi tu me parles d'elle ?

— C'est toi qui m'as parlé d'elle. Il lui a montré ?

— Je crois, oui.

— Ils étaient amants ? »

C'était sorti comme ça. Et c'était tant mieux.

« Ça t'intéresse à ce point ? »

J'ai réfléchi. J'allais avoir besoin de Kim. Je ne voulais pas qu'elle panique et j'ai repensé à ce qu'elle m'avait dit lors de notre première discussion. La réputation de l'hôtel…

« Non, je m'en fiche, en fait…

— On ne dirait pas. »

Elle s'est serrée contre moi et a ouvert la main :

dans sa paume reposait un arbre minuscule et sec, blanc comme la neige. Minéral par son squelette, végétal par l'allure : il s'agissait pourtant d'un animal. Un morceau de corail.

« Je l'ai ramassé pour toi. Au Moyen Âge, les gens le gardaient sur eux pour se protéger de la sorcellerie.

— Tu crois que j'ai besoin d'un talisman ?

— Qui sait ? »

*

La journée s'achevait dans une boucherie solaire. Des morceaux de rouge dans le ciel, les flots qui viraient au violet.

Le bateau est arrivé à quai. Les garçons d'équipage alignaient les bouteilles d'aluminium sur la passerelle de bois. Au large les boutres se soulevaient au rythme de la respiration de la mer. Kim a proposé d'aller boire un verre à l'hôtel :

« C'est moi qui invite.

— J'ai à faire, a répondu Marin, se baissant pour attraper une caisse de matériel.

— Même pas pour fêter mon baptême ? »

Il s'est retourné.

Les vagues se cassaient sur la plage et leurs morceaux d'écume venaient lécher le sable. La paroi de montagne qui nous cernait renvoyait l'écho de leur grondement. Ou plutôt de leur souffle. Comme une colère permanente ou, du moins, une démonstration de force. Ici c'est moi qui commande, disait l'eau, qui était même en train d'avaler le soleil, très lentement. On était au bar. Quand le dernier rayon du soleil eut atteint notre rétine, nous trinquâmes à mon baptême. Ils buvaient du *date martini*, ils avaient l'air heureux. Dans un premier temps Marin n'avait pas voulu boire d'alcool, mais Kim avait insisté. L'alcool agissait bien sur lui. Kim a levé la tête :

« Marin, il faudra que tu montres à César ce que tu fais avec les requins… »

C'était comme si elle l'avait mordu. Il s'est cabré. Il avait blêmi, aussi…

« Je ne fais plus ça », a-t-il dit sèchement sans lever la tête.

Kim n'a pas osé insister. Moi oui.

« Pourquoi, il y a eu un accident ? »

Il m'a fusillé du regard.

« Il n'y a jamais d'accident. »

La phrase était tombée comme un couperet. Kim détourna le regard. Le moment était venu.

« Bien sûr qu'il y a des accidents avec les requins, ai-je dit. À la Réunion, l'été dernier, on n'a parlé que de ça. Ils attaquent les surfeurs. Et puis en Californie, la semaine dernière. Encore un surfeur… »

Il m'a dévisagé, en colère.

« Tu as entendu la réaction du surfeur ? Il a dit exactement ça : "Tu entres dans leur maison à chaque fois que tu vas surfer." Malheureusement, ça, les médias ne le répercutent pas. C'est plus rentable de vendre de la peur. »

Il s'est tourné vers Kim.

« Merci pour les verres, Kim. Je rentre. »

C'était trop tôt. Nous n'avions pas fini.

« Ne le prends pas mal, Marin. Je n'y connais rien en requins… Tu m'as dit, d'ailleurs, ce matin, qu'on pouvait adopter un requin… Adopter, vraiment ? »

Il a paru se calmer.

« C'est vrai. Dit comme ça, c'est étrange, mais c'est parfaitement exact. Tu serais intéressé ?

— Ça m'aiderait à en avoir moins peur, non ?

— C'est l'un des buts.

— Et les autres ?

— Faire renaître le lien qui existe entre l'homme et le requin. Ça va te paraître un peu naïf, ou illuminé, mais dans certaines civilisations, au lieu d'être considéré comme un ennemi qu'il faut exterminer, le requin est un dieu. Aux îles Tonga, c'est même une déesse. Chez les Fidjiens, pour devenir un homme, tu dois embrasser le museau d'un requin qui te donnera ainsi un peu de sa puissance… »

Il s'était détendu. J'ai tenté ma chance une nouvelle fois :

« J'aimerais vraiment que tu me montres ce que tu fais avec les requins. »

Il a secoué la tête.

« Impossible. Je ne fais plus ça. »

J'ai pris une gorgée d'alcool. C'est sorti spontanément :

« À cause de la morte ? »

Il a sursauté. Ses sourcils s'arquaient douloureusement.

« Qu'est-ce que tu racontes ?

— L'étrangère qui vivait ici. Et qui s'est noyée…

— Je ne sais pas de quoi tu me parles… », a-t-il dit en passant, encore une fois, sa main autour de son cou, comme s'il cherchait, à nouveau, quelque chose qui n'y était plus. Kim, à ma grande surprise, s'en est mêlée :

« Il te parle de Dolores. »

Il s'est tourné vers elle.

« Et en quoi ça me concerne ? »

Kim a secoué la tête avec lassitude. Et, m'a-t-il semblé, du mépris. Comme quelqu'un qui ne veut plus rien ajouter parce que ce qu'il entend le révolte, le dégoûte. Elle a sorti un étui de nacre aux motifs en lignes brisées et en a tiré une cigarette. Sindbad s'est approché avec une bougie. Un long soupir nuageux s'est élevé dans la nuit. « Je m'en vais. J'ai à faire », a dit Marin. Il s'est levé, a attrapé ses clefs sur le comptoir. Trop précipitamment. Son verre s'est renversé. Ce qui a suivi fut curieux : comme si nous observions tous les trois au ralenti la trajectoire du liquide sur le comptoir de marbre, le traversant jusqu'à couler de l'autre côté, sur la planche de bois où Sindbad tranchait de minuscules citrons. Le mixologiste a levé les sourcils : « *Don't worry, Marin.* »

Ce dernier m'a soudain paru vulnérable.

« Il faut qu'on parle, lui ai-je dit.

— Je n'ai rien à dire. Je suis là pour toi si tu veux plonger, c'est tout. Demain départ à 8 h 30. »

Il a disparu. N'a même pas daigné saluer Kim.

Elle regarde la mer, à travers la combustion de sa longue cigarette. Une larme coule sur sa joue.

« Ça ne va pas ?

— Ce n'est rien. Un accès de mélancolie désertique… » Elle marque une pause, essuie son œil d'un mouvement d'index, puis reprend : « Non, ça ne va pas. Je pensais qu'il te le dirait. Mais il est dans le déni…

— Il est responsable de la mort ? »

Elle ne me regarde toujours pas.

« Bien sûr. »

Les battements de mon cœur s'accélèrent. J'ai enfin la réponse que je cherchais. Quelqu'un est en train de me dire que oui, l'homme que je soupçonnais sans trop y croire est vraiment responsable de la mort de ma femme. J'arrive au but et c'est atroce.

« Qu'est-ce qu'il a fait ?

— Exactement, je ne sais pas. Mais je sais qu'ils étaient ensemble cette nuit-là. Parce que j'avais vu Dolores. J'étais allée prendre un thé chez elle. Je l'ai quittée juste avant la tombée de la nuit. Marin a surgi. Elle a dit : "J'arrive." Et c'est le lendemain matin qu'on l'a retrouvée.

— Mais comment peux-tu être si sûre qu'il est responsable ? »

Elle plonge la main dans la petite poche cousue sur le devant de sa robe et me tend un objet.

Un bijou. Suspendu au bout d'une chaîne…

« Qu'est-ce que c'est ?

— Tu as remarqué le geste machinal que fait tout le temps Marin. Il a l'air de chercher quelque chose autour de son cou, tu as vu ? Eh bien, c'est ça qu'il cherche. »

J'examine le bijou. Une goutte de lait translucide.

« Il tient beaucoup à cette perle. C'est un cadeau de son père, qui est allé la cueillir pour lui au fond de l'océan, quand Marin était petit.

— Et pourquoi tu me la donnes ?

— Je l'ai retrouvée dans la maison de Dolores.

C'est moi qui ai changé la serrure… Je voulais que son univers soit préservé. Je me méfie de la police. »

Je pose le bijou sur le comptoir. Je suis à bout de nerfs. L'obscurité règne tout autour de moi, et ce n'est pas seulement celle de la nuit.

« Pourquoi tu ne me l'as pas dit avant ?

— Parce que tu ne me l'as pas demandé, d'abord. Et ensuite parce que je ne savais pas qui tu étais. Au début j'y ai cru, à cette histoire à la con de business-man au repos. Et puis quelque chose m'a gênée. Je ne sais plus quoi exactement. Je crois que c'était dans mon bureau, quand je t'ai montré le tableau. J'avais ton nom, j'ai fait une petite recherche. Une minute à peine sur Google. Avec Internet, plus de mystère possible… J'ai vu des photos de toi. Avec Dolores. Vous formiez un beau couple… Sur l'une d'elles vous étiez devant un enfant gigantesque en marbre blanc, qui tenait une grenouille…

— Le *Boy With Frog*.

— J'ai reconnu Venise.

— C'était Venise. »

Elle a laissé passer un moment. « Peu importe, reprend-elle. Je sais maintenant qu'elle s'appelle Paz, et non Dolores. Et qu'elle était une grande photographe. Pourquoi a-t-elle arrêté la photo ? Pourquoi elle a changé de nom ? »

Et, voyant que je ne réponds pas, impuissant :

« Tu ne sais pas… Peu importe, d'ailleurs. Cela ne me regarde pas. »

Elle saisit ma main et dépose la chaîne dans ma paume, qu'elle referme.

« Avec ça, il ne pourra pas dire, devant toi, qu'il n'y est pour rien…

— Pourquoi tu fais ça ? Je croyais que c'était un

ami. Tu sais ce que ça implique de me dire qu'il est vraiment responsable de sa mort. Tu sais que je ne vais pas le lâcher. Que ça peut aller loin... »

Elle hoche la tête.

« Je suis jalouse, que veux-tu... »

Un pli d'amertume sillonne son visage.

« Jalouse d'elle ?

— D'elle ? Mais non. Jalouse de lui. Il me l'a prise... »

Elle allume une autre cigarette. La fumée du tabac monte jusqu'aux étoiles. Je ne comprends plus rien. Ce qui se déroule sous ces contrées me dépasse. Elle fait glisser une clef sur le comptoir. « Elle ouvre la nouvelle serrure. Elle est à toi. »

Et, comme je la remercie :

« Je ne le fais pas pour toi. J'ai envie de savoir ce qui s'est passé. Pourquoi il nous l'a enlevée. »

Elle termine d'un trait son martini, ramasse son étui nacré et s'évanouit dans la nuit qu'essaient de combattre les lampes à huile. Elles sont disposées de chaque côté du sentier qu'elle emprunte pour rejoindre sa solitude. Ou l'un de ses hommes en bleu.

La chambre

L'alcool nage dans mon sang. Je lève les yeux au ciel éclaboussé d'étoiles. Ces étoiles savent. Cette mer aussi, dont on entend le souffle rauque, dont on sent le parfum puissant. Cette mer aussi lourde qu'un ventre de femme enceinte, où s'ébattent par milliers des requins dans les hauts fonds visqueux. Que vais-je découvrir derrière cette porte, sous ces astres d'Arabie aux constellations qu'on ne voit pas en Europe ? Reconnaîtrai-je Paz ou n'y aura-t-il plus que Dolores ?

L'adhan s'étire dans la nuit, recouvrant le murmure des vagues. Un homme parle, qui veut rétablir la domination d'un Dieu sur la nature sauvage. Le chant du muezzin est triste, une longue plainte pleine d'aspérités.

Yudkhilu Man Yasha'u Fi Rahmatihi Wa Az-Zalimina Aadda Lahum Adhabaan Alimaan.

Il fait entrer qui Il veut dans Sa miséricorde. Et quant aux injustes, Il leur a préparé un châtiment douloureux.

J'arrive au village, mes sandales à la main. Assis sur le sable, quelques hommes fument la houka, silhouettes paisibles enturbannées. Le point rouge du foyer de la pipe à eau luit comme un phare minuscule. Les soupirs et les murmures des fumeurs parviennent à mes oreilles, pas encore recouverts par le bruit du ressac. Une sonnerie électronique crève soudain cette bulle de sérénité. Un téléphone portable. L'immémorial épouse l'éphémère. Quelques enfants retardataires barbotent dans l'écume. Un chien s'en mêle. Sur le seuil de la maison, leur mère, enveloppée dans un voile qui frémit sous la brise, les appelle : « Zaïm ! Rima ! » Il fait tiède. C'est bon. Comme le sable sous la plante de mes pieds. C'est une nuit que j'aurais aimé arpenter avec Paz. Je me dirige vers la maison, je me glisse sous les arches. Un cri de femme éclate, strident. Je sursaute. Et puis quelques accords de musique, théâtraux, jaillissent. Ce n'est que la télévision d'à côté. Une fiction. Une histoire de crime, de vengeance, avec des femmes aux paupières khôlées ?

La clef déverrouille le cadenas. La porte s'ouvre. Je vais enfin savoir.

La lumière de la lune laisse deviner un interrupteur. Je le presse. Un néon grésille. Clignote, et puis sa lumière se stabilise. J'ouvre les yeux, sidéré. C'est comme Kim l'a décrit, exactement. Sauf que je la vois maintenant avec mes yeux à moi, qui commencent à s'embuer de larmes. C'est une grande pièce toute simple. Carrelée. On ne fait pas mieux dans le genre atelier du bout du monde. Hector, tu aurais aimé. Tu peux être fier de ta mère. Elle a construit ici quelque chose. Elle a vécu comme elle a voulu vivre.

Une bâche est tendue sur le sol. Sous la lumière du néon, elle paraît se plisser comme une mer. Sur la bâche, des seaux remplis de liquides où trempent de grands pinceaux. Des bidons coupés en deux, maculés de peinture bleue. Des bouteilles d'huile de térébenthine. Des chiffons tachés de bleu et de noir. Mais c'est le bleu qui domine. Sur une petite table, recouverte d'un drap blanc, une paire de ciseaux et des bobines de fil, bleu. Un canevas pour la tapisserie. Une sorte de sofa, avec un coussin, où elle devait s'allonger quand l'art ne venait pas, ne venait plus. Les murs sont tendus de fils sur lesquels sèchent des toiles, fixées par des pinces à linge.

Sinon, le dénuement. Rien d'autre dans la pièce, en dehors de ses ustensiles de peintre. Un réchaud à gaz avec une casserole. Une minuscule étagère avec deux verres à thé décorés d'arabesques, comme ceux qu'on achète par six dans n'importe quel bazar oriental. Un paquet de spaghetti et une boîte de concentré de tomate.

Sur les dessins je retrouve, déclinée en d'infinies positions, la femme bleue vue sur le tableau qu'elle a offert à Kim. Toujours les cheveux dénoués, le corps renversé, tombant. Les seins pointent. Deux aréoles bleues. Le pubis bleu aussi, esquissé à grands traits. Mais pas d'yeux sur le visage à peine dessiné, tourné vers le spectateur, les cheveux, bleus, le cachant en partie. Toujours en déséquilibre, avec une tache sous le corps, une ombre. Reposant contre le mur, d'autres dessins, plus grands, tendus sur des cadres et déjà brodés. Je les regarde, un par un. Au recto il y a des lettres. Je déchiffre : *Azul I, Azul II, Azul III, Azul IV…* Et ainsi de suite. Rien que des *Azul.*

Ce n'est pas vrai, je mens par omission. Ce qu'il y a vraiment dans cette chambre, il ne le saura jamais. Je vais le cacher, parce que ça fait trop mal. Les deux phrases que je déchiffre sur ce tableau, par exemple :
« No dije que no te quería. Dije que no podía querer. »
« Je n'ai pas dit que je ne t'aimais pas. J'ai dit que je ne pouvais pas aimer. »

Sur le mur, il y a autre chose, aussi. Une photo.

Mais pas une photo de toi. Ni de moi.

Une photo de requin. Une photo du *Sphyrna mokarran,* le grand requin-marteau. Nour. Celui qu'elle a adopté.

Son autre fils. Son fils. Et Hector ? Et nous ? Les larmes jaillissent. Je me sens si triste, le cœur si lourd. L'envie de mourir me traverse devant notre passé réduit à ce néant. Nulle trace de nous. La colère s'en mêle, m'aide à tenir. Je continue l'exploration avec une masse sur la poitrine.

Il y a une porte, à gauche. Je l'ouvre. C'est une deuxième pièce, minuscule. Avec un lit où se tord un drap et, au pied du lit, une valise. Je me penche, la tire vers moi. Je reconnais l'une de ses robes, à bretelles, couleur vert amande. Je me souviens qu'elle la portait au dîner chez Tariq, nous étions arrivés en retard, elle avait dit que c'était parce que j'avais eu besoin d'amour. Et son miroir à main, avec une femme drapée à l'antique sur la poignée, qui m'avait tant plu chez le vieil antiquaire de Praiano. On a l'impression qu'elle est juste partie. Qu'elle va revenir. J'ai la robe dans la main, je la presse contre mon visage. Je sens son parfum, encore présent malgré l'absence du corps.

Je pose ma main sur le mur pour ne pas tomber à la renverse. Sous l'effet de la douleur, ma tête me semble tourner comme dans un manège fou, à se décrocher. J'ai l'impression qu'il y a de la fumée à l'intérieur, qui m'étouffe. J'ai envie de vomir car je ne pourrai plus te voir, ma Paz. Ton corps dort dans le froid. Je pense à ce père de famille dans la chambre de l'hôtel de Khao Lak dévasté par le tsunami. Au bruit que faisait la valise qu'il traînait derrière lui dans les gravats. À son fils qu'il tenait par la main. Nom de Dieu, mon Hector. Notre tsunami est sans vague mais me ravage autant. Je glisse contre le mur. Assis sur le sol, je plonge la tête dans l'étoffe, contre mes genoux. Je t'inspire. Je respire les dernières gouttes palpables de ton corps, de l'atmosphère que tu créais autour de toi. Je pleure. Je pleure à larmes brûlantes dans ta robe. Je suis ivre de douleur. Les sanglots me poignardent, m'assomment, me massacrent.

Je me dis, pour me consoler, pour ne pas culpabiliser, qu'elle est venue chercher ici quelque chose que nous ne pouvions pas lui donner, Hector. Le bleu. La mer. Le minéral. L'inspiration des djinns?

Je fouille dans la valise, ma main dans les étoffes qui ont habillé ses courbes. Je trouve enfin ce que je cherchais : une photo. Une photo de nous trois, Hector. Tu as ta bouille toute ronde, tu dois avoir deux ans. Je te tiens dans mes bras, ta mère est à côté, elle a ses lunettes noires sur le front, une jolie robe, comme toujours, la peau bronzée comme la tienne. Tu ne souris pas, tu regardes l'objectif avec tes deux billes noires, très sérieux, tu portes une salopette de jean, tu es absolument à croquer comme une noisette dont tes cheveux ont la couleur brune et chaude. Ta maman, elle, sourit, et moi on voit ma joie rayonner de la bouche aux yeux. Je suis fier d'avoir un fils et une femme qui seront plus forts que la mort.

Je mens encore. Je mens à mon fils. Je mens pour son bien. Cette photo que je décris n'existe pas. Il n'y a pas de photo nous représentant tous trois. Il n'y a rien qui nous concerne ici. C'est le désert. Dans mes bons jours, je me dis que s'il n'y a pas de photo, s'il n'y a rien ici qui puisse nous rappeler à elle, cela signifie qu'elle allait forcément revenir. Elle est partie huit mois. C'est beaucoup et c'est peu. Elle n'avait pas besoin de photo parce qu'elle nous avait dans son cœur, parce qu'elle s'apprêtait à rentrer. Pas besoin de se souvenir puisque nous étions là, avec elle. Dans les mauvais jours, je n'arrive pas à me persuader. Les larmes rongent mon visage. Ça brûle.

Je plonge la main dans ma poche. J'en sors le pendentif. Je relève la tête. Un homme me regarde, debout sur le seuil. Rakim. Je referme le poing sur le bijou. Il me demande, d'une toute petite voix, si ça va. Je me redresse, je passe une main sur mes yeux pour en chasser l'eau salée.

« Tu vas aller le voir, maintenant, dit-il, sur le ton de l'affirmation.

— Qui ?

— Le *majnun* blond. Celui qui parle aux djinns.

— Je ne crois pas aux djinns, je dis.

— Tout le monde croit aux djinns. Tu pleures… C'était ta femme, l'Espagnole ? »

Je souris. Malgré toute cette douleur, la pensée me rend heureux.

« Oui, c'était ma femme.

— Attention à toi. »

Il disparaît. Comme s'il n'avait jamais été là, d'ailleurs. Ce pays rend fou. Sans doute faut-il croire aux djinns.

La nuit la plus longue

Je traverse la plage jusqu'au centre de plongée, serrant dans ma main le pendentif de Marin. Le drapeau rouge et blanc est immobile. Au bout de l'embarcadère, le bateau tangue à peine. De la lumière se faufile sous les rideaux de la maison attenante, un cube de béton troué de deux fenêtres obstruées par un tissu aux motifs de palmiers. Je vais frapper quand je remarque, sur la poignée de la porte, quelque chose qui pend. Je braque la lumière de mon ordiphone. Cela ressemble à un morceau de tissu séché par le soleil. Non. C'est rêche, comme fait de minuscules écailles. Une peau de serpent. Je repense à ce que m'avait dit Rakim. Contre le mauvais œil.

Je frappe. J'entends la voix de Marin. « *Saaber !* » « Attendez ! » Cinq secondes après il ouvre. Il porte un tee-shirt avec ce message : *I only breathe nitrox.* Un tissu de madras lui ceint les hanches. Il se décompose en me voyant. « Je n'ai rien à vous dire. » Il repousse la porte mais mon pied la bloque.

« Moi, oui. »

Je pousse le battant. Il me suffit d'un instant pour balayer la pièce du regard tant il y a peu à voir. Une télévision, un sofa couvert d'une étoffe semblable à celles qu'on trouve dans tout le monde arabe, des salles de mariage aux tentes de bédouins : rouge et bleu à motifs floraux, en rosaces. Un rouleau de câble en bois sert de table basse. Dessus, une théière qui fume, un magazine de plongée — qui porte un nom de circonstance, *Octopus*, avec à la une un dossier Trésors et épaves — et *Le grand livre du yoga* de Swami Vishnudevananda, avec en couverture un homme brun en slip noir assis dans la position du lotus. Une monopalme repose contre le mur. On utilise ce genre d'outil, réplique plastifiée d'une queue de dauphin, pour l'apnée. Son chèche noir et blanc dort en boule, comme un chat, sur le sofa, à côté d'un ordinateur portable. Il y a une étagère avec quelques livres. Je m'approche : les trois tomes des *Mille et Une Nuits* en édition de poche, et des manuels de plongée. Sur le mur, une affiche de Sea Shepherd et des photos d'enfants aux cheveux blonds. Je le reconnais, quinze ans auparavant, la même certitude limpide dans le regard, le sourire aussi éclatant que celui des enfants africains au milieu desquels il se trouve. « Grand-Bassam, 1997 », lit-on dans un coin. Sur un autre cliché, un homme et une femme saluent depuis le flotteur d'un catamaran, beau couple, beau comme on l'était dans les années 70, c'est-à-dire avec insouciance. La femme est blonde, avec le brushing de Farah Fawcett. L'homme, ce serait Robert Redford, mais avec une crinière argentée. Beaucoup de photos sont prises au bord de l'eau, dans l'eau. Ça s'éclabousse, ça joue avec des dauphins. Aucune trace de Paz, il y a des espaces blancs entre les photos, certaines ont été enlevées, mais ça ne veut rien dire, pourquoi y en aurait-il ? De toute façon j'ai ma preuve et je la lui brandis sous le nez.

La chaînette avec la perle.

Il ouvre de grands yeux. Les muscles de son avant-bras tressaillent. Il est ébranlé et pathétique.

« C'est à toi ça, non ?

— Non. »

Il ne tremble plus et son visage s'est refermé. Un instant, l'idée de saisir la théière et d'en répandre le contenu sur son visage me tente.

« Je suis là pour elle, je dis. Comme tu l'as deviné. Dolores. Ou plutôt Paz, car c'est comme ça qu'elle s'appelait. »

Il se décompose à nouveau.

« Je vivais avec elle, nous avons un enfant. Tu vas me dire ce qui s'est passé, ou je vais à la police avec ça. »

Il se reprend et me toise avec l'air d'un gamin buté. Découvrir qu'il n'est qu'un gamin me fait de la peine.

« Qu'est-ce que ça peut me faire ? Les flics ont dit qu'elle s'était noyée. »

À nouveau, ça bouillonne en moi. Je lorgne la théière.

« Je peux aller au consulat et dire que j'ai des doutes. Ce sera ma parole contre la tienne. Et je peux te dire que je suis décidé à faire le maximum de ramdam.

— Je n'ai rien à me reprocher.

— On ne dirait pas.

— J'ai l'air inquiet ? »

Je lui remets la chaîne sous le nez.

« J'ai trouvé ça chez elle. Et plusieurs personnes pourront témoigner que c'est à toi.

— Ça prouve quoi ?

— Juste que tu la connaissais suffisamment pour aller chez elle. Ou pour lui donner cette chaîne, qui sait. Ça prouvera que ce n'était pas une simple cliente du centre. Ça sèmera le doute. On pensera que c'est peut-être toi qui l'as tuée.

— Vous délirez totalement… »

C'est dit sans énervement. Avec une certaine tristesse, même… Cela ne m'apitoie pas une seconde.

« Tu sais, Marin, je ne te connais pas. Mais je la connaissais, elle. Et je l'aimais. Alors je suis prêt à délirer très longtemps. Et à t'envoyer dans un enfer dont tu n'as même pas idée. Il y aura une enquête et ton centre, tu peux lui dire adieu. Parce que même s'il ne t'arrive rien, je peux te jurer que je te ferai une publicité dont tu ne te remettras pas… »

Il s'assoit sur son sofa. Et cache son visage entre ses mains. L'enfant s'écroule.

« Je ne lui ai rien fait de mal, dit-il.

— On arrête avec la lâcheté. Je suis prêt à tout entendre, mais pas ce genre de conneries. "Rien fait de mal." Elle est morte, putain ! »

Il lève la tête. Ses yeux, devenus durs, flamboient.

« Je ne suis pas lâche, je vous interdis de dire ça. Allez-y chez les flics, je les attends ! »

Il faut que je me calme. Surtout ne pas le braquer. Je veux savoir pourquoi j'ai perdu Paz.

Je me suis penché vers lui.

« Ce n'est pas mon but, Marin, et je n'irai que si j'y suis obligé. Je veux juste savoir. Parce que j'ai un petit garçon qui attend à la maison et à qui je vais devoir dire, quand il aura l'âge pour l'entendre, ce qui est arrivé à sa mère. Alors raconte-moi… »

Aux mots «petit garçon», il a tremblé. Ses yeux se sont embués.

« On ne raconte pas un accident, lance-t-il.

— Alors montre-moi. »

Je lui ai tendu le bijou. Il l'a pris, l'a noué autour de son cou. J'ai eu l'impression que la minuscule perle s'était colorée au contact de sa chair. Il s'est levé, a passé la main dans ses cheveux, et, le regard lourd tourné vers le mur où riaient toutes ses photos d'enfant, il a dit :

« D'accord. »

Il a saisi son téléphone portable. A lancé quelques mots en arabe. Trois minutes après, on frappait à la porte. J'ai reconnu Brahim, celui qui me faisait penser à un lutteur pakistanais. Ils ont échangé quelques mots. J'ai reconnu *qarsh*, et *yallah*. Brahim a disparu. « Suivez-moi », a dit Marin. Il a fermé la porte, s'est dirigé vers l'entrepôt où était stocké le matériel. Le néon a grésillé et jeté sa lumière blanche sur les rangées de combinaisons suspendues mollement sur leur portemanteau. Il a sorti trois caisses en plastique. A mis dans chacune d'elles une combinaison, un masque, un stab, des palmes, un détendeur et deux lampes torches. « Je prends les caisses, éclairez-moi, nous allons au bateau. »

La passerelle grinçait sous nos pas. Marin a déposé son chargement sur le pont, suivi de Brahim qui poussait un diable avec trois bouteilles d'aluminium. En quelques mouvements prestes, il a disposé les bouteilles sur leur rack, à la verticale, et ôté les amarres. Marin a mis en route le moteur. Nul rugissement ni bouillonnement d'écume. C'est tout doucement, presque comme un fantôme, que l'embarcation a glissé sur l'eau vers les bouées qui fermaient la baie. Et c'est seulement quand on les eut dépassées que Marin a poussé les moteurs.

Son chèche noir et blanc flottait dans le vent du large. La coque tapait sur l'eau toutes les secondes, son bruit percutant le ronronnement lancinant des hélices.

Au bout d'une quinzaine de minutes, j'ai vu saillir un récif de corail. Sous la lune, la muraille animale phosphoresçait. Les vagues s'engouffraient entre les tables de madrépores et s'y perdaient en refluant dans ses bras labyrinthiques, l'écume dessinant de drôles de formes spiralées. Charybde et Scylla. Le bateau a ralenti. Brahim a chaussé ses palmes et s'est élancé depuis la proue. Je l'ai vu émerger un cordage à la main, dans le halo que faisait sa lampe torche, se tenant à une grosse bouée qui dansait sur les flots et devait être lestée par un corps mort, certainement une dalle de béton. Il y a fixé l'amarre, a replongé dans notre direction. Je voyais sous l'eau se déplacer la lumière de sa lampe. Il a réapparu à l'arrière du bateau, à côté d'une autre bouée. Et enfin seulement il est remonté à bord. Marin a coupé le moteur et j'ai entendu les amarres craquer en se tendant. Ensuite, il n'y eut plus d'autre bruit que celui du ressac, éclairé par la lumière laiteuse de la lune. La pleine mer. J'étais à sa merci, s'il souhaitait se débarrasser de moi. « On s'habille », m'a-t-il dit.

Il a ôté son chèche, son tee-shirt, son madras, et, nu comme un ver, s'est engouffré dans sa combinaison. J'ai vu ses muscles saillir. J'ai pensé à Paz. Je ne faisais pas le poids.

La combinaison était froide, j'avais l'impression d'entrer dans un cercueil sur mesure. Marin a fixé les bouteilles sur les stabs. Brahim sortait d'autres torches, m'en a tendu une. Ma main tremblait. Marin l'a vu. « Une chose très importante. Vous ne devez pas avoir peur. Les battements du cœur émettent un champ électrique que les requins perçoivent. Ils ont la plus haute sensibilité électrique du monde animal. »

La pensée des requins dans cette nuit m'a plongé dans la détresse. J'ai regardé l'eau noire. C'était un cauchemar. Combien de formes glauques s'ébattaient là-dedans ? Paz l'avait fait, et elle en était morte. C'était une folie que de répéter l'erreur.

Il m'expliqua que nous allions descendre à six mètres, huit au maximum. Que tout au fond je devrais me mettre à genoux comme je l'avais fait lors de mon baptême. Et respirer tranquillement, sans y penser. Il y aurait des rochers auxquels je pourrais m'accrocher, si nécessaire, mais il fallait que je regarde bien où je mettais ma main. Il m'a dit que ce serait impressionnant parce qu'on ne voyait pas grand-chose, mais que la torche était là pour ça. Que c'était l'heure de la chasse, alors que je ne m'étonne pas si je trouvais les poissons un peu fous. Qu'il avait demandé à Brahim de venir m'encadrer, qu'il m'arrimerait bien au sol, qu'il me tiendrait, et que rien, donc, ne devrait arriver. Brahim aurait un phare, une lampe très puissante, il faudrait braquer la torche dans sa direction, mais pas sur lui. « Sinon, ils ne viendront pas. »

La peur m'étreignait comme une camisole, son effet décuplé par la combinaison. Il devait faire encore vingt-cinq degrés mais je tremblais.

Marin s'est avancé vers moi :

« On peut rentrer. »

J'ai secoué la tête.

« Je veux savoir. Elle avait peur, elle ? »

— Elle n'avait pas peur. » Il se tut et reprit : « Peut-être qu'il aurait fallu. »

Il a craché dans son masque, a vérifié sa lampe. Brahim m'a aidé à enfiler mon gilet, lesté par la bouteille. Et puis on s'est dirigés, palmes aux pieds, vers la jupe arrière du bateau. Le ciel était sublime, un manteau noir piqué de milliers de trous d'aiguille par où la lumière passait. L'étendue d'eau, en revanche, était terrorisante. Un bouillon noir. Plein d'une vie mouvante.

Brahim, tout équipé, a tendu à Marin une sorte de sac de golf, pourvu d'une bandoulière qu'il a accrochée à son épaule avant de faire un pas dans le vide, la lampe collée contre lui. Son corps a percé la surface de l'eau dans un impact lumineux, avant de réapparaître presque aussitôt. Brahim m'a fait signe que c'était mon tour. Il a gonflé mon gilet stabilisateur, m'a tendu ma torche, et m'a dit : « *Yallah.* » J'ai mis le détendeur dans ma bouche et me suis élancé.

L'impression de tomber dans un puits obscur. L'eau tout autour, mais invisible, une nuit liquide qui s'infiltrait en moi par les ouvertures de la combinaison, glacée. Le stab a fait son office et m'a fait remonter.

« Ça va ? » m'a demandé Marin.

Je me suis contenté de hocher la tête. Brahim nous a rejoints dans un nuage d'éclaboussures. Braquée vers les abysses, la lumière de son phare semblait une grosse lune couchée sur le sable. La sœur de l'autre. Le monde en double, encore une fois.

Nous flottions comme trois bouées au milieu de la mer, en lisière du récif. J'espérais que le bateau était bien amarré.

« Tu es prêt ? Tu vas vider l'air de ton gilet et on va descendre progressivement. Attention au passage de tes oreilles. Pense à équilibrer. Brahim et toi, vous allez rester à distance. Vous me regarderez. »

Il a levé son inflateur au-dessus de sa tête, a pressé le bouton de vidange et a sombré dans les flots.

Immobilité tonique

Nous descendions.

Nous descendions lentement, dans la soupe noire zébrée par le faisceau de nos lampes. Ma respiration se calma d'elle-même, sans doute grâce à l'obscurité que j'essayais mentalement d'assimiler au sommeil. Brahim me tenait par le bras, j'étais à peu près en confiance. J'allais savoir enfin, je partais à la rencontre de Paz et pour l'atteindre il y avait la nécessité absolue de ne pas paniquer. J'entendais ma respiration beaucoup plus puissamment que lors de mes plongées diurnes. L'inspiration longue, intense, presque violente, comme s'il s'agissait d'aspirer avec une longue paille, et le bruit de l'oxygène qui arrivait à ma bouche comme s'il venait de très loin. L'expiration plus facile, plus ouverte, qui fabriquait ces bulles que je pouvais entendre s'échapper bruyamment, comme un évier qui se vide, des dizaines de bulles qui s'en allaient crever à la surface. Le bruit de cette respiration m'évoquait autant le cosmonaute qui sort de son module spatial pour aller marcher sur le sol lunaire qu'un vieillard allongé sur son lit d'hôpital, rattaché à la vie par le seul tuyau de son masque à oxygène. J'étais dans la même dépendance. La vie m'arrivait par un fil creux où se faufilait un ruisseau d'air ; le trancher, c'était trancher ma vie.

Plus nous descendions, plus il me fallait penser à presser mon nez et souffler pour équilibrer la pression qui me massacrait les oreilles. Visuellement, c'était effrayant mais sublime. Le phare de Brahim frappait la muraille de corail et faisait apparaître des gorgones qui oscillaient comme des fougères géantes et des tables de madrépores d'une largeur incroyable, qui semblaient attendre des convives pour des festins grandioses. Nous descendions, je palmais au ralenti, comme dans un magasin de porcelaine, de peur d'effleurer et d'abîmer l'une de ces merveilles. Les anémones agitaient leurs bras comme des danseuses indiennes ; en s'approchant, on y trouvait des poissons endormis ; d'autres qui avaient fabriqué une bulle autour d'eux, un duvet de mucus qui les protégeait et qui, éclairé, paraissait une sphère de cristal. Et puis soudain tout devint fou : le plancton dansa dans le feu de la torche, et plusieurs poissons fusèrent comme des missiles entre les rochers couverts d'un lichen rouge et mauve, à la poursuite d'une proie dont on voyait mal comment elle leur échapperait. Trois poissons-lions passèrent dans le faisceau, toujours aussi formidablement emplumés. Les fauves étaient en chasse. Ce qui était incroyable, c'était le bruit : un crépitement intense que je n'avais pas entendu dans la journée. J'étais toujours maintenu par Brahim, je mourrais s'il me lâchait. Je ne quittais pas des yeux le gigantesque pinceau lumineux qui perçait la nuit liquide. Devant nous nageait Marin, avec sa petite lampe. Il disparut derrière un rocher et je pris peur. Puis je compris que le récif faisait une courbe. Il réapparut, semblant voler au-dessus d'une terrasse sous-marine. Une zone de plat. Brahim m'attira vers le bas et je sentis soudain le sol sous mes palmes. Il me fit m'agenouiller. Ses mains pesaient sur mes épaules. Il s'est installé derrière moi, ses jambes sur les miennes, bloquant mes palmes. Il me maintenait en place, positionné comme un preneur d'otages, me collant contre lui. Je tentais de contrôler ma respiration. Chaque inspiration trop importante gonflait mes poumons et risquait de me transformer en bouée. Il y avait danger de remontée brutale, et fatale.

Marin était à cinq mètres de nous, éclairé par le phare que Brahim avait braqué dans sa direction, légèrement sur sa gauche, pour ne pas l'éblouir. Il tournait sur lui-même, il cherchait quelque chose. Il plongea la main dans le sac qu'il tenait à l'épaule et en sortit un poisson.

C'est alors que je la vis, dans le faisceau du projecteur. Sa forme tellement reconnaissable. Élancée, parfaite, battant l'onde de sa queue. Silhouette de torpille équilibrée par ses nageoires pectorales. Encore plus fureteuse et plus silencieuse que lorsque je l'avais vue de jour.

La bête commença à tourner autour de Marin. Comme le faisceau de la lampe était immobile, elle quittait la lumière à intervalles réguliers, disparaissait, et réapparaissait, toujours plus impressionnante, l'œil réfléchissant l'éclat comme un miroir. Les battements de mon cœur se sont amplifiés.

Un second squale arriva, puis un troisième, tournant en cercles plus étroits autour de Marin. Le poisson les attirait. L'un d'eux rompit cette danse circulaire et frôla l'homme pour gober le poisson d'un coup de mâchoire, cette mâchoire ventrale qui ressemblait à un clapet. J'ai commencé à m'agiter. Mon cœur palpitait de plus en plus. Je voulais remonter. Brahim luttait pour me maintenir. Le faisceau de la lampe tremblait. Marin devait le sentir. Cela devenait dangereux. Ses recommandations me sont revenues en tête. Les squales avaient sans doute déjà repéré l'intrus qui ne savait pas se tenir. Brahim m'appuya davantage sur les épaules pour me maintenir agenouillé. J'ai tenté de me calmer. J'ai pensé très fort à Paz, et à toi, mon fils. Je jouais avec ma vie, et il fallait jouer juste.

Bientôt, il y en eut dix à tourner autour de lui. Marin disparut derrière un écran d'ailerons et de nageoires. C'est alors que je le vis. Un nouveau squale. Entrant à son tour dans la danse, plus gros que les autres. D'une beauté stupéfiante et monstrueuse. Dans le large faisceau du phare, son œil vide, d'un vide sidéral, semblait indifférent à tout. Sa nageoire était abîmée. L'attaque d'un congénère, la morsure d'une orque ? Marin a tendu la main vers lui, vers cet aileron dont la forme terrorisait les populations du monde entier. Le squale le frôla, puis prit le large, avant de revenir, dans une courbe parfaite, vers lui. Marin avait tiré une autre sardine de son sac. L'énorme bête se dirigea droit sur lui, sans hâte mais avec la puissance de celui qui, en ces lieux, est le maître. J'étouffais de peur, ma respiration s'emballait et j'avais l'impression d'entendre l'oxygène se vider. J'avais peur de la crise d'asthme, j'en notais les symptômes. Je ne voulais plus voir. À nouveau, je voulais remonter.

Mes jambes commencèrent à se rebeller. Brahim m'a maintenu plus fort sur le sol et s'est planté devant moi. Il avait posé le phare sur le sable et actionné une autre lampe dont il dirigeait le faisceau sur son visage et ses yeux dissuasifs derrière leur plaque de verre. Il empoigna mon manomètre, enregistra le chiffre et me fit le signe que tout allait bien. Je ne pouvais pas partir. J'étais cloué là, avec eux, sur cette terrasse de sable, entouré de murailles sous-marines, dans cette arène corallienne, forcé de regarder ce gladiateur palmé, mais sans arme, affronter ces fauves marins. Des images me venaient en tête, celles des premiers chrétiens offerts aux lions. Mon esprit divaguait. Était-ce là ce qu'on appelait l'ivresse des profondeurs ?

Ce que j'ai vu alors dépasse l'entendement.

Marin tenait le requin contre son ventre, une main posée sur sa gueule. Et le requin ne bougea plus. L'autre main se déplaça le long de l'échine du squale. Elle le caressait. Et le requin demeurait immobile. Un chat. Un chat de deux mètres cinquante, un chat de deux cents kilogrammes, un chat aux mâchoires tueuses, ronronnant dans ses mains nues. Ses congénères continuaient à tourner autour du couple. Marin saisit l'aileron, tout en continuant, de l'autre main, à caresser le museau de la bête. Quand l'accident allait-il se produire ? Quand la mâchoire allait-elle bondir sur la main de l'homme, et trancher son poignet ?

Au lieu de cela, je vis Marin se mettre debout, tout en tenant la bête par l'aileron et le museau parallèlement au sol de sable, avant de la faire pivoter verticalement, tout doucement, toujours en tirant sur l'aileron, sans effort, la bête obéissant comme hypnotisée, le museau niché dans l'autre main de l'homme.

Le ventre blanc de l'animal apparut encore plus blanc dans le faisceau de la lampe. Faisceau rompu, parfois, par le passage d'un autre prédateur, tournant autour de la scène comme au manège. Manège de l'horreur et de la splendeur. Noces de la nature et de l'irrationnel.

Et l'image ultime que j'eus de la scène dépassa tout ce que l'on pouvait imaginer : un requin immobile, droit comme un « i », en équilibre sur la main d'un homme.

Rien que ça.

La terreur domestiquée. Le danger lui mangeant dans la main. La bête changée en enfant docile par un autre enfant, à peine plus qu'un adolescent, couronné comme le prince qu'il était par l'auréole mouvante des bulles formées par ses poumons, et offertes par sa bouche à son royaume.

Et je compris ce que m'avait dit Rakim, cette rumeur qui courait dans le village des pêcheurs : le *majnun*, le possédé.

Et je compris ce qui avait pu fasciner Paz : la beauté presque insupportable de ce que je venais de voir, et qu'elle avait vu.

Et je compris que ce garçon devait être en possession de ressources que nous ne possédions pas. Un art ancien, une sorcellerie.

Et je compris que, moi aussi, j'étais fasciné. Mis à genoux par ce spectacle qui ne pouvait pas, qui ne devait pas exister.

Je réalisais aussi que ma respiration s'était alanguie comme en proie à une douce volupté. Mon corps n'existait plus. Plus rien ne faisait barrage à ce spectacle d'une perfection momentanée. Un absolu caressé.

Anoxie

Hector, il faut que tu saches qu'on appelle ce
phénomène l'immobilité tonique. Il faut que tu
saches que le museau des squales est tapissé d'une
myriade de petits capteurs sensoriels qu'on appelle
les ampoules de Lorenzini, du nom d'un anato-
miste du XVIIe siècle. Que ces «ampoules» sont
capables de détecter dans l'eau le moindre champ
électromagnétique. Les contractions musculaires
d'une proie en mouvement, les simples battements
de son cœur lorsqu'elle est immobile, les varia-
tions de courant dans l'océan, les changements de
température, tout est immédiatement traduit en
signaux électriques par ces canaux tapissés de cel-
lules nerveuses. Une boussole interne, un véritable
sixième sens, qui compense les déficiences des
autres sens : dans l'obscurité totale, dans l'eau
trouble, lorsque la proie était dans le sable, ce sens
suprême prenait le relais et permettait des perfor-
mances remarquables. Aucune proie ne pouvait
échapper à l'activation des ampoules de Lorenzini.

Mais ce sens avait une faille, que certains hommes
avaient découverte : activées par une caresse, ce qui
n'était pas prévu au programme de la nature, ces

ampoules avaient pour effet de plonger le squale dans une sorte de transe, un état de catalepsie, pour être exact. La bête s'abandonnait complètement. La charge sensorielle était-elle trop lourde, forçant le requin à lâcher prise ? Je l'ignore. Les connaissances humaines sur le squale étaient encore balbutiantes. On savait juste que les femelles y étaient plus sensibles que les mâles…

C'est Marin qui m'a dit tout ça. Sur le pont, alors qu'on était allongés. Pas de *majnun*, donc. Juste un savoir qu'il avait et une technique qu'il maîtrisait. Une manipulation à haut risque, certes, mais basée sur l'anatomie, la physique des squales. Le baiser des jeunes Fidjiens sur le museau des squales, c'était ça. Il l'avait vu, petit. Il avait vu beaucoup de choses, Marin.

Oui, c'est lui qui m'a dit tout ça.

Il était allongé sur le rectangle de résine du *sun deck*, les bras en croix, les yeux braqués sur les constellations. Sa voix s'éleva, voilée par l'émotion, d'un trait, de l'oxygène qui filait vers le ciel noir, dont on ne pouvait arrêter le flot. Il était passé au vouvoiement. Il s'adressait à quelqu'un à qui — il le sentait — il avait causé un tort irréparable.

« Ne posez pas de questions. Je vais tout vous dire. Vous ferez ce que vous voulez ensuite. Les flics, la justice, vous faire justice… Vous ferez ce que vous voulez. Je suis fatigué. Je suis si fatigué depuis cette nuit-là. Je ne vous connaissais pas. Elle ne parlait pas de vous. Je ne savais pas qu'elle avait un autre fils…

— Un autre ?

— Ne m'interrompez pas. S'il vous plaît. C'est difficile. Vous ferez ce que vous voulez après, mais

448

ne m'interrompez pas. Nous plongions de nuit.
Chaque jour. Elle adorait ça. Elle disait que ça la
lavait. De quoi ? Je ne posais pas de questions, cela
ne me regardait pas. Elle disait qu'ainsi, loin de
l'Europe, elle respirait… »

Ce verbe m'a frappé au cœur.

« Chaque jour, comme on vient de le faire, je pré-
parais le bateau, l'oxygène et les gilets, nous partions sous les étoiles. Elle avait peint toute la
journée. On partait. Quand tout le monde dormait,
on fonçait sous l'eau. »

Il marqua une pause, conscient du poids de ses
paroles sur moi, écrabouillé dans mon coin.

« Elle ne jurait plus que par les requins. Ce n'est
pas moi qui vais trouver ça anormal. On partageait la même joie de les voir évoluer dans l'eau.
Si beaux, si parfaits. Elle préférait les requins-
marteaux. Elle en avait adopté un… Il s'appelait
Nour…

— Je sais.

— Hammerschlag l'avait localisé, Nour passait
par ici. Je l'ai prévenue. Il y a plusieurs mois. Elle a
mis du temps à se décider. Elle me disait que c'était
compliqué. Mais elle est venue. Elle s'est installée
dans cette maison… Elle s'est liée avec Kim, avec
moi… »

« Quel lien ? Quelle sorte de lien ? » me criait
une voix au-dedans. Mais je n'avais pas la force de
poser cette question, c'était sordide.

« Un soir, ce soir-là, on était sous l'eau, comme
tous les soirs. J'étais avec les requins, comme vous
m'avez vu, là. Comme tous les soirs. Elle me le

demandait. C'est elle qui me demandait. Elle préférait la nuit. Et quand je me suis retourné, pour la rejoindre, et que je suis allé vers le projecteur… Il n'y avait rien derrière le projecteur. Il était posé sur le sable. Elle avait disparu. Je l'ai cherchée, comme un fou, sous l'eau. Et puis au bout de plusieurs minutes, je suis remonté, je l'ai cherchée, je me suis débarrassé de mon bloc, j'ai plongé à nouveau. J'ai fini par la retrouver, mais c'était trop tard. »

Il s'est arrêté, s'est mis à sangloter. Il a fallu que je m'approche. Il était secoué, ça sortait enfin, c'était un comble, lui en larmes, contre mon torse. Un enfant. Il s'est écoulé de longues minutes avant qu'il puisse continuer, et me dire que c'était un accident, un accident, une noyade primaire, ou une noyade secondaire, après une perte de connaissance, il ne savait pas, il ne pouvait pas la voir quand il était avec les requins, elle plongeait tellement bien, elle avait dû faire une syncope, est-ce que c'était le froid, une piqûre d'animal, l'eau salée avait pénétré dans les alvéoles, altérant les échanges gazeux, elle avait dû mourir en quelques minutes, il ne se l'expliquait pas, elle avait encore de l'air, il avait vérifié le gilet, avant, après, son débit était haché, pressé, torrentiel.

Il s'engagea à nouveau dans le chemin des larmes. Qui le secouèrent comme un pantin. « Je ne lui aurais jamais fait de mal. »

Il avait remonté son corps sur le bateau, il l'avait ramené au port. Brahim était là, fumant sur le débarcadère, et quand il avait vu le corps de Dolores…

« De Paz », j'ai dit.

… il l'avait supplié de ne pas aller à la police, parce que le centre allait fermer, qu'ils allaient tous perdre leur travail. Que c'était un accident, qu'il n'y était pour rien.

« Alors vous l'avez laissée sur la plage… »

Il a hoché la tête.

« Toi ?

— Non.

— Brahim ?

— C'est lui qui a tout fait. Je n'étais pas en état. C'est lui. Mais je dirai que c'est moi si vous allez à la police. »

Je voyais enfin la scène. La combinaison ôtée. La chair nue. Le soleil le matin. Ma Paz livrée aux vents de la nuit, aux chiens. La colère est montée. Je me suis écarté de lui pour ne pas être tenté de le jeter par-dessus bord.

Le bateau arrivait au port. Je l'ai laissé sur son toit, suis redescendu. Quand Brahim l'eut amarré, je suis parti. J'ai marché jusqu'à l'hôtel.

Un accident. Rien qu'un accident. Géré par des gamins.

J'ai franchi le portail. Salué l'homme en bleu qui le gardait. Arpenté le sentier de sable et de cailloux tièdes qui menait à ma maison. La flamme de la torche bougeait doucement dans la brise tiède, comme une âme qui tremble dans la main d'un dieu. Au bout de quelques minutes, une silhouette est apparue devant moi, debout, droite, entre deux flambeaux.

Kim. Elle a remarqué mon sweat MARES, *Just add water*. Mes cheveux mouillés.

« Tu as vu Marin. »

Ce n'était pas une question.

« Il a avoué ? »

Ça, c'était une question. J'ai secoué la tête. Négativement. Pouvais-je en vouloir à un gamin ?

« Il n'y est pour rien. »

Je l'ai contournée. Elle est restée immobile dans le chemin.

Adieu

C'est le matin. Limpide, bleu, azur. *Azul.*

Je me lave de tout, comme elle.

Je respire enfin, comme elle.

J'ai demandé à Rakim de me piloter sur sa petite barque. De ne pas me parler. Sur le chemin des poissons ailés ont jailli, parcourant des centaines de mètres à la crête des vagues, avant de replonger. Leurs ailes, dans la lumière du matin, ont des reflets d'argent.

Je me débrouille seul, désormais. La bouteille est là, fixée au gilet de stabilisation, avec l'octopus. Je cherche des yeux le meilleur endroit. Le moteur de Rakim va au ralenti, c'est un murmure, presque un chant. Je regarde la côte se déployer, cette côte qu'elle a aimée, cette roche pain d'épice, les taches vertes de la palmeraie qui disparaissent, le bouclier bleu du ciel où danse le soleil. Rakim est attentif. Je cherche des yeux le meilleur endroit. Mon cœur me le dira.

J'avise une petite plage, sur notre gauche, au pied d'une falaise. L'eau y est plus verte. Couleur malachite, cette couleur qu'elle aimait porter. Je fais signe à Rakim de s'arrêter.

Il a jeté l'ancre.

Je me redresse. Je noue la ceinture de plombs sur mes hanches. Je chausse les palmes. Le masque est sur mon front. Le soleil chauffe un peu.

Il m'aide à enfiler le gilet. Je m'assois sur le bord du bateau qui tangue sous mon poids. J'attrape la petite boîte cylindrique qui contient ses cendres. En métal, toute simple.

J'ai trouvé sur Internet un poème superbe. Il m'a fallu du temps. Je voulais quelque chose qui ne soit pas triste, quelque chose qui ne soit pas facile, pas métaphorique, quelque chose de simple et de beau, quelque chose qu'elle aurait aimé, qui soit limpide.

Je n'ai rien trouvé en espagnol. Ni en français. Ce sera de l'anglais.

C'est de Philip Larkin. Ça s'appelle « Water ».

Je l'ai appris par cœur cette nuit. Je n'ai pas pleuré.

Il m'a paru évident qu'elle ne retourne pas en Europe. Qu'elle reste là, à jamais, parmi ce qu'elle avait choisi d'aimer. Au pêcheur qui la possédait, j'ai acheté la petite maison où elle avait choisi de poser son sac, ses pinceaux, ses rêves. J'ai enlevé les vêtements, mais j'ai laissé ses toiles, ses pots de peinture, la bâche. Tels quels, dans leur vrac d'atelier. Comme si elle était encore là. Quand on ouvre la porte, et que le soleil envahit la pièce, tout prend son sens, bleu et lumineux. *Azul.* J'ai dit au pêcheur qu'il devrait veiller sur cette maison, que je le rétribuerais pour ça, que je viendrais parfois, avec toi, Hector, mais qu'il pourrait en ouvrir la porte à celles et ceux qui le demanderaient. Parce que, peut-être, certains se souviendraient d'elle, et d'autres voudraient la connaître, cette artiste du bout du monde dont les puissants coups de pinceau les sidéreraient. J'aimerais faire de cette maison un lieu vivant, un musée, et pas un mausolée. Un musée pour elle, parce que j'aime les musées, parce que c'est vivant, les musées.

Je serre fort la petite boîte, je récite le poème. Je mets le détendeur entre mes lèvres. Je vais répandre ton corps, ma Paz.

Je prends une grande inspiration.

Je bascule.

Je plonge.

DU MÊME AUTEUR

Aux Éditions Gallimard

PLONGER, 2013 (Folio n° 5885, 2015)

Aux Éditions Plon

DÉSAGRÉGÉ(E), 2000 (Pocket, 2003)
INTERDIT À TOUTE FEMME ET À TOUTE FEMELLE, 2002 (Pocket, 2004)
GÉNÉRATION SPONTANÉE, 2004 (Pocket, 2005)
BIRMANE, 2007 (Pocket, 2008)

Aux Éditions Flammarion

CIELS D'ORAGE, avec Enki Bilal

Composition : IGS-CP à L'Isle-d'Espagnac (16)
Impression Maury Imprimeur
45330 Malesherbes
le 22 décembre 2014.
Dépôt légal : décembre 2014.
Numéro d'imprimeur : 195147.

ISBN 978-2-07-046345-9 / Imprimé en France.